KB252916

초원에서 사색하기

초원에서 사색하기

초원에서 사색하기

임원식 골프 칼럼

새미

글머리에:
즐거운 여행을 위하여

골프라는 운동은 그리 만만한 게 아니다. 골짜기가 있고 숲이 있고 모래 벙커가 입을 벌리고 있는가 하면 깊은 해저드가 버티고 있다. 온갖 고난과 싸워 나가야 하는 인생과 마찬가지인 것이다. 그래서 흔히 18홀 골프 라운딩을 인생의 여로에 비유하곤 한다. 티샷으로 시작해 마지막 홀 그린에 다다를 때까지 희망과 좌절, 기쁨과 슬픔 등 희로애락이 엇갈리는 순간 순간의 연속이기 때문이다.

요즈음 골프 인구가 기하급수적으로 늘고 있다. 특히 늘어나는 골프 인구 중에 젊은이가 90%를 차지하고 있으며 주말이나 주중이 따로 없을 만큼 열성적인 골퍼들이 많이 있다. 그러나 유감스러운 것은 골프에 대한 철학이 없다는 것이다.

골프를 한마디로 정의한다면 룰(Rule)과 매너(Manner)라고 할 수 있다. 필자는 수많은 골퍼와 골프지망생을 위하여 골프에 대한 매너와 지켜야 할 룰 등의 상식을 골프장 주변의 에피소드와 함께 2001년 3월부터 현재까지 전남일보에 연재하고 있다. 어느덧 2년을 넘겨 원고가 제법 쌓이게 되었다. 연재되는 동안 전화와 편지를 통해 성원해준 독자 여러분들께 감사 드리며 주위의 권유에 따라 책으로 내놓는다. 그동안 신문에 연재된 내용 중 중복된 부분은 삭제하고 부분적으로 내용을 보강했다.

신문 연재 순서와는 관계없이 제1부 재미있는 골프, 즐거운 인생, 제2부 지켜서 아름다운 매너와 에티켓, 제3부 알아두면 유익한 골프 상식(규칙)으로 구성해 재미있는 골프 여행을 떠남에 있어 그 길잡이가 되고자 한다.

　모든 여행은 그것이 고생스럽든 즐겁든 낭만이 있다. 그리고 예비 지식은 물론 따뜻한 인간성과 품격 또한 필요하다. 18홀의 골프 여행 또한 다를 바 없다. 그러나 대부분의 골퍼들은 수단과 방법을 가리지 않고 잘 치는 골프만을 희망하고 있고, 18홀이 끝나면 자기 스코어에만 신경을 쓴다. 결코 골프는 스코어가 전부가 아니다. 어떻게 하면 골프의 룰을 지켜가며 즐겁게 18홀까지의 여행을 마치는가에 더 큰 뜻이 있음을 알게 되는 데 이 책이 조금이나마 도움이 됐으면 좋겠다.

2003년 가을
임원식

문학적 필치로 쓴 골프 철학

백수인(문학평론가, 조선대 교수)

골프를 즐기는 사람들이 날로 늘어가고 있다. 몇 년 전만 하더라도 내 주위엔 골프 치는 사람들이 거의 없었는데, 언제부턴가 어떤 회합이든지 골프가 화제로 등장하지 않는 경우가 드물 정도가 되었다. 우리나라 실정으로는 아직 비싼 값을 지불해야 즐길 수 있는 골프를 왜들 이렇게 선호하는 것일까? 그것은 다른 스포츠에서는 맛볼 수 없는 특유의 매력과 재미가 있기 때문일 것이다. '인간이 서서 할 수 있는 일' 중에서 가장 재미있는 것이 골프라고 하지 않던가.

이처럼 골프가 대중화돼 가고 있는 시점에서 이 책의 출간은 매우 시의적절하다는 생각이 든다. 이 책은 우리들에게 골프의 룰과 매너를 익히게 할 뿐만 아니라, 골프를 통해 바르고 가치 있는 삶의 길을 내다볼 수 있도록 인도한다.

골프가 모든 이에게 똑같은 수준의 즐거움을 주는 것은 아니다. 함께 라운딩한 동반자라도 느끼는 즐거움의 정도와 깊이가 각기 다를 것이다. 골프의 즐거움이란 골퍼의 게임 성적이 아니라, 사유의 깊이에 비례한다. 그러므로 골프의 진수를 맛보기란 인생에 대한 사유의 깊이가 없이는 불가능하다. 필드에서의 깊이 있는 사유는 골퍼 자신이 골프의 룰을 알아야 하고 매너가 몸에 배도록 익힐 때에만 가능하다는 생각이다. 이러한 측면에서 이 책은 골프의 참즐거움을 맛볼 수 있는 정신적 세계로 우리를 이끌어주는 역할을 해 주고 있다.

이 책의 가치는 저자의 골프 철학을 문학적 필치로 보여준 데 있다. 저자는 이 책을 통해 나름의 '골프 모럴'을 확립한 것으로 평가된다. 그러

므로 이는 문학적 측면에서는 수필에 속하며, 스포츠의 입장에서는 일종
의 '골프학' 교과서 역할도 할 수 있으리라 판단된다.

이는 저자 임원식 박사가 일간지에 시사칼럼을 연재해 온 언론인일 뿐
만 아니라, 소설가, 수필가, 문학평론가로 활발한 활동을 하고 있는 문학
가이기 때문에 가능한 일이다. 특히, 이 책에 실린 글들은 골퍼로서의 시
각만 반영되어 있는 것이 아니라, 명문 골프장을 경영하는 관리자로서의
골프와 골프환경에 대한 애정이 잘 드러나 있다.

따라서 이 칼럼집은 골프마니아들은 물론이고 일반인들이 읽어도 유
익하리라 믿는다. 저자의 글들은 골프라는 스포츠를 매개로 하여 독자들
을 깊이 있는 사유의 세계로 안내해 주기 때문이다.

차 례

제3부 알아두면 유익한 골프 상식(규칙)

하나, 티잉 그라운드에서

셋, 퍼팅 그린에서

제1부

재미있는 골프, 즐거운 인생

골프에서 배우는 인생

골프 평론가 헨리 롱허스트는 골프의 유일한 결점은 '그것이 너무나도 재미있다는 데 있다' 고 했다 그는 또 이런 말도 남겼다. '골프를 하면 할수록 인생을 생각하게 되고 인생을 보면 볼수록 골프를 생각하게 한다.' 필자 역시 이 운동을 시작한 이래 골프가 인생과 너무도 흡사하다는 생각을 하곤 한다. 골프에 매료되면 될수록 어려운 운동이라는 것을 깨달으면서 굴곡이 많은 우리네 인생살이를 닮았다는 생각을 하게 되는 것이다.

골프의 티샷은 인생살이로 보면 모든 일의 시작이나 다름없다. '시작이 절반이다.' 는 우리 속담처럼 티샷을 하게 되면 말 그대로 그린까지 절반 정도는 가게 된다.

그러나 골퍼들은 티샷을 하면서 좀더 멀리 백구를 보내려고 안간힘을 다한다. 힘을 빼고 치라는 말을 그토록 많이 들었건만 그립을 잡은 손엔 어느덧 힘이 잔뜩 들어가기 마련이다. 더러 혹이나 슬라이스가 나면 상대방의 허락도 없이 스스로 '멀리건' 을 외치며 다시 티샷을 하는 얌체족들도 없지 않다.

더군다나 샷을 한 뒤 어느 곳에 백구가 떨어지는지 확인하려고 머리를 들게 되고 그 순간 임팩트가 잘못 돼 공은 엉뚱한 방향으로 향하거나 오히려 코앞에 떨어지고 말아 골퍼의 마음을 상하게 한다. 인생살이도 그렇지만, 골프에서 역시 순리에 따르지 않거나 무리를 하면 그 같은 엉뚱한 결과를 가져오게 된다. 배운 대로 순리에 따라 편안한 마음으로 샷을 하면 백구는 원하는 방향의 페어웨이에 사뿐히 안착되련만 인간들은 욕심을 부리다가 원치 않는 화를 자초하곤 하는 것이다.

　편안한 마음으로 샷을 했다 해도 어쩌다 러프에 빠지거나 OB를 낼 수도 있다. 우리의 삶에서 성실한 자세로 인생을 살더라도 불의의 상황과 마주치는 것과 마찬가지 이치다. 그럴 때일수록 우리는 침착하게 상황의 실체를 인식하고 이에 치밀하게 대처하여 슬기롭게 위기를 넘겨오곤 하지 않았던가. OB를 냈다 해서 당황하지 말고 그 실수를 인정하고 침착하게 다시 샷을 준비함으로써 다시는 그 같은 실수를 범하지 않는 자세가 중요한 것이다. 한 차례 실수를 했다고 해서 마음에 부담을 갖고 덤비다가는 또 다른 실수를 하기 십상인 까닭이다.

특히 욕심을 부려서는 안 된다. 러프에 빠진 백구를 단번에 탈출시키려고 서두르다 보면 부근의 나뭇가지를 맞혀 다시 러프에 빠진 경험을 한 골퍼들도 없지 않을 것이다. 러프에선 거리가 문제가 아니라 어떻게 하면 그 같은 위기에서 탈출하느냐가 더 중요하다. 샷하기 편한 곳에 떨어뜨려 놓고 다시 샷을 하는 지혜가 필요한 것이다. 서두르지 말자는 교훈이 담겨 있다 하겠다.

골퍼라면 누구나 티샷한 공이나 세컨드 샷이 페어웨이에 떨어지고 뒤이어 그린에 올라가길 바란다. 이는 성공적인 스코어를 내기 위한 첩경인 것이다. 이처럼 평탄한 길을 가려면 부단한 노력과 성실한 자세가 요구된다. 직장과 가정생활을 성공적으로 이끌기 위해 그러한 노력과 자세가 필요한 것처럼 바로 골프에서도 그 같은 태도가 요구되는 것이다.

생명처럼 소중한 약속

정치가이며 과학자였던 벤저민 프랭클린은 '너는 생명을 사랑하느냐? 그렇다면 시간을 낭비하지 말라. 시간이야말로 인생을 구성하는 요소다.'라고 말했다. 다시 말해 시간을 존중하는 것은 생명을 존중하는 것과 같다는 말이다.

몇 년 전 필자는 이 지방 인사들과 부부동반으로 2박3일 골프 여행을 떠난 적이 있다. 경기도에 위치한 M컨트리클럽에 어렵게 부킹되어 광주에서 새벽에 출발하도록 약속되어 있었다. 그런데 일행 중 저명 인사 내외분의 사정으로 출발이 30분 정도 늦어졌다. 우리 일행은 최선을 다해 차를 몰았으나 골프장에 도착했을 땐 부킹 시간보다 10분이나 경과하고 말았다.

"초행길로 지방에서 오다보니 늦어졌습니다."

변명과 함께 접수하려 했지만 웬걸 골프장 접수처 아가씨의 대답은 단호했다. "약속 시간을 지키지 않는 골퍼는 우리 골프장에선 라운딩할 수 없습니다."

우리 일행은 당황했다. 이런 핑계 저런 변명을 해가며 사정했지만 결과는 안 된다는 거였다. 결국 모처럼 큰 기대를 걸고 달려왔지만 M컨트리클럽의 외양(外樣)만 살핀 채 아쉬움을 안고 발걸음을 돌려야 했다. 광주에서 그곳까지 갔기에 골프장 측의 행위가 참으로 야속했지만 티오프 시간을 지키지 못한 것은 우리의 잘못이니 감수할 수밖에 없는 노릇이었다.

부킹은 대체로 2주 전 또는 최소 1주일 전 골프장과의 약속이며 라운딩을 함께 하는 동료들과의 언약이기도 하다. 처음 필자가 골프를 시작했던 때가 생각난다. 마치 소풍 날을 기다리는 초등학생들처럼 설레는 마음으로 '비가 오면 어쩌나' 하루 하루를 걱정하며 약속된 그날, 약속된 그 시간을 기다렸었다. 눈이 세상을 하얗게 뒤덮어 백설 위에서 빨간 공을 사용해야 했을 때나 폭우가 쏟아질 때에도, 골프장에서 경기를 진행할 수 없다는 선언이 있기 전까지는 약속을 깨는 일은 생각할 수도 없었다.

그런데 요즈음 골퍼들은 비가 조금 내리거나 눈이 내리면 약속된 부킹을 헌신짝 버리듯 깨버리는 경우가 있다. 특히 주말 부킹은 많은 희망자들과 경쟁하여 얻어낸 것 아닌가. 그런데도 골프장의 사정이나 혹은 우선 순위에서 밀려나 부킹의 대열에 끼지 못한 이들에 미안함도 없이 무단 취소하는 이들이 많은 것이다.

골프라는 운동을 시작함에 있어서 가장 기초적이면서 가장 중요한 약속은 티 오프 시간 준수이다. 최소한 30분 전 골프장에 나와 모든 준비를 완벽히 갖춘 후 운동을 시작해야만 기다림과 기대감에 걸맞은 라운딩을 할 수 있다. 이러한 기본적 매너조차도 지키지 못하는 사람이라면 인생살이에서도 신의 없는 사람임이 분명할 것이다. 그런 사람이 업무인들 제대로 수행해 나가겠는가. 골프의 첫 번째 매너, 시간과 약속을 지키지 못하면 뒤따르는 모든 것이 줄줄이 무너지고 만다. 첫 단추를 잘 꿰어야 한다는 말이다. 인생은 시간이며 우리는 시간이라는 배를 타고 인생을 항해한다.

자기 기만, 그 부끄러운 기록

이런 유머가 있다.

"오늘 골프는 어땠어요?" 운동을 하고 돌아온 남편에게 아내가 묻는다. "아주 대단한 사람과 골프를 쳤지." "뭐가 그렇게 대단한 사람이었어요?"

아내는 "드라이버를 엄청나게 잘 치더냐?" 아니면 "퍼팅의 귀재더냐?"고 연신 묻지만 남편은 고개를 가로 저을 뿐이다. 이윽고 남편은 자신의 얼룩덜룩한 스코어 카드를 꺼내 흔들며 말한다. "글세, 그 친구는 자기 스코어를 볼펜으로 꼬박꼬박 적어 넣더라니깐." 언제나 연필로 쓴 뒤 고친 흔적이 많은 남편의 스코어 카드를 아내도 믿어 본 적은 별로 없었지만.

명문 골프장을 다녀온 골퍼들은 자신의 스코어는 스스로 기록한다는 사실을 경험하였을 것이다. 국내 골프장에서는 스코어를 캐디가 한꺼번에 기록하는 골프장이 아직도 많다. 일반적으로 한 사람의 캐디가 네 사람의 시중을 들다보면 스코어 기록을 종종 잘못하여 플레이어에게 심한 꾸중을 듣는 경우도 있다. 사실 네 사람의 클럽 심부름을 하다보면 캐디가 천재가 아닌 이상 낯선 골퍼들의 스코어까지 정확하게 기록한다는 것은 무리한 요구일 수도 있을 것이다.

따라서 요즈음 대부분의 명문 클럽에서는 자기의 기록은 자기가 스스로 기록한다. 그리고 챔피언 대회 등에서는 마커(Marker)가 스코어를 기입한다 해도 게임 종료 후 그 기록을 골퍼가 확인해 사인을 한다. 그러나 타인이 잘못 기록하는 수도 있으므로 스스로 잘못이 없도록 자신의 스코어를 기입하여야 하며 그렇지 않을 경우 그 경기의 패가 된다.

또한 자신의 경기 실적을 자기가 기록 신고하는 골프장에서는 각 홀의 스코어를 실제 타수보다 많게 기록 제출하는 경우와 적게 기록하는 경우가 있다. 이때 실 타수보다 적게 기록하는 경우에는 실격이 된다. 프로 시합에서도 스코어 오기(誤記)가 많이 발생한다. 실 타수보다 적게 기록하는 한 번의 실수로 우승을 놓친 세계적인 선수들도 종종 있었다. 어쨌든 선수의 양심에 따라 자신이 기록하여야 할 기록을 고의든 과실이든 간에 낮게 기록하여 속이는 것은 골프선수로서는 실격이다.

몇 년 전에 900 CC에서 세미 프로 대회가 열렸는데 네 사람의 선수들이 담합하여 캐디를 매수한 일이 있었다. 스코어를 줄였다가 들통이 나 결국 구속됐던 것이다. 얼마나 프로 선수가 되고 싶었으면 그랬으랴만 그 인격으로 어디 가서 무엇을 할 것인지 한심한 일이다.

주말 운동을 위해 휴일에 골프장을 찾는 골퍼들 중에도 자신의 스코어를 적게 기록하는 사람들이 더러는 있다. 컵에 들어가지 않은 볼을 다시 놓고 퍼팅한 뒤 파로 적도록 지시하고, OB난 볼은 멀리건이라며 기록에선 제외하도록 한다. 그런 후 76타를 기록하였느니, 80타를 기록하였느니 하며 스코어 카드를 개선장군처럼 가져가는 골퍼들이 있다. 집이나 직장에 돌아가 골프 실력을 자랑하며 위신을 세우고 싶어서일지 모르겠지만 자신을 속여 기록한 부끄러운(?) 기록이 무슨 의미가 있겠는가.

홀인원보다 어려운 에이지 슈트

　에이지 슈트(Age shoot)란 골프 라운딩에서 자신의 나이 또는 그 이하의 타수(그로스)를 기록하는 것을 말한다. 에이지 슈트를 이룩한 사람을 에이지 슈터(Age shooter)라고 한다. 남자는 18홀 6,000야드 이상, 여자는 18홀 5,400야드 이상의 코스 규모여야 한다는 규정이 있다.

　에이지 슈트는 흔히 연령동타(年齡同打)라고도 하며 홀인원보다 더 어렵다고 한다. 프로 골프계에서도 '최고의 샷'으로 평가되며 내로라 하는 외국 프로골퍼 가운데서도 샘 스니드와 아놀드 파머 그리고 게리플레이어 정도가 기록했을 뿐이다. 최근엔 '황금곰' 잭 니클라우스(63 · 미국)가 은퇴하기 전 '에이지 슈터'에 도전하겠다고 각오를 피력했을 정도다.

　그렇게 어렵다는 에이지 슈트를 기록한 분이 있다. 광주대학 창설자요 이사장이며 3선 국회의원이었던 김인곤(당시 73세) 씨가 2년 전 900CC 개장 6주년 기념 행사 때 바로 그 놀라운 기록을 수립했다. 당시 필자는 김 이사장과 함께 라운딩을 했었다. 평소 골프를 즐기던 김 이사장은 후배에게 지역구를 미련 없이 넘겨주고 그가 당선되자 자신이 그동안 찼던 금배지를 달아주었다. 그러한 그의 깨끗한 정치 매너는 지방신문들이 크게 보도할 정도였다. 자고 나면 싸움을 벌이던 정치판에서 벗어나 주말이나 주중에 골프로 건강 관리를 하면서 자주 필자와 라운딩을 하곤 했다.

　평상시에도 70대 나이에 비하여 60대로 보일 만큼 건강한 모습인데다 드라이버 샷이 필자보다 훨씬 장타여서 라운딩할 때마다 위축감이 든 적이 한두 번이 아니었다. "나도 10년 후에 저렇게 힘찬 드라이버 샷을 날릴 수 있을 것인가."

이날 따라 드라이버 샷은 정확한 탄도로 청잣빛 가을 하늘을 가로질렀으며 대부분 파4홀에 투온(two on), 파5홀에 스리온(three on)을 하는 것이었다. 어쩌다 온이 안될 때는 어프로치 샷으로 깃대 옆에 바짝 볼을 붙여 한 번의 퍼팅으로 파 플레이를 하곤 했다. 마치 신들린 사람처럼 골프를 치는 것이었다.

필자는 하도 기가 막혀 김 이사장에게 "해도 너무하신다."고 농을 걸었더니 "왜 내가 파 플레이하면 안되나? 나도 젊었을 땐 바로 이런 골프를 쳤지." 하면서 기쁨을 감추지 못하는 것이었다.

대부분 아마추어 골퍼의 최대 희망은 싱글 핸디캐퍼가 되는 것이다. 그러나 그 길은 고되며 고독한 길이다. 요즈음엔 연습장이 많아 그곳에서 구슬땀을 흘리면서 기량을 향상시키거나 TV의 골프 프로그램을 보면서 노력하는 골퍼들이 많다. 하지만 한 자리수 핸디캡을 기록하는 사람은 전체 골퍼의 1~2%도 안 된다. 그만큼 정신력과 꾸준한 체력 단련, 기술 연마를 해야 하는 것이다. 그런데도 김 이사장처럼 70이 넘은 나이에 70대를 친다는 것은 거의 기적에 가까운 일이라 아니할 수 없다.

이날 73세에 73타를 기록한 김 이사장에겐 일생 일대의 즐거운 추억으로 남을 것이다. 아울러 900 CC에서 그 같은 행운을 안았다는 점에서 기쁨은 두 배가 됐다.

'신세대' '낀세대' '쉰세대'

흔히 우스갯말로 50대를 '쉰세대'라 한다. 50세를 '쉰 살'이라 부르는 데서 비롯됐을 것이지만 그보다는 이미 '쉬어버린 세대'라는 의미로 곧잘 사용되는 말이기도 하다. 20~30대는 '신세대', 그리고 그들과 50대 사이에 낀 40대는 '낀세대'라 한다던가?.

그러나 건강한 사회는 '신세대'와 '낀세대' 그리고 '쉰세대'들이 제각기 맡은 분야의 자리를 지키며 제 몫을 다하는 사회라 하겠다. 따라서 50대, '쉰세대'라 하여 슬퍼하거나 낙심할 필요는 없다.

요즈음 세계의 골프계를 살펴보면 분명 세대 교체의 바람이 불고 있음을 깨달을 수 있게 된다. 골프의 신동(神童)으로 불렸던 천재 골퍼 타이거 우즈는 각종 기록을 갈아치우며 골프사를 새로 써 오고 있다. 요즘은 우승이 좀 뜸한 듯 싶지만 그래도 그와 쌍벽을 이룰만한 골퍼는 별로 눈에 띄지 않는다.

우리나라의 박세리, 김미현, 박지은, 한희원 같은 여자 선수들도 무서운 '신세대'라 하겠다. 외국선수들에 비해 작은 키에 놀라운 투지와 기량을 선보인다. '코리아 낭자군(娘子軍)'의 승전보를 전해오곤 하는 그녀들은 자랑스러운 대한민국의 딸들로서 역시 골프계의 세대 교체에서 한 축을 이루고 있다.

국내대회를 휩쓸다시피 하다가 미국에서 활동중인 최경주 선수 역시 아직 젊은 나이지만 세계 정상급 선수들에 비해 그 기량 면에서 결코 뒤지지 않는 선수다. 그는 이안 우스남, 샌디 라일 같은 세계 정상급 선수들과의 경기에서도 월드 스타급의 비거리와 정교한 아이언 샷 및 퍼팅, 거기에 두둑한 배짱을 보여 주었었다.

혼히 20대는 의지, 30대는 기지, 40대는 판단이 중요하다고 한다. 공자의 논어에도 나이와 관련해 학문 수양의 발전 과정을 술회한 내용이 있다. 15세에 학문에 뜻을 두었고, 30세에 기초가 확고하게 섰으며, 40세에 판단에 혼란을 일으키지 않게 되었고 , 50세에 하늘의 명을 깨달았으며, 60세에 다른 사람들이 하는 모든 말들이 귀에 전혀 거슬리지 않게 됐고, 70세에 마음이 하고 싶은 바를 따르더라도 법도에 어긋남이 없었다고 했다. 말하자면 50이란 연륜이 되어서야 하늘의 명을 알게 돼 모든 원망이 없어졌다는 것이다. 세상살이의 이치를 깨닫는 나이가 되려면 50은 돼야 한다는 의미이기도 하다.

사실 20대가 됐든 30대 또는 40대나 50대가 됐든 인생의 무대에서는 그 자신들이 주인공임에 틀림없다. 다른 사람이 자신의 인생을 살아주는 것은 결코 아니기 때문이다. '신세대'나 '낀세대'나 '쉰세대', 모두 자신의 삶에서 그 자신이 주인공인 셈이다. 물론 '쉰세대'에서도, 아니 그보다 더 많은 나이를 먹어서도 자신의 삶에서 알뜰한 주인공 노릇을 하려면 '신세대'일 때부터 착실히 준비해야 함은 두말할 나위 없다.

젊어서 배움을 게을리 하다보면 늙어서 후회하기 마련이다. 골프도 마찬가지다. 젊은 시절에 열심히 연습을 하여 기량을 튼튼하게 다져 놓지 않으면 나이 들어서는 쉽게 무너지고 만다.

필드에 서면 모두 신선

눈이 내린다. 처음 하나 둘, 흡사 가랑잎처럼 흩날리더니 어느새 윤무 (輪舞)를 추며 땅위에 사뿐히 내려앉는다. 앞산이 희뿌옇게 변하나 싶더니만 지척을 분간할 수 없을 만큼 퍼붓는 눈. 주변 산은 회색의 장막을 드리운 채 소담스럽게 쏟아지는 눈송이들로 겨울잔치를 벌이고 있다.

첫 홀 티샷 구역에 올라 앞을 본다. 내리는 눈 때문에 제대로 보이질 않는다. 심호흡으로 마음을 가다듬고 샷을 한다. '딱' 장쾌한 금속음을 내며 빨간 볼이 눈보라 속으로 뻗어간다. 볼이 날아갔음직한 방향으로 눈 덮인 페어웨이를 걷는다.

앞 팀이 지나간 지 얼마 안됐건만 이내 흔적을 지운, 눈 덮인 벌판은 흡사 처녀림(處女林)처럼 수줍은 백색 미소로 나를 맞는다. 순결한 눈 위에 발자국을 남기며 저만치 빨갛게 코끝(?)만 내밀고 있는 볼을 향해 눈 속을 걷는다.

잠시 눈을 들어 주변을 살펴본다. 눈덩이를 이고 있는 상록수들이 그 무게를 이기지 못해 가지를 축 늘어뜨리고 있다. 앙상한 가지로 한겨울 칼바람에 오돌오돌 떨고 있던 나무들이 이제 하얀 눈꽃을 피우며 두툼한 솜이불을 둘러쓰고 모처럼 안온한 미소를 짓고 있다. 아! 이 얼마나 아름다운 광경인가. 눈에 덮인 골프장은 바로 또 하나의 신선들의 놀이터가 아닌가? 골프는 봄·여름·가을뿐만 아니라 눈 내리는 한겨울에 즐겨도 또 다른 운치를 주는 스포츠인 것이다. 이만한 운동이 어디 있을까.

골프의 발상지인 스코틀랜드에는 다음과 같은 골프 찬가가 있다고 한다. 원로 골퍼 신용남 씨가 골프를 좋아하는 이들을 만나면 늘 보여주고 때로는 복사까지 해주었다는 시(詩)다.

"지루하고 따분한 이 인생/자네 있어 이제 풍성해졌다네/사랑은 한 순간/결혼은 인내 아니던가/하던 일도 언젠가 그만 두기 마련이지만/내 인생엔 골프만이 최고의 반려자/그러니 최초에 땅바닥에 구멍 뚫어 놓은 이/어찌 찬양하지 않으리"

흔히들 골프는 자연경관을 즐길 수 있어 더욱 좋다고 한다. 울창한 숲과 맑은 호수 등 아름다운 풍광, 그러나 골퍼에게는 그것이 곧 장애물이기도 하다. 때문에 주어진 자연 여건을 순순히 받아들이며 자신이 겸허해져야만 좋은 결과를 얻을 수 있다. 거센 바람과 험한 코스를 원망해도 소용이 없다. 모든 것은 내 탓이다. 아무리 오랜 경력의 골퍼라도 골프에서 인생을 보지 못하면 헛사는 것이다. 골프는 자기의 미를 개발하고 다듬어 가는 과정이며 겸허해지는 자신을 발견할 수 있는 인생의 축소판이기 때문이다. 퍼팅할 때 긴장이나 집중력은 정신을 맑게 하는 청량제 역할을 한다. 짧은 퍼팅을 실수했을 때 아쉬운 마음을 접기란 쉬운 일이 아니지만 바로 그때문에 정신 수양은 물론 인생살이의 귀감이 될 수도 있다.

롯데 자이언츠 야구 선수를 지낸 정학수 씨는 어느 잡지에 기고한 글을 통해 "골프만큼 인생에 실감을 느끼게 하고, 또한 즐거움을 주는 게 어디 있겠느냐?"며 "골프는 하늘이 나약한 인간에게 주신 최상의 즐거운 스포츠"라고 말하기도 했다. 골프를 하는 사람이라면 모두 공감하는 말이 아닐 수 없다.

가까이 하기엔 너무 멀어도

　요즈음엔 골프가 대중화 됐다고 말하는 사람들이 많다. 그러나 아직도 돈이 많이 드는 운동임에는 틀림없다. 특히 서민들에게는 가까이 하기엔 너무 먼 '그림의 떡'이라 할 수밖에 없다. 그런 단점에도 불구하고 골프라는 운동 자체만을 말한다면 우리들의 건강을 증진시키고 사교에 필수적인, 유익한 스포츠로 각광받고 있음도 사실이다.

　골프는 최고의 걷는 운동이다. 18홀을 거치는 동안 8~10km의 거리를 걷게 된다. 특히 잔디 위를 걷기 때문에 다리 관절에 부담을 주지 않는다. 따라서 등산이 무리인 노년층에게는 정말 안성맞춤인 운동인 셈이다. 다리 운동은 혈액순환을 촉진시켜준다. 말하자면 심장의 부담을 덜어주는 제2의 심장운동이라 할 수 있다. 따라서 고혈압이나 관상동맥 같은 심장질환을 지닌 사람에게 오히려 좋은 스포츠라 하겠다. 이와 함께 신체의 산소 운반계통에 영향을 주어 심장의 운동 능력을 증가 시켜주는 효과도 크다.

　골프는 에너지 소비가 비교적 많은 전신 운동이다. 따라서 당뇨의 대사를 개선하는 데 효과가 큰 것으로 알려져 있다. 노년기의 뼈가 약해지는 것을 막아주고 폐활량을 늘려 산소의 흡수를 촉진시키며 부신 피질에서 분비하는 호르몬을 증가시켜 스트레스에 대한 내성도 높여준다고 한다.

　그런가 하면 골프는 나이와 상관없이 즐길 수 있다. 테니스나 배구 농구처럼 과격한 운동이 아니다. 시간적인 여유를 갖고 스스로의 체력에 따라 그 조절이 가능한 매력을 지닌 운동이다. 불혹의 나이쯤에 가장 적당하다고는 하나 길을 걷는 능력이 있는 어린 아이부터 노인이 돼 걸을 수 없을 때까지 일생 동안 가능한 스포츠인 것이다. 또한 사람에 따라서는 담배와 술을 줄이게 돼 건강에 크게 도움이 된다. 맑은 공기와 아름다운 자연 경관이라는 쾌적한 환경을 즐기면서 마음의 여유를 가지고 할 수 있기에 중년 이상의 연령층에게는 이보다 더 좋은 운동은 없다 해도 과언이 아니다.

골프는 흔히 인생에 비유되곤 한다. '두 번에 할 일을 한 번에 하려 들면 세 번에 하게 된다.' '일생에 홀로 해내야 되는 두 가지 일은 골프와 죽음이다.' 라는 이야기 등은 골프가 그만큼 인생살이와 비슷함을 말해준다. 우스갯소리로 '한 구멍에서 나오는 대로 또 한 구멍을 찾아 나선다.' 는 점 또한 비슷하지 않느냐 말하는 사람도 있다.

사실 골프를 하면서 한 번이나 두 번의 샷으로 그린 위에 볼을 올려놓으려 욕심을 부리는 골퍼들이 태반이다. 그러나 정작 욕심을 부리다 보면 미스 샷이 나오게 마련이어서 두 번이 아니라 세 번, 더러는 네 번의 샷을 해야만 온 그린 되는 경우가 많다. 퍼팅을 할 때도 그렇다. 한 번에 홀에 넣으려다 보면 힘이 들어가게 돼 볼이 홀을 지나치게 되고, 그 같은 실수는 조바심으로 이어져 두세 번 더 퍼팅을 해야 되는 위기를 맞게 되기 십상이다. 그러다 보면 스코어는 엉망이 되고 말지만 그런데도 또다시 필드를 찾게 되는 마력이 바로 골프에 있다.

라운드 약속, 두 개의 에피소드

이런 에피소드가 있다. 어느 골퍼가 골프장으로 향하던 중 장례행렬과 마주쳤다. 그는 차에서 나와 장의차를 향해 머리 숙여 정중하게 조의를 표했다. 같이 가던 골퍼가 의아하게 여겨 물었더니 그는 '아내의 장례행렬'이라면서 '참 좋은 아내였다.'라고 하더라는 것이다. 골프 약속 때문에 부인의 장례에도 참석하지 않았다는 이야기다. 물론 이는 과장된 것이지만 그만큼 골프 라운드 약속은 반드시 지켜야 된다는 점을 강조하는 우스갯소리라 하겠다. 그 정도까지는 아니더라도 골프를 치다 보면 라운드 약속 때문에 가까운 친척들의 행사에 참석하지 못했다는 말을 자주 듣는다. 비기너가 연습장에서 골프 연습을 거의 마무리 할 때쯤 자주 듣게 되는 이야기 중의 하나가 바로 '라운드 약속 지키기'다. 동반자들과 골프를 하기로 약속했다면 하늘이 두 쪽 나더라도 이를 지켜야 한다는 것이다. 곁들여서 '라운드 약속은 본인이 사망한 경우가 아니면 반드시 지켜야 한다.'는 말도 뒤따른다. 그만큼 골프 라운드 약속은 소중하다는 의미이다.

골프는 또한 그만큼 신사적인 운동인 것이다. 그러나 어쩔 수 없이 약속을 지키지 못할 때도 없지 않다. 갑자기 배탈이 날 수도 있고 급성 맹장염으로 병원에 먼저 달려가야 될 상황에 놓이게 될 수 있다. 이런 경우라도 죽을 정도가 아니면 반드시 동반자에게 이를 알리고 양해를 구해야 되는 것이 골프의 매너다.

어느 골퍼가 밤새도록 고열과 배탈에 시달렸지만 다음날 그 같은 몸으로 골프장에 나가 동반자들에게 사정을 설명한 뒤 일행들이 티 오프 하는 것을 보고 나서야 병원으로 달려갔다는 이야기가 골프계에 전해지고 있다. 사업상 그날 라운드를 하기로 했는데 그만 아쉽게도 같이 하지 못했었지만 그의 그 같은 매너가 오히려 다른 동반자들에게 좋은 감정을 심어 줘 계약을 성사시켰다 한다.

물론 약속을 지키는 것이 잇속 차리기여서는 안 될 것이다. 그런데도 약속을 잘 지키다 보면 생각하지도 않은 좋은 결과를 가져오기도 한다는 뜻을 포함한 이야기라 여겨진다. 자신이 처한 상황에서 최선을 다해 상대방을 존중하고 예의를 갖추는 모습은 아무리 강조해도 지나치지 않는 골프 매너라 하겠다.

골프 부킹을 취소하는 경우도 마찬가지다. 특히 예약을 취소하는 것은 골프장에 금전적인 손해를 끼칠 수도 있는 행위이기 때문에 반드시 미리 사정을 말하고 취소해야 한다. 말없이 예약을 취소하면 그 시간에 골프를 치고 싶어하는 사람이 운동을 할 수 없게 돼 결국 피해를 주게 되는 측면도 고려해야 된다. 예약된 시간에 운동을 할 수 없을 땐 반드시 미리서 취소를 해 다른 사람이 그 시간을 활용할 수 있도록 해 주는 것도 골퍼로서 지켜야 될 에티켓인 것이다.

비가 오거나 눈이 올 때도 마찬가지다. 비가 온다 해서 운동을 할 수 없을 것이라 짐작하고 아무 말 없이 골프장에 나가지 않는 것은 결례이다. 골프장 측은 물론이지만 동반자들에게도 그는 예의 없는 사람으로 낙인찍히기 쉽다. 비나 눈이 올 때도 전화로 골프장 측에 취소 여부를 통보해야 된다. 더러는 이때도 골프장에 나가 경기 가능 여부를 확인하고 결정해야 된다는 골퍼도 없지 않다.

자네 왜 그리 헤드업을 하나

김영삼 전 대통령은 골프보다는 등산과 수영을 좋아했다. 김 전 대통령은 왜 골프를 좋아하지 않았을까. 오래 된 얘기지만 서울대의 한 정신과 교수가 그럴듯한 분석을 해 시선을 끈 적이 있다. 수영을 하다 보면 물속에선 고개를 자주 들어야 하지만 골프에서는 고개를 드는 것이 금기시 돼 있기 때문이라는 것이다.

헤드업, 골퍼라면 영원히 해결해야 할 숙제가 아닐 수 없다. 일반적으로 기술은 한 번 몸에 익히면 빨리 잊혀지거나 사라지지 않기 마련이다. 그런데 골프 기술은 이상하게도 조금만 경과하면 잊게 된다. 엊그제 싱글을 기록하던 골퍼라도 몇 주만 필드에 나가지 않으면 운동의 감(感)을 찾지 못하고 필드를 헤매기 일쑤다.

백구가 방향을 잃고 좌우 천방지축으로 날아가다 보면 골퍼들은 스트레스만 더 받게 마련이다. 이때 함께 라운딩을 하던 동료들이 흔히 두고 쓰는 말이 있다. "자네 왜 그리 헤드업을 하는거야?" 볼이 안 맞았을 때 의례 들려오는 '헤드업' 한마디가 모든 잘못을 다 말해주는 것 같다. 자신이 소신껏 내려친 볼이 엉뚱한 곳으로 날아가지 않을까 하는 조바심, 거기에 볼의 방향을 알고 싶어하는 심리가 거의 무의식적으로 고개를 들게 하는 것이다. 고개를 들다보면 필연코 뒤땅이나 볼의 탑을 치게 된다든지 해서 백구가 엉뚱한 방향으로 튀어나간다.

헤드업은 단순히 머리를 든다는 것만을 의미하지 않는다. 머리를 들게 되면 스윙 중심 축이 무너지고, 따라서 볼은 본 궤도에서 벗어나는 것이 오히려 당연하다. 그럼에도 정작 골퍼 자신은 헤드업 때문에 미스 샷이

나오는 것인지 모르고, 클럽 탓을 하거나 다른 엉뚱한 곳에서 그 원인을 찾으려 한다.

요즈음 TV에 자주 중계되는 메이저 대회에서의 국제적인 선수들의 플레이 자세를 면밀히 검토해 보라. 그들은 샷의 피니시를 끝내고도 상당한 순간까지 머리를 그대로 고정시켜 놓은 채 눈만 아래로 직시하고 있는 장면을 볼 수 있다. 날아가는 볼은 동반 플레이들이 봐주고 본인은 볼이 있던 자리를 한참 응시한 후에야 고개를 든다. 그래도 분명 백구는 그림처럼 창공을 비행하고 있다.

결국 헤드업을 하지 않고 볼이 놓인 자리를 꿰뚫어 보며 스윙한다는 것은 스윙의 중심 축을 흐트러뜨리지 않고 스윙함으로써 안정된 원운동을 가능케 하는 것이다. 모든 스윙은 축을 받쳐주는 중심이 안정되어야 제대로 된 회전운동이 가능하다. 골프의 경우 등허리를 기준으로 한 중심 축이 흔들리지 않고 아래쪽 양발이 굳게 받쳐 준다 해도 머리만은 고정되어 있지 않기 때문에 순간적으로 쳐들게 되는 것이다. 지극히 간단한 것 같으면서도 쉽지 않은 것이 헤드 동작이다. 머리를 고정시키기 위해서는 꾸준히 연습하는 길 밖에 없다.

골프 황제 잭 니클라우스 같은 선수도 헤드업을 하지 않기 위해서는 의도적으로 약간 오른 쪽으로 고개를 돌리고 눈길을 볼의 뒤통수에 두면서 백스윙을 천천히 할 것을 권하고 있다. 클럽에 바로 맞은 볼은 전방을 향하여 날아가도록 되어 있다. 볼을 끝까지 노려보고 멋진 샷을 날린 한참 후에 고개를 들어도 때는 늦지 않다. 그림같이 비행하는 백구의 아름다움을 만끽할 수 있을 것이다.

테니스를 하자니 너무 늙었고

"테니스를 하자니 너무 늙었고 골프를 하자니 아직은 우리가 너무 젊 잖아."

이런 대화를 나누고 있는 사람들은 아마 30대쯤 되었던 것 같다. 우연 히 보게 된 어느 외국 영화 속에 나오는 대사다. 외국에선 골프라는 운동 을 주로 나이 든 사람들이 한다는 사실을 유추해볼 수 있는 대목이다.

요즈음 우리네 골프장의 필드를 누비고 있는 층은 거의 30대~40대들 이다. 주말이나 휴일은 물론 평일에도 이들이 주류를 이루고 있다. 60대 이상은 거의 찾아보기가 어려울 정도다.

한창 일할 나이의 젊은 층이 대여섯 시간 이상을 필드에서 보내고 있는 모습을 보고 있노라면 마음이 무거워지곤 한다. 골프장 관리인으로서야 평일이 됐든 휴일이 됐든 내장객이 많으면 좋고, 더군다나 그들의 연령 에 상관할 바는 아니다. 그럼에도 산업 현장에서 일해야 될 한창 나이의 젊은이들이 평일에 골프를 즐기고 있는 것을 보면 한편으로 안타까운 생 각이 들곤 하는 것이다.

지금은 고인이 됐지만 정주영 현대그룹 회장은 50세가 돼서야 골프를 시작했다 한다. 그는 60~70년대 우리나라 골프장 건설 공사에 참여할 만큼 골프장과 일찍 인연을 맺었다. 서울 컨트리 클럽 재건 공사에 현대 건설이 참여하여 법인 회원이 되기도 했다. 말하자면 골프장에 드나들 면서 골프를 즐길 수 있는 여건은 마련됐던 셈이다. 그런데도 그는 골프 를 멀리 했다. 임직원들이 권하면 정 회장은 "시간이 없어서 못한다"고 답하곤 했다 한다. 현대그룹을 일류 기업으로 육성시키려는 의지였다는 것이다.

또 하나는 그 자신 만능 스포츠맨이었기에 나이 들어서 골프를 시작해도 잘하리라는 믿음이 있었던 것 같다. 정 회장은 축구 농구 배구 등 구기 종목뿐만 아니라 수영 실력도 수준급이었다. 특히 씨름과 테니스에도 발군의 실력을 과시했다. 70세 때 20대의 사원과 씨름을 하여 이길 정도였다. 그만큼 운동신경이 뛰어났다.

정 회장이 골프에 입문한 것은 지난 77년 전경련회장을 맡으면서부터였다. 재계 오너들로 구성된 전경련 회원들은 매월 골프 모임을 통해 우의를 다지곤 했다. 정 회장은 역시 운동 신경이 좋은 탓인지 골프 실력이 빠른 속도로 향상됐다. 그렇다면 정 회장의 골프 실력은 어느 정도였을 까? 만능 스포츠맨이었지만 그의 골프 실력은 가장 좋을 때 핸디캡 18로 보기플레이를 하는 수준이었다. 싱글 핸디캐퍼의 꿈은 이루지 못한 셈이다.

정 회장의 골프를 떠올리면 이훈동 조선내화 주식회사 명예회장도 함께 생각나곤 한다. 이 회장은 정 회장보다 더 늦은 나이인 63세 때 골프를 시작했다. 그런데도 현재 90을 바라보는 나이지만 보기 플레이를 할 정도로 수준급 실력과 함께 왕성한 체력을 자랑하고 있다. 젊은 시절은 다양한 운동으로 체력 단련에 힘쓸 수 있지만 나이가 들면 건강 관리로서 골프만큼 적합한 운동이 없다는 것이 이 회장의 지론이다. 근대 골프의 선구자 벤 호건의 말이 떠오른다.

"골프에 연령은 없다. 의지만 있다면 몇 살에 시작해도 향상이 있다."

신만이 아는 안개 속 홀인원

봄가을이면 아침 안개 때문에 필드를 헤매며 고생하는 골퍼가 많다. 한치 앞도 볼 수 없어 앞 팀의 소리를 들어가며 경기를 진행한다.

어떤 골퍼는 안개 낀 날이 오히려 더 좋다고 한다. 샷을 하면서 날아가는 볼이 보이지 않으니 고개를 들 필요가 없고, 따라서 헤드업을 하지 않으니 더욱 좋은 결과가 나오지 않겠느냐는 것이다. 그러나 샷한 백구가 그림처럼 푸른 창공을 날아가는 것을 보지 못하는 아쉬움을 어떻게 표현할 수 있단 말인가.

웃지 못할 에피소드가 있다.

파3홀에서였다. 자욱하게 끼어 있는 안개로 저 건너편 그린의 빨간 깃발마저 희미하게 나부끼고 있었다. A씨는 깃대와의 거리를 어림잡아 샷을 날렸다. 캐디는 '굿 샷'이라고 외쳤고, 볼은 깃대를 향하여 날아가는 것 같았다. 그린에 당도하여 샷한 볼을 찾아보았으나 아무리 두리번거려도 볼은 그린에 없었다. 상당한 내기가 걸려 있던 터였다. A씨는 한참 볼을 찾아 헤매더니 갑자기 그린 주변 꽃밭에서 볼을 찾았다고 소리쳤다. 경기가 계속 돼 B씨가 제일 먼저 퍼팅을 마치고 홀인한 볼을 집어 올리는데, 웬걸 또 하나의 공이 컵 속에 들어있지 않은가.

볼을 꺼내 보니 A씨가 처음 친 볼인 듯 싶다. 그렇다면 꽃밭에서 찾은 볼은 어떻게 된 것일까. 두 개의 볼 모두 번호는 같았다. A씨가 만약 꽃밭에 또다른 볼을 놓고 치는, 이른바 '알까기'를 했다면 그는 내기에 걸린 돈 몇 푼 때문에 평생에 한번 있을까 말까 한 홀인원을 놓치고 만 것이다. 진실은 A씨 자신과 하나님만이 알고 있을 것이다. 어찌됐든 A씨가 속였다면 꿈의 홀인원을 날려버렸으니 땅을 치고 통곡한들 소용이 없다. 이미 다른 볼로 플레이를 한 상태이니 컵에 들어간 홀인원은 인정이 안 되는 것이다.

볼이 그린에 올라간 것을 확인하였으나 아무리 찾아도 발견할 수 없을 때에는 원위치로 돌아가 잠정구를 쳐야 한다. 잠정구를 그린에 올렸는데, 컵 속에 먼저 친 볼이 홀인 된 것을 뒤에 발견했다면 볼이 컵 속에 들어갔으므로 그 홀에서의 플레이는 끝난 것이다. 처음의 볼이 홀인원으로 인정되므로, 따라서 잠정구를 쳤던 것에 대하여 벌타는 없다. 러프에서 공을 찾아 헤매다 보면 더러 자신의 볼 이외의 공을 습득할 수 있다. 그런데 그 볼은 동반자의 볼일 수 있다. 이 경우 동반 경기자에 대해 경기자는 국외자이므로 볼을 집어 올려도 벌타는 없으며, 원 위치에 동반경기자의 볼을 리플레이스하여 플레이를 계속하면 된다.

친한 동료나 직장의 상사를 모시고 플레이를 하는 경우, 샷 한 동료의 볼이 OB 또는 해저드 말뚝에 아슬아슬하게 걸려 있거나 아웃 상태에 놓여 있을 때가 있다. 이때 세이프 선언을 해 페널티가 없도록 선심을 베풀어주기도 한다. 또 선수권 대회 등에서 아직 우승의 경험이 없는 플레이어가 모처럼 기회를 잡아 잘 나가고 있는데 같은 경우가 발생하면 동료나 후배에게 우승컵을 안겨주고 싶은 마음에 동정심을 발휘해 세이프 선언을 해줄 수도 있다. 그러나 이 경우 두 선수 모두 실격이 된다.

죽고 없는 멀리건은 왜 불러

미국의 빌 클린턴 대통령의 골프에 대한 흥미로운 일화가 있다. 티샷 한 볼이 마음에 들지 않으면 다시 한 번 날리는 것이다. 다시 말해서 그가 걸핏하면 '멀리건'을 외친다는 얘기다. OB 빼고, 러프 빼고 다시 치는 샷으로 스코어를 계산하면 항상 싱글 스코어를 기록하니 자기만족이야 그보다 더할 수는 없겠다.

대통령 선거기간 중에도 이 '멀리건'이 화제가 되어 '저렇게 골프 매너가 안 좋은 사람이 과연 대통령에 당선되어도 좋은가.'라는 혹평이 나오기도 했더란다.

'멀리건'(Mulligun)은 처음 친 샷이 잘못된 경우 동반자들이 무벌타로 다시 치도록 하는 샷을 말한다. 클린턴뿐만 아니라 아마추어 골퍼들도 좋아하기는 마찬가지라 하겠다. 대부분의 골퍼들이 티잉 그라운드에 서서 시원스럽게 드라이버 샷을 날리지만 '골프와 자녀 문제는 마음대로 되지 않는다.'는 말처럼 회심의 샷이 OB 지역으로 날아가거나 바로 코앞에 떨어져서 굴러가는 경우가 있다.

다행히 동료가 '멀리건' 하고 구세주가 되어주면 좋으련만, 그러기는 커녕 '상대방의 실수는 곧 자신의 기쁨'이 된다는 듯이 오히려 마음 속으로 회심의 미소를 머금는다. 겉으로는 "저런, 저런, 안됐습니다." 걱정을 해주는 척하면서 '멀리건' 소리는 끝내 하지 않는 것이다. 상대방이 외쳐 주지 않을 경우, 성질 급한 골퍼는 자신이 먼저 '멀리건'이라고 선언하는 웃지 못할 일이 발생하기도 한다. 오죽이나 억울하고 안타까우면 그랬을까.

　그러나 '멀리건' 을 남발하다 보면 골프의 더 큰 매력을 잃어버릴 수 있다. 뒤 팀이 기다리든 말든, 앞 팀이 이미 홀아웃하여 홀이 비어 있든 말든, OB가 나지는 않았지만 미스샷으로 백구가 티잉 그라운드 안에 떨어져 굴러가도 '멀리건' 을 외친다면 골프의 참맛을 잃기 십상이다.

　'멀리건' 이란 동반자들이 합의를 거쳐 베푸는 일종의 아량이며 본인이 요구할 수 있는 것은 아니다. 또한 맨 처음 티샷을 할 때 줄 수 있는 관행이지 매 홀마다 '멀리건' 을 선언하는 것은 더더군다나 아니다. OB가 나더라도 동료들의 눈치를 보지 않고 당당하게 OB티로 걸어나가는 골퍼야말로 참으로 매너 좋은 골퍼라 할 수 있겠다.

　'멀리건' 은 옛날 스코트랜드 지방에 살던 4명의 골프 단짝 중 한사람의 이름이다. 이들은 자주 짝을 지어 라운딩을 즐겼는데, 어느 날 멀리건 씨가 독감에 걸려 죽고 말았다. 멀리건이 죽은 후에도 이들 세 사람이 운동을 계속하는데 이 지방은 주말 경기에 3인 경기를 허용하지 않아 문제가 생겼다. 이들은 궁리 끝에 죽고 없는 멀리건의 이름을 써넣어 경기과에 제출하였다. 마침 경기 진행팀장이 신참이어서 이들 팀원을 잘 모르는 바람에 그대로 통과됐다. 이들은 순서에 의해 모두 티샷을 한 후 페어웨이로 나가면서 '멀리건' 하고 소리 높여 외쳤다는 것이다.

　'멀리건' 이 정확히 언제부터 속설(俗說)이 되어 골프 게임에 전해오는지는 알 수 없으나 골퍼라면 누구나 할 것 없이 '멀리건' 을 외쳐주기를 바란다. 그러나 '규칙' 에 의해 '멀리건' 은 절대 허용되지 않는다.

골프에 관한 명언 몇 가지

스코틀랜드 지방에 오래 전부터 내려오는 골프에 대한 금언(金言) 세 가지가 있다.

그 첫 번째가 골프클럽을 '천천히 올리고 천천히 내려라.' (Slow Back Slow Down)이다. 경력자든 초심자든 골프 금언을 코치나 선배에게 귀에 못이 박히도록 듣건만 티잉 그라운드에 올라서면 이를 잊는 수가 많다. 볼을 멀리 보내고 싶은 욕심에 '빨리 올리고 빨리 내리게' (Quick Back Quick Down) 되고 만다.

우리 국민성을 말할 때 흔히 '빨리 빨리' 근성과 '냄비성' 성격을 지적하는 이도 있지만 골프 명언 중 슬로우 백은 대단히 중요한 말이다. 여기서 '천천히' 의 참뜻은 '아주 느리게' 라는 뜻이 아니라 '중용(中庸)의 속도' 라고 할 수 있다. 따라서 성급하거나 지나치게 빠른 스윙은 좋은 습관이 아니라는 말이다.

다음은 '볼에서 절대로 눈을 떼지 말라.' (Keep Your Eyes on the Ball.)이다. 볼을 내려칠 때 골퍼는 '고양이가 쥐를 잡으려는 순간처럼' 볼을 노려보고 샷을 하라는 얘기다. 그러나 수년 동안 볼을 쳐온 상당한 수준의 골퍼도 순간적으로 고개를 들고 만다. 자신이 샷한 볼이 날아가는 방향을 보기 위해 샷을 하기도 전에 머리를 들게 되는 것이다. 끝까지 볼을 응시하고 서서히 스윙을 하여 정확하게 맞힌다면 백구는 초원의 창공에 그림처럼 비상할 것이다. 그때 고개를 들어 볼을 쳐다 보아도 늦지 않다. 목표를 향하여 날아가는 백구의 모습에서 골퍼는 기쁨의 순간을 맛볼 수 있을 것이다.

마지막으로 '다다르지 못하면 들어가지 않는다.' (Never Up Never In.)
이다. 골퍼들은 18홀의 여행을 하면서 긴 여행이든 짧은 여행이든 그린
위에 백구를 올려놓고 회심의 원 퍼팅을 노린다. 결국 퍼팅으로 홀에 볼
을 넣어야 여행이 끝나기 때문이다.

홀에 미치지 못하는 퍼팅을 흔히 '공무원 퍼팅' 이라고들 한다. 대부분
의 성실한 공무원들에게는 실례되는 표현임이 분명하지만 아마도 무사
안일한 일부 복지부동 공무원이 없지 않기에 생긴 용어일 것이다. 지나
가지도 않는데 어떻게 들어갈 수 있으랴. 과감하게 컵을 지나도록 소신
있게 퍼팅을 하여야 홀인 된다는 얘기다. 생각할수록 맞는 말이다.

그러나 강하게 퍼팅을 하여야 할 경우에도 살짝 대고 마는 이도 있다.
차라리 못 미치더라도 2퍼트로 끝내 보기(bogy)나 파(par)를 하는 것으로
만족하는 스타일이다. 그러나 마지막 순간 과감하게 퍼팅하여 홀인시키
는 기쁨을 그 무엇에 비기랴. 이밖에도 '드라이버는 쇼요 퍼트는 돈이
다.' 랄지 '롱홀일수록 짧게 쳐라.' 혹은 '퍼팅할 때 손목을 쓰지 말라.'
등 골프에는 수많은 금언이 있다.

유독 골프라는 운동에 이처럼 금과옥조의 격언이나 금언이 많은 까닭
은 무엇일까. 그것은 그만큼 어렵기 때문이 아닌가 생각된다. 마치 인생
이 그렇게 쉽지 않은 것처럼. 험난한 인생에서 수많은 민초들이 부대끼
며 축적된 지혜가 속담으로 남는 것처럼 골프라는 운동도 그만큼 어렵고
힘들기에 그런 좋은 말들이 생겨났을 것이란 생각이다.

신선한 충격, M회장의 매너

숲 속으로 들어간 볼을 찾지 못하고 볼이 사라졌음직한 곳에서 드롭하여 다음 샷을 하였을 경우 벌타 문제로 종종 플레이어들 사이에 다툼이 일어난다. 볼을 잃어버린 지점에서 2벌타를 부과 받고 드롭 후에 다음 볼을 쳐야 한다고 주장하는 플레이어가 있다. 이 경우 엄밀히 말하면 2벌타가 아니고 3벌타를 부과 받고 원위치로 돌아가 다시 쳐야 한다. 왜냐하면 5분간 볼을 찾았는데도 볼을 찾지 못하였으므로 로스트 볼이 되어 1벌타를 부과 받고, 원위치로 돌아가 다시 치지 않고 볼을 잃어버린 부근에서 드롭하여 쳤으므로 오소(誤所) 플레이를 한 중대 위반이 되어 2벌타를 부과 받아야하므로 합계 3벌타가 된다.

골프 규칙엔 분실구(Lost Ball)를 다음과 같이 정의하고 있다. "플레이어, 그의 사이드 또는 이들 캐디가 볼을 찾기 시작하여 5분 이내에 발견하지 못하거나 자기 볼임을 플레이어가 확인하지 못할 때 로스트 볼로 인정하여야 한다."('용어 정의 28' 과 '규칙 27조 a')

몇 년 전 필자는 실제로 경기 중에 이런 일을 경험한 적이 있다. 이 지방에서 골프의 매너와 룰을 잘 지키기로 손꼽히는 M회장과 서울에서 온 탤런트 유인촌 씨와의 라운딩 중에 일어난 일이다.

900 CC 스프링 코스 6번 홀은 그 코스에서 핸디캡이 1번인 난코스다. 오르막 필드인데다가 오른쪽 산모퉁이를 휘돌아 그린이 숨어 있으므로, 드라이버 샷을 잘못 휘둘렀다가는 산속 숲으로 날아가 종종 OB가 발생하는 코스다.

M회장은 벙커 앞에 자리잡고 있는 백구를 단숨에 온 그린 시키고자 했

다. 그러나 마음과는 달리 볼은 엉뚱하게도 그린 옆 숲 쪽으로 날아갔다. 그래도 설마 숲 속으로 들어가진 않았겠지 하며 그린 옆 부근에서 동반자와 함께 공을 찾아 헤맸으나 끝내 찾지 못했다. 할 수 없이 로스트 볼을 선언하고 다른 공을 근처에서 드롭하여 플레이를 계속하였다. 물론 돌아가 원위치에서 쳐야 하지만 경기 진행상 M회장은 로스트 1벌타와 오소 플레이 2벌타 등을 감수한 것이었다. 그리고 자신의 스코어를 더블파로 선언하였다. 그런데 동반 플레이어가 퍼팅을 하는 순간에, 계속 볼을 찾아 헤매던 캐디가 잃었던 볼을 바로 산모퉁이 러프 속에서 찾았다고 소리치지 않는가.

이때 마음 좋은 동반 플레이어 한 사람이 다시 찾은 볼로 플레이를 하도록 M회장에게 권하였다. 그러나 M회장은 단호히 거절하였다. 5분 안에 찾지 못할 경우 로스트 볼로 인정, 그 장소에서 드롭 플레이를 하였을 경우 3벌타를 부과받아야 한다고 자신의 더블파를 고집하였다. 동반 플레이어는 우리가 프로 선수도 아니므로 찾은 볼로 다시 인플레이하도록 강권하였으나 끝내 M회장은 사양하였다.

요즈음 골프의 룰과 매너를 우습게 알고 골프장을 드나드는 골퍼들은 당연히 찾은 볼로 인플레이를 할 것이고 이를 규칙에 따라 반대한다면 큰 싸움이 벌어질 것이 불을 보듯 뻔하다. 이에 비해 이날 M회장의 깨끗한 매너는 필자에게 신선한 충격을 주기에 충분했다.

백파(百破) 또는 싱글로 가는 길

요즈음 세계적인 골프 경기는 거의 매일 TV를 통해 관전 할 수 있다. 골프의 대중화로 방송 매체에서 다투어 중계 방송을 하고 있기 때문이다. 몇 년 전만 하여도 골프 운동을 경원시 하던 것을 생각하면 격세지감을 느끼게 된다.

중계 방송에선 티샷이나 러프샷도 비춰주지만 대부분의 시간을 그린 위에서 퍼팅하는 장면으로 할애하고 있다. 갤러리도 그린 옆에 구름처럼 모여 앉아 있고 특히 18번 마지막 홀 그린 주변엔 유명한 시합일수록 인산인해를 이룬다. 이것은 그린 위에서의 퍼팅이 그만큼 경기의 승패를 좌우하기 때문일 것이다. 특히 프로의 경우 대부분 규정 타수 내에 온 그린 시키고, 파5홀에서 투온하는 경우도 있으나 승패는 역시 퍼트에서 좌우된다 해도 과언이 아닐 것이다. 유명한 마스터스 경기나 US 오픈, 브리티시 오픈 대회 같은 메이저 대회에서도 선두를 달리던 선수가 50㎝ 퍼트를 놓쳐 뒤따라오던 선수와 연장전에 들어가는 경우가 있다. 또한 연장전에서도 짧은 퍼트를 놓쳐 아까운 우승컵을 놓치는 경우를 우리는 스릴 있게 감상을 할 때가 한두 번이 아니다. 김미현의 경우도 선두를 잘 지켜가다가 퍼트 하나 때문에 몇 번의 우승을 놓쳤던 적이 있다. 그렇게 간단하게 보이는 퍼트가 승패를 갈라놓는 것을 보면 퍼트의 기술이 얼마나 중요한가를 실감 할 수 있을 것이다.

주말 골퍼나, 가사에 얽매어 연습장에 자주 못 나가는 주부 골퍼 역시 퍼팅 때문에 똑같은 고민을 하게 마련이다. 3~4m 퍼트는 쑥쑥 잘 들어갈 때가 있는가 하면 1m 짜리 짧은 거리는 종종 놓치는 경우가 많다. 그러나 골프를 잘 치는 사람들은 짧은 거리의 퍼팅은 절대로 놓치지 않는다. 실수는 대부분 백스윙이 급하거나 빠르다든지, 퍼터 헤드가 흔들린다든지, 또는 헤드업을 하는 것 등이 주요 원인이 된다. 더군다나 1m 짜리 퍼팅에선 홀이 시야에 들어오기 때문에 아무리 머리를 고정시킨다 해도 퍼팅 순간 곁눈질과 동시에 고개를 들고 만다.

퍼트는 일정한 거리로 똑바로 볼을 보낼 수 있느냐가 관건이며, 더더구나 잔디 결을 보고 높낮이를 판단하는 고도의 기술이 필요하다. 따라서 끊임없는 노력과 연습으로 필링(feeling)을 익히고 어떠한 어려운 상황에서도 이를 극복해 나가지 않으면 안 된다. 그래서 지루하고 싫증이 나더라도 집에 있는 매트를 최대한 활용하여야 한다. 요즈음 퍼팅 매트도 다양하게 제조돼 판매되고 있으므로 헌 공 200여 개씩을 사모아 하루에 2회씩만 연습퍼팅을 하면 400회의 퍼팅으로 거리감과 타구감을 느낄 수 있을 것이다. 스코어 향상에 왕도가 있는 건 아니다. 바로 이 길만이 초보자는 100타를 깰 수 있고 중견 골퍼는 80타에 도달할 수 있는 첩경이 아닌가 한다.

또 한 가지, 프로들의 경험에 의하면 퍼팅은 기술적인 면도 중요하지만, 편안한 마음가짐과 '백구가 홀 컵으로 빨려 들어간다' 는 마인드 컨트롤이 중요하다고 한다. 실제 골퍼들이 중·장거리 퍼팅을 홀인시켰을 때 엔돌핀이 솟아오르는 기쁨을 반추해 보면 마인드 컨트롤의 효과를 짐작할 수 있을 것이다. 따라서 연습 스트로크를 할 때에는 백구가 홀 컵에 들어가는 모습을 미리 머리 속에 그려보는 게 중요하다.

당신들 영어 할 줄 모르나

골프에서 300m짜리 호쾌한 드라이버 샷이나 1m짜리 퍼팅이나 다같이 1타로 친다. 그만큼 퍼팅이 중요하다는 뜻이다. 프로 골퍼들이 가장 싫어하는 퍼팅 거리가 1m 안팎이라고 한다. 유명한 프로 골퍼들도 그 거리에서는 성공률이 50% 정도밖에 안 될 정도다. 이만한 거리에서 홀인 되면 당연한 일이고 안 들어가면 그야말로 망신이라 여기는 까닭이다. 그러고 보면 프로들이 그 정도 거리에서 퍼팅할 때 그 어떤 샷보다도 신중에 신중을 기하고 있는 모습을 간혹 TV 중개를 통해 볼 수 있다.

일반적으로 프로 선수들은 1m 짜리 퍼팅 연습을 하루에 수백 번씩 하여 1년 통산 몇 트럭의 볼을 밀어 넣고 있다. 그러면서도 정작 그린에서는 신중하게 퍼팅을 하는데도 실수를 하곤 한다. 하물며 아마추어 선수들의 퍼팅은 어떻겠는가. 너무 긴장한 나머지 퍼팅을 주저하며 상대방이 은근히 기브 주기를 기대한다. 컵 주변 1m 전후에 붙여 놓고 동료 골퍼들의 눈치를 살펴볼 때가 있다. 다행히 어느 동반자가 'OK' 라고 선언하면 잽싸게 백구를 집어들고 마는 경우가 비일비재하다.

그러나 동반자들이 아무도 'OK' 를 외치지 않으면 "왜들 영어 할 줄 모르나?" 하면서 은근히 'OK' 주기를 유도한다. 또 어떤 골퍼들은 상사나 윗사람과 운동하면서 홀에서 1m 이상 훨씬 멀리 떨어져 있는 볼까지 집어 주며 친절하게도 'OK' 를 선언한다. 반대로 아마추어 골퍼들이 프로의 흉내를 내면서 끝까지 홀아웃을 주장하는 이도 없지 않다. 많은 돈을 걸어 놓고 도박 골프를 하는 이들은 그처럼 원칙주의자인 양 행동한다.

본시 OK란 퍼팅을 홀아웃한 것으로 간주하는 것으로 통상 퍼터 샤프트 길이보다 짧을 때 시간 절약을 위해 기브(Give)하는 것을 말한다.

골프의 진수는, 티잉 그라운드에서 드라이버샷을 푸른 창공으로 그림처럼 날려 페어웨이 한 가운데 백구를 안착시키는 것이라 하지만 거울같은 그린 위에 올린 백구를 퍼터로 가볍게 컵에 넣어 '땡그랑' 하는 소리를 듣는 것 또한 이에 못지 않을 것이다. 컵을 울리는 소리를 듣지 못한채 OK를 받고 끝내면 그만큼 골프의 재미가 반감된다.

원칙적으로 말한다면 이는 명백한 규칙 위반이며 좋은 매너가 아니다. 그린에서 마크를 하지 않은 채 공을 집어 올리는 행위는 스트로크 플레이에서는 1벌타를 부과 받고 원래 위치에서 리플레이스(replace)하고 다시 퍼팅을 해야 한다.(골프 규칙 3조 2항, 20조 1항)

아무리 짧은 거리의 볼이더라도 OK를 받지 못했을 땐 퍼팅을 하여 '땡그랑' 소리를 듣고 그린을 기분 좋게 빠져나가야 한다. 그게 골프의 참맛이다. 따라서 자신감을 가지고 퍼팅에 임하여야 할 것이며 동반자의 눈치나 보며 볼을 집어 올린다거나 'OK를 주느냐' '주지 않느냐' 며 핏대를 올리다가 감정싸움으로 비화된다면 골프의 기본 정신을 훼손하는 일이다. 그러나 동반자에게 심장병이 있다거나 건강에 문제가 있다면 한 클럽 이내의 거리 퍼팅은 게임의 순탄한 진행을 위하여 기쁜 마음으로 OK를 허락하는 것 또한 매너라 하겠다.

뿌린 대로 거두리라

'골프와 여자는 마음대로 할 수 없다.'는 우스갯소리가 있다. 여자는 모르겠으되 골프가 어렵다는 것은 누구나 공감하는 일일 것이다. 어제는 그렇게도 잘 맞던 볼이 오늘은 벙커에서 벙커로, 러프에서 러프로만 찾아다녀 기분을 망치게 하더니 겨우 그린에 올려 놓았지만 '제주도 온'이다. 그것도 내리막 길이어서 갈수록 태산인 경우가 있다. 그러나 동반자는 어떤가. 티샷이 슬라이스가 나서 OB쪽으로 날아가는가 했더니 나무를 맞고 페어웨이 중앙에 떨어지지 않는가? 그것을 페어웨이 우드로 갈겨 단번에 깃대 옆에 붙인다. 본인은 내리막 3퍼팅이 불을 보듯 환한데 상대방은 최소한 파 퍼팅이 가능한 오르막이다. 예상 대로다. 알다가도 모를 골프 운(運)을 탓하면서 다음 홀로 발걸음을 옮길 수밖에 없다.

사실 티샷이나 어프로치샷을 나무랄 데 없이 잘 했건만 간발의 차이로 벙커에 들어가거나 OB가 되어 애를 태우게 하는 일이 어디 한두 번이었던가. 더군다나 짧은 거리의 퍼팅도 컵을 살짝 돌아 비켜 나가버리는 일도 생긴다. 이렇게 마음대로 할 수 없는 것이 골프다. 유명한 선수들도 TV를 보면 어프로치한 볼이 홀을 살짝 스쳐 빗나가는가 하면 심한 경우 컵에 다 들어갔던 볼이 다시 튀어나오는 수도 있다. 그런가 하면 벙커에서 아웃한 볼이 그대로 컵으로 빨려 들어가기도 하고 상상할 수도 없는 롱 퍼트가 스르르 컵에 빨리듯 들어가는 경우도 있다. 이 같은 경우 다 잘 쳤다고 들어가고 잘못 쳤다고 비켜가겠는가? 아무래도 운(運)7 기(技)3이란 생각이 들 법도 하다.

그런데 냉정히 생각해 보면 모든 것을 운으로만 돌릴 것이 못된다. 물론 인간의 힘으로 미처 가늠하기 힘든 결과가 나오는 경우도 있을 것이다. 하지만 프로든 아마추어든 간에 꾸준한 연습과 기량을 닦지 않고 어떻게 깃대 옆에 볼을 붙여 놓을 수 있겠으며 롱 퍼트한 볼이 홀을 찾아 들게 할 수 있겠는가? 어떤 프로 선수는 밤을 새워 가며 벙커 아웃 연습을 하고, 어프로치 연습을 몇 트럭씩 한다고 하지 않는가.

따라서 아마추어들이 연습을 통해 기량을 연마하지 않고 그날의 나쁜 스코어를 운으로 돌리는 것은 애교로만 받아들일 수만은 없다고 하겠다. 유난히 운동 신경이 둔한 사람들은 아무리 노력하고 연습을 해도 도저히 경기력이 향상되지 않는다며 중도에 골프를 포기하는 경우가 더러 있긴 하다. 그러나 인간이란 본능적으로 배워서 알게 되어 있고 꾸준한 노력을 하면 그 결과가 있게 마련이다. 바꾸어 말하면 종두득두(種豆得豆)라는 속담이 틀리지는 않는다.

　　그러나 뿌려놓은 씨앗을 그대로 방치해 둔다면 좋은 열매를 거둘 수 없다. 잡초를 뽑아주고, 퇴비를 주고, 가뭄이 들면 물을 주고 병충해를 구제하여 주는 등 끊임없는 정성과 노력을 기울여야 좋은 열매를 맺을 수 있다. 마찬가지로 골퍼들도 연습을 반복하여 기술을 향상시키면 파도 버디도 줄줄이 낚을 수 있을 것이다. 모름지기 '골프와 여자는 마음대로 할 수 없다.' 지만 열 번 찍어 넘어가지 않는 나무가 있겠는가.

핑계 없는 무덤은 없더라

필드에 나가 보면 골퍼마다 요즈음 어쩐 일인지 볼이 잘 맞지 않는다며 겸손(?)의 얘기들을 하는 것을 많이 볼 수 있다. 정말 겸손해서 그런 경우도 없지 않지만 핸디캡 책정에서 유리한 고지(?)를 점령하기 위한 거짓 겸손인 경우도 많다.

골프가 잘 안 된다는 변명은 100가지가 넘는다고 한다. 어제 과음을 하였더니, 자가운전을 하였더니, 잠을 설쳤더니, 금요일에 연습장에서 심한 연습을 하였더니, 이루 셀 수가 없을 정도다. 결국 저마다 갖가지 핑계를 늘어놓고 스스로 핸디캡을 높게 설정하고 동반자에게 엄살을 떤다.

그러나 이렇듯 골프장에서 자신의 골프 실력을 낮춤으로써 내기에 이겨보려는 심리가 골프 성적을 망치게 하는 또 하나의 원인이 되는 경우도 있다. '핑계 없는 무덤이 없다.' 는 옛 속담이 있긴 하지만, 골프장에서 18홀의 여행을 하다 보면 갖가지 핑계와 변명이 필드에 넘쳐난다.

프로 수준의 아마추어들도 컨디션에 따라 경기가 잘 풀리지 않는 경우가 있고 어떤 날은 신들린 것처럼 경기가 잘 풀려나갈 때도 있다. 샷을 할 때마다 백구는 그린의 깃대 옆에 날아가 안착하고 때리는 퍼팅마다 컵을 흔들고 홀인되는 날이 있는 것이다. 이렇게 운 좋은 날은 어떻게 그 기쁨을 표출할 것인가. 수다스런 친구는 이럴 때 "하나님께 장거리 휴대전화로 '제발 오늘은 친구 녀석을 혼내주도록 잘 부탁드린다' 고 말하고 왔노라." 며 수선을 떨기도 한다. 그러나 골프가 안 되는 날의 핑계는 모두가 부질없는 변명일 뿐이다.

인생살이가 그러하듯이 골프 역시 뿌린 대로 거두어들이는 것이다. 콩

심은 데 콩 나고 팥 심은 데서 팥을 수확하는 것이 만고 진리다. 노력한 만큼 골프 핸디캡은 그 높낮이가 결정되는 것이지 이 핑계 저 핑계를 대 봐야 그야말로 처녀가 애를 배도 할 말이 있다는 격이 아닐 수 없다.

필자는 집에 퍼팅 연습기를 준비하여 놓고 연습 볼 300여 개를 매일 컵을 향해 밀어 넣는 연습을 하고 있다. 하루에 두 번씩 하면 600회, 세 번씩 하면 900회의 퍼팅을 하는 것이다. 수 차례 연습을 되풀이한 덕에 퍼팅 감각을 익힐 수 있었고 그 결과 자랑 같지만 이제 퍼팅의 귀재란 말을 심심찮게 듣는 편이다.

연습 없는 실전은 그 결과가 불을 보듯 뻔하다. 시간이 있을 때마다 연습장에서 기술을 갈고 닦는 자에게 행운의 여신이 손짓하는 것이다. 적당하게 대충 대충하는 운동은 발전이 없다. OB나면 멀리건을 요구해 다시 치고, 러프에 들어간 볼을 꺼내 적당한 곳에 내 놓고 샷을 한다거나 심지어 "나는 벙커를 싫어해!" 하면서 벙커에 놓인 볼을 집어내어 샷을 하는 골퍼는 골프를 모독하는 것이다. 그런 친구는 평생 골프장을 처갓집 드나들 듯 한다고 하더라도 주변 친구들에게 환영받지 못할 못난 인생 항해를 하고 있다는 것을 깨달아야 한다.

골프를 깨끗하게 잘 치는 골퍼들을 살펴보면 대개 사회 생활에도 성공하고 있는 사람들이다. 매너도 없고, 더군다나 연습도 없이 필드를 헤매고 있는 골퍼 치고 존경받는 사회인인 경우를 아직까지 보지 못했다.

3C, 골프의 3대 요소

골프장 입구에 들어설 때마다 대부분의 골퍼들은 이렇게 다짐을 한다. "오늘은 잘 쳐야지" 그러나 5시간 이상을 푸른 초원에서 보낸 뒤 그들이 시작할 때의 소망대로 만족스러운 경기를 끝내고 나오는 경우가 얼마나 될까? 모르긴 하여도 오늘도 역시 아쉬움을 남긴 채 19홀을 향하여 떠나갈 것이다.

일반적으로 골프를 잘 치려면 다음과 같은 세 가지 요소를 갖추어야 한다고 한다. 그 첫 번째가 정신집중력(concentration)이요, 둘째가 자기 통제력(control)이며 마지막으로 자신감(confidence)이다.

필드 어느 곳에든지 골프 클럽을 들고 볼을 스트로크 하는 순간 모든 잡념을 버리고 오직 목표 지점으로 볼을 날려보내겠다는 집중력을 갖는 것이 무엇보다도 중요하다. 고양이가 쥐를 잡을 때 노려보는 바로 그 집중력이라 할 수 있다. 더더군다나 유리알 같은 그린 위에서 퍼팅을 할 때는 집중력 여부에 따라 홀인이 되느냐 컵을 비켜 나가느냐가 갈린다.

다음으로 중요한 것은 자기통제력이다. 골프는 자신과의 싸움이다. 골프에서 이기고 지는 것은 마음가짐이다. 따라서 과욕은 그대로 실패로 이어질 뿐이다.

마지막으로 자신감이다. 아마추어들이 가벼운 내기를 할 때를 보면 시작할 때는 훨훨 날다가도 후반에 들어가면 죽을 쓴다. 내기의 규모가 점점 커지고 배 판의 배 판이 되면 주눅이 들어 어깨가 굳어진 채 샷과 퍼팅이 난조에 빠지는 경우가 없지 않다. 이는 자신감 부족 외에 달리 설명할 수 없다.

소년 시절부터 골프 천재로 알려진 봅 존슨의 경우를 보자. 그는 국내외에서 열리는 대회에 출전하면서 우승을 도맡아 휩쓸었다. 그러나 이상하게도 메이저 대회에 도전할 때마다 패배의 쓴맛을 봐야 했다. 승운이 따르지 않았다는 이야기도 있었지만 훗날 그 시절을 회상하며 그는 이렇게 말하였다. "나는 늘 자신감이 없었어."

21세 되던 해에 그는 심기일전하여 자신감을 회복하였다. 무엇이든지 할 수 있고 어떠한 난관도 이겨낼 수 있다는 투혼이 생겼다. 그 후 존슨은 차례차례 메이저 대회를 정복하기 시작하여 마침내 13개의 메이저 타이틀을 쟁취할 수 있었다. 그리고 사상 초유의 그랜드슬램의 금자탑을 이루었다.

심리학적으로 보면 사람에겐 두 가지의 자기 자신이 있다고 한다. 소극적이고 작은 자신과 크고 적극적인 자신이 잠재해있다는 것. 자신감의 결여는 '작은 자신'이 앞서기 때문이다. 승부에 집착하다 보면 심리적인 중압감이 마음을 억누르게 되고, 따라서 백구(白球)가 작아 보이고 그린은 멀리 보이게 마련이다.

필자와 자주 라운딩을 하는 M회장은 매사에 자신감이 넘치는 분이다. 사업에서나 사회생활을 하는 데도 자신감으로 가득 차 있다. 특히 골프에서도 마찬가지다. 라운딩을 하면서 재미로 내기를 하는데 전반전에는 그럭저럭 볼을 치다가도 후반 열기가 더해갈수록 자신감 넘치는 플레이를 한다.

자신감이란 고도의 기술과 오랜 경험에 바탕을 두어야겠지만, 골프나 인생에서도 하면 된다는 자신감으로 헤쳐나간다면 우승과 성공이 꼭 어려운 일만은 아닐 것이다.

생맥주 한잔, 19홀의 기쁨

사람의 얼굴이 천태만상이듯 골프를 시작하게 된 동기도 사람마다 제 각기 다르다. 그 시작의 시기와 환경 또한 각각 상이하기 때문에 골프에 대한 관심도 차이가 난다. 그러나 비기너는 말할 것도 없이 모든 골퍼들은 골프채를 들고 필드에 나가게 될 때 이른 아침부터 들뜨게 마련이다.

초심자의 경우 점차 익숙해지면서 스코어도 보기 플레이를 넘나들 정도가 되면 골프 열기에 푹 빠져들게 된다. 친구들과 저녁 내기 등을 하게 되고, 나아가서 현금을 주고받는 내기로까지 발전하게 된다. 골프는 다른 운동에 비해 손쉽게 내기를 걸 수 있음을 그 누구도 부인하지 못할 것이다.

가벼운 내기라도 일단 내기가 걸린 18홀을 돌다보면 골퍼들의 각양각색의 성격이 노출된다. 정말 깨끗한 매너와 잘 다듬어진 기술로 멋있는 운동을 펼치는 골퍼가 있는가하면 성급한 골퍼들은 자기 자신을 잘 컨트롤(control)하지 못하고 몇 홀 못 가서 무너져버리는 경우가 많다. 처음에 몇 홀 잘 풀려 나가다가도 어쩌다 OB 한방 터지면 무너져버리는 골퍼 또한 우리 주변에서 흔히 목격할 수 있다.

모든 운동이 그렇지만 게임의 최대 기쁨은 뭐니뭐니 해도 승리에 있기 때문에 지는 게임보다는 이기는 게임이 훨씬 즐겁다는 것은 설명할 필요도 없다. 그러나 골프에서는 스코어가 기대하였던 만큼 못 미치거나 잘못 칠 때가 더 많다는 것은 많은 사람들이 경험하였으리라 믿는다.

승리보다 실패가 많음은 우리 인생살이도 마찬가지일 것이다. 그러니 모처럼 잘 다듬어진 초원에 나와 하루 휴일을 즐기면서 너무 승부에 집착할 필요는 없을 것이다. 승패 여부보다는 매너를 지키면서 멋있는 기량을 펼쳐 보이는 것이 골프의 참 맛이 아닌가. 매너를 강조하고 스스로 자기 자신을 체크하면서 쳐야 하는 골프에서 규칙을 지키면서 승리하였을 때 그 기쁨은 배가 될 것이다.

이러한 기쁨과 즐거움을 맛보기 위해서 끊임없이 노력하다 보면 어느 날 100을 깨뜨리고 90을 무너뜨리고 어느덧 80에 도달하게 된다. 골프에 입문하여 3년 이내에 80대 스코어에 들어서지 못하면 10년이 넘어도 80의 벽을 깨지 못하는 골퍼가 대부분이긴 하지만.

많은 골퍼들이 무더운 여름철에 땀을 쏟아 부으며 필드를 헤매기도 하고 눈발이 휘날리는 영하의 추위에도 아랑곳하지 않고 꽁꽁 얼어붙은 필드를 누비기도 했을 것이다. 때로는 소나기에 공이 떠내려가도 끝까지 내기를 걸고 승부수를 띄우기도 했으리라. 무더운 여름이든, 추운 겨울이든 아니면 만물이 생동하는 오뉴월이든, 오곡이 가득 여문 구시월이든 언제든지 할 수 있는 전천후 운동이 골프다.

특히 18홀 라운딩을 마치고 욕실에 들어가 몸을 씻고 나면 설령 스코어가 나빠 친구에게 좀 당했더라도 모든 울분일랑 다 잊고 또다시 내일의 운동을 기약하게 된다. 아울러 몸을 씻고 식탁에 앉아 동반자들과 건배하며 시원한 생맥주 한잔을 단숨에 마시는 것이야말로 골프의 19홀에서 맛 볼 수 있는 더욱 큰 즐거움이 아닌가 싶다.

사람을 알려면 함께 라운딩을

아침이면 서리가 하얗게 내린 필드, 햇살을 받아 김이 뽀얗게 피어오르는 자연 속에 서면 자신도 모르게 심호흡을 하게 된다. 폐에 가득한 신선한 공기, 가벼운 마음으로 티샷을 하면 창공을 가르는 백구의 힘찬 비상이 더 없이 호쾌하게 느껴진다. 나는 요즈음 세계적인 코미디언인 미국의 보브 호프가 했던 말을 가끔 떠올리곤 한다. 그는 "플레이를 어떻게 했느냐 보다 어떤 사람과 플레이를 했느냐가 더 중요하다."고 했다.

우리는 플레이를 하다 보면 두 부류의 사람들과 만나게 된다. 매너와 에티켓이 나무랄 데 없이 훌륭한 사람과 이와는 정반대의 전혀 그렇지 못한 부류다. 매너와 에티켓이 더 할 수 없이 좋은 동반자와의 플레이는 18홀을 다 돌고 나서도 아쉬움이 남는다. 그러나 좋지 않은 매너, 특히 동반자나 캐디를 속이거나 규칙을 제대로 지키지 않고 제멋 대로인 사람과 라운딩을 하다보면 두세 홀만 지나도 어서 끝났으면 싶어지는 것이 솔직한 심정이다.

우리나라 명문 골프장에선 회원권 양도를 받고자 하는 사람과 골프 경기 관계자가 함께 18홀을 돌면서 그 사람의 매너와 에티켓 심사를 한 후 양도, 양수를 인정한다. 우리 900 CC에서도 이 같은 제도를 실시하고 있다.

필드를 찾는 플레이어들은 대부분 건강과 함께 동반자들과 친교를 돈독히 하기 위해서 나온다. 물론 더러는 사업상 접대를 위한 골프를 하는 수도 있지만 그것 역시 친교의 하나로 볼 수 있다. 때문에 대부분의 골퍼들은 5시간 정도 자연의 품에 안겨 일상의 번거로움을 잊고 스트레스를 해소하곤 한다. 한 홀 한 홀을 돌면서 백구를 치고 필드를 걸으면서 담소를 나누는 동안 서로의 삶과 사고를 들여다 볼 수 있는 좋은 기회가 되는 것이다.

때문에 우리는 골프를 통해 매너와 에티켓이 훌륭한, 고매한 인격의 소유자를 만나는 기쁨을 누릴 수 있다. 또 골프를 통해 삶의 평생지기로서 일상생활에서도 아름다운 우정을 더욱 돈독하게 만들어간다. 겸손한 마음가짐과 바른 예의범절을 지닌 동반자와 한나절을 함께 보낸다는 것은 얼마나 유쾌한 일인가.

사실 골프는 18홀 내내 정신을 집중해야 하는 운동이다. 잠시 방심하면 샷과 퍼팅이 난조를 보이게 마련이다. 그러기에 매 홀마다 마음을 가다듬어 최선을 다해야 하는 운동이다. 그것은 흡사 샐러리맨이 가져야 할 마음가짐이나 자세와도 같다 하겠다. 마음과 뜻과 힘을 다해 최선을 다하는 직장인의 모습이 믿음직스럽고 신뢰감이 가듯 좋은 매너를 보이는 동반자에게서도 그러한 신뢰감을 갖기 마련이다. 사회생활을 하면서는 그토록 좋은 품평을 받던 사람도 골프에서는 품위를 잃는 경우를 더러 보곤 한다. "그 사람의 됨됨이를 제대로 알려면 18홀을 함께 라운딩을 하라"라는 이야기가 그렇게 실감날 수가 없다. 골프는 그 사람의 성격을 있는 그대로 나타내는 게임이다. 레오나르도 윌슨 박사 같은 사람은 "한 직장에서 18년 동안 생활하는 것보다도 필드에서 18홀을 같이 라운딩 하는 것이 그 사람의 속내를 더 잘 알 수 있다."고 했다.

두 파산, 친구 잃고 명예 잃고

지난해의 일이다. 어느 날 해질 녘에 골프 코스를 살펴보다가 놀라운 사실을 발견했다. 오텀 코스 8번 파3홀의 컵 주변 그린 잔디가 한 뼘은 족히 뜯겨져 나가 있지 않은가. 골프장 관리인으로서 놀라지 않을 수 없었다. 애지중지 가꾸어 온 그린이 마치 피를 흘리며 울고 있는 자녀의 얼굴처럼 비쳐졌기 때문이다. 마지막 팀을 뒤따라 코스를 점검하던 필자는 코스 관리인에게 떨리는 손으로 휴대전화 다이얼을 눌렀다. 예상한 대로였다. 마지막 조(組)로 운동을 하던 팀에서 내기가 크게 걸려 있었는데 그 중 한 사람의 소행이었다. 컵을 휘돌고 나와버린 자신의 백구를 원망하며 볼에다 화풀이를 한다는 것이 그만 그린을 때려 잔디 한 움큼이 떨어져 나가고 말았던 것이다.

내기 골프란 그런 것이다. 너무 긴장하여 퍼팅을 한 결과 컵에 변죽만 울리고 튀어 나온 백구가 그렇게 원망스러울 수 없을 것이다. 하지만 모든 골퍼들에게 기쁨을 선물하기 위하여 금이야 옥이야 가꿔 놓은 그린을 퍼터로 후려쳐 상처를 낸다면 그 책임을 어떻게 져야 할 것인가. 물론 뒤늦게 그러한 자신의 행동을 뉘우치고 사장에게 사과하기 위해 클럽하우스에서 기다린다는 전언을 받았다. 그러나 그런 몰상식한 골퍼를 필자는 만나지 않았다.

자칫 내기 골프가 잘못 꼬이면 그린을 파헤치는 것이 문제가 아니라 모처럼 친선 운동을 위하여 라운딩을 하던 동료 골퍼들끼리 싸움질로 발전하기 마련이다. 끝내 가까운 친분이 있는 사이에도 서로 큰 상처를 입혀 우정을 깨게 되는 경우도 종종 발생한다. 얼마 전엔 한국 골퍼들이 단체로 외국에 나가 거액의 내기 골프를 하면서 서로 치고 받고 하는 싸움질을 했다가 문제가 되어 골프장에서 퇴장 당하였다는 웃지 못할 기사가 언론에 보도된 적이 있다.

어떤 골프장에서는 운동 경기 중 내기를 하는 자에게는 골프장 출입을 금지시킨다는 엄격한 규제를 선언하기도 했지만 이러한 경고에 신경 쓰는 골퍼는 별로 없는 것 같다. 클럽하우스에 내기를 금지하는 엄격한 경구가 붙어 있더라도 이런 것들은 사문(死文)화 된 지 오래되었으며 종이호랑이에 불과하다. 물론 아마추어 골퍼들이 운동에 긴장감을 불어넣기 위하여 약간의 내기를 걸고 플레이에 신중을 기하도록 하는 것은 이해할 수 있다. 하지만 매 게임에 몇 만원 또는 몇 십 만원씩 걸어 놓고 내기 골프를 한다는 것은 매너 운동인 골프를 욕되게 하는 것이다.

골프는 신사 운동이다. 룰과 매너는 스스로 지키고 스스로 만든다. 거액을 걸거나 지나친 내기에 얽매여, OB가 났느니 어쩌니 다툼질을 하거나 감정이 격화되어 욕지거리를 해대는 골퍼가 사라질 날은 언제인가. 심지어 먹살잡이에 골프채를 휘두르는 폭행사건으로 번지기도 하며 골프채로 애꿎은 그린이나 페어웨이를 손상시켜 골프장 출입을 금지 당하는 경우도 있으니. 골프장이야 출입을 하지 않으면 되겠으나 내기 골프 잘못하다가 결국 친구 잃고 명예도 잃는 두 파산(破産)의 결과를 초래해서야 되겠는가.

캐디여! 그대 이름은 천사

필드에서의 모든 결정은 골퍼 자신이 해야 한다. 그런데도 플레이 중에 대부분의 골퍼들은 캐디에게 일일이 묻고 의지하는 경우가 많다. '캐디' 란 골퍼들이 플레이 하는 동안 '플레이어의 클럽을 운반 또는 취급하거나 규칙에 따라 플레이를 조력하는 사람' 일 뿐이다.(용어의 정의 10) 다시 말하면 캐디는 플레이어의 보조자라는 의미다.

많은 골퍼들은 경험 많은 캐디의 조언을 듣고 그대로 플레이를 하여 좋은 결과가 나오면 그녀를 칭찬하고 좋은 캐디를 만났다고 기뻐한다. 하지만 자칫 좋지 않은 결과가 초래되면 모든 책임을 캐디에게 떠넘기고 심지어 욕지거리를 함부로 쏘아붙이는 매너 없는 골퍼도 없지 않다.

가장 흔한 일이 페어웨이에서 클럽 선택의 결정이다. 거리를 물었으면 클럽 선택은 그 거리에 따라 바람 등을 감안하여 자신만이 결정할 일이다. 캐디에게 '몇 번을 사용할 것인가?' 를 묻는다면, 클럽에 따라 플레이어의 비거리를 잘 알지 못하는 캐디가 어떻게 선택할 수 있겠는가.

그린에서는 캐디의 도움을 많이 받는다. 거의 대부분 플레이어는 볼을 닦아 캐디가 놓아준 라인대로 퍼팅하는 경우가 많다. 어떤 골퍼들은 아예 캐디에게 볼을 잘 놓아달라고 부탁할 때도 있다.

캐디가 놓아둔 볼을 따라 퍼팅 라인을 살피던 골퍼는 말이 많다. "이 라인이 맞는 거야?", "왼쪽이 더 높은 것 같은데?", "오른쪽으로 휘어 도는 것이 아닌가?" 등등 갖가지 의문을 제기한다. 그러다가 백구가 홀을 비켜 가면 골퍼는 "거봐, 내 말이 맞지 않았나?" 하면서 애꿎은 캐디를 원망스럽게 흘겨본다.

모든 인생사가 다 그러하듯이, 퍼팅 라인도 스스로 판단해야 한다. 그런 후에 자신 있게 퍼팅할 일이다. 물론 퍼팅을 결행하기 전에 여러 가지 정보는 캐디에게 구할 수 있다. 홀까지 내리막인지 오르막인지, 왼쪽이 높은지 오른쪽이 높은지, 경사도가 어느 정도인지, 이런 모든 정보는 조력자에게 구할 수 있지만 라인 등의 최종 판단과 결정은 스스로 하고 그 책임 또한 자신이 져야 할 것이다.

요즈음은 크게 개선되었지만 캐디를 마치 자신의 하녀 부리듯 하는 골퍼들도 있다. 캐디에게 '이래라, 저래라' 하며 반말하는 것을 당연하게 생각하고 비속어를 함부로 내뱉는 경우도 없지 않다.

엄격하게 말한다면 캐디는 골퍼들이 돈으로 고용한 사람이기는 하나 그녀들도 골퍼와 똑같은 인격을 갖춘 인간임은 물론이다. 그녀들도 골퍼와 같은 인격체임을 인정하고 일정한 고용 계약에 의하여 골퍼의 경기를 보조하는 일을 벗어난 상식 밖의 일들을 요구해서는 안 될 것이다. 사사건건 캐디 탓으로 덮어씌우면서 친절한 서비스를 기대하는 것은 무리다.

캐디는 자신의 하루 골프를 즐겁게 하여주기 위하여 조력하여 주는 천사라고 생각하고 말 한마디라도 친절하게 해준다면 그녀들 또한 더욱 뜨거운 인간애로 정성어린 도움을 쏟을 것이다.

다시 만나 반가운 캐디들

'인생이란 만남의 역사'라고 갈파한 어느 철학자의 말이 아니더라도 사회는 만남의 연속임을 부인할 수 없을 것이다. 인간과 자연의 만남, 하나님과 인간의 만남, 친구와의 만남, 선·후배와의 만남, 남녀의 만남 등 세상에서 삶을 살아가는 동안 인간은 사랑과 미움의 생존경쟁을 되풀이하면서 또한 수많은 만남을 가진다.

골프장에서의 만남을 생각하여 보자. 동반자는 물론 오랜만에 만난 친지·선배·후배와 함께 반가운 손을 내밀며 언제 다시 한번 라운딩을 하자는 기약 없는 약속을 하며 헤어지곤 한다. 이어 라운딩을 위하여 티잉 그라운드에 나가보면 하루의 골프운동의 도움을 받아야 하는 캐디(Caddie)와의 만남이 이루어진다.

하루 동안의 운동에 중대한 영향을 미치는 캐디와의 만남은 그날 운동 전개에 절대적인 요인이 된다. 왜냐하면 공용 캐디의 경우 볼에 문제가 생겼을 때 그 볼 소유자의 캐디가 되며 그 캐디가 가지고 있는 휴대품(携帶品)도 볼 소유자의 것으로 간주돼 특별한 상황에서 벌타 부과의 여부가 결정되기 때문이다.

어찌됐든 기왕이면 다홍치마라고 상냥하고 아름다운 미모의 캐디를 원하는 사람이 많다. 그러나 그보다 중요한 것은 그 캐디의 전문성이다. 처음 가보는 골프장이면 더욱 그러하겠으나 골프장 코스의 환경이나 골프 규칙에 대하여 노련한 캐디의 도움이 하루 운동에 얼마나 큰 영향을 미친다는 것을 모르는 골퍼는 없을 것이다. 일반적으로 플레이어는 다음과 같은 캐디와 만남을 바라고 있다.

- 동작이 신속한 캐디와의 만남이다. 요즈음 4인 경기에 한사람의 캐디가 고용되므로 혼자서 네 사람의 조력을 하기 위하여 신속한 몸가짐의 캐디가 요망된다.
- 볼의 행방을 잘 보아주는 캐디가 칭찬 받는다. 플레이어의 볼이 어느 곳으로 날아가는지 그 방향을 잘 파악하였다가 볼이 놓인 곳으로 달려가 재빠르게 찾아주어야 한다. 볼을 찾지 못하고 우왕좌왕하다가는 시간에 쫓겨 플레이어들의 기분을 상하게 할 뿐만 아니라 게임의 진행에 방해가 되는 경우도 있다.
- 골퍼의 질문이나 상의에 확실한 답변을 해주는 캐디가 칭찬 받는다. 불확실한 조력으로 샷을 실패하게 만드는 캐디는 미움을 받게 된다.
- 그린 위에서 골퍼의 볼을 잘 닦은 뒤 홀과의 라인을 잘 맞추어 놓아주는 캐디는 골퍼로부터 사랑 받는다.
- 골프를 잘 치거나 혹은 자신에게 친절을 베푸는 골퍼에게만 상냥하고 초보자를 무시하는 캐디는 칭찬 받을 수 없는 조력자다.
- 회사측의 꾸중을 걱정한 나머지 골퍼에게만 신속한 경기 진행을 독촉하는 캐디는 지탄을 받게 된다.

네 사람의 운동경기를 만족하게 조력하기란 매우 어려운 일임에 틀림없다. 성격이 급한 사람, 느린 사람, 천태만상인 골퍼들의 요구사항을 일일이 만족시킬 수는 없을 것이다. 그러나 최선을 다하여 봉사를 한다면 하루동안의 인연(因緣)을 두고두고 기억할 수 있을 것이다. 따라서 티잉 그라운드에서 언젠가 라운딩을 같이 하였던 인상 깊었던 캐디와의 재회(再會)는 커다란 기쁨이자 또 다른 좋은 시작이 아닐 수 없다.

간담 서늘케 하는 백색 탄환

상큼한 새벽 공기를 가르며 골프장으로 차를 몰았던 어느 해 여름이었다.

티샷을 끝내고 세컨드 샷 위치에서 필자보다 드라이버 거리가 짧게 나간 동반자의 샷을 기다리고 있었다. '탕' 하고 우드에 볼이 맞는 소리가 들리더니 백구는 그대로 총알이 되어 날아왔다. 미처 피할 겨를도 없이 필자는 비명을 지르며 필드에 쓰러지고 말았다. 앞으로 향해야 할 백구가 거의 사각(死角)에 서 있는 필자를 향하여 엉뚱한 방향으로 날아온 것이다.

그렇다. 골퍼들에게 기쁨을 주는 백구가 순간적으로 살인 흉기로 변하여 버린 것이다. 골프채를 휘둘러 치는 순간 골프 공은 무서운 속도로 비행한다. 웬만한 아마추어 골퍼라 하더라도 드라이버로 때린 볼의 초기 속도가 시속 200㎞를 넘는다 하지 않던가.

일반적으로 소총의 탄환 속도가 시속 5,000㎞라 하니 총알 속도에는 미치지 못한다 하더라도 골프 공에 잘못 맞으면 그야말로 '가고 마는' 것이다. 문제는 눈이 없는 백색 탄환이 골퍼가 조종하는 대로 비행하지 않는다는 데 있다.

필자의 경우 거의 동일선상 사각에 서 있었는데 새벽 이슬에 클럽 헤드가 미끄러워서였는지 클럽을 잘못 휘두르다 보니 생크가 난 것이었다. 생크가 난 볼이 어디 인정사정 가리겠는가.

때문에 티잉 그라운드를 출발하면서 샷을 시도하는 골퍼가 있는데도 그 앞쪽으로 걸어나가는 것은 절대 금물이다. '총신을 떠난 탄환이 설마

나에게 날아오겠느냐.’, ‘지금 샷을 하고 있는 골퍼가 상당한 실력이 있는데 엉뚱한 방향으로야 갈려구.’ 하는 믿음으로 먼저 나가는 것은 위험하기 짝이 없는 일이다. 물론 골프 매너에도 어긋나는 행위이지만 그보다는 목숨을 내놓고 운동을 할 수는 없는 일 아닌가.

그런데 먼저 티샷을 끝낸 골퍼들 중에 더러는 마지막 순서까지 기다리지 못하고 일행이 아직 샷을 하기 전에 페어웨이에 나아가는 경우가 있다. 이런 때 뒤에 남아 샷을 하는 동반자가 ‘볼’ 또는 ‘포어’ 하며 주의 콜을 외쳐 주면 좋겠지만 그렇다 해도 안전한 것은 아니다. 볼은 둥그렇기에 어디로든 튈 수 있다고 봐야 한다. 아무리 기량이 뛰어나더라도 자신의 실력만 믿고 샷을 날렸을 때 왕왕 백구는 심술궂게도 선행 골퍼 쪽으로 총알처럼 날아가 골퍼들의 간담을 서늘하게 하곤 한다.

언젠가 900 CC에서도 그런 사고가 있었다. 모 기관 고급 간부들이 친선 골프를 하던 중 세컨드 샷을 아직 끝내지 않는 선행 동료가 있는데도 ‘설마 내 티샷이 거기까지 가지 않겠지’ 하는 생각으로 티샷을 날리고 말았다. 볼이 총알처럼 날아가자 ‘볼’ 하고 외쳤지만 그 선행 동료가 뒤를 돌아보는 순간 백구는 여지없이 그 동료의 눈을 때리고 만 것이었다. 황급히 대학 병원으로 옮겨 치료하였으나 동공이 파열되어 끝내 실명하고 말았다고 한다. 이는 이미 잘 알려진 실화이다.

이렇듯 타구 사고는 치명적인 부상을 유발할 수 있다. 그렇게 되면 그 날의 라운드는 물론 자신과 피해자는 일생에 돌이킬 수 없는 상처를 입게 된다는 것을 명심 또 명심해야 할 것이다.

특권층 전유물 이제는 옛말

요즈음엔 웬만한 사람이 골프 얘기를 해도 낯설게 들리지 않는다. 신문의 체육면이나 TV의 스포츠 프로그램을 봐도 골프 얘기가 예전의 야구나 축구 경기처럼 빈번하게 보도되고 있다. 특히 박세리, 김미현 그리고 요즘엔 한희원까지 한국의 젊은 여성들이 LPGA 대회에서 당당히 그 명성을 날리고, 이 고장 완도 출신 최경주 선수가 PGA 대회에서 우승한 뒤로 골프 붐이 더욱 일어나고 있다. 초 · 중 · 고등학교에 골프를 전공으로 하는 학과 및 학교가 설립돼 있고 대학의 체육학과에 골프 전공과가 생긴 지 이미 오래 전 일이다. 골프를 경원시하고 골프 하는 것을 부정적으로 생각하는 사람이 있다면 구시대적인 사고를 가진 사람이거나 매사에 부정적인 생각으로 가득 차 있는 사람이라고 혹평해도 누가 말할 수 없는 현실이라 하겠다.

이렇듯 골프 붐이 일어나면서 골프 대중화도 급속도로 진전되고 있다. 자동차가 대중화되지 않던 시절, 자가용 가진 사람에 대해 부러워했던 세상이 엊그제 같은데 이제 골목길이 주차장화 될 만큼 자가용 차량이 늘어났다. 셋방살이를 하더라도 자동차 없이는 살 수 없다고 한다. 마찬가지로 요즘 골프장은 주말이나 주중이나 골퍼들이 넘쳐나고 있다. 어디 그뿐인가. 동네마다 성업중인 골프 연습장에는 기량을 갈고 닦는 골퍼들로 북적거리고 있는 실정이다. 골프 협회 추산으로 2000년대 이르러 연간 골프장 내장객이 1,000만을 돌파하였다니 골프가 특권층만이 누리는 운동이라고 누가 감히 비판할 수 있겠는가.

미국의 골프 다이제스트 조사 자료에 의하면 지구촌 골프장은 약 3만 2

천여 개이며 그 중 미국이 50%인 1만 7,000여 개의 골프장을 보유, 골프장 파워에서도 세계 으뜸을 자랑한다. 가까운 일본이 2,300여 개로 미국에 이어 두 번째이며 오스트레일리아, 캐나다, 잉글랜드 등도 1,500개 이상의 골프장을 보유하고 있다. 우리나라의 경우 현재 퍼블릭 코스를 포함하여 2백 개가 채 못되는 실정이다. 지금 건설중인 골프장이 4~5년 후 개장한다 해도 기하급수로 늘어나는 골프 지망생의 수요를 충족시키기에는 미흡하기 짝이 없다.

국민의 소득수준도 높아졌겠지만 골프장 관계자에 의하면 주중 부킹에까지도 비명을 올려야 할 만큼 골프는 이미 대중화되었음을 숨길 수 없다. 그러나 대중화된 스포츠치고는 아직은 그 비용이 너무 과다함을 또한 지적하지 않을 수 없다. 따라서 고비용 사치 운동이라고 비난할 게 아니라 이미 대중화되어버린 운동을 높은 세금과 그린피만으로 막을 수 없다는 사실을 인식해야 할 때가 된 것 같다.

골프 애호가들이 편안한 마음으로 운동을 즐길 수 있도록 정부에서 장치를 풀어야 한다. 골퍼의 하루 운동에 묶어 놓은 각종 세금 특히 특별소비세, 부가가치세, 농특세, 교육세, 체육진흥기금 등 갖가지 세금의 족쇄를 풀어야 한다. 골프가 귀족들만의 또는 고소득층의 전유물인 시대는 갔다. 골프대중화와 더불어 일부 골프를 이해하지 못하는 식자층도 골프에 대한 의식을 바꿔야겠고 정부도 시대의 흐름에 부응하는 정책을 수립해 집행하여야 할 것이다.

다정한 대화 즐거운 라운딩

골프 18홀 라운딩은 아무리 속도 있게 진행되더라도 5시간, 그렇지 않으면 6시간이 소요되며, 오가는 데 2시간, 먹는 데 1시간까지 합하면 10시간은 잡아야 된다. 요즘 교통사정으로는 10시간은 너끈히 소비된다 해도 과언은 아닐 것이다.

따라서 골프는 너무 많은 시간이 걸려 거의 하루를 버리는 운동이라 비난받기도 한다. 그러나 매일 하는 운동도 아니고, 모처럼 자연 속에 묻혀 친지와 함께 즐거운 담소를 나누며 하루를 보낸다는 데 의미가 있다. 건강에도 좋고 우의를 다지는 데도 좋은 운동이라는 긍정적인 면이 많은 스포츠라 할 수 있는 것이다.

때문에 스타트 홀을 나서면서 동반자와 담소를 주고받으며 즐거운 마음으로 샷을 날린다. 직장 얘기든, 가정 얘기든 주변 정담을 나누면서 가벼운 걸음걸이로 다음 샷을 하는 곳에 가까이 다가가 동반자가 클린 샷을 하였을 때 박수로 칭찬하여 준다.

골프는 극기 훈련이 아니다. 그렇다고 커다란 상금을 걸어놓고 내기를 하는 것은 더더군다나 아니다. 때문에 프로들의 시합이 아닌 아마추어 경기는 어디까지나 즐겁고 유쾌한 하루 운동이 되어야 한다. 그러기 위해서는 라운딩을 돕는 캐디와의 대화도 다정한 것이어야 할 것이다. 비싼 돈 들여 많은 시간을 소비하면서 마음이 상한다면 어디 그게 될 말인가.

특히 명심해야 할 것은 캐디로부터는 골프장의 환경이나 거리 등 플레이의 각종 정보를 조언 받는 데 그쳐야 한다는 것이다. 그녀를 자신에게 하루 봉사하는 시녀쯤으로 여기는 골퍼가 있어서 하는 말이다. 여성 캐디에게 음담패설 등 너무 노골적인 성적 농담을 건네는 것도 인격적인 모독일 뿐만 아니라 골퍼 자신의 품격을 떨어뜨리는 일이라는 것을 알아야 한다.

최근 성희롱이나 여권 문제가 사회적 이슈로 떠오르는데도 아직도 예전의 버릇을 버리지 못하고 캐디를 함부로 대하려 하는 시대착오적인 골퍼가 없는 것은 아니다. 야한 농담으로 동반자들에게 인기를 모을 수 있다고 생각하는 사람은 아무리 골프 실력이 대단하고 사회적인 지위가 있는 골퍼라 하더라도 존경받을 수 없다. 아마도 캐디들이 골프백에 별을 몇 개 그려놓고 '별 볼일 없는 사람' 이라고 비웃을지도 모르겠다.

지금은 대부분 골프장에서 전동카에 골프백을 싣고 운동을 하고 있지만 얼마 전까지만 해도 캐디들이 무거운 골프백을 어깨에 메고 골퍼들의 라운딩을 도왔다. 그때 얘기지만 캐디의 인격을 너무 무시하거나 괴롭히는 골퍼의 백에 별을 표시하여 다른 캐디들에게 묵시적으로 '별 볼일 없는 사람' 임을 알려 따돌림을 받도록 무언의 항변을 한 적도 있다고 한다.

지금도 골프백에 별을 그리는 캐디가 있는지 알 수 없지만, 캐디도 인격이 있고 감정이 있는 만큼 인격적인 대우를 해주며 따뜻한 말 한마디로 즐거운 하루 운동 분위기를 만들어야 할 것이다.

제 코도 못 닦으면서 남의 코는 왜?

하루 출전을 위하여 일주일 내내 연습장에서 땀을 흘리는 초보 골퍼들의 푸념은 한결같다. 아무리 골프 클럽을 휘둘러도 볼이 신통찮게 맞는다는 것이다. 단기간에 골프 기술을 체득하여 보기(Bogey)플레이를 해내는 골퍼가 있긴 하다. 하지만 대부분의 골퍼들은 세월이 약이거니 하고 꾸준한 연습을 해도 기량을 향상시키는 게 쉬운 일이 아니다.

연습장에서는 코치 선생에게 지도를 받아가며 기량을 닦아야 한다. 독학으로 골프 기술을 터득한다는 것은 여간 힘들지 않기 때문이다. 자주 레슨을 받으면 좋겠지만 요즘엔 연습장도 만원이어서 코치 천신(薦新)도 쉬운 일이 아닌 모양이다. 모처럼 코치를 모시고 땀을 뻘뻘 흘리며 백구를 이리저리 구슬려 보아도 뜻 대로만은 되지 않는다. 답답하다 못하여 코치더러 볼을 날려보라고 하면 웬걸, 코치도 입만 살아 이러쿵저러쿵 하지 제대로 맞추지 못하는 경우도 없지 않다. 그만큼 골프는 이론과 실제가 척척 맞아 떨어져 주지 않는 운동이다.

연습장에서는 간혹 동료들의 코치가 또 문제다. '사공이 많으면 배가 산으로 간다.' 는 속담처럼 이래저래 초년생 골프는 엉망이 되고 만다. 연습장에서의 코치는 그런 대로 이해가 된다지만, 모처럼 필드에 출전하였을 때는 가급적 코치는 받지 말아야 한다. 물론 어설픈 코치도 하지 말아야 한다. 그런데 유난히도 동반자의 골프 치는 모습을 보면서 코치 아닌 코치를 해 대는 플레이어가 있다.

'보기(Bogey) 플레이어는 남을 가르치지 못해 안달을 하고, 싱글 핸디캡 플레이어는 상대방이 정중하게 청해 오면 한마디 조언을 하는데, 프로 골퍼는 보수를 받아야만 레슨을 한다.' 는 말이 있다. 프로도 아니면서 더욱이 싱글 핸디캐퍼나 되면 모를까 이도 저도 아닌 주제에 이른바 코치병에 걸려있는 아마추어 골퍼들이 많다. 이들은 연습장이든 필드든 가리지 않고 신통치도 않은 자신의 골프 실력을 동반 골퍼들에게 전수하지 못하여 안달을 하고 있는 것이다. 제 코도 못 닦으면서 남의 코를 닦으려 드는 격이 아닐 수 없다.

이처럼 코치병에 걸려있는 골퍼들은 상대방의 기분 같은 것은 아랑곳하지 않는다. 어쩌다 동반 골퍼가 실수라도 하여 볼을 잘못 날리면, '고개를 들었다.' '허리가 돌아가지 않았다.' '백스윙이 너무 크다.' 등 각종 이유들을 들어가며 점점 초년골퍼를 불안하게 만든다.

간혹 동료들과 내기가 심하게 걸려 있을 때 상대방을 무너뜨리기 위해서 '위해주는 척' 하며 잘못을 지적하는 경우도 있다. 상대방을 코너로 몰아 넣기 위한 코치 아닌 코치인 셈이다. 시시콜콜 코치를 받다보면 여러 가지 동작에 신경이 쓰여지고 오히려 샷을 실수하게 되는 역효과만 발생하는 것이다.

유명한 레슨 전문 프로들은 라운드 중에는 레슨을 하지 않고 골퍼 본인이 연습장에서의 기량을 필드에서 충분히 발휘할 수 있도록 자유스럽게 분위기를 조성하여 준다. 단지 어쩌다 잘 날린 샷에 대해서 굿샷이라며 칭찬을 아끼지 않을 뿐이다. 이러한 이가 명 코치다.

가슴이 터지고 말겠소

필자가 공직생활을 할 때다. 충청도 출신 S모 기관장과 서울 출신 S모 국장과 함께 라운딩을 한 적이 있다. 아직도 그 라운딩을 잊지 못하는 것은 그날 사건이라면 사건이랄 수 있는 일이 벌어졌기 때문이다.

충청도 양반 출신 S씨는 다섯 번씩 연습스윙을 끝낸 후에야 샷을 날리곤 했다. 티잉 그라운드에서뿐만 아니라 페어웨이에서 샷을 할 때도 마찬가지였다. 참다 참다 이를 못 견딘 서울 출신 S국장이 "예끼, 여보쇼. 당신 같은 사람과 골프 치다간 가슴이 터지고 말겠소." 라고 소리치더니 골프채를 내팽개치고 클럽하우스로 돌아가버리는 사태가 벌어졌다. 그것으로 판은 깨어지고 말았지만 여러 번 연습스윙을 하면서 볼을 잘 쳐보려는 느림보 S기관장이 잘못인지, 아니면 화를 내고 판을 깨버린 S국장이 잘못인지 분간하기 힘든 해프닝이 벌어진 것이다.

그 S씨처럼 백구를 내려치기 전에 여러 번 연습스윙을 되풀이하는 이가 있다. 티잉 그라운드에 올라서기 전에 몸을 풀기 위해 연습 박스에서 몇 번씩 클럽을 휘둘러보는 것이야 좋은 일이다. 또 거울 앞에서 자신의 스윙 폼도 돌아보면서 연습 스윙을 하는 것은 권장할 만한 습관이라 하겠다.

그런데 동반자가 순서를 기다리는 티잉 그라운드에서 어드레스 자세를 취한 뒤 너댓 번씩 연습스윙을 해대는 골퍼는 문제가 아닐 수 없다. 특히 스타트 홀에서는 동반 골퍼들뿐만 아니라 후속 팀의 골퍼들이 지켜보는 경우가 많다. 물론 주변 갤러리가 자신의 티샷을 지켜보고 있다는 게 신경이 쓰여 더 잘 쳐보려는 심정은 이해가 간다. 하지만 그럴수록 자신감을 가지고 한두 번의 연습스윙이 끝나면 곧바로 샷을 날려야 한다.

　필드에 나가보면 위에 든 예와는 또 다른 유형의 늑장 골퍼가 있다. 연습스윙은 하지 않고 어드레스 동작을 취한 채 티에 꽂혀 있는 백구를 한참동안이나 뚫어지게 응시만 하고 있는 골퍼다. 물론 마치 고양이가 쥐를 잡을 때 노려보듯 볼을 응시하여야 한다는 것은 좋은 이론이다.

　그러나 이제나저제나 클럽을 내려칠까 기다리는 동반자를 애타게 하여서는 안 된다. 신중한 플레이를 위하여 천천히 스윙을 한다거나 몇 번의 연습스윙을 되풀이하는 것도 좋지만, 늑장 플레이로 동반 골퍼들의 경기 리듬을 깨거나, 경기 진행에 차질을 주는 것은 좋은 골프 매너라 할 수 없다.

　좋은 스코어를 기록하기 위해서 연습스윙은 필수적이다. 프로 선수들의 게임을 보면, 샷을 하기 전 1~2회의 연습 스윙을 한 후 곧바로 샷을 날려 백구로 하여금 푸른 창공에 아치를 그리면서 비행하도록 한다.

　연습스윙 많이 하는 사람 치고 제대로 샷을 날리는 골퍼를 보지 못했다. 너무 잘 쳐보려는 나머지 긴장하여 뒤땅을 치거나 항공사 회장들도 깜짝 놀랄 ‘스카이 OB’를 내기 일쑤다. 연습스윙을 많이 한다고 해서 샷이 순식간에 좋아지지는 않으며 오히려 리듬을 잃어 미스 샷이 나올 확률이 많은 것이다. 모처럼 필드에서 동료들과 즐거운 하루를 위하여 매너 있는 플레이를 하도록 노력해야겠다.

권력만 있으면 부킹도 OK?

골프 붐이 일면서 골퍼들의 수요에 비하여 우리나라 골프장의 공급은 절대적으로 부족한 형편이다. 이웃나라 일본의 경우 골프장 2,500여 개가 있어 골프 인구를 수용하고 있다. 우리의 경우 골프 인구가 폭발적으로 증가하고 있지만 골프장은 200 곳이 못 된다. 더군다나 대부분의 골프장이 수도권과 영남권에 집중되어 있다. 호남권은 10개(퍼블릭 포함)가 채 안 되는 실정이어서 이 고장 골퍼들은 주말이면 부킹 전쟁을 벌일 수밖에 없다.

특히 비회원으로서는 명문 골프장 주말 부킹은 더욱 어려운 일이다. 회원들만이 공유한 비밀번호를 가지고 ARS 부킹을 하기 때문이다. 명문 골프장의 평가 요소로는 코스 디자인이나, 관리 문제, 직원들의 친절도, 식당의 음식 맛 등이 있지만 그 중에서도 제일 비중이 큰 것은 회원들의 부킹이 얼마나 가능하느냐이다.

이에 따라 그 골프장의 회원권 시세도 차등이 생긴다. 최근 수도권 명문 골프장 회원권은 억대를 초과하고 있다. 그러나 몇 천 명씩의 많은 회원을 보유하고 있는 골프장은 부킹이 거의 불가능하여 회원권이 그린피를 할인 받는 할인권으로 전락되고 만다. 따라서 할인권에 불과한 회원권 시세는 바닥권을 면치 못할 수밖에 없을 것이다.

회원권이란 그 골프장을 우선적으로 이용할 수 있는 부킹의 권리여서 비회원보다 당연히 우대 받는 것이 자본주의 사회에서 일반화되어 있는 관행이라 할 수 있다. 그런데, 이른바 특권층이라는 사람들은 회원권도 없으면서도 그들이 특별한 권한이라도 지닌 양 회원권을 소유하고 있는 회원들 위에 군림하려는 속성이 있다.

필자가 관리하고 있는 900 CC에서 있었던 씁쓸한 기억이다. 마침 18홀 라운딩을 끝내고 로커 룸에서 옷을 갈아입으려는데 3시간 전에 모 기관 A국장의 전화가 있었다는 메모를 받았다. 늦은 리콜에 대한 A국장의 불쾌한 전화 응대를 느끼면서 대화가 오갔다. 자기 기관의 장이 다른 기관장과 골프를 해야겠는데 왜 원하는 시간에 부킹이 안 되느냐는 항의였다.

A국장이나 다른 모 기관장도 필자와는 잘 아는 처지였다. 그러니 그가 원하는 시간에 부킹을 해줄 수만 있다면 오죽이나 좋은 일이겠는가. 그렇지만 900 CC는 다른 골프장과 달리 회원들의 ARS 부킹을 일주일 전에 끝내기 때문에 그들이 원하는 시간은 불가능하다는 것을 설명해주었다. 그리고 원하는 시간을 전후하여 행여 취소된 예약이 있으면 다시 통보해주겠노라며 전화를 끊었다.

필자가 황당하게 느낀 것은 A국장의 오만불손한 통화 태도보다는 다른 골프장은 부킹을 부탁하면 척척 해주는데 900 CC만은 왜 안 되느냐는 어처구니없는 권위주의적 사고 때문이었다. 지금이 어느 시대인데 아직도 군사정권 시대의 자세로 공직을 수행하고 있을까 하는 생각이 들어 정말 한심스러웠다.

공복(公僕)이란 무엇인가. 국민의 머슴이란 뜻 아닌가. 회원권도 없는 터에 쥐꼬리만한 권한(?)을 가지고 회원의 머리 위에 군림하려는 공복이라면 이 역시 골프를 모독하는 일 아닐까.

폭탄주, 취타인가 취권인가

　이른 새벽에 골프장 코스를 점검한 후 욕실에서 샤워를 하고 있는데 먼저 탕에 들어가 있는 젊은 골퍼들의 대화를 듣고 놀라움을 금할 수 없었다.

　대충 요약하자면 "오늘 새벽 3시까지 거래처 고객들과 술을 마시다 약속을 깰 수가 없어 곧장 골프장으로 달려와 취중 골프를 하였더니 스코어가 엉망이 되었다."는 내용이었다.

　"내일은 무안 CC, 모레는 승주 CC, 주말에는 유성 CC에 가야 하는데 요즈음 볼이 잘 맞지 않아 매일 내기 골프에 깨지고 있다."고도 했다.

　새벽까지 술타령하다가 매일 골프장을 드나드는 젊은이의 직업이 무엇이든 상관할 바는 아니다. 하지만 주말에 어렵게 부킹하여 오매불망 그날을 기다리는 요즈음 대부분의 골퍼들에게는 꿈같은 얘기일까 아니면 한심스러운 대화일까.

　여름철 더위를 참지 못하여 그늘 집에서 맥주를 시원스레 한잔 마신다거나 한겨울에 따끈한 정종 한 컵씩 마시면서 컨디션을 조절하는 골퍼들이 더러 있기는 하다. 그러나 밤새껏 폭탄주를 마시고 이튿날 라운딩을 하는 골퍼가 있다면 백전백패의 결과를 초래할 것은 물어보나마나다.

　골프 약속 전날 폭음을 하다보면 아무래도 이튿날 일찍 일어나기 힘들 것이며 행여 이른 아침에 부킹 약속이 돼 있다면 티 오프 시간에 맞추어 골프장에 나오기가 어렵기 때문에 동료를 기다리는 동반자들을 불쾌하게 하기 마련이다.

　'본인 사망 이외에는 골프 약속은 반드시 지켜야한다.' 며 새벽 3시까지 술 마시다 말고 골프장으로 직행하였다는 젊은이의 독백을 들으며 어떤 상황에서도 부킹 약속을 지키려는 그 매너가 가상하다 여겨야 할 것인가.

골프 약속 전야에는 몸가짐을 잘 추스러야 한다. 밤늦게까지 폭음을 하다보면 이튿날 티 오프 시간을 맞추어 나왔다 하더라도 주변 사람들에게 악취를 풍기기 마련이다. 특히 도우미에게도 좋지 않은 냄새를 풍기므로 즐거워야 할 출발시간부터 첫 단추를 잘못 끼울 수밖에 없게 된다. 악취가 동반자에게 불쾌감을 주는 것은 말할 나위 없겠지만 본인 또한 어떻겠는가. 속은 울렁울렁하고 머리는 몽롱하여 샷인들 제대로 휘두를 수 있겠는가. 즐거운 라운딩이 아니라 고통스러운 시간의 연속일 수밖에 없을 것이다.

이처럼 음주 골프는 본인뿐만 아니라 동반자에게까지 불쾌감을 주어 모처럼 휴일 골프를 망치게 한다. 싱그러운 공기를 만끽하면서 필드를 누비는 골프는 동반자 서로가 매너와 룰을 지키면서 오손도손 담소를 나누는 데 의미가 있다. 그런 가운데 한 홀 한 홀 백구를 요리하다 보면 좋은 스코어를 기록할 것이며 일상생활의 잡다한 번뇌도 씻어 유쾌한 하루를 보내게 될 것이다.

골프하기 전날 밤, 초등학생 시절 소풍날을 기다리듯 기다림과 설렘으로 밤을 설치고 나왔더니 볼이 잘 맞지 않는다는 골퍼가 더러 있긴 하지만 매너 있는 골퍼라면 밤을 새워가며 폭탄주 잔치를 하는 것은 절대 금물이라는 것을 잘 알고 있을 것이다.

아내, 영원한 인생의 동반자

　자칭 국보(國寶)였던 고(故) 양주동 박사의 '산길'이라는 시(詩)는 박태준씨가 곡을 붙여 우리 국민들에게 널리 애창되는 가곡이다. '인생이란 결국 혼자서 산길을 가는 것과 같다.'는 고독을 주제로 담고 있다. 산행은 직장 동료 또는 주변 친구들과 함께 하는 경우가 많지만 진짜 산을 좋아하는 등산객은 홀로 산을 오르며 산새소리, 바람소리, 물소리 등을 즐긴다고 한다. 이에 비해 골프는 어떤가. 연습장에선 혼자서도 연습이 가능하겠으나, 필드에서는 불가능하다.

　나이 들면서 골프를 함께 할 수 있는 친구들이 있다면 인생살이를 성공적으로 살아온 사람이라고 평가받는다고 한다. 골프는 3인 이상이 함께 있어야만 가능하기 때문에 동반자가 없으면 라운딩을 할 수 없다. 마음과 뜻이 맞아 하루를 즐겁게 보낼 수 있는 동료가 주변에 존재한다는 것은 그만큼 중요하다. 접대를 위하여 운동을 하는 경우도 있겠으나, 모르는 사람과의 라운딩은 어쩐지 어색하고 부담스러워 즐거운 운동이라기보다는 억지 일을 하는 기분이 들 때가 많다.

　최근 들어 여성 골퍼가 증가하면서 부부 동반 라운딩이 늘어나고 있다. 부부가 함께 동반자가 되어 필드를 누비는 모습 또한 한 폭의 그림처럼 아름답다. 대부분 여성 골퍼들은 주말보다는 주중에 친지들과 라운딩을 즐기는 경우가 많다. 그러나 요즈음엔 주말에도 남편을 따라 필드에 나서는 여성 골퍼가 눈에 띄게 많아졌다.

　늘 남편과 함께 등산을 하던 어떤 사모님은 남편이 골프에 빠지면서부터 홀로 산행할 수 밖에 없는 처지가 됐다. 그러나 '나홀로 산행'은 맥빠지는 일이었다. 그래서 그동안 경원시해 왔던 골프를 어쩔 수 없이 하게 되었다는 것이다. 그러더니 이제는 나이 들면서 골프처럼 좋은 운동이 없다며 오히려 골프 예찬론자로 변해버린 것을 보았다.

그런데 부부 동반 골퍼가 늘면서 최근 캐디가 싫어하는 골프 유형 한가지가 추가되었다고 한다. 모처럼 아내와 함께 라운딩을 나온 남편의 신사다운 자세가 어느 순간 무너지더라는 것이다. 친구와 함께 부부 동반으로 필드를 누비다가 느닷없이 아내에게 큰 소리를 하는 골퍼가 있다. 골프야 다른 운동과 달리 어디 마음대로 되던가. 연습장에서 밤낮으로 갈고 닦아 모처럼 남편과 필드에 나왔는데 백구는 그야말로 제멋대로 날아가는 경우가 허다하다. 이때 남편은 아내의 실수를 격려하며 따뜻한 조언을 하여야 함에도 오히려 "그만큼 가르쳐 주었음에도 아직도 그것 하나 제대로 하지 못하느냐." 며 핀잔을 한다는 것이다. 이처럼 사사건건 호통을 친다면 초보자인 아내의 심정은 어떻겠는가. 주눅이 들어 볼은 더욱 맞지 않고 친구 부부에게도 창피스러워 다시는 남편 따라 골프 라운딩을 하지 않으려 할 것이다.

골프는 친구도 좋지만 자신과 가장 가까운 아내와 함께 라운딩을 하는 것이 이상적이다. 사업상, 여러 가지 업무 때문에 타인과의 라운딩도 필요하겠으나, 혼자서는 할 수 없는 골프 운동의 영순위 동반자는 아내임이 분명하다. 일생의 반려자인 아내와의 골프는 기피하면서 타인과 내기 골프나 치고 다니는 골퍼가 있다면 이는 인생의 참 행복을 모르는 골퍼임에 틀림없을 것이다.

쉰세대엔 어색한 더치 트리트

　어쩌다 친구들과 우연히 만나 식사를 한다거나 모임이 있을 때 오랜만의 만남에 시간 가는 줄 모르고 떠들다가 헤어질 때 문제가 발생하는 경우가 더러 있다. 그것은 음식값을 서로 계산하겠다는 싸움이다. 팔을 붙들거나 어떤 이는 지갑을 빼앗아 버리기도 한다. 외국에서는 좀처럼 볼 수 없는 한국만의 진풍경이다. 친구나 선배를 위하여 대접하고 싶은 우리만의 아름다운 장면이라 할 수도 있겠다.

　그런가 하면 반대의 경우도 있다. 당연히 자신은 대접받는 자로 생각하고 훌쩍 음식점 밖으로 나가 버리는 뻔뻔스러운 부류를 간혹 볼 수 있는 것이다. 입장이 난처한 경우 방문을 나서기 전 구두끈을 매는 척 어물어물하고 있으면 성미 급한 친구가 값을 계산할 수밖에 없다. 그래서 그 친구의 별명이 ‘구두끈’ 이 됐다던가.

　그러나 요즈음 계산문화는 달라지고 있다. 20~30대의 경우 자신의 몫은 자신이 계산하는 문화가 정착되고 있다 한다. 흔히 우리가 더치 페이라고 부르는 더치 트리트(Dutch treat)가 그것이다. 다만 ‘쉰세대’ 라 불리는 50~60대 노년층은 그러한 문화에 익숙하지 못한 것 같다.

　대부분 명문 골프장의 경우 그린피 계산은 후불제를 실시하고 있다. 필자가 관리하고 있는 900 CC에서도 얼마 전부터 후불제를 실시하였더니 몇몇 회원들이 항의(?)성 전화와 함께 볼멘 하소연을 하여 왔다. 선불제로 그린피를 계산할 때는 각자가 부킹시간 전에 입장하면서 자신의 그린피를 계산하기 때문에 별 문제가 없었다는 것이다. 하지만 후불제로 바뀌면서 운동 후 시원한 생맥주 몇 잔 걸치고 나올 때 어찌 자신의 그린피와 맥주 값만 계산할 수 있느냐는 것이다. 울며 겨자 먹기 식으로 같이 라운딩한 동료들의 그린피까지 계산하다보니 몽땅 바가지를 쓰고 말았다는 푸념이었다. 충분히 있을 수 있는 일이다.

필자가 공직에 있을 때 일이다. 모시고 있던 K과장은 직원들을 종종 불러 회식하는 자리를 마련하곤 하였다. 윗사람을 모시고 있는 터에 대접할 수 있는 좋은 기회거니 하고 남보다 먼저 방에서 나와 음식값을 계산하려 했지만 그때마다 실패하였다. 그분은 들어갈 때 먼저 대략 계산을 마쳐놓거나, 중간에 화장실을 다녀오는 척 하면서 미리 계산을 끝내 부하 직원들에게는 기회를 주지 않았다. 30여 년 전 공직사회의 정서를 생각해 볼 때 그야말로 귀감이 되는 K과장의 인품을 필자는 두고두고 잊을 수 없다.

윗사람이 아랫사람에게 대접을 받고자 목에 힘주는 시대는 사라졌다 하여도 요즘엔 자기 몫은 자신이 치러야 한다는 관행이 뿌리 내려야 할 때다. 친구의 눈치를 보거나, 후배나 부하의 처분을 기다리는 선배는 사라져야 한다. '남에게 대접받고자 하는 자는 남을 먼저 대접하여야 한다' 는 성경 말씀까지 인용할 필요는 없겠다. 초청 받은 경우가 아니라면 하루 5시간 운동하고 자신의 그린피는 기분 좋게 스스로 계산할 줄 아는 계산 문화를 성숙시켜야 하는 것이 또 하나의 골프 매너라 하겠다.

운동을 시작하기 전 번거롭게 카드를 꺼내 계산하는 것보다 18홀을 끝내고 목까지 축인 후에 자신의 몫은 자신이 계산하는 관행이 뿌리내린다면 더욱 좋은 일이다.

공짜 근성, 이상한 회원 대우

나라간에 국가원수나 그에 준하는 손님이 왔을 때 극진히 모시는 것을 '국빈 대우'라 한다. 요즈음 '대우'라는 말이 여러 분야에서 쓰이고 있다. '대우'란 그에 준한다는 의미이다. 과장 대우니, 국장 대우니 하는 말이 유행하다보니 골프에서도 그런 말이 쓰이는데 대표적인 것이 '온 대우'라는 말이다. 그린에 아깝게 올라가지 못하고 가장자리에 백구가 걸려 있을 경우 그런 표현을 쓴다.

골프장에서 쓰이는 또 하나의 '대우'가 있다. '회원 대우'라는 말이다. 골프 클럽 정회원에 준하여 대접한다는 뜻이다.

문제는 쥐꼬리만한 권력만 있어도 회원 대우를 받고자 한다는 것이다. 외교상으로 말하자면 국빈도 아니면서 국빈 대우를 요청하는 것이나 다름없는 우스꽝스러운 상황이라 할 수도 있다. 특히 우리 지역에서는 걸핏하면 '회원 대우를 해줄 수 없느냐?'는 골퍼들이 아직도 없지 않다. '공것이라면 초를 술이라 해도 먹는다'지만 이게 바로 공짜근성 아닐까.

굳이 비용 문제가 아니더라도 권력의 과시인 경우 또한 없지 않은 것 같다. 넌지시 이 같은 주문을 하는 인사들을 보면 권한(?)을 가진 부서에 근무하거나 그 곳과 연관이 있는 골퍼들이다. 그에게 그러한 자리가 주어진 것은 분명 주민들의 충실한 심부름꾼 역할을 하도록 하기 위함일 터인데도 더러는 자신의 이익을 위해 이를 행사하는 것이다.

다행스럽게도 변화의 조짐이 보이고 있기는 하다. 예전 같으면 회원 대우를 당연하게 여겼을 어느 권력 기관은 최근 법인 회원권을 구입해 활용하고 있다. 또 '대우' 받고 '접대' 받는 것에 익숙할 것 같은 인사들이 그린피를 꼭 자신의 신용카드로 계산하는 모습도 종종 볼 수 있다. 그러는 것이 '속 편하고 떳떳하다'는 얘기다.

몇 년 전의 일이다. 골프장과 관련이 있는 어느 기관의 국장이 연락을 해왔다. "퇴임하는 단체장에게 회원 대우를 해줄 수 없느냐."는 부탁이었다. 그 단체장은 골프를 즐기는 분으로 재임 중에도 열심히 필드에 나와 건강을 다져온 인사였다. 부하 직원으로서 상사가 퇴임한 뒤에까지 골프를 즐기도록 하기 위해 그 같은 아이디어를 낸 듯했다.

국장의 정성이 갸륵하다는 생각이 들었다. 요즈음처럼 각박한 세상에 퇴임하는 상사를 챙기는 마음 씀씀이가 고맙다는 생각이 들어서이다. 그러나 필자는 그렇게 하는 것이 그분에게 금전상 이득이 되겠지만 대신 명예를 훼손시키는 것이라고 여겼다. 또 골프장 관리자 입장에서 생각해봐도 비싼 돈 내고 회원권을 구입한 회원들을 위해서 받아들일 수 없는 제안이었다.

필자는 우연한 기회에 그 단체장을 만나 저간의 사정을 설명하면서 "정회원권을 구입하여 회원으로서 운동을 즐기시든지 그렇지 않으면 비용이 다소 더 들더라도 비회원으로 운동하시는 것이 오히려 떳떳할 것"이라고 말했다. 그분은 필자의 말에 공감하면서 흔쾌히 제의를 받아들였고 훗날 정회원권을 구입해 골프를 즐기고 있다.

골프 공포증, 차라리 즐겨라

골프 공포증은 비록 비기너에게만 해당되는 이야기는 아니다. 내로라 하는 세계적인 골퍼들도 이를 느끼곤 한다. 골프장마다, 그리고 골프 코스마다 여건이 다르기 때문이다. 특히 주말 골퍼들에게는 골프 공포증이 항상 그림자처럼 따라 다닌다 해도 과언이 아니다.

우선 첫 티잉 그라운드에 올라 샷을 위해 어드레스를 취할 때 순간적으로 찾아드는 공포는 골퍼를 불안하게 만든다. '백구가 제대로 날아가 주어야 할 텐데' 'OB가 나면 어떡하나?' '뒤땅이라도 치게 되면 어쩌지?' 등등의 잡념이 순간적으로 뇌리를 스친다. 더군다나 뒤 팀을 포함해 관중들이라도 지켜보고 있다면 비기너들은 십중팔구 제 기량을 발휘하지 못하고 엉뚱한 샷을 하고 내려오기 십상이다. 이처럼 첫 샷을 실수하게 되면 그 어두운 그림자는 18홀 내내 골퍼를 괴롭히게 마련이다.

페어웨이에서 세컨드 샷을 위해 우드나 롱아이언을 선택했을 때 저 멀리 펄럭이고 있는 그린의 깃발을 바라볼 때 또 한번 공포를 느껴야 된다. 투온을 시켜야 파를 할 수 있다는 강박관념이 공포로 변해 다가오기 때문이다. 더욱이 먼저 친 동반자가 투온을 시키고 여유 있게 자신의 샷을 구경하고 있을 때 두려움이 스멀거리며 얼굴 위로 기어오르는 경험은 대부분의 골퍼들이라면 한 번쯤 맛보았으리라 여겨진다.

백구가 깊은 러프에 빠졌을 때도 조바심이 공포로 변하게 된다. 특히 러프가 경사진 곳이어서 자세마저 불안할 때는 제대로 샷을 해 백구를 빠져나오게 할 수 있을까 라는 걱정이 역시 공포로 변하기 마련이다.

호수나 연못 같은 해저드 앞에 볼이 놓여 있을 때는 어떤가. '호수를 뛰어넘어 건너편에 안착시킬 수 있을 것인가? 잘못하다간 백구가 물에 빠져 아까운 공 하나를 잃게되고 벌타를 기록하게 되는 것은 아닐까? 하는 초조감이 역시 두려움이 되어 다가온다. 호수의 수증기가 공을 빨아들인다는 이야기도 있고 보면 특히 초심자들은 해저드 앞에선 간이 오그라들기 마련이다.

벙커를 탈출해야 되는 경우도 마찬가지다. 더군다나 공이 달걀 프라이처럼 깊숙이 박혀 있다면 마음은 평상심을 잃기 쉽다. 몇 차례 연습 스윙을 하면서 연습장에서 연습할 때를 떠올리지만 그게 어디 실전과 같을 수 있던가?

그린 앞 40~50야드 거리에서 어프로치 샷을 할 때, 또는 1m짜리 퍼팅을 할 때 찾아드는 긴장감도 공포임에 틀림없다. 퍼터를 쥔 손가락을 통해 머리끝까지 죽 뻗쳐오는 긴장감, 그것은 분명 유쾌한 것은 아니다. 하물며 이 같은 거리의 어프로치 샷이나 퍼팅은 프로선수들도 성공률이 50%밖에 안 된다고 말하던 레슨 코치의 말을 기억하다보면 더더욱 어려운 경기를 할 수밖에 없다.

전술의 달인(達人) 잭 니클라우스 같은 프로도 대회가 열리는 주초에 현장에 도착하여 미리 코스를 답사하면서 그 공략법을 구상하며 공포감을 털어버린다고 하지 않던가. 그렇다면 차라리 '골프의 공포'를 즐기는 게 그 공포에서 탈출하는 방법이 아닐까?

빗물과 호수, 초보와 싱글의 차이

골프의 초보자(beginner)가 골프 연습 때 흘리는 땀방울은 코스의 패인 곳에 고인 빗물 정도이지만 싱글 핸디캐퍼의 것은 호수와 같다고 한다. 어느 골프 잡지에 비기너와 싱글의 차이를 소개하면서 이 같은 사례를 든 것을 읽은 기억이 나는데 그만큼 이들의 차이는 크다. 어떤 차이가 어떻게 나는지 한 번 살펴보자.

- 비기너는 샷을 하고 나서 생각하고 싱글 핸디캡 골퍼는 생각하고 나서 샷을 한다. 초보자는 샷을 한 뒤 백구가 떨어진 곳에서야 그 잘 잘못을 생각하지만 싱글은 샷을 하기 전에 신중하게 백구를 보낼 곳을 미리 감안하고 친다. '비기너의 샷은 친 대로 가지만 싱글은 보내고 싶은 곳으로 친다.'는 말도 있다.

- 초보자가 샷을 할 때는 모두 뒤에서 기다리지만 싱글이 샷을 할 때는 그냥 앞으로 걸어 나간다. 비기너의 샷은 불안하기 때문에 백구가 어느 방향으로 날아갈지 모른다. 그렇기에 볼을 친 뒤에 나가야 된다. 그러나 싱글 정도면 앞서 나간 사람들을 피해 칠 수 있으리라 여겨 그냥 나간다는 의미다. 그러나 사실 누구라도 샷을 한 다음에 나가는 것이 올바른 행동이다. 천려일실, 싱글도 실수를 하는 경우가 있는 까닭이다. 샷을 한 다음에 나가는 것이 바른 방법이다.

- 초보자가 골프를 위해 흘린 땀은 캐주얼 워터(casual water) 정도이지만 싱글의 땀은 커다란 해저드를 이룬다. 이는 싱글이 되기까지 파나는 연습을 해야 된다는 뜻이다. 싱글이 되기 위해선 땀이 호수를 이룰 정도의 연습을 해야 된다 하니 보통 사람들은 기가 질릴 법

도 하다.

- 초보자는 한두 개 나이스 샷을 위해 연습을 하지만 싱글은 한두 개 미스 샷을 없애기 위해 연습한다. 그렇다. 초심자들은 필드에 나갔을 때 드라이버샷 하나만 잘 맞아도 기분이 좋다. 이와는 달리 한타 차이로 승부가 결정되는 프로경기에서 한 번의 미스 샷은 바로 패배와 직결된다. 때문에 싱글들은 미스 샷을 방지하기 위해 연습장에서 땀을 흘리는 것이다.
- 초보자는 싱글의 샷을 연구하고 싱글은 초보자의 샷을 연구한다. 초보자는 잘 치기 위해서 싱글의 샷을, 싱글은 잘못 치는 것을 예방하기 위해 초보자의 샷을 연구한다는 것이다.
- 초보자는 티샷을 제일 무서워하고 싱글은 마지막 홀 마지막 퍼팅을 두려워한다. 초보자의 경우 자신감이 없기 때문에 갤러리들이 지켜보고 있기 마련인 티샷을 두려워한다. '골프의 공포'가 찾아오는 것이다. 마찬가지로 싱글은 맨 마지막 홀에서 마무리 퍼팅 때 '골프의 공포감'이 찾아온다. 자칫 한 번의 퍼팅이 실수로 이어질 경우 손안에 들어온 우승컵을 놓치게 될 수 있기 때문이다.
- 초보자는 한 라운딩에서 한 타의 원가가 1천 원 정도이지만 싱글은 이보다 훨씬 더 많다. 싱글이 되기까지 연습을 위해 많은 돈을 투자했기 때문이다.
- 싱글이 존재하지 않는다면 초보자는 발전하지 못한다. 비기너일지라도 그의 꿈은 싱글이 되는 것이다. 사실 싱글도 처음부터 잘 친 것은 아니다. 그들도 보기플레이어 등을 거쳐 필드 위의 잡초처럼 살아남은 표상이자 전사들이다.

힘 빼는 데 3년, 마음 비우는 데 3년

힘 빼는 데 3년, 헤드업 고치는 데 3년, 마음 비우는 데 3년. 모두 10년 정도의 일월(日月)을 보내야 골프의 진수를 이해하게 된다는 이야기가 있다. 모두들 골프를 처음 시작할 때부터 귀가 닳도록 들어왔을 것이다.

골프 황제 잭 니클라우스도 처음 배울 땐 헤드업을 심하게 했던 모양이다. 그의 부친이 니클라우스의 머리털을 붙잡고 연습을 시켰다는 일화가 있는 것을 보면. 그는 결국 5~6년의 훈련을 쌓은 후에야 헤드업 버릇을 고치게 되었다 한다. 가히 골프 기술의 어려움을 짐작할 수 있는 일화다.

선배들은 '백구가 날아가는 것은 우리가 봐줄 터이니 고개를 들지 말고 샷을 날려라.' 라고 충고한다. 하지만 자신도 모르게 순간 고개를 들어버리고 마는 것을 어떻게 고친단 말인가! 골프 경력이 10년이 넘었는데도 어설픈 자세로 필드를 헤매고 다니는 골퍼들을 종종 만난다. 이들의 잘못된 스윙과 자세는 처음부터 잘못 길이 들여졌기 때문일 것이다.

나이가 들어가면서 골프의 기량은 조금씩 줄어가며 몸이 마음과 같이 움직여 주지 않아 한심스러울 때가 많다. 거리도 짧아지고, 깃대를 향한 그린 적중률이 떨어지며 특히 퍼팅에 난조를 보이곤 한다. 필자의 경우 더욱 그러했다. 한창 젊은 시절엔 골프에 몰입하여 그렇게 좋아하던 산행과 바다 낚시의 즐거움을 버리고 주말이면 골프장에서 살았다. 휴가철엔 어김없이 전국 골프장을 헤매고 다닐 정도였으니 골프 실력은 싱글 핸디캡이 틀림없었다.

그러나 요즈음, 골프장 관리자로 직업을 바꾸어 매일 골프를 대하고 있음에도 골프 기량은 점점 퇴보되고 있다. 실력 만회를 위한 갖가지 몸부림을 다하였다. 연습장에도 나가보았고, 어느 레슨 프로에게 나의 스윙이 어디에 문제가 있는지 묻기도 했다. 레슨 프로는 "힘을 빼고 부드럽게 휘두르세요." 라고 충고하였다.

어떻게 하면 힘을 뺀다는 것인가? 힘을 빼고 쳐본 골퍼가 아니고는 어떻게 설명할 수 없는 막연하기 짝이 없는 표현이다.

필자는 거리가 짧아지는 이유 하나를 최근에야 발견하였다. 그것은 세월 때문이었다. 마음은 항상 젊어 있지만, 나이 먹는 줄을 까맣게 잊고 있었던 것이다. 임팩트 순간 30대 젊은 시절의 에너지와 60대의 에너지가 같을 수는 없을 것이다.

900 CC 회원 대회에서 3연승을 한 챔피언 A씨에게 필자의 고민을 하소연했더니 원 포인트 레슨이라며 비법이라도 되는 양 가르쳐 주었다. "클럽의 그립을 너무 힘껏 쥐고 도끼로 장작 패듯이 휘두르면 안 됩니다." "식사 테이블 위에서 수저를 드는 힘보다 강해서는 안 됩니다. 힘 빼고 부드럽게 클럽을 감싸고 스윙을 하세요."

결국 힘을 빼라는 뜻이었다.

골프에서 인생을 배운다고 한다. 사람 인(人) 자를 곰곰이 들여다보면 부드럽게 늘어뜨린 왼팔의 손 밑으로 오른손을 받치고 있는 어드레스 양상을 하고 있다. 스윙도 왼손이 하는 일을 오른손이 모르게 하라는 가르침이 숨어 있다 할 것인가. 오른손 힘을 빼고 왼손으로만 스윙을 하여야 한다는 가르침 말이다.

Golf라는 단어를 뜯어보니

　Golf라는 단어를 이렇게 풀이하는 사람이 있다. Green, Oxygen, Light, Foot 라는 네 단어의 앞 글자를 따서 만들었다는 것이다. 이는 '푸르른 잔디 위를 거닐며 맑은 공기와 햇볕을 즐기는 운동'을 의미한다. 평화의 상징인 푸른 초원에서 신선한 대자연의 대명사인 산소를 마시며 작열하는 태양 아래 담소를 하며 걷는 운동이 골프이니 참으로 그럴듯한 풀이요 절묘한 단어의 조합이 아닐 수 없다.

　필드 보행의 평균 에너지 소모량은 1마일당 200칼로리라고 한다. 대부분 골프 코스 길이가 4마일 정도이므로 그린간의 보행거리를 추가하면 약 5~6마일 정도가 돼 18홀 라운딩이 끝날 때는 1000칼로리 가량의 열량이 소모된다고 볼 수 있을 것이다.

　모든 신체가 중요하지만 발의 중요함은 특별하다 할 수 있다. 발은 몸무게를 지탱하여 칼로리의 대부분을 소모할 뿐만 아니라 심장에서 밀어내는 모든 혈액을 다시 심장으로 피드백(Feed Back) 시키는 역할을 하므로 '제 2의 심장'으로 비유된다.

　혈액을 되돌리는 발의 동작은 우유를 먹는 갓난아기가 무의식적으로 쭉 폈다 오므리는 모습에서 볼 수 있다. 이것이 바로 혈액 순환을 도와주는 '제 2의 심장'인 발의 본능적인 동작이라는 것이다.

　'수족은 따뜻하게, 머리는 차갑게' 라는 예전부터 내려오는 우리 조상들의 지혜는 손발의 혈액순환을 위한 데서 비롯됐을 것이다. 부드럽게 꼭 잡은 그립은 근육을 긴장시켜 혈액순환을 원활하게 하여주고 유연한 스윙의 동작은 보행시 발바닥의 자극과 조화를 이루어 심장의 부담을 줄여준다. 그런 의미에서 골프야말로 심장을 튼튼하게 하는 가장 기초적인 운동이라 할 수 있다.

골프는 리듬을 중요시한다. 우리 신체구조도 3가지 리듬인 심장의 박동, 호흡 그리고 뇌에서부터 육체와 정신을 관장하는 리듬으로 유지된다고 한다. 그 같은 리듬의 흐름에 따라 샷을 하며 필드를 누비는 것이 골프 운동이라 할 수 있다.

"나는 생각한다. 고로 존재한다."는 데카르트의 말처럼 골프는 또 생각하며 백구를 치는 운동이기도 하다. '어드레스 자세는 제대로 잡혀있는 것인가.' '롱아이언으로 세컨드 샷을 해야 하는가.' '해저드와 벙커를 피하는 샷은 어떻게 해야하나.' 등을 끊임없이 생각해야만 한다.

물론 등산도 골프와 같은 전신 운동의 효과를 가져다 준다. 산이 좋아 산을 오르면 그 이상의 즐거움이 또 어디 있겠는가. 주말이면 대자연의 품속에서 산행을 하는 것은 발바닥 운동뿐만 아니라 전신 운동과 같아 바람직한 운동이라 할 수 있겠다. 그러나 나이 들면서 무리한 산행은 심장에 오히려 해가 될 수 있다. 이에 비해 골프 18홀 거리 정도를 걷는 것은 매우 적당한 운동이라 할 수 있겠다.

요즘처럼 건강이 강조되는 세상도 없을 것이다. 건강한 몸에서 건전한 정신이 나온다는 것이야 만고 불변의 진리다. 골프로 건강을 다지고 운동을 마친 후 샤워를 하는 즐거움에 아울러 동반자들과 가볍게 시원한 맥주를 한잔 한 뒤 귀가하다 보면 그날 밤엔 세상사 모두 잊고 숙면을 취할 수 있지 않았던가.

엉터리 영어 '원 빠따' '투 빠따'

초보 운전을 할 때다. 조심스럽게 시내 주행을 하는데 느닷없이 앞으로 끼어드는 차량이 있다. 이럴 때마다 급제동을 하는데 입에서는 나도 모르게 욕지거리가 튀어나와 스스로도 놀란다. 옆자리의 아내는 더더욱 눈이 동그래진다. 자연스럽게(?) 나오는 욕지거리를 들으면서 남편이 참으로 낯선 사람처럼 여겨지더라는 것이다.

처음 자가 운전을 하는 사람 치고 그러한 경험을 하지 않은 사람은 별로 없을 것이다. 운전 중 한두 번 하던 욕지거리는 어느덧 습관화되어 일상생활에서도 불쑥불쑥 튀어나와 스스로의 품격을 떨어뜨리기 마련이다.

골퍼들 중에도 필드에서 샷이 잘 안될 때 욕지거리를 해대는 사람이 있다. 스스로의 인격을 도매금으로 넘기는 일이 아닐 수 없다. 한데 꼭 욕지거리는 아니더라도 귀에 거슬리는 게 있으니 그것은 잘못된 골프 용어의 사용이다. 골퍼들의 품격은 그런 데서도 나타난다.

운동 도중 일본식 골프 용어나 국적을 확인할 수 없는 용어들을 사용하는 경우를 흔히 볼 수 있는데 알고도 사용하는지 몰라서 그러는지 알 수 없는 일이다.

'퍼터'(putter)를 '빠따'라고 하는 것이 대표적인 예다. 흔히들 '투 빠따' '원 빠따'를 하였다라고 하는데 이는 바른 표현이 아니다. 클럽은 '빠따'가 아니라 '퍼터'로 해야 하며 '원 빠따'는 '원 퍼트'라 해야 할 것이다. '방카'나 '쪼로' 등의 표현도 '벙커'와 '토핑'이라는 말로 고쳐 사용하여야 한다. 연습 스윙을 '가라(쏘) 스윙'으로 표현하는 골퍼들도 많다. 우리말인 연습 스윙으로 해야 할 것이다.

골퍼들이 친 백구가 푸르른 창공을 비상할 때 동반자들은 '나이스 샷' 하는 찬사를 자주 사용한다. '나이스 샷(nice shot)'이나 '굿 샷(good shot)'이나 다같이 찬사를 나타내는 영어이다. 그러나 어느 골프잡지에서 '나이스 샷'은 일본식 표현이며, 일반적으로 '굿 샷'이라는 표현이 바람직하다는 글을 읽은 적이 있다.

쇼트 홀, 미들 홀, 롱 홀도 일본을 통해서 들어온 용어다. 파3홀, 파4홀, 파5홀이 맞는 용어다. 미국이나 유럽에서의 쇼트 홀과 롱 홀은 우리와 의미가 다르다. 같은 파4홀이라도 거리가 짧으면 쇼트 홀이요 거리가 길면 롱 홀인 것이다.

핸디캡 10 미만의 골퍼를 '싱글 핸디캡 골퍼' 혹은 '싱글 핸디캐퍼'(handicapper)라 한다. 보통 '싱글'로 줄여서 말하는데 '싱글'은 독신자를 의미하기 때문에 이 또한 엄밀히 말한다면 잘못된 용어라 할 것이다.

이밖에 '더블파'나 '양파'는 한국형 조어라 할 수 있다. 유럽과 미국에는 '더블파'라는 용어는 없다고 하며 그냥 6타 혹은 8타 하는 식으로 숫자로 얘기한다는 것. 파보다 4타 더 친 경우('에바'라는 국적불명의 용어를 쓰는 사람이 있는데) '쿼드러플(quadruple) 보기'라 부른다. 파3홀에서 7타나, 파4홀에서의 8타, 파5홀에서의 9타가 이에 해당된다.

세련된 스윙을 몸에 익히면 세련된 샷이 나오듯 바른 용어까지 입에 배면 훌륭한 매너와 함께 '굿 샷'을 날릴 수 있다.

세상만사 마음먹기 달렸더라

토미 아머라는 골퍼는 "골프는 여자와 닮았다. 다루는 솜씨 여하에 따라 즐겁게 해 줄 수도 있고 때로는 손댈 수 없을 정도로 거칠게 만들 수도 있다."고 말했다. 여기서 다루는 솜씨란 무엇을 말하는 것일까. 특별한 기술이라 생각할 수도 있겠지만 그것보다는 부드럽게 대해야 한다는 뜻이리라 여겨진다. 부드러운 샷은 마음을 다스리지 않고는 나올 수 없다. 볼이 잘 안 맞는다고 화를 내거나 하면 오히려 게임을 더욱 망치게 된다. 싫어하는 사람이 동반자가 됐을 때도 샷이 제대로 이뤄지지 않는다. 그래서 모든 스포츠가 다 마찬가지겠지만 골프에서는 특히 마인드 컨트롤(Mind control)이 중요하다.

마인드 컨트롤을 통해 이루고자 하는 것은 당연히 보다 더 나은 경기를 하고자 함이다. 이를 위해서는 첫째 자신의 우상을 정해 놓고 그 사람의 흉내를 내는 모방이 필요하다. 1979년과 1981년 PGA와 US 오픈 챔피언이었던 데이비드 그레이엄 같은 선수도 흉내내기 연습을 한다고 밝힌 적이 있다. 그는 "잭 니클라우스가 조용히 시선을 집중시킬 때의 침착함과 냉정함을 그의 찡그린 미간의 주름살에서 읽고 흠모했다. 또 어떠한 어려운 환경에서도 그는 절대 절망의 표정을 보이지 않는다. 그의 샷은 바로 거기에서 나온다."고 하면서 잭 니클라우스를 모방했던 것이다.

아마추어 골퍼들도 TV 또는 잡지에 나오는 유명한 골퍼들의 스윙이나 자신보다 나은 동반자들의 유연한 샷 동작을 배우면서 그것을 자신의 것으로 만들어 가는 마인드 컨트롤을 해야 된다. 자신보다 실력이 좋은 골퍼들과 라운딩을 하다 보면 자연스럽게 실력이 향상되어지는 것 또한 바로 모방을 통한 '평균화 효과' 인 것이다.

　마인드 컨트롤과 함께 이미지 스윙도 중요하다. 샷 이전에 성공한 이미지를 갖는 것이다. 머릿속에 끊임없이 자신의 샷 모습을 형상화시켜 나가는 것이 이미지 스윙이다. 이 또한 마인드 컨트롤의 부분집합이다. 연습장에서 멋진 샷을 했을 때, 또는 필드에서 모처럼 마음에 드는 샷을 했을 때 그 동작을 머릿속에 그리다보면 근육이 그 이미지를 따라가며 기억한다고 한다.

　그러나 비기너들은 티잉 그라운드에 서면 OB 말뚝부터 눈에 가득 들어오게 된다. 페어웨이는 또 왜 그렇게 좁게만 보이며, 벙커나 해저드는 왜 그렇게 크게만 보이는지. 그러다 보면 결국 샷은 흐트러지고 백구는 엉뚱한 방향으로 날아 마치 자석에 끌리듯이 OB 말뚝 밖으로 뛰쳐나가고 만다.

　따라서 초심자들도 마인드 컨트롤을 유념하고 백구를 보낼 장소를 미리 그리는 것이 좋다. 티잉 그라운드에서 백구가 안착 될 지점까지 터널을 만드는 것이다. 특히 벙커나 해저드를 피해 페어웨이에 안착시키는 샷을 하기 위해서는 자신이 그려놓은 터널 이외에는 모두 머릿속에서 지워버리는 훈련이 필요하다.

　영국의 대 문호 셰익스피어는 "이 세상에서 잘잘못이 구분되어 있는 것은 아무 것도 없다. 다만 우리들이 그렇게 생각하고 있을 뿐이다." 라고 말했다. 다시 말해 세상 모든 일은 생각하기에 달려있다는 의미다. 세상만사 모두 마음먹기에 달려있다는 말의 또 다른 표현이라 하겠다.

시니어 골퍼, 바람 따라 가리라

같은 또래의 친지들과 어울려 라운딩을 하다 보면 그들의 불만은 대개 하나로 모아지고 있음을 느끼곤 한다.

"어이! 김 사장, 요즈음 비거리가 많이 줄어들어 걱정이 돼. 몇 년 전엔 웬만한 장타자들도 내게 명함을 내밀지 못했는데 최근엔 영 거리가 나지 않아. 이제 다 된 것 같아."

"뭘 그러나. 이 사람아. 아직도 그 정도면 쓸만한데. 골프 클럽이 달리 14가지나 되던가. 왜 그리 비거리에 연연해하는가? 미국의 제리 바버 있잖아? 70세가 넘었는데도 PGA 투어에 돌아다니면서 언더 플레이를 한다는 사람 말이야. 그 사람이 꼭 장타여서 그리 잘 친다던가?"

물론 시니어들이라 해서 모두 단타로 기량이 위축되는 것은 아니다. 비록 50이 넘었다 해도 육체적 조건은 아직 시니어 소리를 듣기에 이른 경우도 허다하다.

시니어 골퍼는 50세 이상을 가리킨다. 어느 새 우리의 나이도 50을 훌쩍 넘어 이제 70을 바라보는 연륜에 접어들었다. 따라서 '비거리 타령'을 하는 것 자체가 사실은 우스운 일이라 하겠다. 운동은 그냥 즐기면 되니까. 하지만 시니어 골퍼들이 라운딩을 하면서 겪는 어려움은 비거리보다는 그린이나 그 주변에서 일어나는 경우가 많다. 노련함으로 헤쳐나갈 것 같은데 퍼팅은 물론이고 칩샷까지도 정교하게 해내지 못하는 경우가 더러 있기 때문이다.

의사들은 이를 작은 근육의 경련이나 입스(Yips)같은 신경 근육의 전달 기능이 약화되는 까닭이라고 설명한다. 따라서 시니어들은 그린 위에서 긴 샤프트의 퍼터를 사용하려 하는데 이는 스트로크 때 작은 근육을 쓰지 않으므로 심리적인 안정감을 갖기 때문이라고 설명한다. 스포츠 의학에 의하면 우리 몸의 근육은 20대 후반부터 매년 1%씩 감소하고 있지만 근육의 강도나 힘은 50세까지 줄어들지 않는다고 한다. 나이가 들어갈수록 몸을 쓰는 데 게으름을 피우기 때문에 노화 현상이 더 빨리 진행될 뿐이라는 것이다. 말하자면 신체 조직의 세포가 쇠약해지는 것은 나이 탓이 아니라 오히려 이를 사용하지 않은 데서 비롯된다는 것이다.

그렇다면 시니어라 해서 나이 탓만 하면서 비거리가 짧아졌다고 한탄하고 있을 일이 아니다. 자신의 나이를 숨길 필요도 없지만 굳이 의식할 필요도 없다 하겠다.

윌리엄 아더는 "비관론자들은 불어오는 바람을 보고 투덜대고, 낙관론자들은 조금만 기다리면 바람이 지나가리라 여기며 바람이 스쳐가길 기다린다. 그러나 현명한 현실주의자들은 바람이 흘러가는 대로 자신을 맞추어 헤쳐나간다."고 설파했다. 시니어들은 현실주의자인 것이다. 윌리엄 아더의 표현대로라면 시니어들은 그들의 신체 상황에 따라 플레이를 하면 되는 것이다.

1990년 US 오픈에서 당시 45세의 헤일 어윈이 우승을 하자 갤러리들은 기립박수로 그의 쾌거를 축하했다. 그러자 아나운서는 "이 우레같은 박수 소리는 단지 챔피언을 축하하기보다 중년의 골퍼가 우리 대신 쟁취한 영광에 대한 만족의 화답입니다."라고 말했다. 아주 적합하면서도 의미있는 멘트라 하겠다.

제주에서의 아름다운 추억

18홀 라운딩을 끝내고 피곤에 지친 몸을 욕탕의 따끈한 물에 담그면 새로운 생기가 솟아오른다. 한데 로커 룸에서 옷을 갈아입고 클럽하우스 식당으로 나오면, 운동복에서 평상복 차림으로 바뀐 골퍼의 얼굴이 낯설게 느껴질 때가 있다. 18홀 내내 함께 운동을 하였던 동반 골퍼를 보고 불현듯 처음 만난 사람처럼 "오랜만입니다." 하고 손을 내밀어 악수를 청하는 골퍼를 치매 1기 환자라 한다던가.

필자는 지난해 친지들과 제주도 골프 여행을 다녀온 적이 있다. 제주에 최근 새로운 스타일의 골프장이 몇 군데 개장이 되었지만, 바람 많은 제주에서 전천후 라운딩을 즐길 수 있는 곳은 오라 CC라 할 수 있다. 아라 CC(제주 CC) 다음으로 역사가 오래된 36홀 규모의 골프장이다. 그런데 골프장만이 명문이 아니고 거기에 드나드는 골퍼들도 매너 있는 멋쟁이 골퍼들이라는 것을 경험하였다.

남코스 그늘집에서였다. 잠시 동료들이 음료수로 목을 축이고 있는 사이 필자는 뱃속이 좋지 않아 화장실을 찾았다. 운동복 뒤쪽 호주머니에 들어있던 지갑을 꺼내 재떨이 위에 올려놓고 볼일을 보고 있었다. 그런데 밖에서 다음 순번을 기다리고 있는 골퍼가 두 번씩이나 노크를 하는 것이었다. 노크 소리가 '따당 따 땅 땅' 하는 월드컵 축구 응원 박수 소리처럼 들렸다. '대~한민국' 하는 소리가 목구멍까지 치밀어 올랐지만, 바지 가랑이를 그만 추스른 채 화급한 골퍼에게 화장실을 양보하고 부랴부랴 티잉 그라운드까지 달려나갔다.

동료들은 모두 티샷을 끝내고 필자를 기다리고 있었다. 1인당 5만원씩 스킨을 묻어 매홀 승자가 1점씩 스킨을 가져가도록 이미 약속을 해 놓은 터였다. 허겁지겁 드라이버 샷을 날렸으나 백구가 제대로 날아가 주지 않았다. 거의 9홀이 지나도록 한 점도 따지 못했던 필자는 남코스 그늘집 이전 홀에 가서야 롱기스트와 함께 그린에서 긴 퍼트가 홀인되어 단번에 스킨 3점을 획득하게 되었다. 감격적인 순간이었다. 캐디에게 거금 3만 원을 받아들고 기뻐서 어쩔 줄을 몰라 하다가 상금을 지갑에 넣기 위해 호주머니에 손이 가는 순간 아뿔싸, 지갑이 없었다. 지갑에는 약간의 여행 자금도 있었지만 각종 카드가 있어 문제였다. 라운딩을 같이 하던 동료들도 함께 놀라워했고 필자 역시 황당하기 이를 데 없었다.

"어디에 가 있을까?" 치매 끼가 있을 나이도 아닌데. 지갑 빠뜨린 줄도 모른 채 스킨스 게임에 몰입한 자신이 한심스러웠다. 그러다 순간 '대~한민국'을 외치려던 그곳이 퍼뜩 떠올랐다. 바로 그늘집 화장실이었다. 나에게 월드컵 박수처럼 노크하던 뒤 팀 선수 때문에 허겁지겁 화장실에 놓고 나왔을 것이다. 곧바로 숨을 헐떡거리며 그늘집 아가씨에게 뛰어가 '내 지갑' 하면서 손을 내밀었다. 마치 지갑을 맡겨놓았던 사람처럼. 놀랍게도 아가씨는 "여기 있어요"라며 지갑을 내놓았다. 뒤 팀 손님께서 가져오셨다는 것이었다. 순식간에 연출된 상황이었다.

지갑을 건네주는 아가씨의 눈망울은 제주 바닷빛처럼 맑고 깨끗했다. 뒤 팀의 이름 모를 골퍼의 매너 또한 두고두고 잊지 못할 아름다운 기억으로 간직하고 싶다.

사이드 부킹, 나 하나쯤이야

지난해 8월과 9월엔 태풍과 장마로 몇 년만에 골프장이 휴장하는 날이 많았다. 그러다 추석을 전후하여 가을이 성큼 다가오자 이 지방 골퍼들이 구름처럼 골프장으로 몰려들기 시작하였다. 부킹 전쟁이 시작된 것이다.

공식 행사에 참석하고 사무실에 왔더니 J내과 원장에게서 전화메모가 있었다. 시내에서 개업하고 있는 저명한 내과 의사인 J박사의 전화에 리콜을 하지 않았다가는 큰 코 다친다.

"형님, 어제 참, 기가 막힙디다" 수화기를 들자마자 카랑카랑한 J박사의 목소리가 튀어나왔다. 얘긴 즉, 모처럼 친지들과 이 고장 어느 골프장에 들렀더니 매 홀마다 7~8팀씩이 밀리더라는 거였다. 한 홀 끝나고 기다리고, 또 한 홀 끝나고 기다리고. 완전히 운동 리듬이 깨져버리더라는 거였다.

가을철 황금시즌을 맞이하다 보니 골프장 측도 이런저런 사정을 들어주다 보면 그런 현상이 일어날 수밖에 없지 않느냐고 같은 골프장 관리인의 입장에서 변명을 하였더니 돌아오는 J박사의 말이 거의 아부(?) 수준이다. "그날 순서를 기다리던 골퍼들이 지난 명절엔 900 CC에서 운동을 했다는데 똑같이 많은 골퍼들이 넘치는데도 골프장 간부들이 모두 나서서 원활하게 게임 진행을 하더라."는 것이다.

적당히 부킹을 받아 7~8분 간격의 경기진행을 지킨다면 큰 문제는 일어나지 않을 것이다. 무작정 부킹을 받다보면 7~8분 간격은 무너지고 많은 팀들이 지루하게 기다리게 되어 결국 골퍼들로 하여금 욕지거리밖에 나올 것이 없게 만든다.

요즈음 이곳 저곳 새로 골프장이 개장되었지만 늘어나는 골프 인구를 수용하기엔 절대적으로 골프장이 부족한 형편이다.

J박사의 넋두리를 듣다 골프장 변명만 할 수 없어 필자도 한마디 하기는 했다.

"경기 진행이 더딘 것은 골퍼들도 문제가 있는 것 아닌가. 내기를 심하게 하는 친구들이 퍼팅을 신중하게 한다며 뒤 팀은 안중에도 없고. 그린에서 서로의 스코어 싸움으로 홀 아웃 하는 것도 잊는 골퍼들도 있어. 보기다, 더블보기다 하면서 큰 소리로 시비를 벌이다 급기야 그늘집에까지 와서도 목청을 높여 싸움으로 번지는 경우도 있지 않은가! 결국 이렇게 되면 경기 분위기는 깨어지고 말지. 이런 팀들이 몇 팀 코스에 끼여 있다 보면 골프 진행은 엉망이 되고 마는 거야."

필자가 관리하고 있는 900 CC의 경우 ARS 부킹제도를 도입하여 회원 스스로가 자신의 주말 부킹을 할 수 있기 때문에 골프장 측이 자의로 부킹을 이리저리 끼워 넣을 수가 없다. 이 지역 골퍼들이 잘 알고 있는 사실이지만 그럼에도 아직까지 부킹 부탁 전화를 하는 경우가 있다. 동창회를 하고 싶은데 열 팀만, 고위층을 모시는데 세 팀만, 불가피한 거래처 손님 때문에 몇 팀만 등등.

과거 돈으로 부킹을 사고 파는 시절이 있었는지는 알 수 없으나, 무작정 부킹을 받아들이다 보면 골프장 분위기는 J박사의 넋두리가 아니더라도 X판이 되고 말 것이다. 부킹 질서를 지켜야 할 골프장 측도 책임이 있으나, "나 하나쯤은 사이드 부킹이 가능하지 않겠느냐."고 잠꼬대하는 골퍼들도 꿈을 깨어야 할 것이다.

구경만 해도 **행운인 홀인원**

홀인원 한 번쯤 해보고 싶지 않은 골퍼가 있을까? 그건 원한다고 해서 되는 게 아니다. 아무리 칼을 갈고 닦는다고 해도 한 번의 샷으로 볼이 컵에 들어간다는 것은 여간해선 쉬운 일이 아니다. "파3홀 티잉 그라운드 주변에는 수많은 골퍼들의 홀인원 기념비석과 나무들이 많은데 나는 왜 할 수 없을까."

홀인원은 샷의 정확도와 함께 행운의 신이 미소지어 주어야 한다. 골퍼들이 희망하는 다른 멋진 샷들은 모두 꾸준한 노력에 따라 기량이 늘면 어느 정도 성취가 가능하지만 홀인원은 운이 따라야 하는 신비스러운 열매인 것이다.

900 CC 스프링 3번 홀의 경우, 왼쪽 언덕을 기어오르던 어떤 비기너의 백구가 이내 다시 아래 그린으로 굴러 컵으로 들어가는 경우가 있었다. 그린 오른쪽에 장승처럼 서있는 소나무 가지에 볼이 맞아 그린의 컵으로 빨려 들어가는 실수(?)를 한 사람도 없는 게 아니다. 물론 필자의 경우는 정확하게 컵 깃대 1m 전방에 낙하시킨 볼이 몇 번 굴러 '땡그랑' 소리를 내며 홀인됐지만.

홀인원을 했을 때의 그 벅찬 감격을 다른 어떤 세속적인 성취에 비기랴. 무엇인가 보이지 않는 큰 것을 얻은 듯한 감회를 느끼게 된다. 홀인원은 때로는 골프 초년생에게도 찾아오기 때문에 더더욱 매력적이다. 그런가 하면 일생에 단 한 번도 홀인원을 해보지 못한 프로 선수들도 많다. 어떤 아마추어 선수들은 동반자의 홀인원을 구경만 해도 행운이라며 들뜬 목소리를 감추지 못한다.

상당한 장타자라야 이룰 수 있는 알바트로스는 3언더파이므로 2언더파인 홀인원보다 일반적으로 더 어렵게 생각된다. 두 번째 친 볼이 홀인되는 알바트로스의 기쁨 또한 홀인원 못지 않을 것이다. 그렇지만 홀인원은 단 한 번의 샷으로 홀인시키는 것이므로 더더욱 매력적인 것 같다.

한데 그렇게 어려운 홀인원을 하고서도 그 기쁨을 만끽하지 못하는 골퍼들도 있다. 특히 공직자의 경우 쉬쉬 숨기면서 축하도 받지 않으려 했던 때가 있었다. 반면에 동반자들의 축하세례와 소속 클럽의 기념식수, 친지와 가족들로부터 성대한 축하 파티까지 받는 행복한 골퍼도 있다.

지금은 그렇지 않지만 예전에는 홀인원을 하면 앞뒤 팀 동반자에게 양복 한 벌 값을 건넨다거나, 동반 캐디나 플레이어에게도 선물 공세를 해 집안 기둥뿌리가 흔들리는(?) 경우도 있었다. 친구들은 술자리에서, "한 타를 바로 홀에 넣었다고? 축하하네. 결혼 초야에는 5타까지도 갔다더니 이제는 한타 밖에……. 자네도 늙어가네." 하며 우스갯소리를 하기도 한다.

　필자는 1997년 12월 13일 900 CC 오텀 5번 홀에서 홀인원을 하겠다고 선언(?)하고 홀인원을 한 바 있다. 집에 와서 아내에게 홀인원 자랑을 하였더니 "당신은 밖에서는 홀인원도 잘 하시는군요…."라고 말하는 것이 아닌가. '밖에서는' 이라니? 3년 후인 1999년 10월 어느 날, 홀인원 기쁨을 알려주는 아내의 전화목소리에 필자는 한마디로 지난날의 앙갚음을 했다. "당신도 이제는 밖에서 홀인원을 다 하는구료. 하기야 세상이 그렇게 변했지만…."

이름을 감춰야 했던 시절도

골프를 하다보면 더러 자신의 진짜 이름을 감추고 다른 이름을 쓰는 사람들을 만나게 된다. 실명(實名)이 아닌 가명(假名)으로 부킹을 하거나 경기를 하는 경우다.

이 같은 골퍼들은 대개는 자신의 신분의 노출을 꺼리는 공직자들인 경우가 많다. 필자도 7년 이상 '나충빈'이란 이름으로 골프를 쳤었다. 70년대 박정희 대통령 시절과 80년대 전두환 대통령 시절은 공직자들의 골프를 금하던 때였다. 골프운동에 맛을 들이기 시작하던 때였기에 연습장에서 연습하는 것만으로는 만족할 수 없어 그 같은 가짜 이름으로 골프를 즐겼던 것이다.

그러다 보니 정작 공직에서 퇴직하여 필자의 진짜 이름으로 부킹을 하려 하니 진짜 이름이 가짜인 양 알려져 한차례 승강이를 벌이기도 했다. 그리고 그 당시 상황을 잘 아는 친지들 가운데는 지금도 필자를 '나 사장'이라 부르며 놀리는 경우도 없지 않아 웃음을 짓기도 한다.

몇 해 전 금융실명제가 시행되던 무렵 어느 경제지에 이런 내용의 만화가 실렸던 것이 기억난다. 아버지를 찾는 전화를 받은 어린애가 "우리 아버지는요, 가명은 등산가고요, 실명은 골프장이에요!"라고 대답하는 내용이었다.

공직자 아버지가 일요일에 골프를 가면서 아들 녀석에게 아마 밖에서 찾는 전화가 오면 '등산 갔다'고 하라는 당부를 했던 모양인데 골프 가방을 메고 나가는 아버지를 떠올리며 그같이 대답했으리라 여겨 실소를 지었던 기억이 난다.

사실 자신의 본래 이름을 감추고 가짜 이름으로 골프를 하는 것은 바람직한 일이 아니다. 골프에서는 속이는 행위를 용납하지 않기 때문이다. 모르고 저지르는 행위에 대해서도 1타의 벌을 받아야 되는 것이 골프 경기다.

골프 규칙은 해서는 안 되는 행위를 하면 2타의 벌을 부과하고, 고의적으로 위반하면 실격이란 제재를 가하고 있다. 그처럼 골프는 거짓과 속임수를 버리고 정직과 참됨만을 최선으로 여기는 운동으로, 골프 경기가 시작된 500년 전부터 이어져오고 있는 전통인 것이다.

때문에 골프는 경기 때뿐만 아니라 부킹 등 모든 부문에서 진실을 요구한다. 요즘에도 일부 공직자들 가운데 다른 사람의 이름이나 가짜 이름으로 부킹을 하는 경우가 없지 않다. 공직자 골프 금지령 속에서 자신의 신분을 속이며 운동을 하는 골퍼가 있는 것이다. 어떤 사람들은 아예 직장과 거주지가 다른 시·도까지 원정을 가서 골프를 하는 경우도 더러 있다.

필자 자신도 그런 경험을 했지만, 사실 지금 와서 생각해 보면 그같이 다른 사람의 이름이나 가짜 이름을 사용한 것은 역시 잘한 것은 아니라는 생각이 들곤 한다. 가짜 이름으로 골프를 하다 보면 뭔가 께름칙한 생각이 들고 경기가 잘 풀리지 않곤 했기 때문이다. 따라서 요즘 생각이긴 하지만 굳이 가짜 이름을 대면서까지 골프를 할 필요는 없을 것이다. 금지하면 그동안 연습장에서 열심히 연습하고 해금이 되면 더 나아진 실력으로 필드에 나서는 것이 떳떳하다고 여겨진다.

아름다운 매너의 골퍼들

　골프장 운영을 하다 보니 여러 가지 경험을 하게 된다. 매너 문제에 국한하자면 참으로 아름다운 신사도를 지닌 골퍼들을 더러 대하게 된다. 좋은 매너, 훌륭한 매너를 지닌 골퍼를 만난다는 것은 정말 유쾌한 일임에 틀림없다.

　매너는 골프 경기를 할 때만 필요한 것은 아니다. 부킹에서부터 18홀을 다 돌고 난 뒤 동반자들과 함께 클럽하우스에서 시원한 맥주 한잔으로 경기 내용을 되새기며 담소를 나누고 귀가 길에 나설 때까지 필요하다고 본다.

　얼마 전의 일이었다. 친지로부터 부킹과 관련된 전화가 왔다. 현직 법조계 인사 몇 분이 모처럼 주말을 맞아 자신과 함께 필드에 나가기로 했다면서 오랜만의 운동이니 27홀 라운딩을 할 수 있도록 배려해 달라는 부탁 전화였다. 규정상 불가능한 내용이었다. 참으로 난감했지만 모질게 거절하기도 어려운 처지였다. 궁리 끝에 그렇다면 정규 시작 시간 이전에 나와 경기를 하도록 이야기했다. 필자는 골프장 전무에게 그 내용을 전하고 '차질 없도록 잘 진행을 하라.' 고 지시를 해 두었다.

　정작 주말이 돼 그분들이 18홀을 끝내고서 추가 나인 홀을 시작하려 할 때 문제가 발생했다. 주말에 내장객이 몰리자 전무가 코스담당자에게 해야 할 그 같은 지시를 깜빡 했던 모양이었다. 그분들은 진행원에게 '이미 사장에게 허락을 받은 사항' 이라고 말했다. 진행원은 캐디 마스터에게 무전으로 이를 확인했다. 그런데 무전기를 통해 흘러나오는 캐디 마스터의 이야기는 기절초풍(?)할 만했다. '사장 지시고 뭐고 규정에 위반되는 일이니 안 된다.' 는 카랑카랑한 목소리. 그 법조인은 깜짝 놀라며 동반자에게 '18홀을 돌았으니 충분하다. 그만 가자.' 며 팔을 잡아끌고 골프장을 스스로 벗어났다. 물론 필자는 이 같은 사정을 훗날 친지를 통해 들었다. 한편으론 미안하기도 했지만 그분들의 매너가 참으로 아름답게 여겨졌다. '사장지시고 뭐고' 라고 불경스럽게(?) 말한 캐디 마스터야 그녀의 말이 옳았기에 나무랄 수도 없었다.

지난해 추석 명절 연휴 때였다. 골프를 즐기기로 이름 난 광주의 한 기관장이 가족들과 함께 내방하였다. 5명 라운딩이 가능한 것으로 알고 골프장에 나온 것이다. 900 CC의 경우 주말 5명 라운딩이 금지되어 있어 난처했으나 그 기관장은 매너 좋기로 소문이 난 터. "스타트 홀에서 5명이 티샷 하기는 남의 눈도 있고 하니 세컨드 홀부터 5명이 치시지요."라고 넌지시 양해를 구했다. 필자의 말은 들은 그 기관장의 부인은 '규정에 안 된다면 이를 지켜야하지요.' 라면서 끝내 갤러리로 가족들의 경기를 참관하기만 하였다.

당시 광주시내 H대학 총장이었던 Y씨의 경우 또한 아름다운 매너의 소유자다. 모처럼 중앙언론사 친구들이 광주에 내려와 지역방송 P사장과 함께 주말 5인 플레이가 가능한 것으로 알고 아침 일찍 골프장을 방문하였다. 같은 언론인의 입장에서 이를 거절하기도 어려웠다. 역시 편법으로 스타트 홀은 피하고, 두 번째 홀부터 운동을 할 수 있도록 권하였더니 웬걸 Y총장 깜짝 놀라며 "우리가 룰을 지키지 않으면 누가 지키겠어요?"하면서 단호하게 사양하는 것이었다. 변칙적인 배려를 한 필자의 얼굴이 뜨거워지는 순간이었다.

명문 골프장이 된 900 CC

필자가 사장으로 근무하고 있는 900 CC가 지난해 10월 13일로 개장 7주년을 맞았다. 900 CC는 지난 95년에 개장된 뒤 콘소시엄을 이룬 8명의 주주에게 넘겨진 다음 지난 97년 바로 조선내화 그룹에 인계돼 오늘에 이르렀다. 따라서 필자가 경영의 책임을 맡게 된 지도 어언 5년이 된 셈이다. 처음 900 CC를 인수할 때는 레저 산업으로서 장래의 전망이 밝다는 생각 때문이었다. 그러나 인수한 지 2년이 채 안되던 해 IMF가 찾아와 이후 3년 동안 말할 수 없는 고통을 감수해야 했다. 그러나 오너 측의 과감한 재투자와 임직원들의 뼈를 깎는 감량 경영 등으로 900 CC는 그 같은 질곡의 터널을 쉽게 벗어나 호남권뿐만 아니라 우리나라의 유수한 명문 골프장으로 우뚝 서는 쾌거를 이루게 됐다.

명문 골프장은 몇 가지 조건을 충족시켜야 된다. 앞서 잠깐 이야기했지만 첫째, 부킹 질서가 잡혀있어 회원들의 부킹이 제대로 이뤄지느냐의 여부가 40% 정도를 차지한다. 다음은 골프장 코스의 정비와 관리가 30%. 그린과 페어웨이의 잔디가 잘 보존돼 있느냐가 관건인 셈이다. 셋째로는 캐디를 포함하여 직원들의 친절도와 골프장의 음식이 내장객들의 기호에 맞는지 여부가 30% 정도를 차지한다.

900 CC는 부킹과 관련하여 ARS제도를 도입하여 회원에게는 월 4회 주말 부킹이 가능하도록 하고 있다. 이 지역 어느 골프장의 경우 골든타임인 오전 11시 때 무려 10여 개 팀이 부킹이 돼 골퍼들의 불평을 사기도 하고 회원권이 할인권이 됐다는 비아냥을 받기도 하는 것과는 전혀 다르다. 요즈음엔 대부분 900 CC의 부킹제도를 이해하여 한결 마음이 편해졌

지만 아직도 일부는 사장이면 부킹을 마음대로 해주리라 믿고 받아주지 않으면 섭섭해하는 골퍼도 없지 않다. 아무튼 900 CC는 회원들의 폭넓은 이해와 사랑으로 부킹 질서가 제대로 지켜짐으로써 명문 골프장으로 발 돋움하는 데 크게 도움이 됐다.

골프장은 또한 그린이 생명이나 다름없는데 900 CC의 경우 철저한 그린 관리로 골퍼들로부터 칭찬을 받고 있다. 지난해 외국에 다녀온 H대학 총장으로부터 시계가 달린 리페어기를 선물받은 적이 있다. 골프를 하다가도 틈만 나면 손상된 그린을 보수하는 필자를 보고서는 조그마한 리페어기를 사 온 것이다.

사실 그린은 신랑을 맞기 위해 곱게 단장한 신부와 같아야 한다는 게 필자의 생각이다. 아리따운 신부 같은 그린이 백구에 의해 상처 투성이로 변한다면 어느 신랑이 좋아 할 것인가. 때문에 골퍼라면 누구든지 홈집이 난 그린을 보수하는 게 도리다. 900 CC는 그런 뜻에서 지난해 7주년 개장 기념품으로 시계가 달린 리페어기를 선물했다.

그동안 900 CC는 명문 골프장답게 섬머 코스에 이어 스프링과 오텀 코스에도 야간 조명 시설을 갖춰 더 많은 골퍼들이 경기를 즐길 수 있도록 했다. 내년엔 100% 전동카를 도입할 계획이다. 또 골프장 안에 연습장과 콘도 등을 지어 골퍼들이 숙식을 하면서 골프를 즐기도록 종합레저타운을 건설하는 중장기 계획도 마련했다. 900 CC는 명실공히 명문 골프장으로 평가받기 위해 최선을 다하려 한다.

회원 친선 골프 대회

  골프장 주변 산도 서서히 단풍으로 물들어간다. 만산홍엽(滿山紅葉)의 계절, 페어웨이의 잔디도 어느새 금빛으로 바뀌어 가고 있다. 이처럼 아름다운 결실의 계절의 한 중간인 지난해 10월 13일. 900 CC는 개장 7주년 기념행사를 치렀다. 그리고 이날을 기념하여 제 7회 회원 친선 골프대회를 개최했다.

  900 CC는 2001년까지는 해마다 챔피언 선발대회를 열었지만 지난해부터는 챔피언 선발대회를 생략하고 대신 회원친선 골프대회를 성대하게 개최한 것이다. 챔피언 선발대회는 대한골프협회에 등록된 골프장에서 주로 개최하는 행사다. 이 협회의 회원사는 전국적으로 63개 사다. 그러나 한국골프장경영협회에 가입한 회원사는 135개 사이며 900 CC도 여기에 가입돼 있다.

  골프협회는 해마다 지방 회원사에서 각각 선출한 챔피언이나 회원사 임원들이 참가한 가운데 클럽대항전 비슷한 골프대회를 개최해 오고 있다. 바로 이 대회에 참가할 선수들을 뽑기 위해 협회 회원사들이 각 골프장별로 챔피언 선발대회를 열어 챔피언을 선정했던 것이다.

  900 CC는 골프협회 회원사는 아니었지만 몇 차례 챔피언 선발대회를 가졌었다. 그러나 협회 회원사가 아닌 경우 챔피언을 선정한다 해도 큰 의미가 없는 행사가 될 뿐이었다. 협회가 주관하는 전국 대회에 출전할 수 없었던 까닭이다. 요즘 대부분의 신설 또는 명문 골프장들은 챔피언 선발대회를 하지 않고 오히려 모든 회원들이 참가한 개장기념일 친선 골프대회를 갖는 추세다.

잘 알려진 안양 CC나 아시아나, 레이크사이드, 곤지암, 떼제배, 김포, 남부 포천아도니스, 화산, 클럽700, 부산 CC 등 많은 명문 골프장도 챔피언 선발대회는 갖지 않고 있는 것이다. 900 CC는 이 같은 추세에 따라 챔피언 선발대회는 열지 않고 회원 친선 골프대회를 통해 우승자와 메달리스트를 선발함으로써 회원들의 친목을 다지게 된 것이다.

이러한 방침에 따라 지난해 개최했던 900 CC 개장 7주년을 기념하는 회원 친선 골프대회에는 회원이 252명이나 참석했다. 특히 900 CC는 대회 참가자 전원에게 기념품을 선물해 흐뭇한 행사가 됐다는 평을 받았다. 대회 우승자는 네트스코어 70타를 친 박철홍 씨(리젠시벨 산업대표)였고 메달리스트는 김영휘 씨(70타 · 건화건설 대표)였다.

이들 우승자와 메달리스트는 물론 기량면에서 남보다 뛰어난 자질을 발휘했다. 그렇게 해서 참가 선수들 가운데 최고의 명예를 얻게 된 것이다. 이들은 골프 기량도 최고인 만큼 골프 매너와 룰을 지키는데도 최고일 것이라 믿는다. 골프란 한마디로 '룰과 매너(rule and manner)' 라 하지 않던가. 메달리스트나 우승자는 골퍼로서 이를 지킴으로써 그 명예와 영광에 흠이 가지 않고 많은 골프 동호인들의 귀감이 돼야 함은 두말할 나위도 없다. 900 CC 500여 회원들은 아마도 이들을 평가하고 지켜볼 것이다. 아울러 900 CC는 앞으로도 회원 친선 골프대회를 더욱 발전시켜 명실공히 회원들의 친목을 도모하는 수준 높은 대회로 격상시킬 것이다.

'아이크 나무'와 몇 가지 일화

해저드(hazard)는 위험한 자연 장애물 구역을 뜻한다. 주로 벙커, 도랑, 나무, 수풀을 말하고, 연못이나 냇물은 워터 해저드(water hazard)라고 한다. 해저드와 관련된 미국의 저명한 인사들의 일화가 많다.

아이젠하워는 골프에 심취한 대통령이었다. 미국을 골프의 나라로 만든 것이 그의 최고의 업적이라 할 정도다. 그는 집무실인 백악관 남쪽 뜰에 치핑(chipping) 연습장을 만들었으며, 집무실에선 퍼팅 연습을 열심히 하곤 했다.

마스터스 대회가 열리는 오거스타 내셔널 골프클럽 멤버인 아이크는 그곳에서 골프를 칠 때마다 17번 홀에 이르면 매번 홀 근처의 나무를 맞히곤 했다. 말하자면 17번 홀 징크스에 시달렸던 것. 때문에 이 나무는 '아이크 나무'라 불리어졌다 한다. 그는 클럽 회장인 클리포드 로버츠에게 그 나무를 없애달라고 여러 번 요청했지만 회장은 들은 척도 하지 않았다. 무소불위의 권한을 가진 미국 대통령이었지만 골프장에 있는 나무 한 그루를 제 마음대로 하지 못한 것이다.

그런가 하면 우리의 경우 샷을 하기가 어렵다 해서 주변 나무의 가지를 서슴지 않고 꺾거나 도톰하게 솟아 있는 잔디밭에서 볼을 집고 그곳을 평평하게 밟는 등의 행위를 하는 골퍼들이 있으니 참으로 한심스러울 따름이다.

팁 오닐이란 사람은 미국 하원의장 시절 리 트레비노와 골프를 즐겼다. 어느 날 골프를 치다가 오닐 의장이 코스의 연못 앞에 놓인 자신의 새 볼을 헌 볼로 바꿔 샷을 하려 했다. 잘못하다가는 해저드에 새 볼을 빠뜨릴 수도 있기에 헌 볼로 치려했던 것이다. 이를 본 리 트레비노가 한 마디 했다. "의장님, 뭘 그리 궁상스럽게 헌 볼로 치시려 합니까? 헌 볼 대신 새 볼로 연습 스윙 한번 해보시지요. 제가 봐드리겠습니다."

오닐 의장은 '한 수 가르쳐 주려나 보다' 라고 여기면서 새 볼을 그대로 놓고 연습 스윙을 했다. 그러나 뒤에서 지켜보던 리 트레비노는 아무 말을 하지 않는 것이었다. 오닐 의장은 '스윙 폼이 잘돼 아무 말도 않는구나' 라고 여겨 그대로 치려 했다. 그 순간 리 트레비노가 그를 가로막았다. "의장님, 잠깐만 기다리십시오. 의장님이 잘 보셨네요. 그냥 헌 볼로 치시지요." 오닐 의장의 스윙으로는 그 볼은 분명 연못에 빠지리라 여겨 헌 볼로 치도록 권했던 것이다.

지난 73년 브리티시 오픈 우승자 톰 와이즈코프는 동향인 잭 니클라우스의 2년 후배다. 지난 80년 마스터스 토너먼트가 열린 오거스타 내셔널, 파3, 155야드인 12번 홀에서 있었던 실화다. 그린 앞에는 냇물과 벙커가 도사리고 있다. 바람이 세차 클럽 선택이 어려운 곳이기도 하다. 와이즈코프가 치려할 때 바람이 멎어 8번 아이언을 골랐다. 다행히 그린에 떨어졌으나 튄 볼이 냇물로 빠지고 말았다. 계속해서 쳤지만 마찬가지였다. 12번 홀에서만 13타를 기록했다. 이곳 골프장의 파3 혹은 파4홀에서 가장 많이 친 기록을 세운 것이다. 그의 부인은 남편의 우승의 꿈이 냇물 속으로 가라앉자 울음을 터뜨렸다. 이를 지켜본 친구 톰 컬버는 "계속해서 새 볼로 치니까 물로 들어간 거지요."라며 그녀를 위로했다는 웃지 못할 얘기가 전해진다.

고려잔디 그리고 인생의 빈틈

오래 전부터 필자 부부는 새벽, 골프장에 나가 페어웨이의 잡초를 뽑는 것으로 하루 일과를 시작하는 것이 습관이 됐다. 어떤 날엔 거의 한 가마 정도 잡초를 뽑기도 해 필자 스스로 놀라기도 한다.

골프장의 잔디는 주로 우리나라에서 자생하는 고려잔디로서 생명력이 강하다. 가뭄이 극심해 잔디 잎이 마르며 타들어 가다가도 비가 오면 다시 살아나는 강인한 생명력을 지닌 것이다. 다른 작물과 달리 병충해에 강해 특별한 약제를 살포하지 않아도 좋다. 부드럽고 고르게 잘 자라기 때문에 대부분 골프장이나 다른 운동 경기장에서도 선호한다. 그러나 고려잔디는 한없이 뻗어나가는 생명력이 장점이면서도 잡초에 약하다는 단점을 지니고 있기도 하다.

잔디가 빽빽하게 자라고 있는 곳에서는 물론 잡초의 씨앗이 뿌리를 내리지 못한다. 그러나 조그마한 빈틈이 나면 그곳에 터(?)를 잡고 잡초는 뿌리를 내리며 순식간에 무성하게 자라고 만다.

사람들의 세상살이도 마찬가지다. 자신의 몸에 조금만 소홀하면 건강이 나빠지듯, 그리고 곁눈질을 하다가는 반드시 실수를 하게 되는 것처럼 잔디밭도 틈새가 생기면 곧 바로 잡초의 공격(?)을 받게 되는 것이다. 그처럼 왕성한 생명력을 지닌 고려잔디이지만 한번 잡초에게 자리를 빼앗기게 되면 시들시들 맥을 추지 못하고 만다. 잡초에게 영양분을 다 빼앗기고 마는 까닭이다.

그 같은 틈새는 사실 인생살이에서나 모든 이기기 위한 스포츠에서나 결코 보여줘서는 안 될 요소다. 특히 골프의 경우 자칫 방심하면 경기를 망치게 된다. 샷을 할 때도 최선을 다해 스탠스는 제대로 잡았는지 그립의 자세는 바른 것인지 점검을 해야 된다. 연습할 때 귀에 못이 박히도록 들었던 임팩트 순간 헤드업은 하지 않는지 명심하고 샷을 해야 된다. 말하자면 마음의 빈틈이 생긴다면 자세는 흐트러지게 마련이며 따라서 백구는 이미 자신의 컨트롤을 떠나 OB지역에 떨어지고 마는 것이다.

직장 생활도 마찬가지다. 새로운 창의력을 발휘하지 못한 채 자기 계발에 게을리 하다 보면 그 자신은 낙오되기 마련이다. 노력하지 않고 구태의연하게 직장 생활을 한다는 것은 바로 틈새를 보이는 것과 흡사하다 하겠다.

한데 잡초 가운데도 '바라구풀' 이란 게 있다. 어떻게나 끈질기게 번식하는지 골치를 썩인다. 잔디의 틈새에 숨어있는 바라구풀. 이 잡듯이 찾아 뽑아내고는 있지만, 또다시 내년 봄이 되면 잔디보다 먼저 파란 싹을 지상에 내밀 것이다. 정말 얄미운 노릇인데 그렇다 해서 잡초의 뻗어나가는 기세(?)에 물러설 수는 없는 일이다.

900 CC는 필자가 몸소 잡초를 제거하고 디보트 자국을 메우다 보니 모든 직원들이 풀을 뽑고 그린의 상처 자국을 보수하는 일을 불평 불만 없이 하고 있다. 아침마다 간부들은 출근하자마자 2시간 정도 잡초를 뽑는 일을 스스로 하고 있는 것이다. 우리 임직원들은 회원들이 즐거운 하루를 보낼 수 있도록 더욱 더 정성들여 페어웨이를 가꿔 나갈 것이다.

파멸의 근원 페널티 스트로크

스트로크와 관련된 용어로 스트로크 플레이가 있다. 스트로크 플레이는 총점을 계산하여 승자를 결정하는 게임 방법이다. 이에 비해 매치 플레이는 타수가 아니라 이기고 진 홀 수로 승리를 결정한다.

지난해 일본 지바현 나리타 골프장에서 열렸던 미국 여자프로골프(LPGA)투어 시스코 월드 레이디스 매치플레이 챔피언십 결승에서 우리나라 박지은 선수가 우승을 차지한 것도 바로 이 같은 매치플레이로 치러진 경기였다. 매치플레이는 한 홀에서의 스트로크 수로 그 홀의 승패가 결정되는 데 비해 스트로크 플레이에서는 전체 홀의 스트로크 수로 승패를 결정한다.

어느 경기 방식이든 벌타(Penalty stroke)는 규칙을 위반했을 때 가해진다. 여기에서 스트로크(stroke)는 한 번 치는 것을 의미한다. 야구의 경우 방망이를 한 번 휘두르면 파울 볼이 아닌 이상 스트라이크 한 개가 되는 것처럼 골프에서도 클럽을 휘두르면 한 스트로크가 된다. 사실 페널티는 경기의 승패에 굉장한 영향을 미친다. 때문에 '벌점은 파멸의 근원'이라는 이야기까지 있다. 예컨대 티샷을 OB내고 그 볼을 찾지 못한 채 다시 티샷을 하게 되면 세 번째 치는 셈이 된다. 볼이 해저드나 호수로 들어간 경우, 5분 이내에 찾지 못할 때, 칠 수 없는 곳에 떨어진 경우, 남의 볼을 쳤을 때도 1벌타를 부과 받게 된다.

벌타를 부과 받은 다음엔 드롭을 하여 볼을 치게 되는데 이와 관련 몇 년 전 미국 한 방송사의 골프 중계 방송 중 지미 디마렛의 유명한 해설이 있다. 지미 디마렛은 프로선수 시절 연습을 하지 않은 선수로 유명했다.

시합 전날 파티에 참석하느라 잠도 제대로 못 자고 경기를 하곤 했던 선수였다. 그런데도 그는 1940년과 1947년 그리고 1950년 마스터스 대회에서 우승을 한 저력을 보였던 골퍼였다.

캘리포니아의 페블 비치에서 빙크로스비 내셔널 프로 아마 혼성 시합이 벌어지고 있었다. 파3 17번 홀에서 아놀드 파머가 친 드라이브 샷이 그만 절벽 아래로 날아갔다. 아나운서가 디마렛에게 물었다. "저런 경우에는 볼을 칠 수 없으니 어떻게 해야 하나요?" 그러자 그는 이렇게 해설을 했다. "볼이 넘어간 절벽으로 가서 홀을 향해 서서 어깨 뒤로 볼을 드롭하고, 그 볼이 떨어진 곳에서 쳐야 합니다. 그러나 아놀드 선수 경우 볼을 드롭하면 볼이 다시 태평양으로 빠질 터인데 무슨 재주로 그 볼을 찾으며 어떻게 바다 위에 서서 볼을 칠 수 있겠어요? 가까운 육지를 찾아야 되는 데 결국 호놀룰루로 가서 쳐야 되지 않겠어요?" 볼을 잘못 쳐 벌타를 부과 받은 다음엔 핀을 보고서 볼을 어깨 너머로 떨어뜨린 다음 드롭을 하게 된다. 바로 이 드롭과 관련하여 그처럼 농담 같은 해설 이야기가 전해지고 있는 것이다.

US 오픈이나 마스터스 등 메이저 대회 마지막 날 경기에서 선두를 달리던 선수가 해저드나 숲 속으로 공을 빠뜨려 벌타를 먹고 급격히 무너져 우승을 내주는 모습을 볼 수 있다. 아마추어 골퍼들도 한 샷의 실수가 부른 벌타로 인해 스코어를 망치는 경우가 많다. 때문에 골프의 한 점은 승패의 갈림길이며 페널티는 바로 사형선고나 다름없다 하겠다.

홀로서기, 자신과의 치열한 싸움

골프는 15세기 초 스코틀랜드에서 시작하여 영국 여왕 엘리자베스 1세가 런던에서 즐겼던 운동으로 기록돼 있다. 여왕의 뒤를 이은 제임스 1세도 왕위를 계승한 뒤 5년이 된 1608년부터 골프에 매료됐다 한다.

세계 최초의 골프 클럽은 16세기 스코틀랜드의 세인트 앤드루스다. 이곳의 올드 코스(old course)는 너무 오래 돼 휴식을 위해 일요일엔 거의 문을 닫는다.

미국의 최초 골프 클럽은 1887년에 등장했다. 스코틀랜드에서 제 27회 브리티시 오픈이 열리던 해였다. 그 무렵 스코틀랜드 출신으로 미국 뉴욕 용커즈에서 철공소를 경영하던 로버트 락하앗이 고향을 찾았다가 세인트 앤드루스를 방문했다. 그는 이곳 탐 모리스 1세의 프로샵에서 6개의 클럽과 볼 두 타스를 사 귀국한 뒤 마을 유지인 잔 리잇에게 선물했다. 잔 리잇은 자신의 목장에 3홀의 코스를 만들고 친구 3명과 함께 클럽을 만들었다. 클럽 이름은 당연히 고향의 클럽과 같은 세인트 앤드루스였다.

이 같은 유래를 가진 골프는 사실은 굉장히 외로운 경기라 할 수 있다. 여러 가지 운동 가운데 골프만이 유일하게 홀로 서서, 누구의 도움도 받지 못한 채, 스스로의 기량으로 치는 경기이기 때문이다.

티샷을 하기 전에 골프장을 쳐다보면 그렇게 한가로운 풍경일 수 없다. 광활한 초원에 군데군데 탐스럽게 잘 자란 수목. 꽃피는 계절엔 갖가지 꽃들이 서로의 아름다움을 뽐내며 골퍼들을 반기는 정말 더할 수 없이 여유롭고 평화스러운 풍광이다. 그러나 첫 홀 티샷을 시작으로 매 홀을 돌면서 경기를 하다 보면 그곳은 또 하나의 전쟁터가 되곤 한다. 잠시 다른 생각을 하면 볼은 어느새 OB지역으로 날아가거나 해저드에 풍덩 빠지기 일쑤 아니던가. 뜨거운 여름철 대지가 끓어오를 정도로 더운 날, 잘 날아간 백구가 벙커에 빠져 꼭 계란 반숙처럼 푹 파묻혀 있을 때 초보자들이 느끼는 절망감 같은 것들로 하여 골프는 또 다른 스트레스를 주는 경우도 없지 않다.

4명이 동반자가 돼 1번 홀에서 티샷 하는 모습은 겉으로 보면 다정하게 보이지만 제각각 마음으론 혼자서 버디나 파를 잡기 위해, 더러는 자신을 컨트롤하기 위해 비장한 각오를 하기 마련인 것이 골프다.

이처럼 골프는 홀로서기를 해야 되는 운동이어서 골프의 적은 바로 자신이라고도 한다. 스스로와 싸우지만 그런데도 되돌아보면 자신에게 지고 마는 것이 골프다. 미스가 나올 때마다 점수는 가차없이 올라가고 자신을 향한 질책의 자학이 또 그만큼 더해지는 운동이기도 하다.

탁구나 테니스는 상대방이 볼을 받아 자신에게 보내오지만 골프는 자신이 친 볼은 자신이 거두어야 되는 경기다. 긴장을 풀고 근육을 부드럽게 하면서 즐기는 운동이어야 된다. 무리를 하지 않고 우쭐거리지도 말고 신사답게 플레이를 하는 방법을 배워야 한다. 격분, 절망, 자기비판, 경멸에 빠지면 경기를 망치게 된다. 바로 그때문에 골프를 가리켜 진리를 가르치는 운동이라고도 하는 것이다.

아내의 머리카락은 왜 뽑나

지난해 몇몇 기관장들과 골프를 치면서 잠시 그늘집에 들러 음료수를 마시는 사이 그중 한 분으로부터 재미있는 이야기를 들은 적이 있다. 골프에 입문한 지 5~6년 정도 되는 한 골퍼의 꿈은 싱글 핸디캡 수준의 골프를 치는 것이었다. 그러나 그것이 마음대로 되지 않았다. 그 친구, 비기너 시절 100개를 넘지 않으려고 몸부림을 쳤지만 한두 홀에서 삐끗하다 보면 훌쩍 100타를 넘는 경험을 하곤 해 스스로 소질이 없는 건지 의심하기도 했던 골퍼였다. 그런데도 연습장에서 갈고 닦은 보람이 있어 90대 수준의 보기 플레이를 하게 되자 욕심을 내 이제는 새로운 목표에 도전하고 있던 중이었던 것. 그러나 그게 쉽지 않았다. 동반자들이 싱글패를 받곤 할 때마다 부러움과 함께 조바심이 들었다.

어느 날 그 친구가 동료들과 함께 골프를 하러 나갔다. 이날 따라 이상할 정도로 잘 맞아 아웃코스 9홀을 도는 동안 파 행진을 계속했다. 그는 이게 꿈인가 생시인가 스스로의 실력에 놀라면서 인코스로 향했다. 역시 17번 홀까지도 연속 파를 하는 놀라운 실력을 발휘했다. 이제 마지막 홀인 파5, 18번 홀만 파로 끝내면 싱글이 문제가 아니라 파 플레이를 하는 골퍼가 된다는 생각에 가슴이 두방망이질을 하였다. 그는 세컨드 샷으로 페어웨이에 볼을 떨어뜨려 놓고 세 번째 샷을 준비했다. 바람의 방향을 살펴보기 위해 잔디를 뽑아 날리고자 했다. 바람의 세기나 방향을 보아서 9번 혹은 10번 아이언을 택할 작정이었다. 허리를 숙여 잔디를 뽑으려 하자 보통 땐 그렇게 잘 뽑히던 잔디가 나무가 박힌 듯 뽑히지 않는 것이었다. 초조해진 그는 온 힘을 다해 힘껏 잔디를 낚아챘다. '아얏!' 외마디 비명소리와 함께 그의 눈에서 불이 번쩍 났다. 이게 어찌된 일인가. 그는 꿈을 깬 것이었다. 꿈속에서 그는 옆에 자고 있던 아내의 머리카락을 잔디인 양 잡아챘고 아내는 소스라치게 놀라면서 남편의 얼굴을 갈긴 것이다.

우리 모두는 박장대소하였지만 얼마나 골프를 잘 치고싶은 마음이 간절했으면 그 같은 꿈을 꾸게 됐을까 하는 안타까운 마음도 들었다.

정말 골프는 마음먹은 대로 되는 운동이 아니다. 그러면서도 이 운동은 두 번 기분이 좋을 수 있는 운동이라는 농담도 있다. 자신이 친 볼이 잘 맞아 기분이 좋은 것이 첫 번째라면, 두 번째로는 동반자가 친 볼이 잘 안 맞을 때다.

이야기 속의 골퍼가 꿈을 꾸면서 자신이 믿기지 않을 정도로 파 행진을 계속했던 것처럼 잘 쳤을 경우의 신나는 기분은 경험하지 않은 골퍼에게는 실감이 나지 않는 이야기라고 여겨진다. 그러나 아무리 노력을 해도 제대로 쳐지지 않고 OB가 나고, 더블보기로 타수가 점점 높아질라치면 마음 같아선 당장 골프를 그만두고 싶을 때가 어디 한두 번이었던가. 잘 못 쳤을 때의 허탈감이나 무력감은 길게 아쉬운 여운으로 남는다. 자신이 세운 목표치에 도달하지 못하고 자신에게 만족할 수 없는 운동. 때문에 골프는 재미있는 운동인지 비참함만 더하는 운동인지 때로는 구분이 안 되는 스포츠이기도 하다. 그러나 그러한 묘미가 있기에 골퍼들은 오늘도 새로운 도전 정신으로 연습장에 나가고 더 열심히 필드를 찾게 되는지도 모른다.

힘보다는 마음의 기술로

심술(心術)이란 단어가 있다. 마음의 기술을 뜻한다. 바로 골프에 적용되는 용어다. 골프는 근육 운동이 아니다. 힘으로 해내는 스포츠가 아니라는 말이다. 그렇기에 70대나 80대 노령의 골퍼들도 골프를 즐길 수 있는 것이다. 골프는 마음의 기술로 치는 때문이다. 감각으로 쳐야 타이밍이 맞고 리듬이 나오며 심술로 쳐야 템포와 집중력을 가져오게 된다. 골프에서 흔히 말하는 타격의 원칙 6가지에도 마음의 기술을 강조한 부분이 많다.

첫째, 자신의 능력껏만 칠 것. 욕심을 부리지 말아야 된다는 것이다.

둘째, 볼을 보내야 될 다음 장소부터 그려보고 샷을 할 것. 미리 앞을 살펴보지 않고 칠 경우 미스 샷을 하게 되는 경우도 없지 않기 때문이다.

셋째, 반드시 페어웨이로 볼을 보낼 것. 자칫 잘못하면 OB가 나거나 러프에 떨어뜨려 벌타를 먹거나 한 타를 손해보는 상황을 맞게 되는 까닭이다.

넷째, 그린이 보이는 곳으로 칠 것. 매 홀마다 마지막 목표는 그린 위의 컵에 볼을 넣는 것이므로 당연히 그린을 향해 직선으로 샷을 하는 것이 점수를 버는 것이 된다.

다섯째, 해저드나 벙커 등 볼이 떨어져서는 안 될 곳은 피하는 것이 상수다. 그 같은 위험 요소가 왼쪽에 있으면 왼쪽에 티를 꽂고 볼을 보내야 될 곳인 오른쪽으로 샷을 하는 것이 좋다.

여섯째, 어프로치할 때는 핀을 향하기보다는 그린이 가장 넓은 곳으로 볼을 보내는 것이 다음 퍼팅을 위해 유리하다. 바로 이 같은 샷의 원칙을 제대로 지키는 골퍼는 분명 매 홀마다 오너가 될 것임에 틀림없다.

골프 코스 가운데 거리가 상당히 되는 파5홀의 경우 비기너들은 핀이 꽂혀 있는 홀까지의 거리가 멀어 주눅부터 먼저 들기 십상이다. 그러나 파5홀에도 공략하기 위한 전략은 있다. 파 5홀은 인내와 자제가 요구되는 홀이라는 점을 먼저 인식해야 된다. 바둑을 복기하듯 골프가 끝난 뒤 경기 내용을 되돌아보면 파5홀에서 버디를 잡으려고 욕심을 부리는 두 번째 샷이 경기를 망친 주범인 경우를 가끔 경험하게 된다. 동반자가 투온이나 스리온을 했다 해서 욕심을 내다간 보기는커녕 더블보기로도 그 경기를 끝내지 못하는 경우도 없지 않게 된다.

지난 39년도 US 오픈에서 벌어졌던 실화다. 샘 스닛은 파5홀에서 파만 하면 우승은 '떼논 당상'이었다. 그러나 그는 파 5홀 두 번째 샷에서 욕심을 냈다. 결국 5타로 끝내야 될 이 홀에서 8타를 기록하는 바람에 2타 차이로 우승을 놓치고 말았다. 때문에 샘 스닛에겐 'US오픈의 우승을 놓친 샘 스닛'이란 달갑잖은 별명이 줄곧 따라다니는 수모를 겪어야 됐다.

파 5홀의 경우 드라이브 샷 또는 세컨드 샷이 좋지 않았다고 화를 내지 말고 샷을 할 때마다 항상 새로운 마음을 가다듬어야 한다. 성경에도 '화를 더디 내는 자는 용사(勇士)보다 낫고 마음을 다스리는 자는 성(城)을 빼앗는 자보다 낫다.'고 하지 않았던가.

골프 잘치는 비결 3D

진화론을 제창한 찰스 다윈의 손자인 버나드 다윈은 영국 런던 타임즈지의 골프평론가였다. 그는 명문 케임브리지 대학을 졸업한 변호사이자 아동문학가이기도 했다. 비교적 늦은 나이인 45세 때, 1921년도 브리티시 아마추어 챔피언십에서 세미파이널리스트가 됐고 이듬해에도 역시 이 대회에서 준우승을 했다. 1923년도 미국의 워커컵 쟁탈전에서는 우승을 차지할 정도로 골프 기량이 뛰어난 사람이었다.

나중엔 아예 변호사 업무를 접고 골퍼로 전업을 해 골프 저서 21권, 공저 6권을 낼만큼 골프에 심취했다. 그는 ‘골프에 빠지면 본업에 소홀해진다.’는 진리를 내놓기도 했다. 85세인 1961년 세상을 떠났지만 그는 골프계에 많은 업적을 남긴 골퍼로 기억되고 있다.

그가 생전에 ‘골프 치러 가는 것과 장례식에 가는 것은 물론 다르나 두 곳에서 느끼는 슬픔은 똑같다.’고 했는데 그만큼 골프는 어려운 운동임을 말해준다. 잘못 치고 나면 후회와 함께 괴로움과 슬픔에 잠기게 되는 운동이기도 한 까닭이다.

그렇다면 골프를 잘 칠 수 있는 비결은 없는 것일까?. 1982년 US 오픈, 1975년, 1977년, 1980년, 1983년도의 브리티시 오픈, 1977년, 1981년도의 마스터스챔피언이었던 톰 왓슨은 골프의 비결을 3D로 요약했다. 첫째, 욕망이 커야 한다(desire). 둘째, 전심전력을 다해야 한다(dedication). 셋째, 결단성(decision)이 있어야 된다는 것이다. 그는 퍼트의 달인이었고, 모든 샷에 능해서 약한 데가 없는 골퍼였다.

그러나 말은 쉽지만 3D의 자질을 다 갖추기는 정말 어려운 것이다. 잘 치겠다는 욕망은 강하지만 전심전력을 쏟는 데 소홀하거나, 결단을 내려야 될 때 멈칫거리거나 오히려 욕심을 내기 쉬운 게 인간이기 때문이다. 그럼에도 불구하고 3D가 골프를 잘 치는 비결이라면 이를 지키는 자만이 최후의 승자가 될 수 있다. 골프에는 왕도(王道)가 없는 까닭이기도 하다.

그런가 하면 앞서 이야기한 바 있지만 잭 니클라우스는 3C를 골프의 비결로 삼았다. 자신감(confidence), 집중력(concentration), 컨트롤(control)이다. 결국 골프에서 좋은 점수를 내는 것은 '볼을 세게, 똑바로, 적은 타수로 치는 것' 아닐까?

흔히 골프 정신의 대변자라고 불리는 워커 B. 스미스는 골프의 비결이 '용기와 더불어 볼만 볼 수 있는 재주에 있다.'고 했다. 어릴 때 한쪽 눈을 잃었던 그는 골프를 치면서 주머니에 넣고 다니던 술병을 꺼내 술 한 모금 마시고 '용기 문제는 해결됐다.'고 말한 괴짜였다. 또한 호주머니에서 예비해 둔 의안구를 꺼내 볼 앞 땅에 놓고 '자, 이제 볼만 보아야 되는 문제도 해결됐다.' 면서 티샷을 하곤 했다고 전해진다.

그러나 필자에게 골프의 비결을 묻는다면 한마디로 '매일 치는 것' 이라고 말하고 싶다. 골프의 비결은 특별히 따로 있다고 여겨지지 않는다. 하루도 거르지 않고 골프 연습을 하다 보면 스스로 감을 터득하게 되고, 잘못된 부분도 바로잡아지곤 한다. 그러나 매일 골프를 칠만큼 시간과 돈뿐인 골퍼가 얼마나 될 것인가? 주말만이라도 매주 빠뜨리지 않고 골프를 칠 수 있다면 참으로 행복한 삶이라 해도 좋지 않을까?

걷는 데 5시간, 볼 친 데 3분

골프는 걷는 운동이라 할 수도 있다. 18홀을 돌면 얼추 7㎞를 걷게 된다. 드라이버로 친 다음 아이언 샷을 하고, 재수 없게 볼이 벙커로 들어가면 밖으로 쳐내거나 그린 위로 올려치고, 그러면서 끊임없이 걷는 운동이다. 컵에 백구가 빨려 들어가면 그것을 빼내느라고 18번은 허리를 구부려야 하는 운동이기도 하다.

골프는 버티고 서서 두 팔을 들어 몸을 꼬았다가 풀며 혼신의 힘을 다해 볼을 치는 운동이지만, 그렇더라도 체력의 대부분은 걷는 데 쓴다. 보통 골프 코스는 6㎞가 넘으며 제대로 잘치는 골퍼라면 7㎞정도를 걷게 된다. 그러나 좌우로 '미친 사람 널뛰듯' 치다보면 10㎞는 족히 걷게 되는 경우도 없지 않다, 그만큼 걷는 거리가 만만치 않은 운동이다.

그런 탓에 골프 스코어에 욕심이 많은 사람은 일부러 다른 사람이 운전하는 차를 얻어 타고 골프장으로 향하기도 한다. 운전을 하다보면 신경이 예민해지고 그만큼 긴장이 되기 때문이다. 심신을 피로하게 만드는 운전은 가능하다면 피하는 것이 좋다. 운전이 심신에 영향을 끼치는 것은 30대의 경우 한 시간 반, 50대는 한 시간 후부터라 한다. 이 시간이 지나면 바로 피로가 온다는 이야기다.

쾌적한 자연 환경 속에서 마음에 맞는 동반자들과 담소를 나누면서 신선한 공기를 마시고 온몸의 근육을 사용하다 보면 입맛이 저절로 당길 수밖에 없다. 스코어마저 좋게 나왔다면 금상첨화, 기분은 하늘을 나는 듯하지 않겠는가.

18홀을 마치고 샤워를 한 뒤 19홀(클럽하우스)에서 동반자들과 시원한 맥주로 갈증을 해소하거나 식사를 하면서 라운딩 이야기로 꽃을 피우는 것도 유쾌한 일임에 틀림없다. 그러다 보면 제1홀 티 오프로부터 시작해서 족히 5시간은 훌쩍 지나고 마는 것이 골프다. 아니 다음 골프 계획까지 세우다보면 2~3시간은 더 소요되기도 한다.

보통 골프장에서 한 라운드를 도는 데는 5시간이나 걸리지만 100타 이하를 쳤다면 한 번 스윙에 2초를 잡을 경우 실제 그 골퍼가 볼을 친 시간은 3분 20초 정도 밖에 되지 않는다. 나머지는 걷는 데 소모된 시간인 것이다.

골프가 걷는 운동인 바에야 여유 있게 걷는 것이 좋다. 골프장에 도착하면 한 걸음 한 걸음 차분하게 걸어야 된다. 첫 홀 그린까지 잘 나갔다 해도 허둥대다 보면 골프화에 박힌 스파이크로 그린을 손상시키는 경우도 없지 않다. 그린은 모든 골프장의 생명과 같은 존재이자 보배다. 그러나 또 그린만큼 연약하고 예민한 부문은 없다. 때문에 골프장은 그린을 정성을 다해 가꾸며 보살피는 것이다. 그 같은 그린에 상처를 내지 않으려면 덤벙대지 말고 우아하고 여유 있는 걸음걸이로 골프를 즐겨야 된다.

초보자들의 경우 동반자들에게 미안해 샷을 한 뒤 뛰듯이 볼을 찾아가는 경우를 더러 보게 된다. 또 그게 잘치는 동반자들에게 예의라고 하는 사람들도 없지는 않다. 그렇다 해서 그린에 상처를 내거나 달리다가 잔디에 걸려 넘어질 정도로 허겁지겁해서는 안 된다. 느리게 산다는 것 그것은 곧 여유를 말함일 것이다.

화나면 클럽을 앞으로 던져라?

　주말이나 휴일에 골프를 치기 위해 맨 처음 통과해야 되는 관문이 바로 부킹이다. 어렵사리 부킹이 되면 붐비는 도로로 곡예 운전을 하여 골프장에 도착하고 곧 바로 5시간 정도 필드를 거닐며 운동을 하게 된다. 그러나 티 오프를 하고 페어웨이에 나선다 해도 기분이 마냥 상쾌한 것은 아니다. 볼이 잘 맞지 않아 러프로, 벙커로, 심지어 옆 산비탈로 숨어버릴라치면 슬그머니 부화가 치밀어 오르게 된다. 분노가 일게 되면 시야는 흐려지고 정신도 집중이 안 된다. 볼은 헛맞게 되고 라운딩은 허망하게 끝나고 만다.

　이런 우스갯소리가 있다. 어느 주먹 잘 쓰는 친구가 내기 골프를 치다 아웃코스에서 졌다. 그는 "어이 동생, 자네 밤거리 조심해야 할 것 같네. 두 다리로 걸어 다닐는지 모르겠어." 다행히 인코스에서 잃었던 돈을 회수한 주먹패가 다음날 그 동반자를 만나서 말을 걸었다. "동생, 어제 저녁 같이 먹자니까 왜 먼저 가버렸는가?"

　이와는 좀 다르지만 감정을 다스리지 못해 화를 내는 것은 인간이기에 어쩔 수 없는 것이라 하겠다. 유명한 외국 선수들도 자신을 이기지 못해 많은 일화를 남기는 것을 보면 그렇다.

　타미 볼트는 '화 잘 내는 타미 볼트' '천둥벼락' 이란 별명을 지닌 골퍼다. 그는 1958년도 오클라호머주 털사시 서든 컨트리클럽에서 열린 US 오픈 우승자였다. 볼트가 어느 대회 마지막 홀에서 그린까지 110m를 남겨두고 샷을 하게 됐다. 캐디는 볼트에게 3번 아이언을 건네주었다. 볼트는 캐디를 쳐다보며 "이것으로 치면 180m는 날아갈텐데" 라고 짜증스럽게 나무랐다. 그러자 캐디는 "저도 알아요. 그러나 3번 아이언 밖에 안 남았는 걸요. 다른 채는 다 부러뜨리지 않으셨던가요?" 라고 응수했다. 볼트는 할 말이 없었다. 볼트가 화를 내며 클럽을 땅에 쳐 박으면 두 명의 캐디가 달려들어 이를 뽑아야 할 정도였다고 한다.

그러한 타미 볼트였지만 1959년과 1960년 US오픈 등 숱한 대회에서 우승을 했던 아놀드 파머에게 한마디 레슨을 해주었다는데 도대체 무엇을 가르쳐주었을까.

"내가 아놀드 파머를 조용히 불러 클럽 던지는 방법을 가르쳐주었지요. 그는 자꾸 뒤로 던지는 것 아니겠어요? 클럽을 주우러 뒤로 갔다가 다시 앞으로 나오려면 지치고 맙니다. 그래, 프로가 되려면 채를 뒤로 던지지 말고 앞으로 던지라고 한 수 가르쳐 주었지요".

US 아마추어 챔피언 선발전에 열 일곱 번만의 도전 끝에 뜻을 이뤘던 맥 오그래이디는 왼팔을 오른팔만큼 잘 쓴 선수였다. 낙방을 밥먹듯 했지만 두 차례나 선두 주자로 나선 적도 있었다. 하지만 막판에 심판들과 싸우고서 낙방하곤 했던 것. 선배들은 그에게 '인내를 배우라.' 고 충고했다. 그는 캘리포니아주 팜스프링스로 갔다. 그곳은 부자 노인들이 주로 사는 곳이었다. 그는 그곳에서 시속 25km로 서행하는 노인들의 차 꽁무니에 붙어 운전을 하면서 참을성을 배우고자 했다. 그러나 그는 실패하고 말았다. 노인들이 그들의 뒤를 따르는 젊은이의 차에 겁을 먹고 경찰에 신고하는 바람에 계속 붙잡히는 수모를 당한 때문이었다.

알 만한 사람들 왜 이러나

　겨울철 골프는 더욱 매력적이다. 눈이 오거나 내린 뒤 골프장과 주위 산들이 순백의 아름다움을 뽐내는 풍광은 보기만 해도 온갖 시름을 잊게 한다. 그러나 바람이 차갑게 불거나 녹은 눈이 얼어붙은 경기장에서의 운동은 더러 기분을 언짢게 하는 경우도 없지 않다. 겨울 골프는 그린이나 페어웨이 상태가 좋지 않은 탓에 골퍼들은 세심하게 주의해야 할 필요가 있다. 그린이 얼어 있기 때문에 자칫하면 상처를 내기 쉬운 까닭이다.

　지난 1월에 있었던 일이다. 필자 바로 앞 팀의 경기진행 속도가 유난히 느렸다. 백구 대신 빨간 볼을 쳤음에도 눈 속에 파묻혀 숨어버린 볼을 찾기 위해 헤매다가 자칫 뒤 팀의 기다림을 잊기 일쑤였다. 진행이 자연 늦어지게 되고 따라서 경기 리듬이 자꾸 끊기게 되었다. 그런 가운데 섬머(summer) 7번 홀에서였다. 앞 팀에서 신호가 왔다. 그린 위에 볼을 올려놓고 나서 그린을 비워주며 우리더러 볼을 치라는 것이었다. 마침 그 홀 주변은 해저드로 둘러싸여 있는 곳이고 잘못 친 볼들이 호수 얼음 위에 놓여 있었다. 필자의 동반자 가운데 한 명이 샷한 볼이 하필이면 해저드로 들어가 얼음판에 살포시 앉아 버렸다. 앞 팀이 그린에서 퍼팅을 하는 사이 그는 자신의 볼을 줍기 위해 호수에 들어갔다. 그러나 얼음이 녹기 시작하는 오후여서 발을 들여놓자마자 '쨍' 하고 얼음이 갈라졌다. 깜짝 놀라며 '이크' 하는 비명 소리를 내는 순간 그린에서 퍼팅을 하던 골퍼가 불쾌한 듯 "조용히 하시오." 하고 큰소리를 냈다. 나는 순간적으로 대신 "미안합니다." 하며 정중히 사과했다. 골프장에서 다른 사람이 퍼팅할 때

소리를 내는 것은 분명 에티켓에 어긋나기 때문이었다.

그러나 그 다음이 문제였다. 앞 팀의 골퍼는 1m도 채 안 되는 퍼팅을 실패하자 골프화를 신은 발로 볼을 냅다 차버리는 것 아닌가. 자신의 퍼팅 실패를 죄 없는 볼에 화풀이한 것이다. 참으로 보기 민망한 장면이었다. 얼어 있는 그린이 골프화에 찢기기라도 하면 어쩔 것인가. 다행히 그린이 상하지는 않았지만 그 골퍼의 매너가 참으로 거슬렸다. 경기 후 캐디를 통해 그들이 누구인가 알아봤다. 우리 고장에서 존경받을 만한 전문직에 종사하는 사람들이었다. 꽤 큰 돈을 걸고 내기를 했다는 이야기도 들을 수 있었다. 내기를 크게 하는 것도 문제이지만 매너나 에티켓은 너무 엉망이었다.

지난 이야기지만 900 CC는 퍼팅을 하다가 실수를 하자 퍼터로 그린을 쳐 그린을 훼손한 골퍼에게 석 달 간 출입정지를 시킨 적이 있다. 그 골퍼는 정지 기간이 풀렸어도 부끄러웠던지 다시는 찾아오지 않았다.

겨울철 골프는 악조건 속에서 경기를 하는 것이다. 붉거나 노란 색깔의 볼을 치더라도 눈 속에 묻히고 나면 찾기 어렵다. 이때는 5분 정도 찾다가 발견하지 못하면 다른 볼로 경기를 진행해야 된다. 그래야 뒤 팀에 피해를 주지 않는다. 특히 내기를 하면서 시간을 끌어 다른 팀의 경기를 방해한다면 매너 있는 골퍼가 아니다. 겨울 골프는 그 환경에 맞춰 경기를 해야 된다. 여러 가지 컨디션이 좋지 않은 겨울 골프장에서 동료들과 즐거운 시간을 보내면서 건강과 우의를 돈독히 하는 것 말고 그 이상 무슨 욕심을 내려 하는가.

오너 강탈죄, 벌타는 없지만

골프에서 플레이 순서는 규칙에 엄격하게 규정돼 있다. 따라서 친선 경기일지라도 규칙에 따라 경기를 하는 것이 옳다. 그러나 더러는 규칙을 무시하는 경우를 보게 된다. 이 지역 어떤 골퍼는 그 홀의 스코어와 상관없이 매 홀마다 자신이 오너 노릇을 해 동반자들의 기분을 상하게 하곤 한다. 외국에서는 이 같은 경우 '오너 강탈죄'란 표현을 쓴다. 오너와 관련 미국에 다음과 같은 재미있는 이야기가 전해지고 있다.

아이젠하워 대통령배 쟁탈전에서 조셉 파스킷과 에드워드 헤밍웨이가 연못 앞 9번 파3홀에서 샷을 할 때였다. 파스킷이 먼저 쳐서 연못을 넘겨 그린에 올려놨다. 헤밍웨이도 단번에 온 그린을 시켰다. 파스킷이 퍼트를 하려고 그린으로 가려 하자 헤밍웨이가 말했다.

헤밍웨이: "아니, 안치고 그냥 갈 거요?"

파스킷: "무슨 소리? 이미 그린에 올려 놓았잖소?"

헤밍웨이: "아, 그거야 연습 스윙이지. 내가 앞 홀에서 이겼는데 어떻게 당신이 먼저 칠 수 있소? 다시 치시오."

파스킷이 하는 수 없이 다시 쳤으나 볼이 물 속으로 빠져 버렸다.

헤밍웨이: "이제 당신은 세 번째 치는 거야."

다시 파스킷이 샷한 볼이 물에 들어가고 말았다.

헤밍웨이: "이번에 치면 다섯 번 째 치는 거요."

파스킷:(잔뜩 화가 나) "거 매번 점수를 불러야 되겠소?"

헤밍웨이: "점수 부른 것이 위법이란 규칙은 없소."

파스킷: "그냥 갑시다. 이번 홀은 내가 졌소."

　오너로 알고 샷을 했던 파스킷이 다시 샷을 한 뒤부터 평상심을 잃고 그 홀을 엉망의 스코어로 만들고 말았다는 우스갯소리다. 그처럼 플레이 순서는 중요하다. 가끔 나이가 많은 동반자나 직장 상사와 함께 라운딩을 하다보면 오너를 그들에게 양보하는 경우도 없지 않다. 그렇더라도 자신이 오너가 아니라면 이를 사양하고 골프의 룰에 따르는 것이 신사다운 골퍼라 하겠다.

　세컨드 샷은 홀에서 볼이 가장 멀리 떨어져 있는 사람부터 하게 된다는 것을 모르는 사람은 없을 것이다. 기왕 플레이 순서에 대한 이야기가 나온 김에 다소 딱딱하더라도 한 가지를 알고 넘어가자. 김 씨와 박 씨가 친 볼이 똑같이 수리지(修理地)안으로 들어갔는데 김 씨의 볼이 홀에서 18인치 정도 더 멀리 떨어져 있었다. 김 씨와 박 씨 두 사람은 구제를 받기로 했는데 이때 다음 샷의 플레이 순서는 어떻게 될까. 이때도 역시 구제를 받기 전 볼의 상대적 위치에 따라 김 씨가 박 씨보다 먼저 플레이를 해야 한다. 이때 분쟁이 일어나 김 씨가 클레임을 제기했다면 어떻게 될까. 일단 매치를 계속한 뒤 나중에 재정(裁定)을 받기로 합의한 경우 다음 홀에서의 오너는 형평의 이념에 따라 추첨으로 정하게 된다. 다만 김 씨의 클레임이 동점을 주장하는 경우 그 앞 홀에서의 오너가 계속 오너가 된다.

일진 사나웠던 어떤 하루

지난 이른봄의 일이다. 일요일이었는데 참 일진이 사나운 날이었던 듯 싶다. 새벽에 일어나 보니 모처럼 화창한 날이어서 기분이 상쾌했다. 뜰의 나무들도 어느새 조그마한 잎을 맺어 여리디 여린 새순을 틔울 준비를 하고 있고, 피부에 닿는 상큼한 봄 기운의 감촉은 겨우내 움츠렸던 마음을 활짝 펴게 해 주었다.

아침 식사를 마치고 골프장에 가려고 승용차에 올랐다. 습관처럼 책을 펴들고 한장을 채 읽었을까. 갑자기 짐을 가득 실은 트럭이 달려들더니 승용차 옆을 냅다 들이 받아버리는 것 아닌가. 트럭 기사는 한 손으로 휴대전화를 붙들고 있었다. 사고가 났음에도 아랑곳하지 않고 하던 전화를 계속하고 있는 것이었다.

20대의 트럭 기사는 전화를 끊고서 내려왔지만 도시 미안하게 여기는 기색이라고는 약에 쓰려 해도 찾아 볼 수 없었다. 그러한 무례한 사람에게 더 이상 무슨 말을 할 수 있을 것인가. 새벽에 느꼈던 상쾌한 기분은 사라지고 내 마음은 다시 한 겨울의 음울한 것으로 바뀌고 말았다.

그렇지만 평소에 '골프는 룰이고 매너' 라고 주장했던 터에 약속을 취소할 수도 없어 필드에 나섰다. 몇 개의 홀을 도는데 역시 백구가 잘 맞지 않았다. 그때 갑자기 골프장 직원이 찾아왔다. 사고가 발생했다는 보고였다. 광주의 저명 인사가 날아온 백구에 광대뼈 부위를 맞아 얼굴이 몹시 부어 올라 있는 상태였다. 도우미와 직원을 통해 사고경위를 알아봤다. 그분들이 아직 그린을 완전히 벗어나서 안전한 곳에 도달하지 않았는데 뒤 팀에서 샷한 볼이 날아와 얼굴에 맞았다는 것이다. 뒤 팀 캐디는 분명 '아직 샷을 해서는 안 된다.' 고 말렸다고 했다. 골퍼가 이 말을 무시하는 바람에 그만 사고가 발생했다는 것이다.

어찌됐든 볼에 맞은 그분을 곧장 광주의 종합병원 응급실로 옮기도록 했다. 그는 동반자들과 우리를 안심시키기 위해 '괜찮다' 고 했지만 마음이 놓이지 않았다. 필자는 전무와 팀장을 함께 가도록 조치했다. 그런데 문제는 정작 뒤 팀의 태도였다. 도우미의 만류에도 불구하고 샷을 날려 앞 팀의 골퍼에게 큰 상처를 입혔으면 아무리 피해자가 '괜찮다' 면서 '그대로 골프를 하라.' 고 했다고 해도 응당 병원까지 같이 가서 상황을 지켜보는 것이 도리 아닌가. 뒤 팀의 가해자는 피해자의 '괜찮다' 는 겸양을 곧이곧대로 받아들여 경기를 계속하고 있었다.

필자는 병원을 따라갔던 전무로부터 '다행히 큰 부상은 아니다.' 는 말을 듣고 안도했다. 그러나 결국 샷을 막지 못해 불상사를 초래한 뒤 팀 도우미에게는 출근 정지처분, 담당 팀장에게는 견책성 경고 처분을 내릴 수밖에 없었다.

남의 멀쩡한 차량을 파손시켜 놓고도 '보험으로 처리하면 그만이지.' 하는 태도로 미안하다는 말 한마디 없이 휴대전화 통화를 계속하는 트럭기사. 고의든 아니든 앞 팀 경기자의 얼굴을 맞혀 자칫 생명을 위협할 만큼의 일을 저질러 놓고도 태연히 다음 경기를 진행하는 골퍼. 이날 두 사건을 경험하면서 예의와 도덕적 불감증이 정말 심하다는 생각이 들었다. 어쩌다 우리 사회가 이처럼 되고 말았는지 한탄하면서 하루 내내 찜찜한 기분을 지우지 못했다.

어느 부부의 지극한(?) 사랑

골프를 하다 보면 볼이 잘 맞았는데도 운이 나빠 벙커에 들어가는 경우가 종종 있다. 어떤 홀에서는 벙커마다 일일이 방문하다(?) 보면 대여섯 번의 벙커샷을 날려야 그린에 백구를 올려놓을 수 있는 억세게 재수 없는 경우도 있기 마련이다.

어느 주말이었다. 오랜만에 학교 동창인 김 사장 내외와 필자 내외가 모처럼 라운딩을 하게 되었다. 900 CC에서였다. 그동안 서로의 일상 때문에 만나지 못했던 학교 동창 부부와의 라운딩이라 여간 설레지 않았다.

첫 홀 그린 주변에서였다. 머리를 올린 지 얼마 되지 않는다는 김 사장 부인의 볼이 그만 벙커에 들어가고 말았다. 우리 내외와 김 사장은 가볍게 그린에 백구를 올려놓았는데 그녀의 볼만 벙커에 박히고 만 것이다. 그런데 김 사장이 돌연 벙커에 성큼성큼 들어가더니 부인의 볼을 들고 나오지 않는가. 이어 그린 가까운 데에 볼을 놓더니 그 자리에서 어프로치(approach)를 하라고 권하는 것이었다.

'저런! 저럴 수가!' 나는 속으로 놀라면서 친구 부인의 표정을 힐끔 훔쳐보았다. 그러나 그녀는 초심자인지라 잘 몰라서 그랬겠지만 스스럼없이 그 볼을 어프로치하였다. 부인의 볼이 깃대 바로 옆까지 굴러갔는데 김 사장은 또 볼이 멈추기도 전에 OK를 선언하며 찬사를 연발한다.

벙커샷을 생략해버린 김 사장의 황당하기 짝이 없는 행동을 단순히 남편이 아내를 즐겁게 해주는 사랑의 표현으로 받아들여야 할 것인가. 필자는 잠시 당혹스러웠다. 혼란스러운 생각을 정리하지 못하고 있는 사이

다음 홀에서 필자 내자의 볼이 그만 벙커에 들어가고 말았다. 아내의 벙커샷 장면을 불안하게 주시하였다.

벙커 턱이 높기도 하였으나 샷을 한 볼이 원망스럽게도 그곳에 부딪혀 다시 벙커로 굴러 들어가고 말았다. 당황한 아내는 다시 한 번 힘껏 샷을 날렸지만 웬걸, 모래만 한 움큼 떠올렸을 뿐 볼은 그대로 벙커에서 꼼짝하지 않는다.

이때였다. "저런, 그냥 내놓고 치세요." 김 사장의 동정어린 목소리였다.

"뭘요." 아내는 당황스러워 하면서도 클럽을 볼의 후면인 모래에 바짝 내려놓고 어드레스를 취하더니 볼 대신 모래를 쳐보는 연습 스윙을 크게 한 후 벙커 샷을 힘껏 휘둘렀다. 백구는 비명이라도 지르듯 튀어 오르더니 그린 건너편 벙커로 들어가 버리는 웃지 못할 장면이 전개되었다.

필자는 뒤를 돌아보았다. 뒤 팀이 어디쯤 와 있는가를 살펴본 것이다. 여유가 좀 있을 것 같아 나는 아내에게 벙커샷을 하는 간단한 방법을 코치(?)하였다. 아무리 초심자라 하더라도 벙커에서 샷을 준비할 때 클럽을 모래 위에 내려놓거나, 연습 스윙을 하면서 모래를 쳐보는 스윙을 하여서는 안 된다는 규정도 설명해주었다.

이날 벙커에서 볼을 꺼내놓고 샷을 하도록 하는 친구의 애정어린 매너(?)에 대해 경기 진행이 더뎌지지 않게 하기 위한 것이라 이해하면서도 어쩐지 마음이 개운치 만은 않았다. 그래도 룰은 룰 아닌가. 모처럼 친구 내외와의 골프는 즐거웠지만, 벙커나 러프에 빠진 볼을 그때마다 페어웨이에 내놓고 샷을 하도록 한 것은 아무래도 사랑이 지나친, 빗나간 사랑이 아닌가 생각된다.

볼을 쳐야지 캐디는 왜 때려

골프를 하다 보면 그 사람의 인품과 됨됨이를 잘 알게 된다는 명언을 이미 말한 바 있다.

지난 8월의 어느 날 900 CC 오텀 코스 2번 홀에서 벌어진 실화다. 앞 팀이 5인조 플레이여서 경기 진행이 여간 더딘 것이 아니었다. 40대 중반쯤 되는 아직은 젊은 동료들 간에 내기 골프가 팽팽히 진행되는 듯 싶었다. 마침 뒷 조에서 플레이하던 B모 사장, 앞 팀이 홀을 빠져나가길 기다리다 지쳐 게임이 잘 풀리지 않았다.

한데 앞 팀의 마지막 사람이 샷을 하려는 모습이 보였다. 그린에서는 70미터 정도 될까. 아마도 세 번 째 샷 정도는 될 것 같았다. 기다리다 지친 B사장은 이미 티에 올려놓았던 백구를 사정없이 갈겼다. 그동안 짜증스러울 정도로 맞지 않던 드라이버가 어찌 된 일인가. 장쾌한 굉음과 함께 푸른 하늘을 무지개처럼 날아가더니 앞 조의 마지막 골퍼 쪽으로 비행하지 않는가. 아뿔싸, 드라이버 잘 맞은 쾌감이 미처 사라지기도 전에 볼은 앞 조의 L사장 머리 바로 앞에 떨어지고 말았다. 하마터면 머리를 맞힐 뻔한 것이었다. B사장은 순간적으로 모자를 벗어 고개를 숙이며 "죄송합니다."라고 크게 외쳤다. 그 소리가 200미터 정도 떨어져 있는 L사장의 귓가에 들리겠는가마는 어쨌든 큰 실수를 한고 만 것이었다.

여기서 잠시, 영국 어느 골프장에서 있었던 일이다. 골퍼가 2번 아이언으로 친 볼이 100야드 전방에 한가로이 풀을 뜯고 있는 소의 머리에 맞았다. 총알 같은 백구를 맞은 소는 50야드 정도 걷다가 그대로 쓰러져 죽었다는 실화다. 소가 쓰러질 정도니 사람이 맞았다면 어찌 되겠는가.

앞 조에서 무심코 샷을 하려던 L사장, 무척 놀랐을 것이다. 그렇지 않아도 내기에 지고 있는 터에 뒤에서 볼까지 날아드니 다음 샷이 잘 맞을 리 없었다. 70미터 거리의 어프로치 샷이 오른편 OB쪽으로 생크가 나고 말았다. 화가 머리끝까지 치밀어 오른 L사장에게 카트를 몰고 달려온 캐디가 "죄송합니다."를 연발했다. 사과하는 캐디를 향해 그대로 달려간 L사장, "야! X같은 년아, 앞 조가 세컨드 샷도 하지 않았는데 어떤 놈이 샷을 날린 거야?"

말을 끝내기도 전에 캐디의 등허리로 드라이버가 날아들었다. 순간적으로 이성을 잃은 L사장은 자기 감정을 억제하지 못한 채 죄 없는 캐디에게 사정없이 화풀이를 한 것이다. 흉기로 변한 드라이버에 맞은 캐디는 그대로 쓰러지고 말았다. 순식간에 벌어진 사건이었다. 뒷 조의 실수에 우선 책임이 있다고 할 수도 있겠지만 아무리 그렇더라도 살인 무기나 다름없는 클럽을 어찌 사람에게 휘두를 수 있단 말인가. 그것도 샷을 한 장본인도 아닌 캐디에게.

물론 샷을 제지하지 못한 캐디의 책임이 없다 할 수는 없겠으나 이성을 잃은 그의 행위는 골프 매너 이전에 용서받을 수 없는 범죄라 할 것이다. 캐디는 그 길로 병원에 입원했다. 살인 흉기를 휘두른 L사장은 앞으로 900 CC 출입이 금지될 뿐만 아니라 사법처리로 그 대가를 받아야 할 것이다. 골프를 좋아하는 모든 골퍼들은 한번쯤 생각해보아야 할 사건이다.

어느 정치인들의 장군 멍군

OB 지역이나 깊은 러프로 볼이 숨어버린 경우 골퍼는 집나간 자식을 찾아 헤매듯 백구를 찾아 나선다. 아무리 찾아도 자신의 볼은 찾지 못한 채 다른 플레이어가 잃어버린 볼 몇 개를 대신 줍게 되면 '꿩 대신 닭이다.'라면서 스스로 위안하는 경우도 더러 있다. 일반적으로 자기 볼을 찾다 대신 주워온 볼은 가져가도 괜찮은가. 로스트 볼은 누구의 소유이고 누구의 점유 아래 있는 것일까.

그 볼을 잃어버린 골퍼는 이미 자신의 볼을 포기하였다고 볼 수 있다. 만일 어떤 볼이 주인 잃은 망아지가 되어 풀밭에 박혀 있다면 민법상 무주물(無主物)이라 할 수 있을 것이다. 그렇다면 이 볼은 누가 주워 가져도 괜찮을 것이다. 이런 볼은 한마디로 먼저 보는 사람이 임자인 셈이다. 그러나 골프장의 경내에 있으므로 골프장 오너가 주인이라고 할 수도 있겠다.

골프 볼이 귀했던 지난날에는 볼 하나를 가지고 소중히 여겨 색깔이 닳고닳을 때까지 사용했었다. 러프 지역이나 숲 속으로 날아간 볼은 기어이 찾아내려고 애썼다.

어쩌다 숨어버렸던 백구를 천행으로 찾을 때의 기쁨은 소풍날 보물찾기 시간에 보물딱지를 찾은 기쁨이라 할까. 물론 로스트 벌점을 먹지 않게 되는 이유도 있지만 잃어버릴 뻔하던 백구를 찾은 기쁨을 경험해 보지 않은 골퍼는 모를 것이다.

요즈음은 플레이 진행도 진행이려니와 한두 번 러프에서 두리번거리다가 포기하고 새 볼을 꺼내 샷을 하는 골퍼들이 많다. '그렇지 않아도 닳아졌던 볼, 새 볼로 바꾸려던 참인데 잘 없어졌다.’ 고 하거나, ‘와이프는 마음대로 바꿀 수 없지만 볼이나 새것으로 바꾸지.’ 라고 우스갯소리를 하는 골퍼도 있다.

그러나 대부분 골퍼들은 러프 지역 등으로 날아간 백구를 안타까워하며 찾아 나서기 마련이다. 이때 캐디는 물론 동반 경기자들도 함께 볼 찾기에 나서는 것이 매너임을 명심하여야 한다. 아무리 내기에 불이 붙어 경쟁을 하는 동반자라 하더라도 최소한의 골프 매너는 지켜야 할 것이다.

정치인들의 웃지 못할 일화가 있다. 군사정권 시절이었던가, 재계의 거물 K회장과 당시 나는 새도 떨어뜨린다는 정보부 L부장이 놀이골프를 하였더란다. 모처럼 오너를 잡은 K회장의 드라이버 샷이 불행하게도 러프 지역으로 비행하자 이를 지켜보던 L부장은 안타까운 듯 걱정스러운 목소리를 내면서 K회장과 함께 볼을 찾기 시작했다. 볼을 발견한 L부장, K회장이 안 보는 사이에 그 볼을 슬쩍 발로 밟아 땅 속으로 묻어버렸다. 그런데 웬걸, “여기 볼 찾았습니다.”라고 K회장이 소리치는 것 아닌가. K회장은 사실인 즉 주머니에 준비해두었던 예비 볼을 슬쩍 꺼내 이른바 ‘알까기’ 식 골프를 자행한 것이었다.

장군 멍군, L부장의 ‘장군’에 K회장이 ‘멍군’ 하였다는 얘기다. 적군과 아군이 치열한 싸움을 벌이는 것도 아닌 터에 신사 운동인 골프 라운딩에서 어찌 그런 일이 벌어질 수 있단 말인가. 정치를 늘 그런 속임수로 해왔기에 골프에서도 그들은 이런 행위를 아무렇지도 않게 했을 것이란 생각이다. 골프에서 동반자의 아픔을 같이 나눌 수 있다면 그처럼 행복한 일이 또 어디에 있을까마는.

제2부
지켜서 아름다운 매너와 에티켓

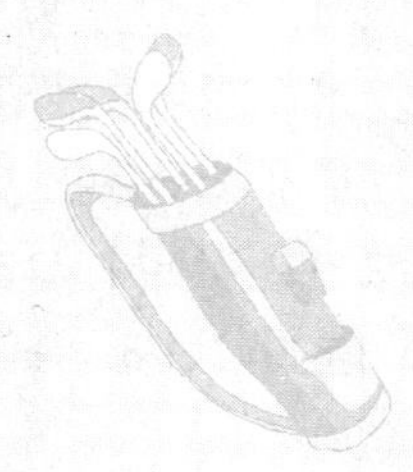

매너가 어디 따로 있나

매너(Manner)란 훌륭한 태도, 예절, 예의, 수법, 특징, 버릇 등을 뜻한다.

최근 골퍼들이 급증하고 있으나 골프를 시작하기 위해서는 최소한의 준비가 요구된다. 먼저 골프 세트를 비롯한 장비 등 물질적인 것이 필수 요건일 것이다. 그러나 그 이전에 기본정신이 갖추어져야 한다. 지극히 기초적이면서 기본적인 이것을 갖추지 못하는 사람은 골프를 칠 자격이 없다.

이것은 다름 아닌 인간 사회의 기본적인 예의로부터 비롯되는 골프 매너(Manner)이다. 아울러 골프를 신사답게 즐기기 위한 에티켓과 양심적으로 누구에게나 공평하게 적용되는 골프 규칙을 알아야 한다.

골프장에서 지켜야할 예절이 별도로 규정되어 있는 것은 결코 아니다. 인간이 갖추어야 할 기본적인 예의를 갖추었다면 따로 골프 매너를 운운할 필요가 없다.

골프장 클럽하우스 앞에 자가운전하고 온 차량을 세워 놓고 엔진도 끄지 않은 채 안내원에게 몇 천 원을 쥐어주며 주차토록 하는 행위. 환영 인사를 하는 안내원은 쳐다보지도 않은 채 옷 가방 하나만 덜렁 든 채 클럽하우스로 들어가는 골퍼. 프론트에 도착하여 "야, 나 몇 시 부킹 돼 있지?" 하며 반말로 인사를 대신하는 사람. 로커 룸 키를 받아들고 옷을 갈아입으면서 주위 사람은 생각지 않고 먼지를 툭툭 터는 행위. 식당에 들어가 먼저 온 친구들과 큰소리로 떠들며 인사를 던지는 골퍼. 종업원에게 커피 한 잔 시키면서 "야! ㅇㅇ야!" 딸자식 부르듯 한다거나, 모자는 식탁 위에 올려놓고 금연석에 앉아 담배를 꼬나 무는 행위. 자신의 티 오프 시간 훨씬 전에 스타트 홀에 나와 "왜 내 클럽이 나오지 않느냐"고 진행 요원에게 호통치는 행위 등등.

지난해 900 CC에서 실제 있었던 일이다. 새벽 6시 10분 부킹 시간보다 30분 전에 도착한 골퍼가 있었다. 일단 미리 나와 준비한 것은 매너 있는 태도라 하겠다. 한데 동반자들과 함께 스타트 홀에 성미 급하게 나오다 보니 자신보다 먼저 부킹한 두 팀이 나와 티 오프 시간을 기다리고 있었다. 자기 시간을 기다리지 못한 이 친구 휴대 전화로 다른 코스로 나갈 수 없느냐고 묻는 것까지는 좋았다. 안 된다는 골프장 직원의 대답에도 불구하고 잠시 기다리지 못한 채 그는 프론트까지 뛰어와 욕지거리를 퍼붓다가 항의하는 직원의 얼굴에 느닷없이 침을 뱉었다는 것이다. 그 골퍼는 '주먹으로 얼굴이라도 갈기고 싶었지만 그리하였다가는 큰 싸움으로 번질까봐 그나마 침 뱉음으로 화풀이를 하였다.' 는 것이다. 알고 보니 그 사람은 전문업을 가지고 K시에서 개업을 하고 있는, 대체로 존경받아야 마땅한 직업인이었다.

그는 후에 클럽 운영위원회로부터 골프장 출입 금지라는 수모를 당했지만 골프를 하기 이전에 기본적인 기초 예의 정도는 갖추고 골프 입문을 하여야 할 것이다. 골프는 사회적으로나 개인적으로 기본 인격을 갖춘 사람만이 할 수 있는 운동이다. 골프 에티켓이나 골프 규칙보다 우선적으로 갖추어야 할 조건이 골프 매너이고 이런 매너는 골프장에서뿐만 아니라 우리 일상 생활에서도 습관화되어야 할 것이다.

에티켓, 지켜야 할 최소 규범

　매너(manner)란, 골프를 치는 사람이나 그렇지 않은 사람이나 세상의 모든 사람들이 갖추어야 할 기본적인 예절이라고 말할 수 있다. 이에 반해 골프 에티켓은 골프를 치지 않는 사람이면 모르는 것이 당연하다. 골프를 처음 시작하는 사람은 골프 에티켓을 잘 모르는 상태에서, 혹 조금은 알더라도 착각에 의하여 실수를 할 수도 있다.

　골프 규칙을 보면 맨 먼저 에티켓을 언급하고 있다. 그만큼 중요하다는 뜻이다. 제1장에 기본적인 골프 에티켓을 규정하고 있는데 단지 몇 쪽에 불과하다. 한 번만 훑어봐도 아주 간단히 몸에 익힐 수 있는 것들이다. 그런데도 대부분 초심 골퍼들이 이 규정을 읽어보지 않았다든지 아니면 너무 가볍게 읽어 넘긴다. 때로는 자기 편의주의 때문에 잘 지키지 않는 경우가 더러 있다. '에티켓'은 즐거운 골프를 위하여 지켜야 할 최소한의 규범이다.

　먼저 코스에서의 예의(courtesy on the course)의 하나인 안전 확인(safety)이다. 플레이어는 스트로크를 하거나 또는 연습 스윙을 할 때 주위를 잘 살펴 주변 사람들이 다치지 않도록 확인하여야 한다. 또한 다른 플레이어에 대한 배려(consideration for other player)를 하여야 한다. 플레이어가 티샷을 하기 위하여 티잉 그라운드에서 어드레스를 취하고 있을 때 떠들거나, 신경이 쓰이는 행동은 삼가야 한다. 플레이 속도(pace of play)도 규정돼 있다. 모든 사람들을 위하여 플레이는 신속하게 진행하여야 하고, 어딘가에 숨어버린 볼을 찾는 데는 5분 이상 지체하여서는 안된다. 한 홀의 플레이가 끝나면 즉시 퍼팅 그린을 떠나야 하는 것이 에티켓이다. 그리고 앞 조와의 간격은 한 홀 이상 비워서는 안 된다.

다음 코스 선행권(priority on the course)에 관한 에티켓이다.

따로 정하지 않는 한 2구(球)로 플레이한 조는 3구 또는 4구의 조에 우선권을 가지며 패스할 권리도 갖는바 이에 응하여야 한다. 그러나 요즈음엔 주말에 2인 플레이가 허용되지 않으므로 이런 경우는 거의 발생하지 않는다. 선행조의 양보를 받으려는 골퍼도 없다.

마지막 코스 보호(care of the the course)에 관한 얘기다.

플레이어는 벙커를 나오기 전에 자기가 만든 움푹 팬 곳이나 발자국을 모두 평탄하게 골라 놓아야 한다. 디보트(Divot)를 원상태로 회복시켜야 하며 그린에서 볼마크 및 스파이크에 의해 손상된 그린을 수리하여야 한다. 또한 플레이어는 골프백이나 깃대를 뽑아 놓을 때 퍼팅 그린을 상하지 않게 주의하여야 한다. 깃대를 빼거나 꽂을 때와 볼을 컵에서 집어 올릴 때는 홀이 상하지 않도록 조심하여야 한다.

깃대는 퍼팅 그린을 떠나기 전에 컵 중심에 바로 꽂아 세워야 하고 플레이어는 홀에서 볼을 집어 올릴 때 퍼트를 바닥에 짚음으로써 퍼팅 그린을 상하게 하는 일이 있어서는 안 된다. 또한 골프 카트의 운행을 규제하는 주의 사항도 준수하여야 한다. 연습 스윙을 할 때나 클럽을 휘두를 때 특히 티잉 그라운드를 상하는 일이 없도록 주의하여야 한다. 이상이 규정된 에티켓의 전부이다. 간단하지 않은가.

스스로에겐 엄격하고

법무차관을 지낸 J모 씨의 얘기다. 이 지방 건설업계 대부인 M모 회장과 라운딩을 하면서 일어난 일이다. M회장은 룰과 매너를 잘 지키기로 이름이 나있는 터였다. J차관이 드라이버 샷을 잘못 휘둘러 러프에 공이 들어갔다. M회장은 러프에서 두 번째 샷을 하려는 J씨를 뒤따라가 지켜보면서 '노터치' '노터치' 하고 원칙론을 읊어댔다. 그렇지 않아도 내기에서 매 홀 지고 있는 J씨, 백구가 러프에 들어가 화가 나 있었기에 M회장이 따라 붙어 '노터치'를 외치자 아이언을 들고 M회장을 쫓아가니 200m 이상을 도망가더라는 거였다. 물론 장난기가 섞였겠지만 재미있는 일화다. J씨는 "그래도 골프 룰과 에티켓을 지키는 M회장이 존경스럽더라."는 말을 덧붙였다.

이 지방에서 처신을 잘하고 지내는 Y회장의 경우 연세가 70고개인데도 골프를 즐겨 필드에 자주 드나드는데 별명이 자칭 '멀리건'이란다. 티잉 그라운드에서 빗나간 샷을 하였을 때는 자신이 '멀리건'을 선언한 뒤 다시 샷을 휘두르곤 하며 스스로 붙인 별명이다. 어쩌다 실수한 후 '멀리건'을 정중하게 요구하는 나이 지긋한 분의 요구에 목청 높여 '노 멀리건' 하면서 거부하는 것도 바람직한 매너라고 할 수 없을 것이다.

룰과 에티켓을 중시하고 이에 어긋나지 않도록 노력하는 골퍼의 모습은 아름답다. 그러나 모든 일이 그렇듯 때에 따라서는 '룰과 에티켓'에 따른 원칙보다는 인간미가 필요할 때도 있다.

M회장의 주장이 아니더라도 '볼은 있는 상태 그대로 플레이하여야 한다.'는 룰에 충실한 나머지 나이가 많은 골퍼의 볼이 깊은 러프나 경사가

급한 비탈에 자리잡고 있을 경우 급경사인 비탈에 올라가 노 터치로 플레이를 하도록 한다는 것은 진정한 골프의 에티켓인지 한번쯤 생각해 볼일이다.

에티켓은 어디까지나 상대방을 배려하고 게임의 질서를 유지하기 위한 최소한의 장치라는 점을 생각하여야 한다. 실력의 우열을 가리는 경기에서는 다르겠지만 룰과 에티켓은 잘못을 벌주기 위한 장치라기보다는 스스로를 경계하기 위한 점이라는 것을 잊지 말자. 스스로에게는 엄격하고 상대방에게는 상황에 따라 너그러울 줄 아는 골퍼야말로 룰과 에티켓의 진정한 의미를 이해하고 실천하는 골퍼라고 할 수 있다. 원칙을 문자 그대로 지킨다고 해서 모범적인 에티켓은 아니며 경우에 따라서는 원칙에서 한 발자국 물러서는 것이 매너가 될 수도 있는 것이다. 룰과 에티켓은 원칙도 중요하지만 상대방을 존중하고 배려하는 마음가짐이 더 아름다운 결과를 가져온다는 것을 명심하여야 할 것이다.

골프는 '인간적인 게임이어서 인생이 짙게 반영되는 운동' 이라는 명언이 있다. 골프를 하다 보면 상대방의 인품뿐만 아니라 자신의 숨겨진 성격까지도 알려지게 된다. 때문에 골프가 잘 되고 안 되고는 자신을 얼마나 컨트롤하였느냐에 달려있다. 관대하고 예의 바르고 상대방을 배려할 수 있다면 더불어 살아가는 현대 사회에서 얻어내기 힘든 소중한 존경심을 골프를 통하여 얻어낼 수 있지 않겠는가.

진정한 '골사모'가 되려면

지난번 대선 때는 정치인들을 대상으로 그들을 사랑하는 모임이 붐을 이루었다. 마치 연예인 팬클럽처럼 '창(昌)사랑' '노(盧)사모' '정(鄭)사랑' 등이 자주 신문 지면에 등장했다. 이회창 한나라당 대통령후보를 사랑하는 모임, 노무현 민주당 대통령후보를 사랑하는 모임, 정몽준 의원을 사랑하는 모임 등을 줄여 그렇게 부른 것이다. 실제 '노사모'는 민주당 대선 후보 경선과 대선 과정에서 그 위력을 발휘하기도 했다.

'골사모'는 바로 골프를 사랑하는 모임이다. 최근 들어 골프를 즐기는 인구가 크게 늘어났다. 연습장엔 새벽부터 연습을 하는 골퍼들로 붐비고 있고, 골프장엔 주중인데도 골프를 즐기는 골퍼들이 찾아들고 있다. 그러나 진정으로 골프를 사랑하는 사람들은 오히려 줄어들고 있지 않나 여겨져 안타까움을 금할 수 없다.

골프장을 살펴보면 금방 이를 알 수 있다. 샷을 하면서 잔디가 깊게 파헤쳐져 군데군데 맨살인 양 흙을 드러내고 있는 페어웨이, 디보트를 수리하지 않고 그대로 둬 누렇게 변해버린 그린을 볼 때면 특히 그런 느낌을 지울 수가 없다.

진정으로 골프를 사랑한다면 결코 페어웨이나 그린을 그렇게 방치하지 않고 골퍼 스스로 손상된 부분을 바로 잡아주어야 할 것 아닌가. '페어웨이는 응접실이고, 그린은 안방'이라는 생각으로 보살펴야 되는 게 골퍼의 자세인 것이다. 그런 뜻에서 '골사모'가 되려면 어떤 자격을 갖춰야 하는지 살펴보자.

첫째, 골프 코스에 대해 철저하게 주인 정신을 가져야 한다. 골프장 운영자의 경우 운영이 어렵다면서 일년 내내 골프 코스를 쉬지 않고 혹사시켜서는 자격이 부족하다 하겠다. 골퍼의 경우 벙커 리페어 또는 페어웨이와 그린의 디보트를 메우지 않고 플레이를 하거나 에티켓과 메너를 지키지 않는다면 역시 자격이 없다. 코스를 도박장으로 여기며 큰 내기를 하고서 졌다 해서 멱살잡이도 서슴지 않거나, 외제차를 몰고 와 값비싼 외제 골프클럽을 휘두르며 돈 자랑하는 골퍼도 제외된다. 골프가 몸과 마음의 휴식을 제공하는 최상의 운동임을 깨닫고 에티켓과 매너를 지키는 골퍼가 바로 골프 코스의 주인이자 '골사모' 의 주인공인 것이다.

둘째, 골프는 사실 많은 돈과 시간을 요구하는 운동이다. 그런 만큼 서로 예의를 갖춰야 된다. 자긍심을 가져야 한다는 뜻이다. 코스에는 남녀노소, 초보자와 싱글 핸디캡 골퍼들이 있으나 동반자나 뒤 팀에 피해를 주는 슬로우 플레이나 무례한 행동은 용납되지 않는다. 이를 지키는 것이 '골사모' 의 자격이라 하겠다.

셋째, 실력 향상을 위해 꾸준히 노력하는 자세도 중요하다. '골프클럽 잡은 지 3년이 지나면 모두 스크래치(scratch)' 라는 말이 주말 골퍼 사이에 통용된다. 세월이 간다고 다들 실력이 느는 것은 아니겠지만 3년 정도 지나면 그만큼 실력이 향상되도록 노력을 해야 한다는 의미이다. 그렇다 해서 로우 핸디캡과 하이 핸디캡이 같은 조건에서 내기를 하는 것은 무리다. 로우 핸디캡은 베푸는 자의 아량이 필요하고 하이 핸디캡은 겸손하면서도 열심히 배우려는 자세가 요망된다. 노블레스 오블리지(Noblesse Oblige)는 골프에서도 통용되는 정신이라 할 수 있다.

기쁨 안겨주는 골퍼다운 골퍼

골프장을 출입하다 보면 매너가 좋아 본 받고 싶은 골퍼가 있는가 하면 그렇지 못해 마주 대하기가 싫은 사람이 있다. 동반자뿐만 아니라 앞 팀이나 뒤 팀에도 그 같은 두 종류의 골퍼들이 눈에 띄는 경우가 더러 있다. 그때마다 골프장엔 골프를 사랑하는 사람, 매너가 좋은 사람들만 다니면 좋겠다는 생각이 들곤 한다. 골프장의 자연을 사랑하고 회원이든 아니든 골프장 시설을 자신의 것인 양 아껴주며, 상대방을 존중할 줄 아는 골퍼들로 골프장이 꽉 채워진다면 얼마나 좋을까?.

설혹 골프 룰에 대해 약간 서툴러도 좋다. 스윙 폼이 엉성하고 보기플레이 수준까지 이르지 못했다 해도 좋다. 페어웨이에서 동반자에게 편안한 분위기를 만들어 주고, 경기를 앞당기기 위해 백구를 찾아 달려가는, 상대에게 미안한 모습을 보이는 그러한 골퍼들이라면 그는 분명 골프가 어울리는 골퍼임에 틀림없다 하겠다. 그러나 정말 골퍼다운 골퍼를 만나기는 그리 쉽지 않다.

사실 골프가 어울리는, 하여 골퍼다운 골퍼라는 평을 받기 위해서는 골프 규칙에 해당되는 세 가지 기본 조건을 갖추어야 한다.

먼저, 코스가 있는 그대로의 상태에서 플레이를 해야 한다. 대부분의 코스가 인공적으로 설계되었기에 자연의 형태가 그대로 남아 있을수록 명문 골프장이란 말을 듣는다. 따라서 코스 안의 나무 한 그루, 풀 한 포기도 자연이 준 귀한 선물로 알고 훼손하는 행위를 금하고 있는 게 현실이다. 그런데도 나뭇가지가 방해된다거나 풀이 돋아 있다 해 이를 제거하고 샷을 하는 사람이 없지 않다. 미국에서도 프로 선수가 경기를 하면서 나뭇가지를 꺾었다가 2벌타를 부과 받은 적이 있다.

다음, 볼이 놓인 상태 그대로 플레이를 해야 한다. OB, 해저드, 벙커 같은 장애물이나 천둥, 번개, 눈보라 같은 악천후 이외에 오르막이나 내리막 라이 같은 불리한 조건을 극복해야만 인생의 작은 보람과 감격을 맛볼 수 있는 까닭이다.

일부러 코스 안에 해저드나 벙커 같은 장애물을 만들어 놓고 그 곳을 피해 가도록 하거나, 백구가 어쩔 수 없이 벙커에 들어가면 그 같은 어려운 상황에서 탈출하도록 하는 게 골프 경기가 갖는 묘미이다.

셋째, 페어플레이를 해야 된다. 스포츠 정신은 육체뿐만 아니라 정신까지 건강하게 만드는 것을 목적으로 하고 있다. 특히 골프는 자연과 인간을 상대로 하는 운동인 만큼 자신을 컨트롤해야만 골프의 참 맛을 즐길 수 있다.

이와 함께 상대방에 대한 배려를 항상 간직한다면 그 자신 품위에 어울리는 골퍼가 되는 셈이라 하겠다. '만일 골프에서 매너를 제일로 삼지 않았더라면 오늘과 같이 위대한 게임으로 발전하지 못했을 것' 이라고 한 영국의 골프 입법가 존 로의 말은 시사하는 바가 크다 하겠다.

이제 우리는 골프의 경우 여느 운동처럼 기술만 좋다 해서 훌륭한 선수가 되는 것은 아니라는 점을 깨달을 수 있게 된 셈이다. 필드에서 우리는 동반자와 함께 필드에 나온 모든 골퍼들에게 기쁨을 안겨주는 '골프가 어울리는 골퍼' 가 돼 보자.

골퍼가 지켜야 할 10계명(十誡命)

골프는 사교 게임이다. 네 명의 동반자가 만나 첫 홀을 시작할 때는 참으로 우의가 돈독하게 보인다. 드라이버 샷이 시원치 않아도 '굿 샷' 또는 '나이스 샷' 하면서 플레이어의 기분을 상쾌하게 만들어 준다. 그러나 한 홀 한 홀 지날수록, 게임에 열이 붙을수록, 서로 주고받는 말에는 가시가 돋치기 마련이다. 퍼트를 하는 순간 일부러 헛기침을 하거나 소리 내 하품을 하면서 김을 빼기도 하는 등 슬그머니 상대방을 자극한다. 그만큼 신경전을 치열하게 벌이게 된다.

샷이 제대로 안 되면 욕설을 퍼붓는 골퍼도 더러 있다. 클럽을 팽개치고 애꿎은 캐디에게 짜증을 부리는 경우도 있다. 그런가 하면 '이 골프장은 어떤 녀석이 이따위로 설계를 했어?' 라며 골프장 설계를 탓하는 골퍼도 있게 마련이다. '왜 하필 내가 칠 때 앞에서 바람이 부는 거야.' 라며 짜증을 내기도 한다.

그러나 이런 모습을 보이는 것이 참다운 골퍼의 자세일 수 없다. 스트레스를 받는 것은 상대방도 마찬가지다. 그렇다면 역지사지(易地思之)하여 상대방의 마음을 편하게 해주는 골퍼가 신사다운 골퍼인 것이다. 서로 도와야 된다. 상대가 편한 마음으로 즐길 수 있도록 마음을 써주어야 된다. 두 사람이, 아니 네 명 모두 한마음이 돼 유쾌한 라운딩으로 기억될 수 있도록 노력해야 된다. 그러기 위해서는 지켜야 될 기본적인 예의가 있다. 골퍼라면 반드시 지켜야 하는 십계명이다.

1. 티 타임 전에 준비를 끝내야 한다.
2. 골프 실력이 있든 없든 골프장에서는 모든 사람에게 정중하게 대해

야 한다.

3. 다른 사람이 치기 전에 말을 하거나 움직이지 말아야 된다. 또한 다른 사람의 시야 안에 서 있거나 그림자가 지지 않도록 조심해야 한다.

4. 앞 팀이 위험거리를 벗어날 때까지 샷을 하지 않아야 된다.

5. 항상 위험한 볼을 치기 전에 주의를 주는 습관을 길러야 한다. 볼을 치기 전에 '포(fore)!' 또는 '볼'이라고 외쳐 앞서 나간 사람이 조심하도록 해야 한다.

6. 떨어져 나간 잔디나 풀덩이(divot)는 남에게 미루지 말고 본인이 복구를 한 후 다음 장소로 옮겨가야 된다.

7. 진행 속도가 늦거나 볼을 찾을 경우, 뒷사람이나 뒤 팀에게 먼저 치겠느냐고 양보를 제의하는 것이 좋다.

8. 벙커에 볼이 빠져 그곳에서 볼을 탈출시키는 샷을 한 경우 반드시 발자국이나 볼을 친 흔적을 말끔히 지우고 나와야 된다.

9. 그린 위에서는 발을 끌지 않아야 된다. 자칫 잘못하면 그린이 손상되기 때문이다. 또 그린 위에서는 다른 사람의 퍼트 라인을 밟지 않아야 된다. 물론 이때도 자신의 그림자가 상대방 퍼트 라인을 가리지 않도록 해야 한다.

10. 퍼트가 끝나는 즉시 그린에서 나와야 하며 스코어 카드(score card)는 다음 티에서 정리해야 된다.

이상 십계명은 우리나라에만 적용되는 것이 아니라 골프를 치는 모든 나라의 신사·숙녀에게 적용되는 세계 공통의 예의다.

에구머니, 저 사람 또 만났네

　스타트 홀에서 캐디와 골퍼가 서로 인사를 나눈다. 캐디는 웃고 있다. 그러나 겉으로만 짓는 미소다. 속으로는 이랬다. "에구머니나, 어쩌다 저 사람을 또 만나게 됐지?" 캐디가 싫어하는 타입의 골퍼들이 있다. 캐디들의 사회에서는 어떤 골퍼가 매너 있는 골퍼이며 어떤 골퍼가 '별 볼일 없는 사람'인지 평판이 나있다. 심한 경우 클럽 백에 매너가 안 좋다는 의미로 별을 그려 놓은 경우도 있다 한다.

　골프장은 하루에도 수 백 명의 골퍼들이 모였다 헤어지는 사교의 마당이다. 수도권 주변 골프장에서도 그러하겠지마는 지방 도시로 내려올수록 손바닥만한 동네 골프장에서는 하루하루 드나드는 골퍼들의 일거수 일투족이 캐디들 사회에서 화젯거리가 된다. "누구누구 골퍼는 멋쟁이 골퍼다." "어느 사장은 골프의 진수를 잘 아는 골퍼다." "××는 저질 골퍼다."

　몇 해 전 안양에 있는 명문 모 CC에 필자가 경영하고 있는 골프장 캐디 몇 사람과 견학을 갔던 일이 있었다. 필자가 라운딩을 하면서 코스에 대한 몇 마디 칭찬과 지적을 하였더니, 운동이 끝나고 욕탕에 가 있는 동안 회사의 인터넷 화상에 떠오르더라는 보고를 받고 깜짝 놀랐다. 동반 캐디가 라운딩을 하면서 주고받은 골퍼들의 주요한 얘기를 인터넷에 올린 것이다. 하루의 짧은 라운딩이었지만 스스로 평가 절하를 받는 행동은 해서는 안 되겠다는 다짐을 새롭게 한 적이 있다. 골프 사회에서 존경받지 못하는, 캐디들이 싫어하는 골퍼의 유형에는 어떤 게 있는가.

　● 남의 퍼팅 라인을 거침없이 밟고 다니거나, '절대 금연'이라는 골프

장 측의 경고성 표지판을 비웃기라도 하듯 공공연히 담배를 물고 있는 골퍼. 담배꽁초를 아무데나 내던지거나 캐디에게 꽁초를 치우도록 하는 얌체 골퍼. 스코어에 집착한 나머지 스코어가 나쁘면 자신을 탓하는 것이 아니라 캐디나 동반자를 탓하는 골퍼.

● 늑장 플레이를 하는 골퍼. 연습 스윙을 몇 번씩 되풀이하여 동반자들을 애타게 하는 골퍼. 스코어를 속이는 골퍼. 플레이하는 도중에 볼을 바꿔 치는 골퍼. 6인치 플레이스를 50cm 이상 하는 골퍼. 그린에서 핀 쪽으로 5~10cm 당겨 리플레이스 하는 골퍼. 백구를 발로 톡톡 차내면서 플레이하는 축구선수형 골퍼.

● 내기 골프에 집착한 나머지 동반자들과 룰 때문에 다투는 골퍼. 내기에 지고 있으면 짜증을 부리며 애꿎은 캐디에게 화풀이하는 골퍼. 말 많은 골퍼, 동반자나 상대방의 샷 하나 하나를 코치처럼 지적하며 충고하는 골퍼.(그러나 말 한마디 없이 무뚝뚝하게 시종 입다물고 있는 것도 바람직한 태도는 아니다) 자신의 기량 부족은 탓하지 않고, 생크 난 백구를 원망하며 클럽을 집어던지고 캐디에게 주워 오도록 하는 골퍼.

● 연습 스윙을 하면서 잔디를 한 움큼씩 파내는 골퍼. OB 볼을 슬쩍 꺼내 놓고 세이프를 스스로 선언한 뒤 다음 샷을 날리는 골퍼. 캐디를 하녀 취급하고 야한 농담을 함부로 하며 성희롱을 서슴지 않는 골퍼. 보기(Bogey)를 파(Par)로 적도록 캐디에게 압력을 행사하는 골퍼.

이상의 유형 중 나 자신은 어느 한 가지라도 해당되지 않는지 돌아볼 일이다.

친구 따라 남편 따라 가다 보니

"신사란 혼자서 커피를 마실 때도 결코 손가락으로 각설탕을 집어 컵 안에 넣지 않는다."

영국 어느 작가의 말이다. 중류 이상의 가정에서 자라난 대부분의 사람은 일상생활에서 의식하지 않고서도 매너 있는 행동으로 사회 생활을 할 수 있도록 교육된다고 한다. 생활 매너가 몸에 배어 있는 것이다. 골프의 원조 국가인 영국 사람들이 유난히 매너와 예의를 강조하기 때문에 골프 운동에 까다로운 규칙이 많아졌는지 모를 일이다. 어찌됐든 매너란 우리 인간이 더불어 살아가면서 서로 지켜야 할 공통 규범이라 할 수 있다.

매너가 없는 사람은 함께 살아가면서도 주위 친구들로부터 비난받게 되며 골프 모임에도 초대받지 못한다. 50~60대 나이가 된 대부분의 골퍼들은 엄격한 선배 골퍼들에게 골프 기술에 대한 교육뿐만 아니라 그 소중한 매너까지 교육을 받았던 기억이 있을 것이다. 그 시절에는 그러한 선배들에 대한 존경심 또한 지대하였다.

그런데 요즈음 연습장에 드나드는 각계 각층의 다양한 골프 지망생들의 경우 기본 매너에 대한 교육은 어떻게 실시되고 있는지 한심스러울 따름이다. 골프가 대중화(?)되면서 학교에서 전문적으로 골프 교육이 실시되고 있으니 그나마 다행이라 할까. 그러나 일반인의 경우 그러한 과정 없이 친구 따라, 남편 따라 연습장에서 몇 번 휘둘러보고선 곧장 골프장에 나오다 보니 매너에 대해 배울 겨를이 없는 듯하다.

먼저 티잉 그라운드(Teeing Ground)에서 취할 자세가 있다. 티잉 그라운드란 플레이어가 플레이할 각 홀의 출발장소를 말한다. 티 오프 시간 최소한 10분 전에 티잉 그라운드에 도착해야 한다. 동반자 서로에게 상냥한 인사를 주고받는 것은 기본일 것이다. 골퍼들은 각자, 자신의 골프백에서 18홀을 도는 동안 사용하여야 할 티 몇 개와 볼마커, 손상된 그린을 수리할 리페어기, 볼 등을 챙겨 담는다. 이어 주변에 있는 연습 박스에서 가볍게 몸을 풀어야 한다. 티잉 그라운드 주변 아무데나 들어가 함부로 클럽을 휘두르는 것은 금물이다. 특히 앞 팀의 골퍼들이 티샷을 진행하고 있는데 바로 그 후방 잔디밭에 들어가 연습 스윙을 하면 안 된다.

매너를 지키지 않는 골퍼들 때문에 오죽했으면 골프장 측에서 들어가서는 안 된다고 로프를 쳐 놓았을까? 그런데도 그 로프를 넘어 들어가 스윙 연습을 하다가 여지없이 한줌씩 잔디를 떠내는 매너 없는 골퍼들이 있다. 스윙 연습을 하는 것에 한술 더 떠서, 뒷 좌석에서 떠들어대는 참새 떼들도 있다. 동반자는 물론이지만 티잉 그라운드에서 앞 팀 골퍼가 어드레스 자세를 취하고 있을 때 소리를 내서는 절대 안 된다. 티잉 그라운드에는 한 사람만 올라가야 하며 티에 들어설 때도 입구를 통해 등장하고 로프를 넘어서 들락거려서는 안 된다.

동반자든 앞 팀이든 간에 티샷을 한 백구가 창공을 비행할 때는 박수로서 굿샷을 축하해 준다면 매너 또한 금상첨화일 것이다.

퍼팅 라인에 소금장수 지나가면

천신만고 끝에 백구를 달래어 그린에 도착한 플레이어는 흥분하기 시작한다. 컵에 백구를 넣기 전의 가벼운 흥분일 것이다. 그러나 결코 서둘러서는 금물이다. 신방처럼 잘 다듬어 차려놓은 그린 위에서 골퍼는 신부를 조심스럽게 맞이하는 신랑이 돼야 한다. 성공적인 첫날밤을 위함이다. 경기자는 그린을 손으로 터치하여서는 안 된다. 또한 그린 위에서 가만가만, 조심조심 걸어야 한다. 동반자의 퍼팅 라인을 밟거나, 넘어가서도 안 된다. 퍼팅 라인을 훌쩍 넘어서면 '소금장수 지나간 것'인 양 상대방의 기분을 상하게 한다. 깃대를 뽑을 경우 그린 밖에 조심스레 놓아야 하며, 동반자의 퍼트에 지장이 없도록 자신의 볼을 마크하고 집어 올려야 한다.

가급적 홀로부터 먼 거리에 놓인 볼부터 퍼팅을 하여야 하지만, 먼 거리의 플레이어가 미처 준비하지 못했을 경우엔 가까운 곳에 놓인 볼이라도 퍼팅이 가능하다. 퍼팅이 끝나면 될 수 있는 대로 신속하게 그린을 떠나야 진행에 방해가 되지 않을 것이다. 이렇듯 그린 위에서의 매너가 다른 어느 지역보다 까다롭고 규제 사항이 많은 것은 그린 주변에서 골프의 클라이막스가 이뤄지기 때문인지도 모른다.

이런 얘기가 있다. '골프의 에티켓이 아무리 복잡하다 하더라도 그린 위에서만 못하고 그린 위에서의 매너가 아무리 까다롭다 하더라도 홀 주변만큼 못하다.'는 것이다. 그만큼 홀 주변에서는 몸가짐을 조심스럽게 해야 한다. 앞서 설명하였듯이 홀 주위 반경 30cm 둘레는 그린이 상처받기 가장 쉬운 아주 예민하고 소중한 지역이다. 10.8cm의 작은 컵은 골퍼들이 온 신경을 쏟아 넣어야 할 최후의 목표점이다. 자칫 한번 실수하면 다시 플레이(again play)할 수 없으며 그대로 1타를 가산하는 중요한 승패의 갈림길이기 때문에 그렇다.

골프 규칙에서 전술한 바와 같이 볼의 낙하로 생긴 상처 자국은 고칠 수 있지만 골퍼들의 발자국인 스파이크 자국은 고칠 수 없도록 규제하고 있다. 스파이크 자국으로 인한 퍼팅의 피해를 줄이기 위하여 스파이크 자국도 퍼팅하기 전에 고치자는 골프 규칙 개정론자들이 많아 세계골프계의 의견은 찬반 양론이 반반이다.

그러나 현행 규정은 스파이크 자국은 손댈 수 없도록 규제하고 있다. 미국 출신 잭 니클라우스(Jack Nicklaus), 톰 왓슨(Tom Watson), 휴버트 그린(Hubert Myatt Green), 헤일 어윈(Hale Irwin), 아놀드 파머(Arnold Palmer)등은 "퍼트 선은 불가침의 것으로 결코 손을 대서는 안 된다."고 주장한다. 이에 비해 게리 플레이어(Gary Player), 리 트레비노 등은 "그린 위에 손상된 퍼트선 상의 스파이크 자국은 수리되어야 한다."고 주장한다. 이들은 그린 위에서 모래나, 잡풀 등은 치워도 좋으며 볼 낙하로 인한 볼 마크 등은 고쳐도 되는데 스파이크 자국을 고치지 못하게 하는 것은 이치에 맞지 않는다는 것이다. 그러나 반대론자들의 주장은 스파이크 자국 수리 허용으로 인한 연쇄적 부작용을 우려하고 있다. 페어웨이 디보트 자국에서도 볼을 꺼낼 수 있으며, 깎지 않은 긴 러프 속에서도 구제받아야 되며, 벙커 발자국 안에 놓인 볼도 꺼내야 된다는 것으로 비약할 수 있으므로 개정 불가론을 외치는 것. 아무튼 현행 규정으로는 불가한 사항이므로 이를 준수하는 수밖에 없다.

휴대전화, 로커에 재워다오

　백두산 정상에 가 있는 친지와도 통화를 할 수 있는 시대가 됐다. 휴대전화 덕이다. 학교 강의 시간에 울려대는 휴대전화 소리는 이제 누가 뭐라할 수 없는 일이 되고 말았다. 상갓집에서 고인(故人)에게 조의를 표하고 있는 찰나에 문상객 호주머니에서 탱고조의 시그널 음악이 울려퍼져 웃지도 못하고 울지도 못했다는 얘기도 흘러 다닌다. 골프장 첫 티잉 그라운드에서 티샷을 하려는 순간 골퍼 바지에서 "전화 받으세요"하는 어린아이의 목소리가 벨송으로 들려오는 것 등은 이제 웃음거리가 아닌 것으로 흔히 들을 수 있게 된 지 오래다.

산 속 골프장 어느 지역이든 통화가 가능해져 편리한 세상임엔 틀림없다. 통신사에서 경쟁적으로 자회사 휴대전화가 잘 터져 전화 이용이 가능하도록 산꼭대기마다 중개 안테나를 설치했기 때문이다. 휴대전화 서비스 개시 18년 만에 전체 국민의 65%인 3천만의 가입자가 시도 때도 없이 다이얼 버튼을 눌러대고 있으니 가히 그 놀라움을 무어라 표현할 수 있겠나. 어느 모임을 가든 이제 휴대전화를 소지하지 않은 사람을 보기 어렵게 됐다.

공연장이 아닌 이상 골프장에서의 경우 시그널 음악으로 각종 명곡의 멜로디를, 또는 사랑하는 아이나 아내의 목소리로 전화 받으라는 '콜을 읊어 대는 것' 까지는 참을 수 있다. 하지만 전화를 받고 있는 골퍼의 대화 목소리가 어지럽게 동반자의 신경을 거스르는 것이 문제다.

티샷을 위하여 클럽을 스윙하는 찰나 혹은 퍼팅 라인에 서서 지금 막 숨을 죽이고 있는 순간에 벨소리가 울려 퍼진다면 이는 분명 피할 수 없는 경기의 방해 요소가 될 것이다. 또한 그러한 소음 공해로 자신뿐만 아니라 동반자의 기분까지 망쳐 버릴 수 있다.

특히 티잉 그라운드에서 연습 스윙을 몇 차례 한 뒤 이제 막 볼을 치려는 순간, 휴대전화 벨이 울리는 바람에 스윙 자세를 다시 풀고 전화 응대를 하는 골퍼를 보면 동반 골퍼들은 맥이 풀리고 짜증스러울 수밖에 없다. 어느 동호인 클럽에서는 라운딩 중에 전화하는 자에게는 1벌타씩 부과하는 그들만의 신종 골프 룰을 신설하여 적용하고 있다고 한다. 자신에게보다는 동반자에게 방해가 된다는 것 때문에 부과되는 '에티켓 벌칙' 이라 하겠다.

급한 전화까지야 나무랄 수 없겠으나, 라운딩에 방해가 된다면 이제 골프 규칙 개정도 한번쯤 생각해봐야 할 때가 온 것 같다. 매우 중요하거나 촌각을 다투는 비즈니스 문제가 걸려 있다면 동반 골퍼들에게 미리 양해를 구하고 다음 골퍼에게 티샷을 하도록 조치하는 것이 좋은 매너 아닐까. 또한 멀리 떨어진 곳에서 전화를 끝낸 후 동반자에게 양해를 구해야 할 것이다. 중요하지 않은 전화는 조용히, 간단히 끝내고 중요한 사항은 운동이 끝난 후 연락을 하도록 조치하는 것이 최소한의 매너라고 할 수 있겠다.

즐거운 골프를 위하여 휴대전화를 아예 로커(locker)에 잠재우고 스타트 홀로 나오는 골퍼가 부러운 시대이다.

필드, 패션쇼의 무대인가

　요즈음 주말 골프장 풍경은 많이 바뀌었다. 수 년 전만 하여도 여성 골퍼들을 거의 찾아볼 수가 없었다. 그땐 어쩌다 여성골퍼가 나타나면 신기한 눈초리로 관심을 표하기 일쑤였다. '어떻게 여자가 주말에 골프장 나들이를 할 수 있느냐.'는 부정적 시각이 많은 것도 사실이었다. 그러나 요즘 연습장을 가보면 평일의 경우 오전이고 오후고 남성보다는 여성들이 훨씬 많이 나와 연습하는 것을 볼 수 있다.

　특히 박세리의 등장 이후 골프장 분위기는 달라졌다. 우리의 소득 수준도 올라가면서 당당하게 주말이든 주중이든 여성들도 골프를 즐기고 있다. 요즘 이러한 현상을 이상하게 생각하는 사람이 있다면 바로 그런 사람이 비정상적인 사람이라 할 정도가 됐다.

　필드의 색깔은 계절에 따라 연초록에서 짙은 녹색으로 변화하며 싱싱하고, 상큼한 산소를 뿜어낸다. 푸르른 자연과 더불어 가까운 동료들과 담소를 나누며 하루 라운딩을 즐기는 것은 어느 무엇과도 비교할 수 없는 기쁨이며 삶의 활력소이다. 여성들도 때로는 남편을 따라 때로는 친구들과 함께 자연을 즐기고 운동을 즐긴다.

　아름다운 자연 환경과 더불어 운동을 즐기는 이들 여성 골퍼들의 옷차림 또한 예전보다 훨씬 다채롭고 산뜻해졌다. 특히 최근 골프가 대중화되면서 여성 골퍼들의 의상이 눈에 띄게 달라졌다. 화사한 옷차림으로 푸르른 페어웨이에서 샷을 구사하는 풍광은 보는 이로 하여금 찬탄을 금치 못하게 한다. 그야말로 한 폭의 그림이라 아니 할 수 없다.

　그러나 운동을 즐기는 것보다는 의상에 신경을 쓰는 여성 골퍼들도 없지 않아 다른 골퍼들의 눈살을 찌푸리게 한다. 지나치게 화장을 짙게 하고 값비싼 외제 브랜드로 머리부터 발끝까지 휘어 감고 필드에 나서는 여인들도 더러 있다.

물론 값비싼 외제 옷으로 치장한 채 제 돈으로 제 멋에 다니는데 누가 뭐라고 시비하느냐 하면 할 말은 없겠다. 그렇더라도 고급 선글라스에 스카프 등을 목에 두르고 패션쇼에 출연하듯이 요란하게 치장하고 나오는 것은 주위 골퍼들뿐만 아니라 동반 골퍼에 대한 예의를 저버리는 행동이나 다름없다는 것이 필자의 생각인데 좀 고루(固陋)하다 할는지.

그렇다면 그런 옷을 입고 나타나는 것까지는 이해한다 치더라도 자신이 입고 있는 옷이 고급 외제이고 비싼 옷이라고 자랑삼아 얘기하는 팔불출 골퍼는 어떤가. 요즘 얼굴에 바르는 선크림도 외국에서 직접 사온 것이라며 그것도 자랑거리라고 뽐내는 여성 골퍼가 있다면 함께 라운딩하는 동반자들이 어떻게 봐 줄 것인가. 외제 골프 클럽을 은근히 자랑하는 그들은 십중팔구 운동에는 관심이 없어 실력이 형편없기 마련이다. 보기플레이에도 못 미쳐 100타를 훨씬 넘기는 주제에 외제 상품만 자랑하는 여성 골퍼가 있다면 이제라도 마음 고쳐먹고 연습장부터 달려갈 일이다.

푸르른 잔디밭에서 호쾌한 샷을 날리는 예의바른 여성 골퍼들을 보면 아낌없이 박수를 보내면서 즐거운 하루, 행복한 여행(?)의 예감에 젖는다.

금연 규정, 규칙엔 없지만

골프라는 운동이 어렵고 생각처럼 잘 풀리지 않는 이유 때문인지 골퍼들 중에는 흡연가가 많다. 하지만 요즈음엔 금연 구역이 확대되어 최근 거의 모든 공공건물에서 담배 피우는 것을 제한하고 있다. '세상이 거꾸로 가는 것인지 담배 한 대 피우는데도 이렇듯 통제를 한다면 세상 사는 맛이 나겠느냐.'는 애연가들의 푸념이 없는 것은 아니다. 그렇더라도 자유란 본시 그 궤도를 벗어날 때 방종으로 치닫고 방종이 지나치면 범죄 행위로까지 이어지는 것 아닌가.

애연가들은 이렇게 말할 수 있을 것이다. "골프 규칙 어느 대목에 필드에서 담배를 피우지 못하게 하는 규정이 있는가?"라고. 그러나 지난해부터 전국적으로 골프장에서도 흡연 구역을 설정 시행하고 있다. 흡연을 허용하는 장소를 제외하고는 전 코스 내에서 금연하도록 로컬 룰을 적용하고 있는 것이다.

샷이 잘 되면 잘 된다고 한 대, 볼이 안 맞으면 안 맞는다고 한 대를 무는 그들의 심정이야 이해를 못하는 바는 아니다. 그러나 골프엔 매너가 있다. 흡연 역시 매너의 일부라 할 수 있다. 문제는 담배를 입에 물고 필드로 향하다 꽁초를 디보트 자국이나 벙커 모래 속에 슬그머니 묻어놓고 가는 사람도 없지 않다는 것이다. 심지어는 피우던 담배를 불도 끄지 않은 채 페어웨이에 던져놓고 지나가는 몰상식한 이도 있으니 한심한 일이다.

꽁초를 함부로 버려서는 안 되는 것이야 사회생활에서도 마찬가지이지만 하물며 가장 신사다운 매너가 중시되는 골프 운동에서야 새삼 말해

무얼 하랴. 몇 년 전, 이 고장 모 골프장에서도 무심코 버린 담뱃불 하나가 코스를 불태우고 끝내 인명까지 앗아간 사건이 있었다. "산불은 당신의 손끝에서 시작된다."는 TV 광고 문구가 현실로 나타난 것이었다.

골퍼를 왕으로 모시는 골프장이 명문 골프장이라 할 수 있다. 그러나 왕으로 대접받고자 하는 골퍼는 깨끗한 환경 보호를 위해 골프장 측에서 요구하는 로컬 룰을 지켜야 한다. 그것은 자기 자신의 즐거운 운동을 위해서도 마찬가지다. 코스 내에서 담뱃불을 꺼달라는 캐디의 조심스러운 부탁을 무시하고 담배를 물어야 자존심을 지킬 수 있다는 골퍼는 진정한 골퍼가 아니다.

흡연이 백해무익한 것이라는 것을 모르는 사람은 없다. 대자연의 품에 안겨 맑은 공기를 마시고 골프를 즐기면서 그토록 인체에 해로운 담배를 꼭 입에 물어야 할 것인가. 골초들이여, 그대들이 건강을 위해 골프를 즐긴다면 지금 당장이라도 금연을 하시라. 그래야 골프를 즐기는 보람을 얻을 수 있을 것 아닌가.

매너 없다는 평가를 받더라도, 나는 담배를 참을 수 없다는 골퍼라면, 자칫 담배 불씨 하나가 재산과 생명을 앗아가는 재앙으로 번져도 이로 인한 책임을 질 수 있단 말인가? 자유는 소중하지만, 의무와 책임을 질 수 없는 자유는 진정한 자유라 할 수 없다. '인간은 갈대와 같다.'고 파스칼은 갈파하였다. 바람 따라 이리 저리 흔들려도, '생각하는 갈대' 아닌가.

이렇게 하면 훌륭한 골퍼

핸디캡이 0인 파(Par)플레이 골퍼인데도 골프를 잘하는 사람이라 평가하지 않는 것이 골프다. 뛰어난 기량과 훌륭한 골퍼상(像)은 그 의미가 다르다. 기량이 탁월하여 70대의 스코어를 낼 수 있다면 기분 좋은 일이긴 하다. 하지만 아마추어 놀이 골프세계에서는 로우 스코어보다는 훌륭한 골퍼로서 평가받는 일이 더 중요하다 하겠다. 그렇다면 어떤 골퍼가 훌륭한 골퍼일까?

첫째, 자신의 볼뿐만 아니라 동반자가 샷한 볼까지도 볼 수 있어야 한다. 미스 샷이 됐든 클린 샷이 됐든 백구가 날아간 지점을 제대로 보고 그 볼이 낙하한 지점을 기억하였다가 말해주는 골퍼가 훌륭한 골퍼이다. 초심자나, 혹은 기량이 미숙한 경기자는 볼을 잘 못 볼뿐만 아니라, 당황하여 볼을 잘 찾지 못한다. 한 사람의 캐디가 네 사람의 시중을 들 때는 물론이며, 캐디가 없을 때는 더욱 그렇다. 미스 샷을 날리다 보면 당황하여 볼에서 눈을 떼게 되고 볼을 찾지 못하면 애꿎은 캐디에게 신경질만 부려 점점 볼은 맞지 않게 된다.

둘째, 골프를 잘하는 사람은 캐디를 잘 부르지 않는다. 그는 항상 예비 볼을 한두 개쯤 준비하고 다닌다. 적당한 예비 클럽도 미리 백에서 2~3개쯤 뽑아 들고 자신의 백구가 낙하하였을 지점으로 향한다. 빈손으로 볼이 낙하한 지점으로 가 캐디에게 몇 번 클럽을 가져오도록 소리치는 골퍼는 좋은 골퍼 축에 들지 못한다.

샷을 할 때나, 퍼팅을 할 때마다 일일이 캐디에게 조력을 구하는 골퍼는 좋은 골퍼라 할 수 없다. 물론 궁금한 것을 묻기 위하여 캐디를 고용하였겠으나, 도가 지나치면 안 된다. 매사 캐디에게 조력을 받다가 만일 잘 못 되면 그 책임을 캐디에게 돌리고 꾸중한다면 좋은 골퍼라 할 수 없다.

셋째, 골프를 잘 치는 사람은 오너를 자주 하기 마련이다. 이때 자신이 오너임을 판단, 다음 홀로 신속하게 이동하여 티샷을 진행함으로써 시간을 절약할 수 있다면 매우 훌륭한 골퍼라 할 만하다. 어쩌다 실수(?)하여 오너를 잡게 된 경솔한 골퍼는 모처럼 획득한 오너를 자랑하다가 다음 티잉 그라운드로 가는 것조차 망각하여 동반 경기자들을 기다리게 한다. 골프를 잘 하는 사람은 말수가 적다. 그러나 침묵으로 일관한다면 이 또한 답답한 일일 것이다. 이따금씩 멋진 유머나 기발한 조크를 던져 긴장된 분위기를 풀어주는 것도 좋을 것이다.

넷째, 훌륭한 골퍼는 동반자 플레이에 신경을 써준다. 동반자가 어디에서 몇 번째 샷을 했는지도 잘 알고 있다. 따라서 동반자에게 보기(Bogey)를 하였느냐 파(Par)를 하였느냐고 묻지 않는다. 끝으로 여러 사람이 즐기고 있는 필드에서 신속한 플레이는 미덕(美德)이다. 일본의 한 골프 평론가는 신속한 플레이를 위해 다음과 같은 네 문장의 첫 글자를 딴 '볼·클·레·퍼' 법을 주창하였다.

- 볼은 예비구를 반드시 준비하고 라운딩을 할 것이며,
- 클럽은 2~3개를 미리 빼들고 볼을 찾아갈 것이며,
- 레이크(고무레)는 미리 갖고 벙커에 들어가며,
- 퍼터는 그린에 오르기 전에 뽑아 들고 가야 한다.

서둘러라 '세컨드 오너' 여

골프 규칙 부칙에 보면 슬로우 플레이(Slow play)에 대하여 제재할 수 있다고 규정되어 있으나 프로 경기가 아닌 한국의 놀이 골프에서는 벌타나 벌점의 적용이 없다.

그러나 주말에 골프를 사랑하는 수많은 골퍼들이 더불어 즐거운 시간을 보내기 위하여서는 늑장 플레이는 추방되어야 한다. 어떤 심리학자는 슬로우 플레이 골퍼의 유형을 3가지로 구분해 말한다. 실수를 하지 않으려고 본인의 샷에 집착성이 강한 사람이 첫 번째요, 경직성 근육을 가진 자로서 굳어 있는 근육이 잘 풀리지 않아 연습 스윙을 계속하는 사람이 두 번째다. 또 세 번째로는 어설픈 골프 정보를 이것 저것 많이 모아 이런 저런 생각으로 골프를 잘 쳐보려 애쓰는 형이 있다. 골프는 동반자와 함께 하는 운동으로서 자신의 슬로우 플레이가 상대방에게 불쾌감을 주고, 전반적인 경기 리듬에까지 지대한 영향을 끼친다는 사실을 인식하여야 한다.

'샷은 느리게, 걸음은 빠르게' 라는 골프의 기본이 되는 말이 있다. 한 타 한 타 신중하게 하되 경기 진행은 빨라야 된다는 뜻이다. 적당한 페이스 유지를 위하여 다음 사항을 실천하면 좋을 것이다.

첫째, 티잉 그라운드에서 오너가 샷을 진행하고 있는 사이 다음 순번의 골퍼는 볼과 티를 왼손에 그리고 클럽은 오른손에 잡고 있다가 자신의 차례에 곧 칠 수 있도록 준비하고 있어야 한다.

둘째, 티잉 그라운드 주변 아무데서나 연습 스윙을 여러 번 하지 않아야 한다. 연습 스윙을 심하게 하다 보면 힘만 소모되고 리듬만 깨질 뿐 별

득이 없다.

셋째, 팀 전원의 샷이 끝났으면 ‘세컨드 오너’가 맨 먼저 빠른 걸음으로 필드를 향해 나아가야 한다. ‘세컨드 오너’란 드라이버 샷을 제일 짧게 날린 골퍼를 이름하여 부르는 다소 조롱 섞인 별명이다. 페어웨이에서는 제일 먼저 샷을 하니 오너는 오너인데 두 번째 오너인 것이다.

넷째, 만일 자신의 볼이 좌우로 휘어져 러프로 날아가고 말았다면 클럽 2~3개는 뽑아들고 사라진 자신의 백구를 찾아 나서야 한다. 빈손으로 볼을 찾아 나선 뒤 캐디를 향하여 몇 번 채를 가져오라고 소리 지르는 골퍼는 매너 없는 골퍼이며, 왔다갔다 하는 사이에 시간이 흘러 슬로우 플레이의 원인이 된다.

다섯째, 멍한 생각으로 걸어서는 안 된다. 소위 ‘춘향이 걸음’은 광한루에서나 필요한 것이지 페어웨이에서는 안 된다.

여섯째, 그린에 올라간 자신의 볼은 신속하게 마크를 해야 한다. 그린 위에선 자신의 라인과 거리 등을 살펴보고, 볼마크 후방에서 느긋하게 자신의 순번을 기다린다. 동반자가 퍼팅 준비를 하는데 볼마크 건너편에 왔다 갔다 하면서 라인을 살핀답시고 프로의 흉내를 내다 보면 상대방 퍼팅에 방해가 된다.

끝으로, 맨 먼저 홀아웃 한 사람이 깃대를 잡고 일행의 퍼팅이 모두 끝나면 컵에 깃대를 꽂아주고 그린을 비워준다. 다만 동반자가 아직 퍼팅을 진행하고 있는데 혼자 남겨두고 그린을 떠나는 것은 함께 즐기는 골프에서는 매너 없는 행동이다.

1년보다 더 길었던 한 홀

　몇 달 전에 있었던 일이다. 평소 안면이 없는 K기관장과 라운딩을 하게 되었다. 티잉 그라운드에 선 K씨 모습은 골프 깨나 치는 타입의 옷차림이었다. 파나마 모자를 눌러 쓰고 싱그러운 녹색 티셔츠를 걸친 육중한 몸체는 파워 있는 샷을 날리기에 충분해 보였다. 그러나 그 나름대로의 멋진 샷에도 불구하고 백구는 저 가고 싶은 데로 날아가 버렸다. 옆에서 '멀리건'을 선언해주자 미안스러운 기색도 없이 그 친구는 서슴지 않고 캐디에게 볼을 꺼내달라고 소리쳤다.

　두 번째 샷 또한 하늘 높이 솟아올라 영락없는 '스카이 OB' 였다. 한참이나 공중에 머물러 있다가 바로 티잉 그라운드 안에 떨어지는 것이 아닌가. 멀리건을 또 불러줄 수는 없었다. 그런데 K씨, 러프에 떨어진 볼을 집어들더니 페어웨이에 던져놓고 두 번째 샷을 날렸다. 하지만 뒤땅을 치면서 또 러프 속으로 굴러가고 말았다. 이번엔 또 어떻게 하나? 러프 속에 놓인 백구를 발로 툭툭 차내더니 아이언으로 냅다 내리쳤다. 웬걸 앞으로 날아가야 할 백구, 필드 중간쯤에 있는 벙커 속으로 숨어버리고 만다. "이 놈의 볼이 왜 이리 안 맞지?" K씨는 투덜거리며 벙커 속으로 성큼성큼 걸어 들어가, 전에 사용한 그 클럽으로 백구를 다시 내리친다. 한바탕 모래 바람만 일으키고 볼은 코앞에 다시 떨어진다.

　이때 캐디가 다가가 샌드 웨지를 주며 클럽을 바꿔 사용하도록 권한다. K씨는 자존심이 상한 듯 그대로 그 클럽을 다시 휘두른다. 이번엔 백구가 벙커를 탈출하여 옆 홀로 날아가 버리고 만다. OB다. "예끼 순!" K씨는 옷깃에 묻은 모래를 털며 벙커를 그냥 나오고 만다. 벙커 정리에 신경 쓸 그가 아니었다. "야, 언니야 볼 하나 꺼내와, 집나간 년은 찾을 필요 없다." 반말로 소리친다. OB난 볼은 찾을 필요 없다는 얘기다.

볼을 받아든 그는 마치 포수가 사냥총을 어깨 위에 걸치듯 클럽을 어깨 위에 맨 채 걸어오더니 피칭으로 온 그린을 시킨다. 뒷사람이 샷을 하든 말든 혼자만의 샷이었다. 그린 위에 올라온 K씨, 이번엔 동서남북을 왔다갔다하더니 순서를 기다리지 않고 퍼팅을 하고 만다. 동반자의 퍼트 라인을 함부로 밟고 왔다갔다하는 모습을 보고 필자는 끓어오르는 감정을 참을 수가 없었다. 어쩌다가 하루 일진이 좋지 않아 저런 사람과 라운딩을 하게 됐단 말인가. 18홀의 세월을 보내려면 길고 긴 여정인데 단 한 홀에 불과한 이 시간이 정말 지루하게 느껴진다.

K씨는 2번홀 티잉 그라운드에서 담배를 꺼내 문다. "어르신, 필드 내에서는 금연입니다." 캐디의 조심스러운 목소리에 "뭐가 어째! 야 임마, 담배 필 권리도 없단 말야!" K씨는 눈을 부라리며 목청을 높인다. "저기 보세요. 절대 금연 표지판을…." 캐디가 말꼬리를 흐리며 손가락으로 표지판을 가리킨다. "예끼 더러워서 어디 골프 치겠냐." 그는 피우던 담배를 손톱으로 휙 튀겨 필드 쪽으로 던져 버린다. K씨의 행동이 여기에 이르자 필자는 가던 길을 돌아서고 말았다. 골프 매너와 룰을 따질 것도 없이 인간적인 예의의 기본도 모르는 K씨와 더 이상의 시간을 보낸다는 것은 부끄러운 일이라고 생각했다. 1년처럼 길고 길었던 한 홀의 얘기다.

그대 사람인가 개인가

필드에서 라운딩을 하다 보면 어떤 골퍼가 사라지고 없을 때가 있다. "볼을 찾아 헤매는 것도 아닌데" 하면서 두리번거리면, 저쪽 모퉁이에 서 있는 나무에 비료(?)를 주는 동반자가 보인다. '사람인가?, 도그(Dog)인가?' 한밤중도 아닌데, 태양이 중천에 떠 내려다 보고 있는데, 신사 운동인 골프를 하면서 저럴 수 있단 말인가.

몇 해 전 어느 골프장에서 고위 인사가 방뇨하는 모습이 CC TV에 포착이 되어 회원권을 박탈당했다는 신문 기사를 읽은 기억이 있다. 만일 참을 수 없을 정도가 된다면 차라리 한 홀 운동을 포기하고 동반자들의 양해를 구한 뒤 그늘집 등의 화장실에서 일을 보고 와서 운동을 계속하는 것이 도리일 것이다.

골프란 즐거우면서도 어렵고 변덕스러운 것이기도 하다. 어쩌면 골퍼란 골프장 안에서나 밖에서나 좋아하는 사람들과 더불어 함께 떠나는 여행객들이다. 골프는 어느 때 어느 장소를 가리지 않고 우리 삶의 인간적인 거울임을 또한 부인할 수 없다. 따라서 공명정대하며, 상대방에 대한 따뜻한 배려를 아끼지 않고, 엄격한 자기통제와 책임감 및 인내심 등을 배우고 익히는 자만이 진정으로 존경받는 골퍼요, 또한 인생의 승리자라 할 것이다.

때문에 아무리 골프에 매료됐다 하더라도 주의할 것이 있다. 운동과정 중 체통을 잃은 엉뚱한 행동을 삼가야 하며 골프의 기본적인 룰과 스타일을 지키면서 운동을 즐겨야 한다. 촌스럽고 천박한 옷차림으로 경기를 한다거나, 경기 스코어에만 급급하여 최소한의 매너와 룰을 지키지 않고 골프장 출입을 하여서는 골프 사회에서뿐만 아니라 동료들에게도 배척 당하게 될 것이다.

티 그라운드에서 티 위에 볼을 놓는 티업 동작부터 신중하여야 한다. 두 무릎을 모두 구부리거나 허리를 구부리면 촌스럽게 보인다. 왼손으로 드라이버(Driver) 그립을 붙잡아 세우고, 왼쪽 무릎을 구부린 뒤 오른쪽 다리는 뒤로 뻗고 약간 엎드려 오른손으로 볼과 티를 쥐고 티업을 한다. 티 높이는 적당히 조정을 하면 된다. 한 뼘이라도 홀과 가까운 쪽에 티업 하려 하는 것은 좋지 않다. 넉넉하게 티 마커 선 뒤쪽에 티업하는 것이 여 유로워 보인다. 티는 플라스틱 대는 가급적 사용하지 말고 나무가 재료 인 티를 사용한다.

파3홀에서는 클럽 두 개쯤 뽑아 들고 티잉 그라운드에 들어선다. 빈손 으로 올라가 캐디에게 "몇 번 클럽을 가져오너라. 클럽을 바꿔 주라."고 소리치는 것은 바람직하지 않다. 더군다나 동반자에게 "몇 번 클럽을 사 용하였느냐?" 묻는 것은 묻는 골퍼나, 대답한 골퍼나 모두 벌타를 받게 된다. 벙커에 들어가는 것도 절차가 있다 하면 지나치다 할 것인가. 턱이 낮은 곳으로 들어갔다가 낮은 곳으로 나와야 한다는 규정이 있다. 물론 벙커샷을 할 때는 클럽 헤드가 벙커에 닿아서는 안 된다.

퍼팅은 장갑을 끼지 않고(None Glove) 하는 편이 퍼팅 감각을 더 느낄 수 있다. 주로 프로 선수들이 퍼팅 할 때 글러브를 벗고 맨손으로 퍼팅하 는 모습을 TV 등을 통하여 자주 볼 수 있을 것이다. 아마추어라 해서 맨 손으로 퍼팅하는 것이 흉 될 것은 없다.

초보자의 마음가짐 10가지

골프를 하다 보면 은연중에 그 사람의 성격이 드러난다는 점을 이미 말한 바 있다. '세 살 버릇 여든 간다.' 했다. 처음 배울 때 좋은 습관을 기르지 않으면 안 된다.

이제 골프에 막 입문한 아마추어 골퍼들이 명심해야 할 마음가짐 10가지를 소개하면 다음과 같다.

1. 동반자든 캐디든 만나는 사람마다 인사를 잘 할 것. 상냥하게 먼저 건네는 한마디는 모르는 사이일지라도 상대방의 기분을 상쾌하게 만든다. 웃는 모습의 상냥한 인사는 더불어 살아가는 사회에서 가장 기본이 되는 에티켓이기도 하다.

2. 실수를 하고서 '몰라서' 또는 '그럴 리 없다' 고 말하는 것은 골프에서는 통하지 않는다. 골프는 신사 운동이다. 먼저 룰을 제대로 알고 필드에 나오는 것이 상식이다. 실수를 했다면 당연히 상대방에게 미안함을 표시하고 정중하게 사과하는 것이 도리이다.

3. 코스는 연습하는 곳이 아니다. 잘못 친 볼을 다시 치려는 습관은 버려야 한다. 필드는 실전 장소이기 때문에 연습은 연습장에서 충분히 하고 와야 한다.

4. 실력 그대로 당당히 플레이해야 한다. 조금도 위축됨 없이 용기와 당당함으로 플레이를 하자. 평소 연습장에서 한 것처럼 자신감을 갖고 경기에 임하는 것이 기량을 충분히 발휘하는 데 도움이 된다.

5. 골프 또한 업무의 연장이다. 업무처럼 신중하게 해야 한다. 비기너의 경우 자신감이 없어 쫓기듯 샷을 하는 경우가 없지 않다. 그럴 필요 없

다. 하루 잘못 쳤다 해 기죽을 필요는 더더군다나 없다. 연습장에 나가 실
수했던 부문을 재점검하면서 개선하는 노력을 한다면 곧 일정 수준에
도달할 수 있을 것이다.

6. 시간 엄수를 기본 규칙으로 삼는다. 약속 시간 지키는 것은 사람 사
는 사회에서 기본 매너이다. 시간을 지키지 않음으로써 경기에 차질을
빚어서는 안 된다. 동반자들에게 뿐 아니라 전체적인 라운딩에도 영향을
미칠 수 있기 때문이다.

7. 코스에서는 상대방의 말을 정중하게 경청하고 자신의 의사 표시도
해야 한다. 친선 게임에서는 상대방의 얘기를 듣는 것에 중점을 두어야
하지만, 서로 존중하며 담소를 나누는 유쾌한 경기는 우리의 일상 생활
을 윤택하게 해주는 활력소가 된다.

8. 패션은 개성의 강조에 중점을 둔다. 요란한 옷차림을 해서는 안 되
며, 산뜻하고 깨끗한 옷차림이 요구된다.

9. 골프 클럽을 새로운 것으로 바꿀 때는 선배 골퍼와 의논한다. 값비
싼 골프 세트를 골라야 골프를 잘 치는 것은 아니다. 자신의 경기 수준에
맞는 클럽을 준비하는 것이 좋다.

10. 교습광(狂)에게 걸려들면 듣는 척만 한다. 선배의 코치는 경청하는
것이 좋지만, 선배의 흉내를 내다 보면 자신의 스윙이 무너져 이것도 저
것도 되지 않는 수가 많다. 이상 초보자의 마음가짐 10가지는 일반적으
로 골프를 즐기는 모든 골퍼들에게도 요구되는 기초적인 교양이라 할 수
있겠다.

못 봐줄 매너 10태(態)

골프에서 중요한 것 가운데 하나는 승패보다 어떻게 플레이를 하였느냐다. 스코어보다는 어떻게 '신사답게 경기를 했느냐' 라는 내용이 더 중요한 것이다. 골프에서 동반자들의 기분을 언짢게 할 경우 두고두고 그 같은 모습들이 기억에 남게 된다. 보기 싫지만 종종 보게 되는, 골프의 꼴불견 10태(態)를 살펴보자.

1. 자신의 티샷 차례인데 잡담만 하는 사람이 우선 꼴불견 골퍼의 머리를 차지한다 하겠다. 골프는 허용된 시간 안에 경기를 벌여야 다른 팀들에게 피해를 주지 않는 운동이다.

2. 내기를 하다 보면 상대에게 '지금 몇 타째지?' 라고 묻는 사람이 있다. 자신의 기량대로 치면 되는데 꼭 상대방에게 '몇 타 쳤느냐?' 고 물어 그의 리듬을 잃게 하거나 정신 집중이 되지 않도록 마음을 혼란스럽게 하는 것이다.

3. 아이언에도 헤드 커버를 씌우고 아끼는 사람도 마찬가지이다. 드라이버의 경우 커버를 씌우지 않으면 클럽끼리 부딪칠 경우 상처가 나기 쉽다. 때문에 드라이버는 커버를 씌운다. 그러나 아이언은 재질(材質)이 쇠이기 때문에 웬만해서는 흠이 나지 않는다.

4. 초대형 골프백을 쓰는 사람도 그렇다. 드라이버나 퍼터를 두 개 이상 가지고 다니는 골퍼들도 없지 않지만 이는 불필요한 것이다. 골프백은 경기하는 데 필요한 클럽을 넣을 수 있는 크기면 족하다.

5. 주먹만한 글씨로 기업이나 상품 이름 등이 쓰인 선전용 골프백을 쓰는 아마추어. 이 같은 골프백은 프로들이나 사용하는 것이다. 아마추어

들은 아마추어답게 겸손한 자세와 함께 남의 눈에 띄지 않는 장비를 갖추는 게 좋다.

6. 용품 메이커의 로고나, 마크가 찍힌 모자를 즐겨 쓰는 사람도 마찬가지다. 그 상품을 선전해야 될 필요가 없는 골퍼라면 굳이 그 같이 눈에 두드러진 모자를 써 상대방의 관심을 끌어서는 안 된다. 수수한 모자, 햇볕이나 비바람을 막아주는 그러한 모자면 된다.

7. 볼이나 티에 자신의 이름을 새겨 쓰는 사람도 꼴불견의 하나이다. 더러는 티와 볼에 자신의 이름을 써넣어 자신의 것만 챙기는 인상을 줄 수도 있어 '좁쌀'의 이미지를 남기기도 한다.

8. 60cm 이내의 퍼트를 마크하고 볼을 집어 올리는 사람. 이 정도 거리라면 바로 퍼팅을 해야 된다. 그래야 경기 진행도 순조로워진다.

9. 티잉 그라운드에서 연습 스윙을 여러 번 하는 사람은 정말 대표적인 꼴불견 골퍼임에 틀림없다. 동반자들도 자기 차례를 기다리고 있으며, 경기를 순조롭게 진행해야 된다는 점에서 한차례 정도 가볍게 스윙을 한 뒤 곧 샷을 하는 것이 신사다운 매너를 지닌 골퍼인 것이다.

10. 한여름 철, 속에 러닝 셔츠도 안 입은 채 골프 셔츠만 입는 사람도 동반자들에게 혐오감과 함께 불쾌감을 준다. 더욱이 땀에 젖어 몸에 착 달라붙은 모습은 두고두고 불쾌한 기억으로 남게 된다.

연습 그린도 그린이다

주말 골프 약속은 항상 즐겁다. 초등학교 시절 소풍날을 기다리는 심정이라 할까. 밤을 새며 소풍을 위해서 김밥이며, 사탕과 과일 등을 준비해 주시던 어머님의 손길. 그리고 비라도 오면 어쩌나 하며 밤을 지새우던 기억들.

주말 골프가 그렇다. 그토록 조바심 치며 기다리던 날, 아침이 밝았다. 어느 골프장이든 티 오프 한 시간 전에 도착할 수 있도록 집에서 출발하여야 한다. 요즈음 그린피 계산 등은 게임이 끝난 후에 하는 것으로 바뀐 곳이 많다. 따라서 시간 여유가 있는 만큼 라운딩을 약속한 친구들과 구수한 커피를 마시며 잠깐 담소를 끝냈다면 연습 그린 또는 스윙 연습장에 나와서 간단히 몸을 풀어야 한다. 너댓 시간의 운동을 위해서는 사전 준비 운동을 반드시 해야 몸이 풀릴 것이다.

요즘 골프 연습장에는 벙커 탈출 연습을 위한 벙커나, 가벼운 퍼팅 연습을 위한 미니 그린을 갖추어 놓은 곳도 있다. 하지만 대개 벙커샷이나 잔디 위에서의 어프로치(approach) 연습 샷은 골프장에서만 가능하다. 특히 비단결 같이 매끄럽게 깎아 골퍼들의 기량을 마음껏 발휘할 수 있도록 가꾸어 놓은 연습 그린 위에서 퍼팅 연습은 필수적이다. 골프장 그린의 잔디 밀도를 측정할 수 있기 때문이다. 좋은 경기는 역시 퍼팅 성공률에 달려있는 것 아닌가.

한데 연습 그린에서도 백구를 다룰 때 주의가 요망된다. 많은 골퍼들이 여기저기서 퍼팅을 하고 있기 때문에 자칫 실수하였다간 서로 볼끼리 스치거나 충돌하는 사고가 발생할 수 있다. 상대방에게 신경을 써주고 먼저 연습하는 사람의 퍼팅 라인을 밟거나, 차단하여서는 안 된다.

연습 그린도 그린은 그린이다. 때문에 지켜야 하는 매너도 마찬가지다. 동료들끼리 너무 소란스럽게 떠들어서도 안 된다. 연습도 경기의 연장으로 보아야 한다. 연습 그린의 공간이 여유가 있다면 2~3개의 볼을 사용하며 감각을 익히는 것이 좋다. 자신의 볼이 다른 골퍼의 홀 앞까지 도달하였을 때는 속히 볼을 집어 올리는 것이 매너이다. 상대를 기다리게 한다거나 "먼저 홀아웃 하겠어요." 하고 퍼팅을 끝내는 것은 실례이다.

퍼트 연습이 끝나면 티 오프 10분 전쯤 1번 티 쪽으로 옮긴다. 캐디와 반가운 인사를 나누는 것 또한 좋은 만남의 시작이다. 자신의 골프백에서 먼저 볼을 2개 꺼내 1개를 주머니에 넣고, 다른 1개는 실전용으로 볼의 브랜드 번호 등을 식별하여 기억하여야 한다.

다음으로 몇 개의 티와 볼마커 등을 준비한다. 그리고 반드시 챙겨야 할 것이 있다. 상처난 그린 봉합을 위한 리페어(Repair)기(機)를 빠뜨려서는 안 되는 것이다. 자신의 볼이 떨어져 상처난 그린을 골퍼 자신이 수리하는 것은 골프 매너이며 룰이기 때문에 수리하는 기법을 배워 두는 것이 좋다. 외과의사처럼 전문적인 수리 기술이 필요한 것이 아니기 때문에 캐디로부터 한두 번 실습을 받는다면 누구나 쉽게 처리할 수 있다. 스스로 그린 수리를 하고 나면 멋있는 골퍼상(像)을 보여줄 수 있으며 기분도 상쾌해짐을 느낄 수 있을 것이다.

그린피는 잔디 파헤친 값?

　필자는 US 오픈 대회가 진행중인 페블비치 CC에 다녀온 일이 있다. 그 때는 2000년으로 마침 대회 100주년을 맞은데다 미국인의 자존심을 살려 주고 있는 골프 신동 타이거 우즈의 우승이 점쳐져 많은 사람이 몰려 성황을 이루고 있었다.

　수 백 명의 갤러리가 1m 88cm의 키에 호리호리한 체격의 흑인 선수를 따라 이동하기 때문에 군중 틈새를 비집고 고개를 내밀어야만, 숨죽여 퍼팅하는 그의 예리한 눈빛을 볼 수 있었다.

　그런데 그린에 올라선 그는, 먼저 자신이 날린 볼이 떨어져 흠이 생긴 볼 자국을 보수하는 것이었다. 놀라웠다. 무엇보다도 그린 보호가 먼저였다. 자신의 볼이 떨어져 상처난 그린을 보수한 후에 퍼팅 라이를 신중하게 좌우로 살펴보는 행위는, 세계적인 선수의 멋진 모습이었고 골프에서만 볼 수 있는 아름다움이었다.

　대부분의 골퍼들은 페어웨이에서도 샷을 장작 패듯 하며 잔디를 파헤쳐 놓고 그냥 지나가 버린다. 이런 경우를 보면 골프장 관리인은 자신의 살점이 떨어져 나가는 듯한 고통을 느낀다. 잔디를 손상시킨 값으로 그린피를 지불했으니 당연하다는 생각이겠으나, 자기 집의 정원이었다면 그냥 지나치지는 않았을 것이다.

　언젠가 900 CC에서였다. 사주(社主)인 L회장 내외분과 라운딩을 할 기회가 있었다. 골프 실력이 프로 급인 L회장이었지만 잔디를 파헤치는 것은 어쩔 수 없었다. 클럽이 잔디밭에 내려꽂힐 때마다 잔디는 비명을 지르며 떨어져 나갔다.

필자가 한 마디 하지 않을 수 없었다. "회장님, 골프장 오너가 그렇게 잔디를 뜯어내면 손님들은 더 하겠지요?" 가벼운 농담이 회장의 샷을 흔들어 놓았는지 그날 시합에선 필자가 여유 있게 이길 수 있었다.

필드에서 잔디를 상하지 않게 플레이하는 것은 불가능한 일일 것이다. 필자는 20여 년 골프를 해오지만 잔디를 쓸어 치는 타입이지 파내는 형은 아니다. 그러나 프로들의 기본적인 샷을 보면 잔디는 어쩔 수 없이 상하도록 되어 있다. 앞서 말한 대로 타이거우즈 같은 세계적인 프로선수들의 경기를 지켜보면 그네들의 샷 후의 매너는 감동적이다. 손바닥만큼 떨어져 나간 잔디를 다시 가져와 상처 난 디보트 자국에 덮고 잘 다독거린 후 여유 있게 걸어간다.

그러한 골프 매너는 골프 기술처럼 어려운 것도 아니다. 그것은 기술이 아니고 매너이기 때문에 어떤 골퍼라도 할 수 있다. 만일 사정없이 파 놓은 디보트 자국에 자신의 백구가 굴러 들어가 있다면 어찌 할 것인가. 자신의 운이 안 좋았다고 체념하기보다는 '어떤 몰상식한 사람이 이렇게 샷을 하였느냐.' 고 분노할 것이다. 다른 골퍼가 파헤쳐 놓은 디보트를 짜증낼 것이 아니라 자신의 디보트 자국을 스스로 수리하거나, 그것도 못하겠으면 캐디에게 모래 등으로 메우도록 부탁하는 것이 최소한의 매너라 하겠다.

그린피를 지불하였기 때문에 잔디 파는 권리가 있다고 주장하기보다는 자신에게 돌아올 인과응보(因果應報)를 생각해서라도 디보트 보수를 부지런히 하는 골퍼야말로 멋쟁이 골퍼라 하겠다.

노터치, 노터치 죽어도 노터치

　골프에서는 흔히 노터치 플레이를 자주 언급한다. 인플레이 된 볼을 손대서는 안 된다는 말이다. 아마추어든 프로 선수든 자기가 날렸던 백구가 페어웨이 잔디 위에 떨어지기를 염원하지만 볼은 러프, 디보트 자국, 숲 속 등으로 날아가 버리는 경우가 있다. 이때 골퍼들의 심경은 참담할 것이며, 잘 깎아진 푸른 잔디 위로 볼을 옮겨 놓은 후 다음 샷을 하고 싶을 것이다.

　때문에 동반자가 보지 않는 틈을 타 클럽으로 살짝 볼을 터치하는 플레이어도 있다. 어떤 이들은 볼을 주워 몇 미터씩 옮긴 다음 샷을 하기도 한다. 또 동반자가 직접 볼을 옮겨주기도 한다. 동반자 몰래 볼을 터치하는 것은 동반자뿐만 아니라 자신을 속이는 행위이며, 동반자의 볼을 아부성으로 터치해 주는 플레이어를 포함해 쌍방 모두 실격이다. 이런 행위는 벌타를 부과하는 것이 문제가 아니라 같이 라운딩하는 동반자에게도 불쾌감을 준다.

　골프는 룰과 매너의 경기이지만 자신과의 싸움이기도 하다. 터치플레이를 하거나 룰을 어겨 플레이를 하다보면 다른 사람이 볼세라 볼을 성급하게 치게 되기 쉽고 이 바람에 실수를 하는 경우를 많이 본다. 이는 자신과의 싸움에서 진 때문이다.

　룰을 어겨가면서까지 좋은 스코어를 기록한들 무슨 의미가 있겠는가. 내기 게임의 경우 동반자를 속여가면서 경기에 이긴다 하더라도 그 마음이 편할 까닭이 없다. 골프는 유독 신사 운동이라고들 하지 않는가.

　어떤 넉살좋은 골퍼가 "페어웨이에 놓인 볼은 살짝 터치하여도 괜찮지만 러프에 떨어진 볼은 절대 터치하여서는 안 된다."고 하는 말을 들은 적이 있다. 스루 더 그린 지역에서 티잉 그라운드와 그린을 빼면 페어웨이와 러프가 남는다. 페어웨이와 러프라는 말은 잔디를 짧게 깎아 놓은 곳과 잡초가 무성한 곳을 부르는 명칭이지 규칙에서 구분한 지역은 아니다. 그러므로 볼이 페어웨이에 있든 러프에 있든 적용되는 골프 규칙은 같다. 볼은 '있는 그대로' 쳐야 하는 것이 골프의 대원칙이다.

그러나 겨울철에 운동을 하다보면, 필드가 영하의 추위에 꽁꽁 얼어붙어 백구가 페어웨이에 안착을 하였다손 치더라도 맨땅에서 샷을 하는 것과 다르지 않을 때가 많다. 잔디를 파헤치는 샷을 하여야만 백구를 창공에 날릴 수가 있다. 그러다 보면 페어웨이도 많은 상처를 입고 골퍼 자신도 땅을 잘못 파헤쳐 팔의 신경이나 근육을 다칠 염려가 있다.

따라서 대부분의 골프장에서는 로컬 룰을 제정하여 터치 플레이를 허용하거나, 디보트 자국에 볼이 놓여 있을 때 6인치 리플레이스를 허용하기도 한다. 이런 조치는 골퍼들의 겨울 건강과 페어웨이 보호를 위하여 취해지는 것이므로 잠시 골프의 대원칙인 노터치 플레이는 접어두어도 좋을 것이다. 그러나 로컬 룰에 의하여 리플레이스를 권장하더라도 생장물, 고정물(움직일 수 없는 장애물)을 움직이거나 구부리거나 꺾는 행위. 지면이 울퉁불퉁한 곳을 고르게 하거나 지면을 돋는 행위. 흩어진 흙, 메워진 디보트, 새로 깐 잔디, 기타 표면이 고르지 못한 곳을 제거하거나 누르는 행위. 이슬, 서리 또는 물을 제거하는 행위 등은 금지된다.

샷은 천천히 걸음은 빠르게

　라운드 진행의 기본예절의 하나로 '샷은 천천히, 걸음은 빠르게' 라는 명구가 있다.

　골프 운동을 하다보면 가슴 터지는 일 하나가, 앞 팀이나 그 전 팀은 이미 홀 아웃하여 그린이 비어 있는데도 골퍼가 늑장 플레이를 뻔뻔스럽게 행하고 있을 때이다. 기다리고 또 기다려야 하는 뒤 팀의 기분은 어떻게 되겠는가. 필자의 경험으로 보아 오래 기다렸다 샷을 하면 이미 맥이 풀리고 기분이 좋지 않아 볼이 잘 맞지 않는 경우가 많다.

　그렇다고 앞 팀의 플레이가 진행 중인데 뒤 팀에서 기다리다 못해 볼을 친다면 이 또한 매너가 아닐 뿐만 아니라, 자칫 잘못하면 선행 플레이어의 몸에 맞는 사고가 발생할 수 있다. 몸에 맞지는 않더라도 선행 플레이어 바로 뒤에 볼이 떨어지는 경우도 있다. 이때 플레이를 시도하고 있는 느림보 골퍼의 신경을 건드려 말싸움이 몸싸움으로 비화되기도 한다. 어떤 골퍼는 자신의 느린 플레이는 아랑곳하지 않고 뒤 팀의 '탕' 하는 샷 소리를 신경질적으로 받아들이는 경우도 있다. 자기 눈에 있는 들보는 보지 못하고 남의 눈에 있는 티만 지적하는 골퍼라 하겠다.

　아무튼 모든 골퍼들은 자신의 볼이 어느 지점에 낙하하였는지 눈여겨 보았다가 동반자의 샷이 모두 끝나면 즉시 빠른 걸음으로 신속하게 자신의 볼 쪽으로 움직여야 한다. 자신의 볼 방향도 몰랐다가 캐디에게 소리치며 어느 쪽으로 볼이 날아갔느냐고 묻는 골퍼도 있다. 골프 좀 쳤다면 자신의 볼 방향쯤은 알고 있어야 한다.

　그렇다고 뛸 필요까지는 없다. 필자의 경우 선배들로부터 처음 골프를 배울 때부터 신속하게 뛰어 다음 샷 장소로 이동하여야 뒤 팀의 플레이에 방해가 되지 않는다는 교육을 받았다. 때문에 이런 매너가 몸에 배어 조금 늦으면 거의 빠른 걸음으로 이동한다.

경기 진행이 늦어지는 것은 골퍼 자신의 늑장 플레이에도 원인이 있지만, OB 지역이나 러프 지역으로 날아간 볼을 찾으면서 시간을 소비하는 경우가 많다. 동반자들은 이미 그린 근처에 가서 어프로치 샷을 준비하고 있는데 OB 지역에서 자신의 볼을 찾는 데 시간을 보내고 있는 골퍼들. 캐디에게 기어코 잃어버린 공을 찾아오라고 강요하는 골퍼들. 깨끗하게 OB 또는 로스트 볼을 선언하고 다음 샷을 진행하는 용기를 배워야 한다.

그러나 그린 위에서 뒤 팀이 기다리고 있다는 다급한 의식 때문에 허둥대며 뛰어다녀서는 안 된다. 자칫 곱게 가꾸어 놓은 거울 같은 그린을 상처 낼 염려가 있기 때문이다. 때문에 골퍼가 뛰어 나가다가 그린에 스파이크 자국을 깊게 남기거나 상처가 나게 하는 것은 잔디 손상뿐만 아니라 다른 골퍼들에게도 피해를 주는 매너 없는 행동이다. 다음 골퍼들이 퍼팅을 할 때 룰에 따라 스파이크 자국은 수리할 수 없기 때문이다. 골프 규칙 제 16조 1항 규정에 의하면 퍼팅 라인에 영향을 줄 수 있는 홀 주변의 스파이크 자국을 수리하면 1벌타가 부과되므로, 신속한 게임진행을 하는 것은 좋은 생각이나 그린에 자국을 남기거나 상처를 입혀서는 안 된다.

로컬 룰, 원칙엔 어긋나지만

골프와 정치의 다른 점은 무엇일까. 미국 캘리포니아 주지사를 지낸 조지 듀크메잔은 "정치와는 달리 골프에서는 라이를 개선할 수 없다는 점이 차이점" 이라고 말했다. 정치인은 늘 거짓말을 한다는 사실을 라이 개선에 빗대 말한 것이다.

골프 규칙은 볼이 놓여 있는 그대로의 상태에서 플레이하라고 규정하고 있다. 간단한 것 같지만 여기에서 많은 상황이 발생한다. 때문에 비기너의 경우 골프의 룰이 육법전서(六法全書)보다 까다롭다며 짜증을 내는 이도 있다. 골프규칙(The Rule of Golf)은 제 1장 에티켓, 제 2장은 용어의 정의, 제 3장은 플레이 규칙(34개 조)으로 구성돼 있다. 부칙으로 로컬 룰(Local Rule) 과 로컬 룰의 실례 등이 있다. '골프 규칙도 복잡한데 로컬 룰이 따로 있느냐?' 며 항변하는 골퍼가 있기에 골프 규칙과 부칙에 규정되어 있는 로컬 룰에 대하여 설명하고자 한다.

골프장의 각 코스마다 특징이 다른 경우가 많다. 문화재나 유적 등 특수한 것들이 코스에 포함되어 있을 수 있으므로 플러스 알파의 룰이 불가피하게 정해진다. 또한 특수한 날에는 스루 더 그린 상의 어디에서나 지면에 박힌 볼을 집어 올려 벌타 없이 진흙을 닦아내고 홀에 접근하지 않은 채 원 위치에 되도록 가까운 곳에 드롭할 수 있으며, 또한 퍼팅그린 위에서 연습을 금지시킬 수도 있다.

다시 말하면 홀아웃 된 퍼팅그린에서 퍼터의 연습 또는 퍼팅그린을 향하여 연습을 금할 필요가 있을 때 로컬 룰로 제한할 수 있다. 이를 위반하면 매치 플레이 경우 그 홀에서 패(敗)하게 되며 스트로크 플레이의 경우 그 홀에서 2벌타를 부과한다.

또한 임시 장애물의 규제 규정을 두어, 예컨대 방공시설물이나 텐트, 스코어판, 관객석, 간이식탁, 화장실과 움직일 수 없거나 쉽게 움직일 수 없는 라디오 TV, 스코어 속보를 위한 모든 시설 등에 걸릴 경우 벌타 없이 구제받을 수 있는 규정을 제정할 수 있는 것이다.

이상과 같이 골프장의 특수 사정 등으로 인한 장애물이나 혹은 코스의 보전을 위해서, 또 어떤 홀에 여름용, 겨울용 등 별개의 그린이 있을 경우 현재 사용하지 않는 연습그린, 잔디 재배 지역, 잔디 보전을 위한 수리지 등에서의 플레이를 금지시킬 수 있다.

위원회는 또 과도한 습지, 진흙, 나쁜 상태의 도로와 통로, 그리고 프리퍼드 라이와 윈터 룰(Preferred Lies and Winter Rule)로 코스의 상태가 악화되어 진흙탕이 되거나 특히 겨울철의 악조건 하에서 코스보호와 공정한 플레이를 위하여 규제 처리를 규정할 수 있다. 코스의 비정상적인 손상, 어린 나무의 보호, 환경보호 구역, 신설 코스나 페어웨이 등의 보호를 위하여 페어웨이 내에서 6인치 플레이스의 로컬 룰을 규정할 수도 있다.

그런데 골퍼들이 본 규칙에 따라 조건은 똑같으므로 노터치 플레이를 하자고 고집하는 경우가 있다. 결코 칭찬할 만한 일은 아니다. 어떤 의미에서 전원 룰 위반이라 할 수도 있겠으나, 로컬 룰은 코스 보호 등을 위하여 제정된 규정이므로 모든 골퍼가 지켜주는 것이 바른 자세일 것이다.

벙커 정리, 역지사지를 안다면

　벙커의 유래에는 두 가지 설이 있다. 골프가 처음 운동으로 등장할 무렵 영국 골프장에는 양들이 방목되고 있었다. 양들이 차가운 바닷바람을 피하기 위해 무리 지어 몸을 비벼대는 과정에서 땅이 움푹 패이곤 했는데 이것이 벙커의 유래라는 것이다. 또 하나는 어느 백작이 부부싸움 끝에 집 앞 그린 부근에 나와 골프채로 땅을 두들겨 패면서 화를 풀었는데 이튿날 아침 그곳에 가보니 밤새 폭풍우가 내린 탓에 움푹 패여 있었다 한다. 그 백작은 골프장에 벙커가 군데군데 있으면 경기하는 데 재미가 있을 것 같아 그린 앞에 벙커를 만들었다 한다.

　벙커의 유래야 어찌 됐든 골퍼로서는 두려운(?) 존재가 아닐 수 없다. 특히 초보자들은 벙커 탈출에 애를 먹는다. 어떤 골퍼들은 벙커에 스탠스를 취하고 샌드웨지 등의 클럽을 모래 위에 내려놓거나, 몇 번씩 모래를 쳐내 보면서 연습 스윙을 하는 경우가 있다. 이들은 그냥 필드의 잔디 위에서처럼 스윙 연습을 하여도 된다는 생각으로 별 생각 없이 클럽을 휘두르는 사람들이다. 한술 더 떠 모래 위에 티를 꽂고 티플레이를 하는 웃지 못할 풍경을 연출하는 이도 간혹 있다.

　골프규칙(제 13조 4항)의 규정을 몰라서 그렇게 실수를 하는 경우도 없지 않다. 벙커 안에서 스윙을 하면서 클럽이 모래를 스치거나 모래에 닿을 경우 2벌타를 부과 받는다. 이 사실을 알고도 하는 것은 문제가 있다. 자신의 골프 실력을 믿지 못하고 벙커샷을 실수하면 어쩌나 하는 염려 때문에 룰과 매너에 어긋나는 행위를 순간적으로 저지르고 마는 것이다.

　대부분 골퍼들은 백구가 벙커에 들어가면 샷을 한 뒤 자신의 발자국과 샷 한 곳을 깨끗이 정리하여 흔적을 남기지 않는다. 그러나 벙커에 자신의 발자국을 그대로 두고 다음 샷을 하러 가거나 발로 슬슬 문질러 정리를 하여 여전히 발자국을 그대로 남겨두는 사람들이 아직도 없지 않다. 더군다나 벙커 건너편에 백구가 있는데도 우회하지 않고 벙커를 가로질러 가느라 발자국을 내는 골퍼들도 있다. 벙커에서 나올 때는 반드시 기구를 사용하여 발자국을 지워야 한다.

세계적인 프로라도 벙커샷을 한 후에는 먼저 들고 들어간 고무래로 조심스럽게 모래를 정리 정돈하고 나오는 것을 골프 중계를 통해 자주 보았을 것이다. 샌드 웨지만 들고 들어가 샷을 한 후 그냥 올라오는 일은 이젠 없어야겠다. 벙커 정리는 캐디의 의무가 아니고 골퍼의 의무이다. 요즈음 골프장은 포백이 일반적이어서 네 사람의 시중을 드는 데도 버거운 상황인데 벙커 정리까지 캐디에게 명령한다는 것은 한마디로 필드에서 플레이를 할 자격이 없는 행동이라 하겠다.

자신이 깊숙이 파놓은 자국에 후속조의 공이 들어가 있다면 기분은 어떻겠는가. 역지사지(易地思之)를 할 줄 알아야 한다. 벙커에는 벙커를 고르는 고무래가 반드시 갖추어져 있다. 많은 시간이 걸리는 것도 아니므로 매너 이전의 룰상의 의무라고 생각하고 벙커샷을 끝낸 후 반드시 벙커를 고르고 나와야 할 것이다. 자신의 발자국뿐만이 아니라 성미 급하게 가버린 다른 사람의 자국까지 말끔히 정리하고 나와 다음 샷을 하는 매너 있는 골퍼라면 분명 클린 샷을 날릴 수 있으리라 믿는다.

오너(Honor) 해야 목욕도 한다?

티잉 그라운드에 맨 먼저 올라가 백구를 처음 칠 권리를 가진 사람을 오너(Honor)라 일컫는다. 사전을 보면 오너란 '명예, 영광, 자존심, 경의, 존경' 등의 뜻으로 풀이되어 있다. 따라서 골프에서 오너란 매 홀 매치에서 제일 성적이 좋은 골퍼가 다음 티잉 그라운드에 맨 먼저 올라 볼을 칠 수 있는 권리를 의미한다.

그런데, 모처럼 앞 홀에서 버디를 하여 아직도 기쁨을 진정시키지 못한 채 영예로운 오너를 하려 하는데 더블보기를 한 선배가 티잉 그라운드에 올라서서 티샷 자세를 취하고 있는 일이 더러 있다. 버디를 하였던 기쁨과 엔돌핀이 한순간 싹 사라지고 마는 순간이다.

골프란 본시 매너 운동이라는 걸 모르는 사람은 없을 것이다. 선배나 상사 또는 회장이라 하여 오너의 질서를 뭉개버리면, 좋은 기분으로 운동을 끝낸다는 것은 기대하기 어려운 일이다.

첫 번째 홀에서는 제비를 뽑아 티샷 순서를 정하거나, 선배, 또는 윗사람 등에게 오너를 양보하는 미덕을 베풀 수 있다 하겠다. 그러나 두 번째 홀부터는 앞 홀 스코어가 제일 좋았던 골퍼 순으로 티샷을 하여야 한다.

게임 진행상 종종 비기너에게 먼저 샷을 하도록 동반자들끼리 양해를 하는 경우가 있다. 대부분 앞 팀이 두 번째 샷을 아직 하지 않고 있을 때 시간 절약을 위해서 동반자끼리 초보자에게 먼저 샷을 배려해 주는 것이다. 그러나 이는 결코 바람직한 현상은 아니다. 두 번째 샷을 하려고 자세를 취하거나 기다리고 있는 선행 팀에게 백구를 치는 소리가 방해가 된다는 것을 알아야 한다. 또한 아무리 초보자라 하더라도 더러는 백구를 정타하는 경우가 있어 생각보다 거리가 많이 나는 경우도 있다. 앞 팀의 전방 혹은 바로 뒤쪽에 볼이 떨어진다면 역시 방해가 돼 예의에 어긋난다. 더욱이 골프에서는 있을 수 없는 실수가 발생할 수도 있다. 만일 눈이 없는 백구가 앞 팀 골퍼의 머리에 여지없이 맞았다고 상상하여 보자. 그것은 바로 총알이나 다름 없어 큰 사고가 날 수도 있다.

이미 이야기 한 대로 필자도 몇 년 전 오타를 맞아 갈비뼈가 부러졌었다. 타자가 의도했었을 리가 없지만, 오구를 맞은 선행 플레이어는 정말 황당하기 짝이 없는 일이다. 오타를 맞고 쓰러진 선행 골퍼나 순간의 실수로 오타를 날린 골퍼나 하루를 완전 망치기는 마찬가지다. 따라서 티잉 그라운드에서 티샷의 질서를 반드시 지켜야 그러한 불상사를 예방할 수 있을 것이다.

18홀 내내 한 번도 오너를 하지 못한 골퍼는 목욕탕에 들어갈 자격이 없다고 동반자들이 놀리는 경우가 있다. 그러면서 한 번도 오너를 하지 못한 동반자에게 슬그머니 오너를 양보하는 경우도 있다. 이는 언필칭 신사 운동이라는 골프를 모독하는 것이고 오너를 하지 못한 동반자의 인격을 모독하는 행위라 할 것이다.

오너는 맨 먼저 티잉 그라운드에 올라가, 첫 번째 티샷을 할 권리가 부여된 사람이며 매 홀에서 제일 스코어가 우수한 골퍼에게 주어지는 명예이기 때문이다. 이런 것들을 골프의 매너라고 일컫는다.

조준 오래 한다고 총 잘 맞나

골퍼는 부킹 시간보다 최소한 30분 전에 골프장에 도착하여 모든 절차를 끝낸 후, 10분전까지 지정된 코스의 티잉 그라운드에 가는 게 바른 매너이다. 요즈음엔 충분한 시간 여유를 갖고 미리 나오는 매너는 대체로 지켜지는 것 같다. 하지만 티잉 그라운드 주변에 몰려가 잡담을 하거나, 연습 타석에서 연습 스윙을 하며 떠들어대곤 하는 모습을 종종 볼 수 있다. 출발시간 훨씬 전에 스타트 티잉 그라운드에 도착하는 것은 괜찮겠으나 연습 스윙은 반드시 지정된 장소에서 한두 번 몸을 푸는 정도로 조용히 하는 것이 좋다.

스코어를 내기 위해서는 연습 스윙은 필수적이다. 더군다나 자가운전을 하고 골프장에 왔다면 운동 시간 전에 연습 스윙을 하여 근육의 긴장을 부드럽게 해주는 것이 필요하다. 물론 팔 다리와 허리를 구부렸다 폈다 하는 스트레칭을 먼저 해주는 게 좋겠다. 이어 상큼한 골프장의 싱그러운 공기를 마시며 드라이버를 휘둘러보는 연습 스윙은 스코어 향상을 위한 사전 운동이자 신체의 컨디션 조절을 위한 필수 조건이기도 하다.

그래서 각 골프장에서는 첫 티잉 그라운드 뒤쪽에 연습 타석을 마련해두고 있다. 그러나 성미 급한 골퍼들은 연습 타석은 거들떠보지도 않고 골퍼들이 서성거리는 카트 도로나 티샷을 준비하는 티잉 그라운드 위에서 스윙을 하곤 한다. 그러다가 애써 가꾸어 놓은 잔디를 파헤치거나 출전 준비에 바쁜 캐디 아가씨들을 놀라게 하기도 한다. 따라서 연습 스윙은 반드시 연습 타석에서 가볍게 몇 번만 하되, 스윙하는 앞뒤에 누군가 있지 않은가를 늘 확인해야 한다.

출발 순서가 돼 동반자들끼리 오너를 결정하고 즐거운 18홀 여행을 위하여 가벼운 마음으로 티잉 그라운드에 올라서는 그 어느 골퍼라 해서 가슴 두근거리지 않은 자 있겠는가. 오늘은 잘 쳐보아야지 다짐하며 드라이버 스윙 준비를 한다. 그런데 더러는 유난히 연습 스윙을 여러 차례 하는 경우가 있다. 한두 번도 아니고 대여섯 번씩이나 스윙을 하다 보면 옆에서 초조하게 기다리는 동반자들의 심기를 자극한다.

본인은 불안하여 여러 번 연습 스윙을 하는 것이겠지만 이번에는 때리겠지 기대하다가 계속해서 헛스윙이 나오면 가뜩이나 즐거운 라운딩을 기대하였던 동반골퍼들은 김이 빠지기 마련이다. 본인은 신중을 기하는 것 같지만 기다리는 동반자를 오히려 초조하게 만들고 경기리듬을 깨뜨리는 것이다.

프로선수들도 샷을 하기 전에 반드시 1~2회에 걸쳐 스윙 연습을 한다. 그러나 경기진행이나 동반자 기대에 어긋나지 않는 범위 내에서 스윙을 하는 것이 매너다. 본인은 '보다 신중한 샷을 하기 위하여 더 많은 연습 스윙을 하고 침착한 어드레스를 하는 것' 이라 변명하지만 동반자들은 참으로 가슴 터질 일이 아닐 수 없는 것이다. 하지만 오래 들여다보고 연습 스윙을 수 차례 한다 해서 결코 백구를 바로 칠 수 있는 것은 아니다. 오히려 힘이 빠지고 리듬이 깨어져 미스샷이 나올 확률이 높아진다. 원활한 게임 진행을 위해 그리고 동반자들과 즐거운 라운딩을 위하여 조금 템포를 빨리 하는 매너를 배워야 할 것이다.

굿 샷! 남의 불행이 나의 행복?

필드에서 동반자의 깨끗한 샷에 대하여 아낌없는 찬사를 보내주는 것은 골퍼로서 갖추어야 할 기본적인 매너이며 특히 골프에 있어서 유난히 돋보이는 부분이기도 하다. 그 찬사의 목소리에는 진실이 담겨져야 할 것임은 물론이다.

상대방의 볼이 OB 지역으로 날아갔거나, 해저드에 퐁당 빠졌는데도 '굿 샷' 이나 '나이스 샷' 하고 읊어댄다면 이는 칭찬이 아니라 상대방의 실수를 비아냥거리는 소리일 뿐이다. 동반자로서는 불쾌감을 지우지 못할 것이다.

따라서 상대방이 샷을 하는 순간 조용히 숨죽여 기다렸다가 백구가 푸른 창공을 호쾌하게 날아 페어웨이 한가운데로 비행할 때 조용한 기쁨의 박수를 보내며 '굿 샷' 을 외쳐야 진정한 찬사가 될 것이다. 동반자가 샷을 할 때 옆 사람과 잡담을 한다거나 딴 짓을 하다가 '탕' 소리만 듣고 '나이스 샷' 을 소리 높여 외치는 경우도 있다. 백구의 방향 따위는 아랑곳하지 않는 것이다. 이때 그 볼이 OB 지역으로 비행하고 말았다면 상대방의 기분은 어떠하겠는가. 골프 운동을 왜 신사운동이라고 하는지 그 의미를 깨닫게 될 것이다.

만약 OB 지역으로 날아가는 볼을 안타깝게 여겨 "저런! 저런! 안 됐습니다."하며 멀리건을 헌납하는 대신 "OB티에 가서 잘 쳐보시죠."라고 용기 있게 격려를 하는 골퍼야말로 진정으로 매너가 있는 동반자라 하겠다.

'굿 샷' 이나, '나이스 샷' 을 외치다보면 옆 홀까지 그 목소리가 들리는 경우가 있다. 이 또한 무례를 범하는 것이다. 샷을 하는 상대방의 귓가를 스쳐주는 정도로 찬사를 보내면 된다. 그리고 매 샷을 할 때마다 소리칠 것까지 없으며 간혹, 박수로써 찬사를 대신해도 된다. '굿 샷' 대신, "그림 같은 샷입니다." "아름답습니다." 등등 찬사를 바꿔가며 상대방을 칭찬하여 준다면 더욱 좋겠다.

"비기너 치고는 정말 잘 치십니다." "골프만큼 어려운 운동이 어디 있습니까. 감이 없어지면 누구나 뜻대로 안되게 마련이죠." "구력이 짧아 그렇지 조금만 연습하면 금방 싱글 핸디캐퍼가 되겠는데요." "연세도 많으신데 정말 장타를 치시네요." 좋은 말들은 얼마든지 많다. 진심을 담아서 이런 말들을 건넬 때 그날 하루는 더욱 즐거워질 것이다.

골프를 하다 보면 '남의 불행이 나의 행복' 이라는 속어를 많이 듣게 된다. 내기를 밥먹듯이 하는 친구들이나 특히 도박을 일삼는 꾼들에게는 이 말이 틀린 것만은 아닐 것이다. '사촌이 논을 사도 배가 아프다.' 는 옛 속담도 있긴 하지만 속마음은 그렇더라도 겉으로까지 비아냥거리는 말투가 튀어 나와서야 어디 좋은 매너라 할 수 있겠는가. 또한 무의식적으로라도 상대에게 불쾌감을 주거나, 피해를 주는 행동이나 언어를 사용해서는 안 될 것이다.

특히 찬사는 보내지 못할망정, 야유를 보내서는 안 된다. 남의 실수를 웃어대다가는 그것이 바로 자신에게 돌아온다는 사실을 깨달아야 한다. 상대방의 멋진 샷을 보고 '굿 샷' 이라고 자연스럽게 외칠 수 있을 때 자신의 마음도 편해질 것이다. 그렇게 함으로써만이 골프를 통해 명실공히 건강한 체력과 정신을 함양할 수 있다.

사인은 즐거운 마음으로

　일반적으로 파3홀에서는 게임의 신속한 진행을 위하여 선행 팀이 그린에 볼을 온 시킨 후 바로 퍼팅을 하지 않는다. 안전한 곳으로 피하고 나서 뒤 팀에게 티샷을 하도록 사인을 주는 경우가 있다. 진행을 위한 사인 제도라고 하지만 사실 사인을 주는 것은 뒤 팀이 기다리는 시간을 아껴주는 따뜻한 배려가 숨어 있는 것이다.

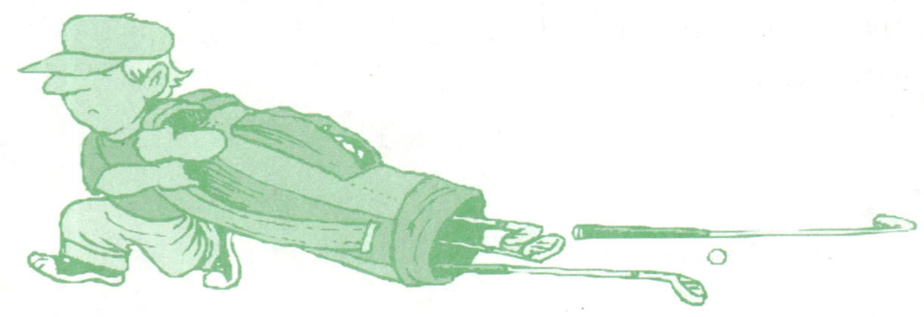

따라서 후속 골퍼의 티샷이 그린에 안착이 되면 선행 팀은 박수를 보내거나, 손을 들어 축하를 해준다. 이때 티샷을 했던 골퍼가 앞 팀을 향하여 정중하게 감사의 인사를 함으로써 아름다운 매너를 보이는 것을 일본 골프장에서 경험한 적이 있다.

국내 골프장에서는 보통 클럽을 높이 들어 표시하는 정도에 그친다. 어떤 골퍼들은 백구가 그린에 안착이 되어도 손을 들어 주기는커녕 자기들끼리 잡담이나 지껄이고 있는 경우가 있다. 티샷을 날렸던 친구마저 선행 팀에서 손을 들어 축하의 신호를 보내는데도 아랑곳하지 않고 티잉 그라운드에서 그냥 내려오는 경우가 있다.

모두 예의에 어긋난 행동으로 매너 없는 골퍼들이다. 설혹 이러한 인사는 주고받지 않더라도 뒤 팀은 샷을 끝내고 그린으로 옮겨오면서 지금 퍼팅을 시도하고 있는 선행 팀을 위하여 조용히 이동을 하여야 한다.

기다리는 자신들을 위하여 사인까지 허락하였음에도 고마움은커녕, 퍼팅을 위하여 숨을 죽이고 있는데 자기들끼리 깔깔거리며 떠들어댄다면 이것 또한 매너에 크게 어긋나는 행동이다.

선행 팀의 퍼팅에 지장을 초래하지 않도록 조심스럽게 조용히 그린 쪽으로 이동하여 기다리다가 퍼팅이 끝나면 미처 온그린을 못 시킨 골퍼들은 어프로치 샷을 해야 한다. 동반자 전원이 그린에 온을 시켰다면 후속 팀을 위하여 반드시 사인을 보내는 것이 기본적인 에티켓이다. 그러나 후속 팀이 느려 아직 티잉 그라운드에 도착하지 않았다면 기다렸다가 신호를 보내야 할 필요까지는 없다.

그런데 후속 팀이 아직 티잉 그라운드에 도착하지 않음을 핑계삼아 퍼팅을 신중하게 한답시고 시간을 너무 지체하는 골퍼들이 더러 있다. 2~3분의 시간이 지나다 보면 그때는 후속 팀이 도착하여 하릴없이 선행 팀의 퍼팅이 끝나기를 기다리는 경우이다. 퍼팅에 몰두하다 보면 동료가 기다리는지 아니면 후속 팀이 자신을 원망하고 있는지를 감지하지 못한다고 변명을 할 수 있겠으나, 골프는 혼자만의 운동이 아니다. 라운딩을 하는 모든 골퍼들과 함께 즐거움을 나누는 시간이 되어야 할 것이다.

요즘 국내 골프장은 골프 수요를 충족시키기에는 턱없이 부족한 형편이다. 골퍼가 기하급수적으로 증가하다 보니 이에 따른 부킹난이 심각한 지경이다. 많은 골프장에서 어쩔 수 없이 초과 부킹을 받다보니 7~8분 간격의 티 오프 시간이 잘 지켜지지 않는다. 어떤 곳은 신속한 진행을 위한 사인 제도를 파 3홀이 아닌 홀에서도 실시하고 있는 형편이다. 사인을 주고 후속 팀의 티샷을 기다리는 시간이 지루하겠지만 즐거운 마음으로 사인을 주고받는 것이 또 하나의 매너라고 하겠다.

심판 없는 경기 어디 있으랴

'대~한민국'을 연호하며, 한반도를 휩쓸었던 월드컵 4강의 기쁨을 만끽하지 못한 국민은 없을 것이다. 다섯 살 난 어린아이에서부터 90세 노인에 이르기까지, 경기장에서 광장에서 모두모두 붉은 악마가 되어, 우리 민족의 응집력을 세계만방에 떨쳐 보였던 지난해 6월. 우리는 그 6월을 결코 잊을 수 없을 것이다.

그런데 패자에게는 말이 없어야 함에도 우승후보로 손꼽히던 스페인이며 이탈리아 팀들이 우리와의 경기에서 심판의 편파 판정 문제를 들고 나서는 웃지 못할 해프닝이 있었다. 지구촌 수억의 눈망울들이 지켜보는 신성한 경기에서 어느 국제 심판이 일부러 편파판정을 하였겠는가.

축구와는 달리 골프경기는 경기를 이리저리 쫓아다니며 감시하는 심판이 없는 경기다. 그러나 어느 운동 치고 심판이 없는 경기가 있겠는가. 골프의 심판은 바로 자기 자신인 것을! 모든 판단은 자신이 내리고 벌타까지도 자기가 결정하고 기록하는 자율적인 운동이다. 스코어마저도 대부분의 명문 골프장에서는 골퍼 스스로 기록하고 있다.(캐디가 기록하는 곳도 아직 많이 있긴 하지만.)

요즘 세금을 매기는 것도 납세자 스스로 계산하여 신고하는 자진 납세 풍토가 조성되어 있다지만 진실로 자신의 소득을 양심껏 신고하고 납부하는 납세자가 얼마나 될까? 그러나 납세와 달리 네 사람 또는 세 사람이 함께 하는 골프에서는 속이려 해도 그렇게 쉬운 것은 아니다. 동반 골퍼들이 대부분 타수를 기억하고 있기 때문에 OB나 벌타를 속여 기록하거나, 해저드 벌타를 빼버리고 기록할 수 없다. 내기를 엄격하게 하는 경우

이때문에 싸움이 일어나기도 한다.

OB가 났거나 러프로 들어간 볼을 찾지 못하여 여분으로 가지고 있던 볼을 얼른 떨어뜨려 샷을 하는 짓을 소위 '알까는 행위' 라 한다. 이 경우 상대방은 속일 수 있지만, 자신은 속일 수 없는 것이 양심의 세계이다.

사지(四知)의 고사(故事)처럼 하늘이 알고 땅이 아는 데 한두 타를 속여 동료들에게 골프 게임을 이겼다 한들 무슨 의미가 있단 말인가. 오히려 자기 자신에게 두고두고 부끄러운 일일 것이다.

첫 번째 퍼팅에 실패하자 다시 한번 퍼팅하여 '파(par)' 로 적도록 캐디에게 지시하는 일이 잦아 '두 번째 파' 라는 웃지 못할 별명을 얻은 K모 회장이 있다. 그는 그렇게 기록된 카드를 종합하여 싱글을 기록하였다고 자신의 골프 실력을 식구들에게 자랑할지 모른다. 이튿날 직장에 나가 부하 직원들에게 화젯거리인양 얘기할 수도 있을 것이다. 그런다 한들 자신의 골프 위상이 격상될 리 없다. 오히려 '회장님' 이란 간판 때문에 순간의 자리에서는 아무 소리 하지 않겠지만 뒤돌아서 그의 인품을 비웃을 것이 자명한 일일 것이다.

스코어를 속이거나 '두 번째 파' 를 기록하여 자신의 체면을 유지하려는 것은 순간의 선택이지만, 그 결과 자기 자신을 부정 심판으로 낙인시킴으로써 더 큰 명예를 잃는다는 것을 명심하여야 할 것이다.

마지막 땡그랑 소리 날 때까지

마지막 18번 홀에 다다르면 자신의 실력 정도에 따라 골퍼들이 느끼는 감회도 다를 수밖에 없다. 싱글 핸디캐퍼가 아니더라도 적어도 보기 플레이 이상 하는 골퍼라면 마지막 홀에 이른 것을 마냥 아쉬워하기 마련이다. '벌써 다 돌았나?' '어때, 나인 홀을 더 할 수 없을까?' 라고 짐짓 다른 동반자들을 떠보는 경우도 없지 않다.

그러나 비기너의 경우 '드디어 운동이 끝났다.' 는 홀가분한 심정이 들게 된다. 더군다나 더블보기나 트리플보기 등을 밥먹듯이 하며 정신 없이 헤매고 다닐 정도로 경기를 엉망으로 한 날엔 더욱 그 같은 심정에 빠져드는 경험을 누구나 한 번쯤 했을 것이다. 물론 '이제부터 열심히 연습장에서 연습을 해야 되겠다.' 는 각오를 새롭게 하면서 18번 홀에 임하기도 한다.

사실 마지막 18번 홀에 이르면 우선 모두들 긴장이 풀려 집중력도 떨어지는 경우가 허다하다. 때문에 마지막 퍼팅은 더욱 신중하게 해야 한다. 그러나 이런 신중한 행동이 마치 소심해서 그러는 것처럼 보일 수도 있다. 그런 이유로 내기가 아닌 경우 마지막 퍼팅은 대충 대충 하는 경향도 있다. 또 먼저 퍼팅을 끝낸 뒤 동반자들이 아직 퍼팅을 마무리하지 않았음에도 자신의 스코어를 큰소리 내 자랑하는 골퍼들도 있다. 그리고 플레이 중인 동반자들의 퍼팅을 재촉하며 먼저 장갑을 벗고 그린을 떠나기도 한다.

내기를 했을 경우 다른 동반자의 퍼팅이 진행되고 있음에도 그린 위에서 돈 계산을 하는 비신사적인 행동을 하는 골퍼도 더러 눈에 띈다. 마지막 홀이라는 생각, 경기를 거의 끝냈다는 성급한 행동들이 결국 매너 없는 골퍼라는 낙인이 찍히게 되는 요인이 된다.

무슨 일이든지 마지막이 중요하다. 마무리가 깔끔해야 된다는 의미다. 마무리를 잘못 하면 18홀 내내 제대로 매너를 지키며 경기를 했더라도 여태까지의 신사적인 행동은 가식이었다는 느낌을 상대방에게 주는 어리석음을 저지르게 되는 셈이다.

골퍼는 마지막 플레이어가 최종 퍼트를 컵에 넣어 라운드가 끝나는 순간까지 동반자로서 지녀야 될 예의를 지켜야 된다. 최종 골퍼의 백구가 컵에 떨어지며 내는 '땡그랑' 소리는 흡사 수업시간이 끝났음을 알리는 벨소리나 종소리 같은 것이다. 수업이 끝났다는 종소리가 울리기 전에 일어서는 학생이 있다면 그는 분명 교사에게 호되게 꾸중을 들을 수밖에 없듯 골퍼도 비신사적인 행동을 하다보면 따돌림을 당하게 된다.

　따라서 끝까지 상대방의 플레이를 지켜보고 나서 '정말 즐거웠습니다.' '다시 한 번 라운드를 합시다.' 라고 가벼운 인사말을 던지며 악수를 나누고 그린을 함께 떠나는 일을 잊지 말아야 된다. 그래야 함께 5시간 이상 필드를 누비며 쌓았던 아름다운 우정을 계속 이어갈 수가 있는 것이다.

　흔히 '마지막이 좋으면 모든 것이 좋다.' 고 한다. 예의 바른 마무리는 유쾌했던 라운드와 자신의 참 모습을 동반자들에게 오래도록 각인시키는 계기가 되는 것이다.

클럽하우스 이용도 내 집처럼

'클럽(club)'이라는 낱말의 뜻을 살펴보면 '회원들의 모임', '동호인들의 모임'이라는 뜻이 내포되어 있다. 클럽하우스는 옷을 갈아입는 로커 룸과 식당, 프로 샵 등이 갖춰진 건물이다. 요즈음 국내 신생 골프장은 호사스럽게 신축하여 운영하고 있다. 최근에는 회원권이 비싼 골프장일수록 클럽하우스를 호사스럽게 단장하여 마치 최고급 호텔 못지 않게 치장하여 골퍼들의 이용을 유혹하고 있다. 어찌됐든 이용하는 사람들은 회원이나 비회원이나 모두 클럽하우스 이용에 각별히 주의할 필요가 있다. 특히 회원이라면 자신들의 클럽에 대한 애정과 자부심을 가지고 이용하여야 할 것이다.

특히 화장실 사용에 있어 많은 문제가 발생한다. 화장실에서 함부로 침을 뱉는다거나 화장지 등을 휴지통에 버리지 않고 아무 구석에 던져버리는 행위, 피우던 담배꽁초를 화장실 바닥에 던져 발로 뭉개버리는 행위, 어린애처럼 품격 없이 껌을 짝짝 깨물다가 화장실 바닥에 내뱉는 행위, 세면장에 수도꼭지를 틀어놓고 그대로 나와 버리는 행위 등이 바로 그것이다. 타인이 보지 않는 곳일수록 그 이용에 있어 기본적인 에티켓을 저버려서는 안되겠다.

18홀 골프 여행을 즐겁게 끝내고 클럽하우스에 들어오기 직전 입구에는 신발의 먼지와 잔디 등을 깨끗이 털고 들어오도록 에어 스프레이가 설치되어 있다. 대부분의 골퍼들은 거기에서 신발 구석구석의 먼지와 잔디 등을 깨끗이 털고 바지가랑이에 묻은 흙먼지, 마른 풀조각 등을 턴 다음 하우스로 들어선다. 그런데 내기에서 몇 푼 털린 기분 상한 골퍼는 그대로 로커 룸으로 들어와 버리는 경우가 있다. 이런 행위는 자신의 청결을 위해서도 결코 바람직하지 않다. 특히 날씨가 좋지 않아 골프화나 바지가 젖어 있을수록 깨끗이 청소를 한 후 로커 룸에 들어가는 것이 에티켓이다. 클럽하우스 로비나, 로커 룸 등은 대개 카아핏이 깔려 있어 미세한 흙먼지라도 떨어지면 미관상 좋지 않을 뿐만 아니라, 위생상의 문제를 일으킬 수도 있다.

골프는 18홀을 다 돌았다 해 끝난 것은 아니다. 왼손의 장갑을 벗고 캐디와 작별인사를 나눈 뒤 로커 룸까지 짧은 거리를 걸어 목욕탕에 들어선다. 하지만 따뜻한 물에 몸을 담그는 그 순간에도 필드에서 저지른 실수가 머리에서 지워지지 않는다. 그토록 연습할 때 귀에 못이 박히도록 들었던 '머리 들지 말라.' '힘빼고 쳐라.' 등. 주문처럼 외웠건만 막상 샷을 할 땐 이를 지키지 못해 엉뚱한 곳으로 백구를 날려버리고만 후회가 한 순간 밀려온다.

그런 탓인지 더러 목욕탕에서 연습을 하고 있는 골퍼들의 모습이 눈에 띈다. 물론 이러한 모습은 꼴불견이다. 알몸으로 스윙연습을 하거나 어프로치 샷 자세를 취하는 것은 그야말로 볼썽사나운 모습일 수밖에 없다. 자기 딴에는 '이미지 트레이닝' 을 한다는 것일 터이고, 스스로 그날 실수에 대해 아쉬움을 나타내는 행동이라 할지라도 예의에 어긋나는 행위임에는 틀림없다. 클럽하우스 이용에 관해 특별한 매너나 에티켓이 따로 규정되어 있지는 않다. 자신의 집이나 물건처럼 아끼고, 자신의 행동에 대해 타인이 눈살을 찌푸리지 않을 정도면 족하다 하겠다.

제3부

알아두면 유익한 골프 상식(규칙)

하나:
티잉 그라운드에서

오너 결정은 이렇게

모처럼 스타트 홀에 서면 가슴이 설렌다. 우선 오너부터 결정해야 할 것이다. 일반적으로 친선경기에서는 연장자에게 스타트 홀 오너를 하도록 권장하는 겸양지덕의 관행이 없지 않다. 그러나 대부분의 경우 골프 규칙에 의해 제비 뽑기로 결정한다.

한 홀에서 이긴 사이드는 다음 티잉 그라운드의 오너를 하고, 동점일 때는 이전 티잉 그라운드의 오너가 계속 오너가 된다.(규칙 10-1, a). 볼이 인플레이일 때 티잉 그라운드 이외의 곳에서는 홀에서 먼 곳의 볼이 먼저 플레이되어야 한다. 2개 이상의 볼이 같은 거리에 있을 경우 먼저 플레이 할 볼은 제비뽑기로 결정한다(규칙10-1, b). 홀에서 먼 곳의 볼을 먼저 치도록 하는 것은 경기진행을 순조롭게 하기 위한 것이다.

만약 플레이어가 상대방이 플레이해야 할 순서에 플레이를 한 경우, 상대방은 즉시 그 스트로크를 취소할 것을 요구할 수 있다. 그리하여 그로 하여금 바른 순서에 따라 앞서 플레이를 했던 본래의 볼이 있던 지점에 되도록 가까운 곳에서 벌타 없이 플레이하게 한다(규칙 10-1, c).

스트로크 플레이의 경우 최초의 티잉 그라운드에서 오너를 하는 경기자는 매치플레이 경기와 같은 방법으로 정한다. 다음 홀의 경우에는 한 홀에서 가장 최소의 스코어를 기록한 경기자가 오너를 하게 하여야 한다. 그리고 두 번째로 적은 스코어의 경기자가 다음 플레이를 하며 이하 순서대로 플레이하여야 한다. 만일 한 홀에서 2인 이상이 같은 스코어인 경우 이들 경기자들은 다음 이전 티잉 그라운드에서의 순서와 같게 하여 플레이를 해야 한다(규칙 10-2, a). 소위 '커리어(career) 오너' 가 바로 그

것이다. 경기자가 타순을 잘못했어도 벌은 없으며 그 볼은 있는 상태 그대로 플레이하여야 한다.

　볼은 있는 그대로 플레이해야 한다는 룰은 아주 오래된 규칙이다. 골프 룰의 역사를 더듬어 올라가면 지금으로부터 2백60여 년 전에 이르러서야 성문법(成文法)이 생겼음을 알 수 있다. 그 이전에는 뚜렷하게 성문화된 룰이 없었고 다만 관습에 의해 전해 내려오는 몇 가지의 '약속'으로 플레이를 진행하였다고 한다. 그러니까 1744년, 스코틀랜드 세인트 앤드루스 지방에서 몇몇 골퍼들이 모여 친선 경기를 갖게 되었다. 이때 경기 진행상 불가피하게 규칙을 만들지 않으면 안되었는데 이것이 골프 역사상 최초의 규칙이었다. 모두 13개 항의 규칙을 여기에 열거할 수는 없으나 그 조항 저변에 깔려 있는 정신이 지금 골프 룰의 기조를 이루고 있다 해도 과언이 아니다.

　13조 제 3항을 보면 '플레이어는 그 티에서 친 볼을 홀아웃 할 때까지 다른 볼과 바꾸어서는 안 된다.' 라고 명시돼 있다. 또 10조엔 '만약 볼이 사람, 말, 개 또는 다른 것에 의해 멈추었을 때는 볼이 놓인 상태로 플레이를 해야 한다.' 라고 돼 있다. 이때부터 볼은 '있는 상태로 플레이하라.'(Play the balls as it lies.)는 정신이 뿌리깊게 내려오는 것이다.

티 마커 뽑아도 되나

볼을 티잉할 때는 티잉 그라운드 위에 그냥 놓아도 된다. 또 플레이어가 만든 흙더미 위라든가 모래 또는 그 지면으로부터 볼을 높이기 위한 다른 물건 위에 볼을 놓을 수 있다. 플레이어는 티잉 그라운드 안에 있는 볼을 플레이 할 때 티잉 그라운드 밖에 설 수도 있다. 그러나 티 구역 밖의 볼을 쳤을 때는 두 점의 벌타를 먹고 반드시 안에서 다시 쳐야 한다.

그렇다면 티 구역 밖에서 샷한 볼이 OB쪽으로 날아가고 말았고, 이를 다시 티 구역 안에서 샷을 하였다면 몇 타째로 계산할 것인가? 처음 샷이 1타, OB 벌타 1타, 티 구역 안에서 다시 친 것이 1타, 티 구역 밖에서 친데 대한 벌타 2타로, 모두 5타로 계산할 것인가. 그렇지 않다. 티 밖에서 날렸던 1타는 계산에 넣지 않고, 티 안에서 친 1타와 티 밖에서 쳤던 벌 2타만을 합산하여 3타로 계산하면 된다. 티잉 그라운드 안에서 치도록 규정한 룰을 지키지 않는 벌타 2점만 가산하는 것이다.

티 오프 시간을 넘겨서 달려온 골퍼나, 성미 급한 경기자는 종종 티잉 그라운드를 벗어나 티샷을 하는 경우가 없지 않다. 내기를 심하게 하는 짓궂은 동료 골퍼들은 미처 생각지 못하고 티잉 그라운드를 벗어나 샷을 하는 동반자를 알면서도 샷을 끝낸 후 벌타를 요구하는 상황도 더러 발생한다. 따라서 티잉 그라운드에 올라 선 경기자는 항상 긴장하는 자세로 어드레스를 취하고 신중한 샷을 날려야 하겠다.

이때 티업을 하고 나서 티에 놓여 있는 공을 다시 손으로 만지거나, 티를 조정하여 높이거나 낮추거나 하여도 벌타는 가해진다. 손으로 만지면 1벌타, 티를 조정하면 2벌타, 떨어진 볼을 다시 티업하고 쳐도 2벌타가 추가된다.

플레이어가 플레이하는 홀의 티잉 그라운드에서 처음 치기 전까지 티 마커(Tee markers)는 고정된 물체다. 이때 플레이어가 스탠스를 취하기 위해 혹은 의도하는 스윙 구역 또는 플레이 선의 방해를 피할 목적으로 티 마커를 움직일 경우 제13조 2항의 반칙을 범한 것이 돼 벌타를 부과 받는다.(규칙 11-2)

플레이어가 티에서 첫 번째 스트로크를 하였는데 볼이 거의 나가지 않아 티잉 그라운드 안에 머물러 있을 때가 있다. 이때 플레이어는 볼이 티잉 그라운드 안에 있기 때문에 다시 티업할 수 있다고 주장하는 경우도 없지 않다. 그러나 안 된다. 이 경우 플레이어가 스트로크한 시점에 볼이 인 플레이된 것으로 본다. 만일 플레이어가 허락 없이 인 플레이된 볼을 움직이면 규칙 제 18조 제 2항 a에 의해 1벌타를 받고 그 볼을 다시 플레이스해야 한다. 그렇지 않으면 플레이어는 매치 플레이에서 그 홀의 패(敗), 스트로크 플레이에서 합계 2벌타를 받는다.

첫 번째 스트로크를 한 후 볼이 잘못 맞아 티 마커 부근에 떨어지는 경우도 있다. 이때 티 마커 때문에 스윙을 제대로 하기가 어렵다면 어떻게 할까. 티 마커를 움직이면 이때도 벌타를 받는 걸까. 아니다. 이미 인플레이 된 상태이기 때문에 티 마커는 움직일 수 있는 장애물이 된다. 따라서 티 마커를 제거한 다음 스윙을 하고 나서 티 마커를 제자리에 돌려놓으면 된다. 이런 규칙을 모르면 공연히 한 타를 손해 보게 된다.

레이디 티에 선 남자

골프에서 드라이버는 쇼(Show)이고 어프로치는 돈(Dough, 빵:속어로 돈을 뜻함)이며 퍼팅은 황금(Gold)이라고 한다. 드라이버도 잘 날려야 하지만 중요한 것은 퍼팅이라는 말이다. 그러나 드라이버야말로 돈이라고 주장하는 사람도 있다. 왜냐하면 아마추어에서는 샷 순서대로의 능력이 바로 스코어에 직결되기 때문이다. 드라이버가 좋으면 아이언이 좋고 아이언이 좋으면 퍼팅도 좋게 마련이다. 3퍼팅을 하는 경우 퍼팅의 감각이 좋지 않은 것이 원인인 경우가 없는 것은 아니다. 하지만 보기플레이어 이상이라면 대부분 드라이버에서부터 문제가 발생한다. 드라이버를 잘못 쳐놓고 핀 근접을 바라는 것은 무리다. 핀에 근접을 못 시키면 3퍼팅 확률이 그만큼 높아진다. 때문에 드라이버야말로 진짜 돈이라는 것이다.

어찌됐든 티잉 그라운드에서 어드레스 자세를 취하면 긴장하여 실수를 하게 되는데 이때의 상황과 대처방법을 알아보자.

첫 번째, 지나치게 긴장하면 클럽 헤드에 볼이 닿아 티에서 볼이 떨어진다. 이 경우 볼을 칠 의사가 없는 준비 과정이었으므로 그 볼은 인플레이 된 것이 아니며, 따라서 벌타 없이 다시 티업하면 된다(규칙 11-3).

두 번째, 허둥대다 보면 티 구역에서 샷을 했지만 자신도 모르는 사이에 스탠스가 티 구역을 넘어설 때가 있다. 그러나 볼이 티잉 그라운드 내에 있었다면 상관없으며 벌타 역시 없다.

세 번째, 어깨에 너무 힘이 들어가 스윙 시 뒤땅을 쳐, 백구는 겨우 티 마커 주위에 떨어지는 상황이 발생하기도 한다. 이때 대부분의 골퍼들은 다시 티샷하려 하지만 이는 안 된다. 스트로크를 끝낸 후 티 마커는 움직일 수 있는 장애물이 된다. 따라서 벌타 없이 티 마커를 제거한 후, 두 번째 샷을 날리면 된다.

네 번째, 힘을 들여 헛스윙을 하고 그 바람에 의해 볼이 떨어질 때가 있다. 헛스윙도 스트로크를 한 것이기 때문에 그 순간에 인플레이 볼이 된다. 인플레이 볼을 집어올리면 1벌타, 그 볼을 리플레이해야 할 상황에서 티업했기 때문에 총 2벌타가 된다(규칙18-2 a).

다섯 번째, 스윙을 했지만 볼이 티에서 떨어지지 않아 그 상태에서 다시 티샷을 하였을 경우, 헛스윙 후에 인플레이 볼을 움직이거나 터치하지 않았으므로 벌타는 없으나, 헛스윙도 한 타이기 때문에 다음 티샷이 2타째가 된다.(규칙 18-2 a)

여섯 번째, 남자 골퍼가 착각하여 레이디 티에서 드라이버 샷을 날렸을 경우 2벌타를 받는다. 그리고 다시 남자 티에서 3타째를 쳐야한다. (규칙 11-4 b, 20-5).

일곱 번째, 시간에 쫓겨 급히 달려온 골퍼 중에는 클럽을 빠뜨려 동반자의 클럽을 빌려 사용하는 경우가 있다. 이때 2벌타가 주어지며 동반자에게 사과하고 그 클럽을 다시는 사용하지 않겠다고 선언해야 한다(규칙 4-4, a)

여덟 번째, 파 3홀에서 티샷을 끝낸 동반자에게 몇 번 클럽으로 쳤는지 물어보는 경우, 묻는 쪽이나 가르쳐준 쪽 모두 2벌타가 주어진다. 클럽에 대한 어드바이스를 받을 수 있는 사람은 파트너나 그 캐디 혹은 자신의 캐디이다.(규칙8-1)

주저하지 말고 잠정구를!

골프 라운딩을 수백 번 했으면서도 룰을 잘 모르는 골퍼가 많다. 프로 지망생이라면 모르지만 아마추어나 일반 골퍼들은 서당개 3년에 풍월하는 식으로 운동을 해나가면서 룰도 익히기 마련이다. 때문에 구력이 10년이 됐다 해도 룰에 대한 관심이 없으면 필드의 무법자가 될 수밖에 없다.

볼을 드롭해야 할 경우 어떤 때는 1클럽 이내로 하고 또 어떤 때는 2클럽 이내로 하는 지를 정확히 아는 골퍼는 얼마나 될까. 이 경우 벌타 없이 드롭하는 경우라면 1클럽, 벌타를 먹고 드롭하는 경우라면 2클럽 길이라고 생각하면 헷갈리지 않을 것이다. 예를 들면 캐주얼 워터에서는 벌타 없는 드롭이기 때문에 1클럽, 해저드에서는 벌타 있는 드롭이기 때문에 2클럽 이내의 거리에 하는 식이다.

그렇다면 골프 규칙을 위반했을 때 어느 경우에는 1벌타를 부과 받고 또 어떤 경우에는 2벌타가 부과되는 걸까. 이 또한 제대로 구분하지 못하는 골퍼가 많다. 그러나 여기에도 헷갈리지 않는 좋은 방법이 있다.

불가항력적인 상황인 경우 1벌타가 되고 고의적인 규칙 위반은 2벌타가 부과된다고 생각하면 혼란을 피할 수 있다. '남대문에 문턱이 있느냐 없느냐는 남대문에 가보지 않는 자가 이긴다.' 는 옛이야기도 있지만 많은 골퍼들이 OB를 냈을 경우 2벌타가 부과된다고 우기는 일이 종종 있다. 앞서 설명한 바 있지만 실은 2벌타가 아니고 1벌타가 부과된다. OB를 냈거나, 분실구가 되었거나 또는 연못에 들어가는 것 등은 골퍼가 고의로 그렇게 하지는 않았을 것이다. 어쩔 수 없이 그렇게 됐기 때문에

OB나 분실구에는 1벌타를 부과한다. 그러나 원래 쳤던 위치에서 다시 샷을 하여야 하기 때문에 실질적으로는 2타의 손해가 있다. 1벌타를 먹고 다시 그 자리에 가야 하기 때문이다. 이를 두고 「스트로크와 거리(distance)에 의한 벌」이라고 한다.

다시 말하면 티샷이 확실하게 OB가 났으면 다시 치는 볼을 합해 3타째가 된다. 최초의 티샷 1타와 1벌타를 부과하면 2타가 되고 다시 치는 1타를 계산하여 3타째인 것이다. 그러나 3타째는 최초의 티샷으로 갈 수 있었던 거리를 다시 가야하기 때문에 실은 2타의 손해가 숨겨져 있다. OB 티에 나와서 칠 때에는 4타째가 되는 것은 바로 그 까닭이다. 그런데도 많은 골퍼들은 잠정구를 치지 않고 가서 찾아보자면서 현장에 도착해서 헤매다가 볼을 찾지 못하면 그 근처에서 드롭하여 경기를 계속한다. 이 같은 관행은 골퍼 자신이 확실하게 1타를 손해보는 경우이다.

파 4홀에서 두 번째 샷이 OB가 났을 경우 그 다음 스트로크는 OB 1벌타를 포함 4타째가 된다. 잠정구를 쳐서 그린에 올리면 4온이 된다. 그러나 OB쪽으로 가서 찾아본 후 OB임을 학인하고 그 근처에서 드롭하고 쳤다면 5타째가 된다. 이는 두 번째 샷을 한 지점에서 OB 경계선을 넘는 지점까지의 거리를 1타로 더 계산하기 때문이다. 그러므로 잠정구를 치면 4온이 될 수 있으나 OB쪽으로 와서 친다면 5온이 되므로 분명히 1타를 손해 볼 수 있는 것이다. 잠정구를 치지 않고 룰을 위반하면서까지 1타의 손해를 초래하는 우(愚)를 범하는 골퍼가 있겠는가.

티샷 순서가 바뀌었다면

티잉 그라운드란 플레이할 홀의 출발 장소를 말한다. 이것은 2개의 티 마커 바깥 쪽을 경계로 하여 앞면과 뒷면이 한정되며 후방으로 드라이버 2클럽 길이 이내의 사각형 구역이다. 티업하려는데 지면이 올라와 있거나 잔디가 길어 울퉁불퉁한 곳이 있을 때 스파이크로 고르게 밟은 후 티샷해도 벌타는 없다. 티잉 그라운드에서는 지면의 불규칙한 장소를 고쳐도 되는 것이다.

플레이할 때는 티샷 순서를 잘 지켜야 한다. 플레이어가 허둥대다가 네 번째로 티샷하여야 하는데 착각하여 세 번째로 바꿔 샷 할 때가 있다. 착각으로 타순이 바뀌어도 벌타는 없으나, 한번 바뀐 순서를 또다시 바꾸게 되면 처음 볼은 분실구가 되고 다시 친 볼은 인플레이 볼이 되어 3타째가 된다(규칙 10-2, c).

티잉 그라운드에서는 동반 경기자에게 해저드 또는 OB 구역을 물을 수 있다. 처음 오는 골프장일수록 지형을 잘 알 수 없으므로 동료나 캐디에게 묻는 것은 당연하다. 따라서 이러한 '공지사실'을 물어보거나 가르쳐 주어도 벌타는 없다.

흔히 잔디 보호를 위해 티잉 그라운드를 잔디밭에 오픈하지 않고 인공으로 만들어 티샷을 하도록 하는 경우가 있다. 어떤 골퍼들은 이것이 못마땅하여 티 마커를 뽑아 잔디밭에 꽂은 뒤 샷을 하기도 한다. 이러한 행위는 골프규칙 33조7의 규정('경기 실격의 벌'로 위원회의 자유 재량권)에 의해 실격이 된다. 그러나 그 조의 누군가가 티샷을 하기 전에 움직여진 티 마커를 원 위치로 옮겨놓을 때는 벌타가 없다(규칙 11-2).

비가 오는 날 그립이 미끄러워 수건 등으로 그립을 감고 샷을 하는 경도 있다. 장갑을 끼거나 미끄러움을 방지하기 위하여 그립에 스프레이를 뿌리거나 테이프 거즈, 손수건 등으로 감싸도 상관없다(규칙 14-3, c).

초심 골퍼들 중에는 가끔 샷의 방향을 확인하기 위하여 티업했던 볼 앞이나 옆에 클럽을 놓고 스탠스를 취한 뒤 그대로 볼을 치는데 이 경우 2벌타가 부과된다(규칙8-2, a).

그린 근처에 있는 연못이 티잉 그라운드에서 보이지 않는 경우가 있다. 이때에 티샷한 볼이 연못 방향으로 날아갔는데 볼이 연못으로 들어갔는지 확인할 수 없는 경우 분실구(1벌타)가 된다. 그리고 당초 티샷한 원 위치로 돌아가지 않고 드롭해 세컨드 샷을 했기 때문에 오소(誤所) 플레이가 되어 2벌타를 부과한다.

많은 골퍼들이 연못에 볼이 들어간 사실이 확인되지 않더라도 1벌타만 계산하는데, 이는 잘못된 것이며 이런 경우 중대한 오소 플레이 위반을 했기 때문에 다시 정확한 조치를 취하지 않으면 경기 실격이 된다(규칙 20-5 · 20-7 b).

스타트하기 전에 드라이버 헤드의 기능을 강화시키기 위하여 헤드에 납 테이프를 붙이는 경우가 있다. 이때 정규 라운드 시작 전에 납 테이프를 붙였다면 클럽의 성능을 바꾸었다고 할 수 없으므로 무벌타이나 출발 후의 제1타째가 끝난 후 납을 붙였거나 바꿨다면 경기 실격이 된다(규칙 4-2).

클럽 너무 많아도 벌타

　요즈음 대부분의 골퍼들은 외제 골프채를 선호하는 경향이 있다. 특히 한국 골퍼들은 유난히도 외제를 즐겨 찾는 듯하다. 골퍼들이 골프장이나 연습장에서 새로 선보인 드라이버를 살펴보며 거리가 얼마나 나는가에 대해 지대한 관심을 가지고 얘기를 나누는 모습을 흔히 볼 수 있다.

　일본인들의 상술은 우리 한국인들의 외제 선호 성향을 이용하여 철마다 비슷한 상품을 새로 만들어낸다. 그때마다 비거리를 더 낼 수 있다는 등 유인책을 써 애꿎은 골퍼들의 주머니를 옭아내고 있다. 최근엔 국산도 눈에 띄게 좋은 제품이 생산되고 있지만 아예 골프채 모두를 유명한 외제로 갖추는 골퍼들이 많다.

　어떤 골퍼들은 드라이버와 아이언 등 모든 채를 한 회사의 제품이 아니라 이것저것 이름난 회사 제품으로 각각 구입해 사용하기도 한다. 또 드라이버와 우드를 한꺼번에 두 세 개씩 백에 넣어 가지고 다니는 골퍼도 많다. 볼이 잘 맞지 않으면 다음 홀 티잉 그라운드에서 첫 홀에서 사용했던 것과는 다른 드라이버를 쓰는 경우도 있다. 아예 동반자의 드라이버를 빌려 장타를 치려는 얌체 골퍼까지 있다. 그러나 이것은 사실상 골프 규칙에 위반되는 행위다.

　티잉 그라운드에서 일어나는 일들로서 골퍼가 지켜야 될 규칙은 꽤 까다로운 편이다. 골프채 수까지 제한할 정도다. 집에서 출발을 서두르다 보면 연습장에서 사용했던 클럽을 백 속에 넣은 채 그대로 나오는 경우가 있다. 경기를 시작한 다음 2번 홀에서야 클럽이 15개가 들어 있는 것을 확인했다면 어떻게 될까. 15개 이상의 클럽을 휴대하면 규칙 위반이다. 위반한 1홀에 대하여는 2벌타가 부과되며, 1라운드 중 최고 4벌타까지 부과할 수 있다. 사용하지 않을 클럽을 정해놓고 사용하지 않겠다고 선언해야 경기 실격을 면할 수 있다.(규칙 4-4, a · c) 골프장의 1번 티를 출발할 때 가지고 나갈 수 있는 채의 수는 14개까지인 것이다. 따라서 출발하기 전에 반드시 채의 수를 점검하고서 남은 채는 집에 두고 가는 것이 바른 골퍼의 태도다.

만일에 클럽 개수를 초과하여 15개나 16개를 가지고 출발한 것이 5번홀 그린에서 발견됐다면 또 어떻게 될까. 이때 역시 초과한 채의 수와는 관계없이 한 홀당 벌점 두개씩을 받아야 된다. 그러나 18홀에 4개의 벌타가 최고이므로 1번과 2번홀의 스코어에 벌점 두 개씩을 가산해야 한다. 물론 그 골프채의 사용 여부와는 상관없이 벌점을 부과하게 된다.

때로는 본인 자신도 모르게 골프채를 더 가지고 골프장에 나가는 경우도 없지 않다. 때문에 14개를 초과했다면 이를 발견한 즉시 앞으로 그 채를 사용하지 않겠다고 선언해야 된다. 그런 다음에도 그 채를 사용한다면 실격하게 된다.

13개 또는 그 이하의 채를 가지고 출발한 경우에는 부족분을 경기 도중에 보충할 수 있다. 이와 함께 정상적으로 치는 도중에 망가진 채도 바꿀 수 있다. 그러나 이 경우에도 이를 빌미 삼아 경기를 지연시켜서는 안 된다. 이때도 코스에서 경기를 하고 있는 동반자가 가지고 다니는 채는 빌려 사용할 수가 없다.

같은 번호, 내 볼인가 네 볼인가

보통 18홀인 골프장의 기준 면적은 약 30만평이다. 27홀일 경우 적어도 50만평은 될 것이다. 스루 더 그린이란 플레이 중인 그 홀의 티잉 그라운드와 퍼팅 그린 코스내의 모든 해저드를 제외한 코스의 전 구역을 일컫는 말이다. 일반적으로 페어웨이와 러프 지역을 가리키는 용어이다.

티잉 그라운드에서 드라이버샷을 날리고 공이 떨어져 있을만한 지역으로 다가갔다. 그러나 공을 찾지 못하다가 다행히 동반자 중 한 사람이 볼 한 개를 발견했다. 볼의 메이커와 넘버 등을 주의 깊게 살펴 자기 것임을 확인하고 안심했는데, 웬걸 동반경기자도 바로 그 공을 자기가 쳤던 것이라고 주장하지 않는가. 불행하게도 두 사람이 메이커와 번호가 같은 볼을 사용한 것이다. 이럴 때에는 누구의 볼인지 확인할 수 없으므로 두 사람 모두 로스트 볼로 처리하게 된다.

더러 똑같은 번호의 볼을 가까운 지역에서 함께 발견하기도 한다. 어느 것이 자신의 것인지를 확인할 수 없을 때엔 역시 둘 다 로스트 볼로 처리한다.

플레이 하면서 로스트 볼만큼 분한 것은 없다. 누가 보아도 발견할 수 없을 것 같은 장소로 날아갔다면 체념하게 된다. 하지만 그럴 리가 없는데, 도무지 발견되지 않을 때가 있다. 때로는 페어웨이의 한가운데에서 볼을 잃어버리는 억울한 일을 당하기도 한다. 볼을 잃어버리고, 페널티는 붙고, 정말 언짢은 일이다.

이러한 로스트 볼은 OB의 경우와 똑같이, 친 장소로 되돌아가서 다시 치지 않으면 안 된다. 1벌타를 부과해서, 다시 치는 볼은 3타 째다. 그런데 구석구석 찾아보아도 발견되지 않으면, 볼을 잃어버린 지점 옆에 드롭해서 3타 째로 치는 경우가 많은데 이는 잘못된 것이다. .

해저드로 인정되어 황색 또는 적색 말뚝으로 둘러쳐져 있는 연못, 강, 바다 등에 볼을 쳐 넣은 경우, 칠 수 있을 것 같으면 연못 한가운데서든 강 한가운데서든 쳐도 좋다. 그러나 이 경우 치기 불가능하기 때문에 언플레이어블 볼을 선언하는 것과 같이 처리한다. OB나 로스트 볼이 아니고 본디 위치로 되돌아와 다시 치는 것이 아니므로 잠정구를 칠 자격은 없다.

모처럼 주말에 필드에 나왔다가 동반 경기자들끼리 얼굴을 붉히고 목청을 높이는 경우가 있다. 대부분 OB 경계선에서 떨어진 공을 판정하는 과정에서 발생한다. OB의 경계는 2개의 표시물을 기준으로 판정하게 되어 있는데 이 OB 표시의 말뚝 어느 부분에서 계측하는가가 문제이다. 두 개의 말뚝 안쪽을 연결하는 직선을 경계로 하여 볼의 일부분이 이 직선의 안쪽에 있으면 세이프, 말뚝의 중심점이나 약간 바깥쪽에 놓여있을 때에는 OB다.

샷한 볼이 카트 도로 위에 멈출 때가 있다. 이 경우도 벌타 없이 길에서 가까운 쪽에 1클럽 길이 안으로 드롭해 다음 샷을 하면 된다. 페어웨이 주변에 있는 나무의 버팀목 안쪽에 놓여 있어 스윙할 수 없을 경우 버팀목은 움직일 수 없는 장애물이기 때문에 무벌타로 구제받을 수 있다. 먼저 그린에 가깝지 않게 볼에서 가장 가까운 지점을 결정하고 그 지점에서 1클럽 길이 이내에 드롭하면 된다.

잠정구, 반드시 말하라

플레이어가 샷한 볼이 뜻하지 않게 워터해저드 밖에서 분실됐거나 OB 염려가 있을 때 잠정적으로 다시 치는 볼이 잠정구다. 플레이 시간을 절약하기 위하여 처음 쳤던 원 위치에 가능한 가까운 곳에서 다른 볼을 플레이 할 수 있도록 한 것이다.

티잉 그라운드에서 샷을 날렸으나 너무 긴장한 탓에 OB 지역인 숲 속으로 날아가고 말았다. 이때 OB가 났다면 아마추어의 경우 전방 OB티에 나가 샷하는 것이 원칙이다. OB가 불확실해 잠정구를 칠 때는 반드시 동반자에게 알리고, 다른 플레이어가 샷을 종료한 후에 쳐야한다. 만일 '잠정구' 라는 말 없이 볼을 1개 더 친다면 1벌타가 되고, 그 볼이 인플레이 볼이 되어 처음에 친 볼은 분실구가 된다.(규칙 27- 2, a) 처음에 친 볼을 5분간 찾아도 보이지 않을 때와 처음 친 볼이 있다고 생각되는 지점에서 '잠정구' 로 플레이하게 되면 이때도 역시 처음 친 볼은 '분실구' 가 되고 '잠정구' 는 1벌타와 함께 인플레이 볼이 된다(규칙 27-2, b)

라이가 좋은 곳에서 티샷을 힘껏 휘둘렀는데 티를 꽂은 자리를 보니 티잉 그라운드 구역 밖이다. 이때는 볼의 페어웨이 안착 여부와 관계없이 다시 쳐야 하며 설령 OB가 났다 하더라도 티 구역 밖에서 친 2벌타만을 가하여 3타째가 된다(규칙 11-4, b).〈 '티 마커 뽑아도 되나' 편 참조〉 티잉 그라운드를 벗어나서 쳤을 때는 잠정구와는 무관한 것이다.

M회장은 멋있는 폼으로 첫 티샷을 하였다. 백구는 그림처럼 아치를 그렸지만 푸른 숲 속으로 날아가고 말았다. 캐디는 "잠정구를 치시지요." 라고 말하였다. 그는 "그래, 하나 더 쳐보지." 하면서 다시 샷을 하였다.

그러나 숲 근처에 왔더니 당초의 볼이 나뭇가지를 맞고 페어웨이에 놓여 있었다. M회장은 안도의 숨을 내쉬며 원구로 플레이를 하려 하였다. 그러나 원구로 플레이할 수가 없다. 두 번째 쳤던 볼로 계속 플레이를 하여야 한다. 잠정구를 치겠다는 의사 표시를 동반 경기자들에게 하지 않았기 때문이다. 잠정구를 칠 경우 골퍼는 반드시 '잠정구' 라는 단어가 들어가는 의사 표시를 상대방이나 동반 플레이어들에게 하여야 한다. 그러므로 이를 이행하지 않은 M회장의 두 번째 볼은 잠정구가 아니고 인플레이 볼이며 원구는 분실구로 처리되어 2벌타가 부과된다. "하나 더 치지."라는 말은 잠정구를 치겠다는 의사 표시로 볼 수 없는 골프 룰이 원망스러워도 할 수 없다.

파 3홀에서였다. L사장의 티샷이 오른쪽으로 원을 그리며 숲 속으로 날아갔다. L사장은 볼을 찾기 힘들 것 같아 '잠정구' 를 선언하고 다시 샷을 날렸다. 그런데 그의 잠정구는 그림처럼 창공을 날아 깃대 앞 1m 지점에 낙하하더니 그대로 굴러 홀인하고 말았다. 아쉽지만 원구를 로스트 볼로 처리해도 3타째가 홀인 되었으므로 '파' 를 기록할 수 있어 그는 망설였다. 숲 속으로 가서 원구를 찾는다 하더라도 거기서 2타를 쳐, 홀인시키기 힘들 것이며 차라리 원구를 로스트 볼로 처리하는 것이 어떨까? 이 경우 L사장은 고민할 것이 없다. 플레이어의 뜻을 저버리고 숲 속으로 날아간 볼을 찾을 권리는 있어도 의무는 없다. 따라서 첫 볼은 잊어버리고 컵에 들어간 고마운 두 번째 볼을 꺼내는 순간 첫 번째 친 볼은 로스트 볼이 된다.

둘:
스루 더 그린에서

개가 볼을 물어 옮겨 놨다면

경기를 하다보면 까마귀 등의 날짐승이 백구에 대한 호기심(?)으로 볼을 가지고 날아가기도 한다. 또는 느닷없이 근처 마을의 황구가 나타나 페어웨이 위에 놓인 볼을 물고 뛰다가 그린 근처에 놓고 달아나 버리는 경우도 있다. 이때 플레이어 쪽에서 보면 개가 대신하여 1타를 쳐주었으므로 그린 가까이 놓여 있는 공으로 어프로치 하여 버디 찬스를 맞이하였다고 생각할 수 있다.

그러나 그 볼을 그대로 쳤다면 2벌타가 된다. 원래 볼이 있던 곳에 드롭하여 플레이를 계속하여야 한다. 또 날짐승이 볼을 물고 사라져 버렸을 때는 새로운 볼로 바꾸어서 원 위치에서 플레이하면 된다.

페어웨이에 정지한 자신의 볼이, 그린까지의 동반자 볼과 비슷한 거리에 놓여 있었기에 먼저 샷을 하는 경우가 있다. 제 2타에서 볼이 홀에서 멀리 떨어져 있는 순서대로 샷을 하여야 되겠지만 형편에 따라 치는 순서를 달리해도 벌타는 없다.

티샷을 마친 후, 동반자의 공이 사이좋게 같은 장소에 나란히 놓여 있을 때도 있다. 볼 사이의 간격이 너무 가까워 동반 경기자가 샷 하는데 방해가 된다면, 이때에는 스루 더 그린과 해저드를 불문하고 반드시 마크한 후 공을 치울 수 있다. 위반하면 1벌타가 주어지고, 집어 올린 볼은 닦을 수 없으며 리플레이스 한다.

숲 속에 들어앉은 볼을 샷하는 데 나뭇가지가 방해가 되므로 그 가지를 다른 가지에 묶고 난 후 볼을 날렸다. 이 경우 작은 가지를 꺾거나 다른 가지에 묶으면 의도적인 스윙 구역 개선으로 위반이 되어 2벌타를 부과하게 된다. 따라서 나뭇가지 때문에 샷이 불가능하면 언플레이어블 볼을 선언하고 스윙 가능한 지역에 드롭하여 다음 플레이를 진행하든지, 샷이 가능하면 가볍게 페어웨이로 쳐낸 다음 정상적인 경기를 진행하여야 한다.

더러 기분 좋게 샷한 백구가 새로이 돋아난 풀숲이나 깊은 러프에 들어가기도 한다. 이 경우 러프의 볼이 자신의 것인지 알 수 없을 때는 풀을 헤치면서 확인할 수 밖에 없다. 이를 위해 필요한 범위 내에서 풀을 건드릴 수 있다. 이때 벌타 없이 플레이를 계속하면 되겠으나 다음 샷을 위하여 볼 뒤에 놓인 풀을 클럽으로 누르거나 잡초를 뽑는다면 소위 '라이의 개선'으로 인정 2벌타가 부과된다.(규칙 12-1)

골프장 수리작업을 하다가 파놓은 흙무더기 등이 스탠스에 방해가 되는 경우가 있다. 이런 때는 코스의 정상적인 상태가 아니기 때문에 캐주얼 워터나 수리지와 같이 구제받을 수 있다(규칙 25-1 a · b)

상당히 오랜 세월 골프를 해온 아마추어들도 바르게 드롭하는 법을 지키지 않고 있다. 드롭을 단순히 다음 샷을 하기 좋은 장소에 떨어뜨리기만 하면 된다는 마음으로 홀을 향해서 또는 비스듬히 서서 드롭하는 골퍼들이 대부분이다. 그러나 언제나 홀을 등지고 똑바로 선 다음 볼을 들고 어깨 높이에서 팔을 완전히 펴서 드롭하여야 한다. 드롭 과정에서 볼이 몸의 일부에 닿아도 안 된다. 이러한 드롭은 두 차례 반복할 수 있으며 두 번째 볼마저 많이 굴러 가버리면 '떨어진 지점'으로 보이는 위치에 플레이스 할 수 있다.

사다리 타고 나무에 올라 쳤다면

플레이를 할 때 기상천외한 일들이 종종 발생한다. 볼이 공교롭게도 숲 속으로 날아가더니 우거진 나뭇가지에 얹혀 마치 과일 열매처럼 대롱대롱 달려있는 경우가 있다. 이때 볼 처리는 어떻게 할 것인가.

우선 나뭇잎에 걸려 있는 공이 클럽에 닿지 않으므로 클럽 하나를 더 연결시켜 볼을 내리칠 수 있지 않을까. 그러나 클럽을 연결시키는 행위는 2벌타 또는 실격이다.

그렇다면 골프장에서 사다리를 빌려 공 가까이 가서 칠 수는 있는가. 이 또한 스탠스 장소를 인공적으로 만들었기 때문에 2벌타를 부과하는 저촉 행위이다. 이것도 저것도 안 된다면 나뭇가지를 흔들어 볼을 떨어뜨린 후에 치는 방법은? 이것 역시 안 된다. 이는 라이의 개선이기 때문이다. 그러므로 골퍼가 직접 점프하여 치는 수밖에 없는데 골퍼가 곡예사는 아니지 않는가. 결국 '언플레이어블 볼'을 선언하고 1벌타를 받은 후 지상에 드롭하여 다음 샷을 날리는 수밖에 없다.

또 이런 경우도 있다. 러프 쪽으로 볼이 날아가더니 배수구나 스프링 쿨러의 뚜껑 위에 놓여 있기도 한다. 배수구 뚜껑이나 스프링 쿨러는 움직일 수 없는 장애물이므로 무벌타로 구제받을 수 있다.(규칙 24-2, b) 도로 위에 놓인 볼을 집어 1클럽 이내에서 드롭하였더니, 오히려 샷하기 좋은 페어웨이에 멈추는 경우도 있다. 도로 역시 움직일 수 없는 장애물이므로 구제 받을 수 있으며 정확히 드롭했다면 페어웨이라도 상관없다.

페어웨이에 놓여있는 자신의 공을 터치하여서는 안되지만, 수리지에서 볼을 찾다가 자신의 볼을 모르고 움직일 수가 있다. 이 경우 리플레이스나 드롭하고, 플레이를 계속하여도 벌타는 없다. 수리지의 구제도 가능하지만 그대로 치고 싶다면 볼이 있던 위치에 다시 놓고 플레이를 계속해도 된다.

또한 샷한 볼이 OB 표시목 코스 바로 안쪽에 있는 울타리에 인접해 있는 경우가 있다. 코스 안쪽에 있는 울타리는 움직일 수 없는 장애물이다. 따라서 버팀목이나 도로와 같은 방법으로 드롭해 플레이를 계속하면 된다. 그러나 울타리가 OB 경계선으로 되어 있을 때에는 구제 받을 수 없다(규칙 24-2, b).

샷한 공이 앞서 걷고 있는 동반자를 맞히기도 한다. 동반 경기자는 국외자(매치플레이에서는 매치에 관계없는 사람과 사물을 말하며 스트로크 플레이에서는 심판원, 마커, 포어 캐디 등)이다. 따라서 국외자에게 맞고 방향이 바뀐 볼은 정지한 위치에서 벌타 없이 그대로 플레이를 계속하면 된다.(규칙19조1) 다만 다음의 경우는 제외한다.

첫째, 퍼팅 그린 이외에서 스트로크 되어 볼이 움직이거나 살아있는 국외자의 안이나 위에 멎었을 경우 국외자가 있던 위치에 가능한 한 가까운 곳의 스루 더 그린 또는 해저드에서는 볼을 드롭하고, 퍼팅 그린 위에서는 플레이스하여야 한다.

둘째, 퍼팅 그린 위에서 스트로크 한 후 구르고 있는 볼이 움직이는 국외자(벌레, 곤충 제외)에 의하여 방향이 바뀌거나 정지 또는 국외자의 안 또는 위에 멎을 경우에는 스트로크를 취소하고 그 볼은 리플레이스 되어 다시 스트로크 하여야 한다.

두더지 구멍 속의 볼은?

10년 전만 하여도 TV의 골프 생중계는 상상도 할 수 없었다. 비디오를 통한 마스터스 게임조차도 보기가 힘든 터였다. 따라서 골프 룰은 선배에게 배우거나 책을 읽지 않고서는 터득하기가 여간 어려운 일이 아니었다. 그러나 지금은 골프 채널을 통해 골프 경기를 언제나 시청할 수 있으니, 골프 공부하기가 참 편리해진 세상이다.

프로 시합을 보고 있노라면 페어웨이에 떨어진 볼이 동물이 파놓은 구멍 속으로 들어가 드롭하는 장면을 볼 수 있다. 이런 경우 벌타 없이 드롭하여 경기를 계속할 수 있다는 것은 비기너도 잘 알고 있는 사실이다. 뱀 또는 도마뱀 같은 파충류는 물론이고 두더지 등의 동물들이 파놓은 구멍에 들어간 볼은 구제 받을 수 있다. 따라서 1클럽 길이 이내에 드롭하면 된다. 다만 이때 동반 경기자의 확인을 받고 드롭을 하여야 한다. 자기 혼자만의 판단으로 하면 벌타가 부과된다.

해저드로 정의된 인공의 연못이나 하천 또는 호수 등이 아니고 비가 내린 후에 코스의 불균형 등으로 물이 잘 빠지지 않아 생긴 물웅덩이에 볼이 들어갔을 때는 어떻게 할 것인가. 이처럼 임시로 생긴 물웅덩이를 캐주얼 워터(casual water)라고 한다. 골프장 측에서 원래 비가 온 후에도 물이 곧 빠져 플레이에 지장이 없도록 코스 관리를 잘해야 하는데 불가피하게 아직 물이 고여 있는 경우다. 벌타 없이 그 옆이나 후방 2클럽 이내에 드롭할 수 있다. 캐주얼 워터에는 아직 녹지 않은 눈과 얼음도 포함된다.(용어의 정의 11) 그러나 얼음과 눈은 캐주얼 워터 또는 루스 임페디먼트(loose impediment) 중 어느 것으로도 칠 수 있는 선택권이 플레이어에게 주어진다. 단 인공의 얼음은 장애물이다.

그렇다면 어느 정도의 물이 고였을 때 캐주얼 워터로 정의할 수 있는가. 일반적으로 신발로 밟았을 때 발뒤꿈치 부분까지 물이 올라와야 한다는 것이다. 따라서 약간의 물이 적셔있는 경우는 해당되지 않으므로 미리 물이 고여있는 부분을 발로 밟아 보는 것이 좋다.

비에 젖은 페어웨이에서 볼이 흙투성이가 되어 누구의 것인지 분간할 수 없을 때에는 해저드 내를 제외하고 벌타 없이 자기의 볼이라 믿어지는 것을 들고 식별할 수 있을 때까지 닦을 수 있다. 만일 그 볼이 자기의 볼이면 리플레이스 하여야 한다. 다만 플레이어는 볼을 집어들기 전에 동반 경기자에게 자신의 의사를 통보하고 그 볼의 위치를 마크하여야 한다. 플레이어가 사전에 의사를 통고하지 않고 볼을 집어 올리거나 동반경기자에게 감시할 기회를 주지 않거나 또는 필요 이상으로 볼을 닦을 경우 1벌타를 부과하고 그 볼은 리플레이스 하여야 한다.(규칙 12-2, 규칙 21-b)

러프에 들어간 볼을 찾지 못해 로스트 볼을 선언하고 다른 볼로 치기 위해 원래의 위치로 가는데 캐디가 볼을 찾았다고 한다면 이때는 어떻게 할까. 볼을 찾는 시간은 규칙에 5분으로 제한돼 있다. 따라서 캐디나 동반자가 볼을 찾았다고 하더라도 5분이 지나지 않아야 하며 5분이 지났다면 분실구로 처리해야 된다.

드롭, 재드롭의 여러 가지 경우

목표를 향해 신중하게 샷한 백구가 필드의 풀을 깎아 놓은 잡초더미 위에 떨어질 경우가 있다. 잡초더미는 수리지로 간주하여 룰에 따라 드롭하면 된다. 그런데 그 잡초 더미가 바로 앞에 쌓여 있어 다음 샷을 하기에 곤란할 때가 있다. 이 경우는 벌타 없이 잡초를 치우고 경기를 하면 된다. 깎아 놓은 잡초는 루스 임페디먼트이므로 벌타 없이 치울 수 있다. 잡초더미는 '수리지'(Ground Under Repair) 또는 '루스 임페디먼트'(Loose Impediment)가 된다.

움직일 수 없는 장애물로부터 구제받아 드롭을 했는데 니어리스트 포인트에서 2클럽 길이 이상 굴러가 재드롭하였으나 계속 같은 곳으로 향할 경우 어쩔 수 없이 다시 드롭하였다. 이때도 플레이스 하고 플레이를 계속하면 된다. 볼을 치기 전에 집어 올려 재드롭했을 때 처음 떨어졌던 지점에 플레이스하면 벌타는 없다. 그러나 주의할 것은 플레이스하지 않고 치면 오소(誤所)플레이가 되어 2벌타가 된다(규칙 20-2, c).

또 하나 카트 도로에 놓여 있는 볼을 움직일 수 없는 장애물의 구제에 의하여 룰에 따라 드롭을 하였는데 실수로 골퍼 자신의 발에 맞을 때가 있다.

이런 경우 '규칙 20조 2' 에 의거 재드롭하면 된다. 드롭했던 볼이 플레이어 몸에 닿았으므로 재드롭하고 경기를 계속한다. 경기자의 캐디나 휴대품에 닿은 경우도 마찬가지며 재드롭 횟수에는 제한이 없다. 규정에는 '드롭한 볼이 코스의 일부에 떨어지기 전 또는 후에 플레이어, 파트너, 그들의 캐디 또는 휴대품에 접촉하면 그 볼은 벌 없이 재드롭하여야 한

'다' 로 돼 있다.

러프에서 드롭한 볼이 잘못하여 벙커로 굴러 떨어질 수도 있다.

'규칙 20조 2C' 규정을 보면 드롭한 볼이 다음 사례에 해당되는 때에는 벌타 없이 다시 드롭하여야 한다고 규정하고 있다. ●해저드에 굴러 들어가거나 해저드 안에 멎는 경우 ●해저드에서 굴러 나오거나 해저드 외부에 멎는 경우 ●퍼팅 그린 위로 굴러 들어간 때 ●아웃오브 바운드에 굴러 들어간 때 ●움직일 수 없는 장애물 또는 비정상적인 지면 상태에서 구제받고 장애가 있는 위치로 굴러 들어간 때 ●볼이 처음 떨어진 코스 부분에서 2클럽 길이 이상 굴러 정지한 때 ●원 위치나 확정된 위치보다 그 홀에 가깝게 굴러 정지하였을 때 등 7개 항목이다.

따라서 재드롭해서도 볼이 벙커로 들어갔을 때는 다시 드롭하고 그래도 안 되면 처음 지면에 떨어졌다고 생각되는 지점에서 가능한 가까운 곳에 플레이스하고 플레이를 한다. 재드롭했던 볼이 우천으로 질퍽해진 페어웨이 지면에 박혀 볼을 집어 올려 드롭했으나 다시 지면에 박혔다면 재드롭해도 같은 결과가 반복될 것이다. 이때에는 벌타 없이 볼이 떨어졌던 지점에서 가까운 장소에 플레이스 한다. 이때 '규칙20조 2 c · 25조 2' 에 의하여 흙 묻은 볼을 닦아 샷할 수 있다.

그러나 동반 경기자가 보고 있는 상태에서 볼이 놓여있던 곳에 마크를 하고 볼을 집어 올려야 한다. 만일 마크하지 않고 볼을 집어 올렸다면 1벌타가 부과되므로 항상 볼을 집어 올릴 때에는 마크를 잊어서는 안 된다.(규칙 12-2 · 21-b)

빨간 말뚝, 노란 말뚝, 하얀 말뚝

페어웨이 주변에는 여러 종류 색깔의 말뚝이 서 있다. 하양, 빨강, 노랑 등. 이것들은 결코 장식용이 아니다. 때문에 백구(白球)가 어떤 말뚝을 벗어나더라도 그건 결코 유쾌한 일이 아니라 하겠다.

말뚝을 왜 거기에 두었는지에 대해서는 플레이어가 다 잘 알고 있겠으므로 여기서 그 표시에 대한 설명은 하지 않기로 한다.

여기서 노랑, 빨강 말뚝은 '움직일 수 있는 것'도 있지만, 하양 OB 말뚝은 '움직일 수 없는 것'으로 고정물이라는 데 문제가 있다.

언젠가 친지들과 함께 K클럽에서 골프운동을 하면서 일어난 일이었다. 경기는 스킨스 게임이어서 박진감있게 진행됐다. 골프 실력들이 비슷한 싱글 핸디캐퍼들이었다. 8번 홀까지 스킨을 아무도 따지 못했다. 그처럼 승부가 나지 않다가 마지막 9번 홀이 됐다. .

너무 긴장한 탓인지 M회장의 티샷은 심한 슬라이스였다. OB가 나는 줄 알았더니 OB 말뚝 근처에 떨어져 그에게는 다행스러웠다. 그러나 일행에게는 아쉬운(?) 샷이었다. 내기 경기에서 동반 경기자가 OB를 내주기를 은근히 기대했던 필자의 티샷이 잘 날아갈 리가 없었다. 심한 훅이 걸리더니 해저드 표시 말뚝 바로 앞에 멈추지 않는가. 해저드로 빠지지 않은 것만 해도 다행스러운 일이었다.

M회장과 필자는 모두 볼을 있는 그대로 칠 수 있었다. 그러나 두 사람 다 티샷한 볼이 말뚝 밑에 걸리고 말았다. 필자는 M회장 곁으로 유유히 다가가 미소를 지으며 말했다. "OB 말뚝은 장애물이 아니지만 해저드 표시 말뚝은 움직일 수 있는 장애물인 줄 잘 알고 계시지요?" M회장은 난

감한 표정을 지었다.

'골프 규칙 24조' 장애물(obstructions)의 정의를 보면 인공의 물건으로서 도로와 통로의 인공의 표면과 측면 및 인공의 얼음 등을 포함한다.

단, 다음의 것은 제외된다 ①아웃 오브 바운드(OB)를 표시하는 벽, 담(垣), 말뚝 및 울타리 ②아웃 오브 바운드에 있는 움직이지 못하는 인공물의 모든 부분 ③코스와 불가분한 것이라고 위원회가 지정한 모든 구축물로 정하고 있다.

따라서 M회장의 경우 말뚝을 치울 수 없으며 볼은 있는 그대로 치든가 아니면 언플레이어블 볼을 선언할 수밖에 없었다. 그러나 워터 해저드나 래터럴 워터 해저드를 표시하는 말뚝은 인공의 물건으로 장애물에 해당되므로 얼마든지 벌타 없이 이를 뽑고 칠 수 있었던 것이다.

결국 M회장은 OB 표시 말뚝을 치울 수 없어 두 번째 샷을 그린 반대편으로 쳐낸 후 3타째에 그린에 올려 2퍼트로 보기를 하고 말았다. 필자는 해저드 말뚝을 뽑은 후 가볍게 온 그린 시켜 2온 2퍼트로 기분 좋은 파를 하였다.

필자는 장애물의 단서 규정 덕에 8홀까지 비겨서 아무도 가져가지 못했던 스킨을 몽땅 얻어내는 기쁨을 만끽할 수가 있었다. 이때 룰을 몰랐다면 손해를 보거나 티격태격 시비가 벌어질 수도 있을 것이다. 아는 것이 힘이라는 말은 이런 때도 적용된다 하겠다.

트럭이 볼을 싣고 가버렸다면

늘 말하는 것이지만 알 수 없는 것이 골프 볼의 비행(飛行)이다. 한데 이런 상황도 있다. 필드에서 코스 보수 작업하러 나와있는 트럭이나, 작업 기구 등에 공이 잘못 맞아 OB 지역으로 튀어버린 경우다. 이때 작업용 트럭이 필드에 없었으면 페어웨이에 백구가 안착할 수 있었을 텐데 원망스럽게도 트럭 때문에 OB가 발생하였으므로 OB가 아니다 해서 다툼이 벌어진다. 그러나 작업용 트럭은 '장애물' 이며, 억울하지만 이 경우는 OB이다. 다만 OB구역으로 공이 굴러가지 않았다면 정지된 위치에서 플레이를 속행할 수 있고, 트럭이 방해가 된다면 드롭이 가능하다. 골프는 '때문에' 라던가 '혹시' 등은 인정하지 않는 인정 없는, 그만큼 원칙을 지키는 운동 경기이기도 하다.

또한 경기를 하다보면 코스 경계에 도로가 인접하여 이곳을 통행하는 작업차량 등이 간혹 지나가기도 한다. 그러나 도로로 날아가는 백구는 대부분 시멘트 바닥에 맞아 높이 튀어 OB 쪽으로 벗어나거나 깊은 러프에 빠져들기 마련이다. 그런데 볼이 달리고 있는 소형 트럭에 보기 좋게 올라타 트럭과 함께 가는 경우도 있다.

달려가는 트럭을 붙잡으려 소리쳐 보아도 그냥 사라져 버린다. 이때 분실구로 처리해야 한다고 동반 경기자가 주장할 수도 있다. 그러나 볼이 트럭의 짐칸으로 날아 들어간 것이 확실하므로 분실구로 처리하지 않아도 된다. 백구가 자동차를 향하여 날아 들어갈 때에 문제의 트럭이 달리고 있던 위치를 그 플레이어의 볼의 위치로 간주하고 볼은 잃어버렸지만 벌타 없이 그곳에서 드롭하여 경기를 계속하면 된다. '움직이는 것에 실려서' 이동하는 경우 같은 방법으로 처리하면 된다(규칙 24-1). 이렇게 보면 골프 룰이 인정이 있는 것처럼 보일 때도 있다 하겠다.

산자락을 휘감고 돌아 그린이 숨어있는 홀이 있다. 첫 티샷을 힘껏 날렸더니 그림처럼 훅이 걸려 날아갔다. 이 정도면 산모퉁이를 돌아 두 번째 샷을 하기 좋은 곳에 볼이 놓여 있으리라 기대하고 발걸음도 가볍게 가보았으나 웬걸, 페어웨이와 카트 도로 사이의 나무토막에 걸려 있었다. 거리를 손해본 것은 물론이지만 그것 때문에 볼을 칠 수가 없다. 이때 장애물을 제거한다면 볼은 아래쪽으로 굴러 움직이게 될 것 같고 볼이 움직인다면 1벌타가 부과되니 이럴 수도 저럴 수도 없는 딱한 상황에 놓이게 되었다. 그러나 그 나무토막도 '나무' 임에 틀림없다. 만일 코스 내의 수목에서 바람이나 다른 원인에 의하여 떨어져 나온 나무토막이라면 루스 임페디먼트(Loose Impediment)로서 그 상태로 제거할 수 있지만 볼을 터치해서는 안 된다. 그런데 그것이 가공된 각목이라든지 공사 자재의 일부라면 그것은 자연물(自然物)이 아닌 장애물이다. 따라서 나무토막인 장애물을 제거할 때 움직이는 볼은 원래위치에 리플레이스하여 경기를 계속하여도 벌타는 부과되지 않는다.

움직일 수 있는 장애물은 깡통, 병, 담배 꽁초, 음료수 팩, 고무래 등을 예로 들 수 있다. 움직일 수 없는 장애물은 스프링 쿨러, 카트 도로 등 코스 내에 있는 인공구축물이다. 만약 볼이 움직일 수 있는 장애물의 안이나 위에 정지해 있으면 어떻게 될까. 이때도 볼을 집어 올린 후 장애물을 제거하고 드롭하면 된다.

수리지는 플레이 금지 구역

　7, 8월 우기에 접어들면 골프장도 비상태세로 돌입한다. 폭우로 코스가 파헤쳐지는 등 사태가 나 정비해야 할 곳이 많이 발생하기 때문이다. 이때 수리지는 파란 말뚝으로 구분해 놓는다. 또 지면에 흰 페인트 등으로 수리해야 하는 부분을 표시한다. 플레이어의 볼이 이 지역에 들어가면 벌타 없이 볼을 주워 홀에 접근하지 않는 지점에 드롭하여 경기를 계속하면 된다.

　이때에 경기자가 드롭하여 샷을 하는 것보다는 수리지 내에서 그대로 경기를 진행하는 것이 좋을 때도 있다. 드롭 지점의 라이가 더 좋지 않은 경우다. 그래서 드롭하지 않고 수리지 표시 안에 들어가 샷을 하였다. 해저드 내에 볼이 빠져들어 갔을 때 샷이 가능하면 그대로 볼을 칠 수 있다는 생각으로 경기를 한 것이다. 그러나 이것은 착각이다.

　수리지 내의 파란 말뚝이나 하얀 페인트 표시는 '플레이 금지' 라는 의미로 해석하여야 한다. 이는 코스의 수리를 위하여 표시해 놓은 지역으로 다른 위험한 사태가 날 우려가 있기 때문에 경기자의 보호를 위하여 반드시 볼을 꺼낸 뒤에 플레이를 진행하여야 하는 것이다.

　그런데 볼이 수리지 안에 들어가 있지 않고 수리지 표시 말뚝의 경계에 놓여 있는 경우도 있다. 이 경우도 경기 진행의 스탠스에 방해가 된다면 드롭하여도 문제가 되지 않는다. 규정을 보면 수리지의 경계를 표시하는 말뚝 또는 선은 수리지에 포함된다고 돼 있다. 따라서 수리지 표시 말뚝은 장애물이다. 볼의 일부라도 수리지에 접촉하고 있을 때는 수리지 안의 볼인 것이다.

드롭할 경우 수리지 뒤쪽이 절벽이거나 숲, 또는 러프 등이 있다면 1클럽 이내의 제한을 지킬 수 없게 된다. 이럴 때도 당황할 필요가 없다. 좀 더 뒷 부분에 페어웨이가 있다면 그곳으로 장소를 옮겨 드롭하면 된다.

다만 경기자가 샷한 볼이 페어웨이에 놓여있을 것으로 기대하고 볼을 찾았으나 수리지 표시가 되어있는 곳에 볼이 놓여있는 경우도 있다. 기분이 썩 좋지 않아 볼을 손으로 집어 올리지 않고 발로 차 수리지 밖으로 내놓았다.

이는 잘못된 것이다. 경기자가 진행중인 볼을 드롭할 때는 반드시 상대방에게 확인을 하고 상대방이 보는 앞에서 어깨 높이에서 볼을 드롭하도록 규정하고 있다. 만일 볼을 발로 차거나 다른 방법으로도 이동하는 것을 허용한다면 수리지가 넓을 경우 그린이 가까운 쪽으로 볼을 차올려 그곳에서 드롭을 할 수도 있다는 확대 해석이 가능하다 하겠다.

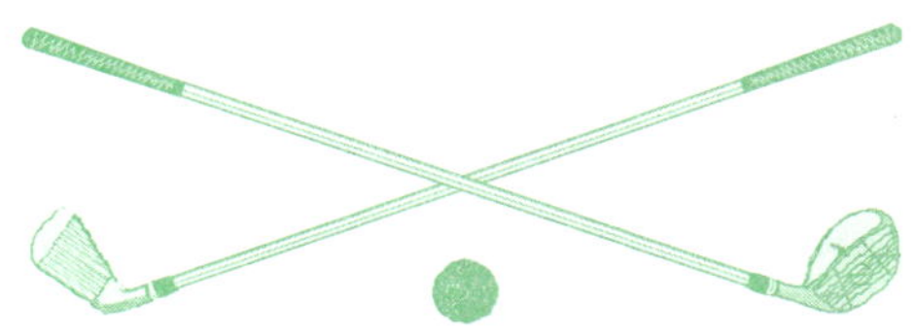

　수리지에 들어가 있는 볼을 기분이 상했다 해서 경기자가 발로 걷어차
내는 경우엔 고의가 없었다 하더라도 이는 정지하여 있는 볼을 움직였으
므로 반칙임에 틀림없다. 따라서 발길질한 경기자에게 1벌타를 부과하
여야 한다.

　규정에 볼을 들어올려 드롭을 하도록 되어있으면 규정을 준수하여야
한다. 기분에 좌우되어 축구하듯 하거나 클럽으로 필드하키를 하는 행위
는 용납되지 않는다.

OB 구역 스탠스 가능한가

OB를 모르는 골퍼는 없을 것이다. 우는 어린이에게 호랑이가 온다하면 울음을 뚝 그친다는 옛말이 있지만 프로든 아마추어든 간에 모든 골퍼들은 OB 소리만 들어도 깜짝 놀랄 만큼 그것은 공포의 단어임에 틀림없다.

'아웃 오브 바운드' (Out of bounds), 즉 OB는 플레이가 금지된 구역을 말한다. 말뚝이나 울타리를 기준으로 표시할 경우 그 OB의 선(線)은 말뚝이나 울타리(지주를 포함하지 않는) 기둥의 지면에 접한 가장 가까운 안쪽 점에 의하여 결정된다. OB가 지상의 선으로 표시되었을 때 그 선 자체가 OB이다. OB의 선은 수직으로 상하에 연장된다. 볼의 전체가 OB에 있을 때는 OB 볼이 된다. 하지만 플레이어는 코스 내에 있는 볼을 치기 위하여 OB 지역에 설 수 있다(용어의 정의 35)

따라서 OB 선 밖으로 나가지 않은 볼을 치기 위해 스탠스 위치가 부득이 OB 구역을 침범하여 샷을 날렸다면 벌타 없이 플레이를 계속하면 된다. OB인가 아닌가를 결정하는 것은 볼의 위치이다. 플레이어의 위치는 OB와 관계가 없다.

티샷한 볼이 OB 지역으로 날아가 가슴 조이며 달려가 볼을 찾았더니 코스 수리를 하기 위하여 잠시 뽑아놓은 OB 표시 목에 숨어 있었다. 상대 경기자는 뽑혀진 말뚝이라도 OB 표시이니 OB라고 주장을 한다. 그러나 OB 표시목이 있어야 할 장소가 아닌 코스 내에 방치되어 있기 때문에 움직일 수 있는 장애물(Obstruction)이 된다. 따라서 이 표시목을 치우고 벌타 없이 플레이를 계속할 수 있다.

또한 OB 선 근처 러프의 경사진 비탈에 볼이 떨어졌을 경우, 어드레스 후 볼을 치려는 순간 볼이 움직여 OB 구역으로 굴러가고 말았다. 어드레스 후에 볼이 움직였다면 골프 규칙에 의해 1벌타를 부과받게 되지만 이러한 경우 OB에 의한 벌타는 없고 볼은 리플레이스해서 계속 플레이하면 된다.

OB나 분실구의 벌타는 1타이다. 그러나 원래 쳤던 위치에서 다시 쳐야 하기 때문에 실질적으로는 2타의 손해를 보게 된다. OB 티에 나가 칠 때 그것이 4타 째가 되는 것도 이때문이다. 최초의 티샷 1타에 1벌타 그리고 다시 치는 것 1타에 최초의 티샷으로 갈 수 있었던 거리를 다시 가야 하기 때문에 4타 째가 되는 것이다.

따라서 파3홀에서는 반드시 잠정구를 치는 것이 유리하다. 잠정구로 온그린 시킨다면 투 퍼트를 가정할 때 더블 보기로 막을 수 있기 때문이다.

비기너들은 특히 두 번째 샷에서 OB가 났을 경우 타수를 셈하는 데 어려움을 겪으며 가끔 다투기도 한다. OB의 벌타가 스트로크와 거리에 따른 벌이라는 사실을 알면 더 이상 헷갈리는 일은 없을 것이다. 그리고 OB가 났을 경우엔 티업과 드롭이 모두 가능하다는 사실을 알아두는 것도 좋겠다.

한편 앞서 말한 대로 OB 말뚝이나 OB 안에 있는 인공물은 장애물이 아니다. 분명 인공물인데도 장애물이 아닌 것은 규칙 적용을 명료하게 하기 위해서다. 즉 OB 말뚝을 장애물로 치면 볼이 말뚝 근처에 있을 때 벌타 없이 구제 받을 수 있고 이 경우 큰 논란 거리가 될 수 있기 때문이다.

해저드, 내 몸에 손대지 말라

'해저드' 란 코스내의 모든 벙커(Bunker) 또는 워터 해저드(Water Hazard)를 말한다. 볼이 잘 날아가다가 오른쪽으로 심한 훅이 나더니 그만 연못으로 들어가고 말았다. 1벌타를 각오하고 볼이 떨어진 곳에 가보았더니 물 빠진 연못 가장자리에 놓여있었다. 물 속으로 새 공이 빠지지 않아 다행이라고 생각하고 연못 밖으로 공을 주워 올려 1벌타를 받고 샷을 하려는 골퍼들이 많다. 그런데 드롭하려는 지역이 깊은 러프여서 차라리 연못가에서 그대로 샷하는 것이 좋겠다는 판단이 서면 당연히 1벌타 없이 그 장소에서 샷을 하면 된다. 그러나 이때에 주의할 것은 클럽의 솔(sole)을 절대 바닥에 대서는 안 된다는 것이다. 만일 클럽의 솔이 연못 바닥에 닿는다면 '규칙 13조 4 · 26조 1' 의 규정에 따라 2벌타가 부과된다. 해저드는 결코 제 몸에 손대는 것을 허용하지 않는다.

클럽 솔이 해저드 바닥에 닿지 않았더라도 마른 연못에 정지한 볼을 치려고 백스윙을 했는데 해저드 안에 길게 자란 잡초가 클럽 헤드에 닿는 경우가 있다. 그러나 워터 해저드 내에서 닿아서는 안 되는 것은 수면(水面)과 지면(地面) 및 루스 임페디먼트(Loose impediment)뿐이므로 풀과 나무 등의 생물과 장애물에 닿아도 벌타는 없다. 그대로 플레이를 계속하면 된다.

연못으로 볼은 들어가지 않았으나 폭우로 인하여 연못 표시의 노란 말뚝 경계선 밖으로 물이 넘쳐 그 넘친 물 속에 볼이 들어가 있는 경우가 있다. 이때에는 캐주얼 워터로 취급된다. 캐주얼 워터란 '규칙 제25조' 정의에 의하면 플레이어가 스탠스를 취하기 이전 또는 이후에 볼 수 있

는 코스 상에 일시적으로 고인 물을 말하며 워터 해저드 내에 있지 않다
고 규정하고 있다.

따라서 스루 더 그린에서 볼이 정지하여 있을 때 ⓐ홀에 접근하지 않고
ⓑ그 상태로 인한 방해를 피하고 ⓒ해저드 내 및 퍼팅 그린 위를 제외한
볼이 정지하고 있는 곳에서 가장 가까운 지점을 결정하여 플레이어는 벌
타 없이 상기 ⓐⓑⓒ의 조건에 적합한 코스의 일부에서 드롭하여 플레이
를 계속하면 된다.

그러나 코스 따라 흐르는 얕은 실개천에 볼이 빠질 때가 있다. 이런 도
랑이나 긴 개울을 '래터럴 워터 해저드' (Lateral Water Hazard)라 한다.
래터럴(Lateral)이라는 단어는 '옆으로의' '측면의' 등의 뜻을 지니고 있
다. 래터럴 워터 해저드는 볼이 해저드의 경계선을 최후에 넘어선 지점
과 홀과의 선상 후방에 볼을 드롭하기가 불가능한 구역을 말한다.

다시 말하면 볼이 연못에 들어가 버린 경우에는 그 볼이 넘었다고 생각
되는 못의 경계선이 드롭하는 지점이 되며 그 직선 후방이면 제한이 없
지만 코스를 따라 흐르는 하천에서는 '후방' 이 있을 수 없다. 따라서 이
런 경우에는 특별히 볼이 그 하천으로 날아 들어갈 때 횡단한 경계선 바
로 옆에서 홀에 접근하지 않고 2클럽 길이 내에서 드롭하여 샷하면 된다.
일반적으로 많은 골퍼들이 연못에 볼이 빠졌을 때 연못 후방에 드롭하
지 않고 래터럴 워터해저드에서의 구제 방법대로 연못 측면의 적당한 곳
에 볼을 드롭하는데 이는 오소 플레이까지 해당돼 3벌타가 된다.

연못 다리 위에 걸린 볼

아일랜드 홀인 경우 공교롭게도 볼이 잘못 맞아 연못을 건너는 구름다리나 목조 통나무다리 등에 굴러 들어가 있을 때가 있다. 이 경우 다리는 인공의 구축물이며 당연히 장애물로 취급될 수 있다. 그러나 그 다리가 연못이나 하천 또는 해저드 구역 내에 있을 경우에만 해당된다. 따라서 구제는 가능하지만 드롭은 해저드 내에서 해야 한다. 설마 볼을 연못 안에 드롭하여 칠 수는 없을 테고 결국 그 상태로 치든지 아니면 물에서 가까운 다리 끝을 기점으로 하여 1벌타 부과받고 드롭하여 쳐야 한다. 다리 위에서 그냥 샷할 때에는 클럽의 솔(sole)을 다리 위에 대도 좋다. 수면과 지면이 아니기 때문이다.

연못이 있는 홀에서는 볼의 방향을 확실하게 보지 못했으면 잠정구를 치는 게 좋다. 행여 분실구가 될 수도 있기 때문이다. 연못 주위의 깊은 러프에 들어가 찾지 못할 때도 있는 것이다.

그러나 잠정구를 치지 않고 근처에 와서 연못에 공이 들어가지 않았나 하고 볼을 찾아 헤맸으나 이를 찾지 못하였을 경우 이 볼은 해저드 1벌타가 아닌 로스트 1벌타를 부과받고 원위치에 돌아가 다시 샷을 하여야 한다. 만일 이때도 동반 경기자가 앞에 나가 있다가 분명히 타구가 물 속에 풍덩 들어간 것을 보았을 경우에는 해저드 1벌타만 받는다. 이것은 골프 규칙 중 합리적인 증거가 있어야 한다는 규정에 따른 것이다.

'규칙 제26조1항' 첫 번째 부분에서 "없어진 볼을 해저드 안에서 분실된 것으로 처리하기 위해서는 그 볼이 해저드 안에 정지되어 있다는 합리적(合理的)인 증거가 있어야 한다. 그러한 증거가 없을 때에는 그 볼을 분실구로 처리하여야 하며 '규칙 제27조'를 적용한다"라고 규정되어 있다.

그렇다면 합리적인 증거란 어떠한 증거를 의미하는가? '규칙 제26조 1항'의 규정을 살펴건대 다수의 특정한 증거와 관계된 모든 상황을 근거로 하여 분별 있는 판단을 할 수 있도록 그 의미를 폭 넓게 하였다. 따라서 플레이어의 볼이 해저드 안에 들어가 분실된 것으로 볼 수 있는 압도적으로 유리한 증거를 가지고 있어야 한다.

그렇지 않을 경우 볼은 해저드 밖에서 분실된 것으로 보아야 하며 플레이어는 '규칙 제27조 1항'에 따라 처리하여야 한다. 이런 경우 볼이 떨어진 지점의 자연적 조건과 크게 관계가 있다. 예를 들면 볼이 좀처럼 분실될 수 없는 페어웨이로 둘러싸여 있는 워터 해저드일 경우 그 지역에 깊은 러프가 있다는 것보다는 오히려 해저드 안에 볼이 들어갔으리라는 가능성에 대한 합리적인 증거의 존재를 더 쉽게 받아들이게 된다.

또한 워터 해저드 안에 빠지면서 빠지는 음악소리(?)를 들었을 수도 있다. 그러나 풍덩 소리와 함께 물장구를 치면서 해저드 밖으로 튀어나가는 수도 있기 때문에 반드시 그 소리나 물보라가 합리적인 증거를 제공한 것이라고 할 수는 없다. 그때 그때의 상황에 따라 달라진다.

물웅덩이로 변한 벙커

벙커도 해저드다. 많은 사람들은 해저드라 하면 워터 해저드만을 생각한다. 골프 규칙을 보면 해저드의 정의가 명확히 나와 있다. '벙커란 대개의 경우 오목한 지역으로 풀과 흙이 제거되고 그 대신 모래 또는 모래와 같은 것을 넣어서 지면에 조성한 구역의 해저드다' 라고 돼 있는 것.(규칙 13조) 그러나 벙커 안이나 벙커 가일지라도 풀로 덮인 부분은 벙커의 일부가 아니다.

7, 8월 우기에 종종 발생하는 일이다. 비가 많이 내린 후 벙커 안에 미처 물이 빠지지 않아 물이 고여 있을 수가 있다. 공교롭게도 플레이어가 샷한 볼이 벙커로 들어가고 말았다. 벙커 쪽으로 다가갔더니 볼은 웅덩이에 잠겨 있었다. 이 경우는 일시적인 물이 고여있는 상태이므로 하천이나 연못이 아닌 것은 당연하며 '캐주얼 워터' 이다. 따라서 그 볼은 웅덩이 안에서 주워낼 수 있다. 하지만 웅덩이에 빠졌던 볼을 꺼내는 것까지는 좋으나 그 볼을 벙커 밖으로 가지고 나와 잔디에 드롭하면 안 된다. 벙커 내의 볼은 벙커 내에서 드롭을 하여야 한다. 벙커 내에서 물이 없는 곳을 골라 홀에 근접하지 않는 곳에 드롭하여야 한다. 그리고 벙커 안의 상태가 단순히 물에 젖어 있는 정도는 물웅덩이라 할 수 없고, 분명히 모래 위에 물이 고여 있는 상태이어야겠다.

그런데 심한 폭우로 벙커 안이 완전히 물웅덩이가 되어 여기서 건져 올린 볼을 벙커 안 어느 쪽에서도 드롭할 수 없는 상황에 처하였을 경우는 어떻게 할 것인가. 이런 경우는 벙커라기보다는 문자 그대로 연못으로 여길 수밖에 없다. 그러므로 그 볼의 처리 방법도 연못에 빠진 볼의 예에 따라야 한다. 따라서 벙커 내에 들어간 볼은 벙커 내에서 드롭하여야 한다는 규정을 적용할 수 없다. 캐주얼 워터로 인정해 벙커 내의 드롭이 불가능하기 때문이다. 어쩔 수 없이 1벌타를 받고 볼의 전 위치를 연결하는 직선 후방에서 샷을 하여야 한다.

프로든 아마추어든 벙커에 공을 넣고 좋아하는 사람은 없을 것이다. 그런데 볼이 벙커 안으로 곱게 굴러 들어가 얌전히 자리잡고 있다면 그나마 다행이라 하겠다. 원망스럽게도 높이 떴던 볼이 벙커 모래 속에 다이렉트로 처박혀 '달걀 프라이'가 되어 있기도 하고 높은 벙커 턱 밑에 박혀 있는 경우가 있다.

평범한 벙커 라이도 자신이 없는 터에 모래 속 깊이 들어가 있는 볼이나 턱 밑에 숨어있는 볼을 밖으로 탈출시킨다는 것은 쉬운 일이 아니다. 벙커 안에서 몇 번씩 샷을 해야하는 사태가 발생하기도 한다. 이때 차라리 자신이 없는 골퍼는 '언플레이어블 볼'을 선언하는 것도 좋을 것 같다. 언플레이어블 볼을 선언하고 모래 속에 파묻혀 있는 볼을 집어 올려 벙커 옆 잔디 위에서 다음 샷을 하면 아무 문제가 되지 않을 것 같기도 하다. 그러나 규칙은 이를 금하고 있다. 유감스럽게도 2클럽 이내 직선 후방의 벙커 내에서 드롭을 하여야 한다. 다만 벙커 내에서 드롭이 싫다면 벙커에 넣었던 당초의 샷 장소로 되돌아가 다시 칠 수는 있다. 그린 주변에서 어프로치 샷을 하다가 벙커에 들어간 경우 다시 원 위치에 돌아가 샷을 하면 되겠다.

벙커 안 낙엽이 덮인 볼

벙커에 들어간 줄 알았던 볼이 다행히 거기에는 들어가지 않고 가장자리에 놓여 있는 고무래에 걸려 있는 경우가 많다. 그런데 고무래를 조심스럽게 치우다 그만 볼이 움직여 벙커 안으로 굴러 들어가고 말았다. 동반자 중에는 이런 경우 플레이어의 실수로 볼이 벙커에 들어갔으니 벙커샷을 하여야 한다고 주장하기도 한다. 그러나 너무 걱정할 필요는 없다. '규칙 24조 1'에 의하면 고무래는 움직일 수 있는 장애물(Movable Obstruction)이므로 당연히 치울 수 있고 이때에 볼이 움직여 벙커에 들어갔더라도 벌타 없이 볼을 원위치에 옮겨 놓고 플레이를 계속하면 된다.

벙커샷을 하기 위하여 벙커 바닥에 발바닥을 고정시키려고 스파이크를 좌우로 움직여 모래 속에 발을 묻고 있는데, 스탠스를 취하기 전에 볼이 움직여 옆으로 굴러가고 말았다. 벙커에서 어드레스 하기 전에 볼이 움직였을 경우 그 움직이는 원인이 스탠스를 취하는 행위 때문이었다면 1벌타가 부과되고 움직여 굴러간 볼은 원위치에 갖다놓고 플레이를 계속한다(규칙 18-2, a).

또한 벙커에 들어간 볼에 낙엽이 덮여 있고 골퍼는 샷에 방해가 되므로 나뭇잎을 치우고 벙커 아웃을 시킨 경우가 있다. 대부분의 골퍼들은 이를 당연한 것으로 여기기 쉽다. 그러나 벙커 내에서는 볼을 찾을 때를 제외하고 루스 임페디먼트에 닿거나 움직일 수 없다. 이때 2벌타가 부과된다. 또한 루스 임페디먼트를 치울 때 볼을 움직이면 다시 1벌타를 부과한다(규칙 13-4, c).

그러나 벙커로 들어간 볼이 누구의 볼인지 확인할 수 없을 만큼 낙엽에 덮여 있는 경우에는 다르다. 앞서 설명한 바와 같이 해저드 내에 있는 루스 임페디먼트는 움직이거나 치울 수 없지만 볼을 찾을 경우에 한하여 볼의 일부가 보일 정도로 낙엽이나 모래를 벌타 없이 치울 수 있다.(규칙 12-1 · 23-1) 물론 이때도 수색하기 위해서 볼을 만지면 1벌타를 받고 플레이를 해야 한다.

벙커 안 모래 위에 신문지가 있는데 공교롭게도 공이 그 위에 떨어지고 이어 볼 위에 낙엽이 내려앉았다면 어떻게 할까. 이때는 신문지는 벌타 없이 제거하고 나뭇잎은 원래 위치로 놓으면 된다.

벙커샷을 하려는데 볼 뒤에 있는 벙커의 모래가 볼보다 약간 높게 되어 백스윙을 하는 중 클럽 헤드에 모래가 닿았는데 그대로 샷을 하고 말았다. 잘 알다시피 벙커에서는 벙커 안의 볼을 샷하기 전에 클럽 헤드나 솔(Sole) 등이 모래에 닿는다면 규칙 위반이 되고 2벌타를 받고 그대로 플레이를 계속한다.(규칙13조4)

벙커샷을 하기 위하여 벙커 고무래를 들고 이곳에 들어가는 골퍼라면 상당한 수준의 매너가 있는 사람이라고 할 수 있겠다. 대부분의 골퍼들은 벙커에 그냥 들어갔다가 샷을 한 후 벙커 고르기를 하지 않고 나오거나 발끝으로 슬슬 발자국을 좌우로 지우고 나오는 경우가 많다. 그러나 미리 벙커 고무래를 준비하여 벙커에 들어가는 것이 골퍼의 기본 매너이다. 이때 주의할 것은 그 고무래를 모래 속에 처박은 다음 볼을 쳤다면 벙커 안 모래의 강도를 알아보는 테스트로 볼 수 있어 2벌타를 받게 된다.

벙커샷 OB, 다시 벙커에서

벙커샷은 대부분 볼 밑의 모래를 쳐서 아웃 시키는 것이므로 볼과 클럽으로 치고자하는 모래와의 거리에 따라 벙커 아웃 거리를 측정한다. 그런데 전력을 다하여 샷을 한 것이 바로 볼을 맞혀버려 벙커를 탈출하기는 했는데 그린을 크게 벗어났다. 플레이어는 설마 OB가 났으리라 생각하지도 않고 정성껏 고무래로 벙커를 골라 잘 정리 해놓고 나와서 볼을 찾아보니 원망스럽게도 OB 말뚝을 넘어가 있었다. 이 경우 다시 원위치에 돌아와 샷을 하여야 하기 때문에 벙커에서 샷을 하려는데 심술궂은 동반경기자가 "어? 벙커를 골라났으니 라이 개선으로 2벌타 먹어야 돼"라고 경고를 했다.

그렇다. 라이 개선은 2벌타임에 틀림없다. 그러나 이 경우 플레이어는 자신의 볼이 그린을 훨씬 뛰어넘었는데 설마 OB 선을 넘었는지 그 여부를 확인할 수 없어 벙커를 정리하고 나왔으므로 고의로 라이 개선을 했다고 볼 수 없다. 따라서 라이 개선에 대한 벌타 없이 OB에 대한 1벌타만 부과 받고 다시 플레이를 계속하면 되겠다. 이때는 평탄하게 고쳐놓은 벙커에서 드롭한 후 다시 샷을 시도해도 된다.

벙커의 모래는 하천의 모래와 바다의 모래 또는 돌을 갈아서 만든 모래 등 다양한 종류가 있다. 모래의 종류에 따라 그 감촉이나 연도(軟度)에 상당한 차이가 있다. 모래의 성질을 잘 파악하여 샷의 강도를 조절하는 것도 스코어에 영향을 미친다.

그런데 벙커 안의 볼이 푹 빠져 들어가 버려서 벙커에 떨어진 흔적만 겨우 확인할 수 있을 뿐, 전혀 백구의 모습이 보이지 않을 경우가 있다.

이때에 볼의 일부도 보이지 않아 어쩔 수 없이 윗 부분의 모래를 살짝 제거하고 볼을 확인하는 것은 무벌타로 허용이 되지만, 모래를 지나치게 제거하여 완전히 볼의 모습이 드러나도록 한 후 샷을 했다면 이는 라이의 개선으로 취급된다. 프로 선수도 심한 달걀 프라이 벙커샷은 1벌타 손해를 각오하는 경우가 종종 발생한다.

볼이 깊은 벙커 턱에 박혀 있는 경우 신참 골퍼들 중 일부는 샷을 마치고 나서도 라운드 중 벙커샷 연습을 하는 경우가 있다. 그러나 이는 안 된다. 연습자 한 사람 때문에 후속 플레이가 지연되고, 이것만으로도 2벌타가 부과된다.

벙커샷 연습뿐만 아니라 플레이 중 연습 스트로크를 하는 것은 무조건 2벌타임을 명심하여야 한다. 따라서 페어웨이에서 샷이 잘 되지 않는다는 이유로 헌 볼로 샷을 연습하거나, 그린에서 퍼팅하기 전에 홀과 관계없는 그린에서 연습 퍼팅을 하는 것은 규칙 위반이다.

벙커 안에서 스탠스를 취하는데 그만 볼이 움직이고 말았다면 어떻게 될까. 벙커나 해저드에서는 지면이나 수면에 클럽을 대서는 안 되기 때문에 스탠스를 취한 때가 바로 어드레스에 해당된다. 어드레스 후에 움직인 볼은 1벌타라는 것을 이미 말한 바 있다. 따라서 벙커에서는 스탠스를 취한 후 움직였다면 어드레스 후 움직여진 볼에 해당되므로 1벌타를 부과하게 된다. 스탠스를 취하기 전일지라도 볼이 움직이게 된 원인이 스탠스를 취하는 행동에 있었다면 역시 1벌타를 받고 움직인 볼은 리플레이스를 한 후 다시 플레이해야 된다.

둘 다 벙커에, 누가 먼저 치나

골프 클럽은 골퍼에 따라 다양하게 사용하고 있다. 벙커에 얌전하게 자리잡고 있는 백구를 쳐내기 위해서 일반적으로 샌드 웨지를 사용하지만 피칭 웨지 또는 치퍼를 사용하는 사람도 더러 있다. 따라서 여러 개의 클럽을 벙커 안으로 가져가서 모래 상태에 따라 클럽을 선택한 뒤 나머지 클럽은 벙커 안에 놓고 샷을 하는 경우가 있다. 이런 경우에 예상치 않았던 돌발 사태가 발생하기도 한다. 힘껏 샷한 볼이 공교롭게도 벙커 턱을 맞고 튀면서 벙커 내에 놔두었던 다른 클럽에 맞아 밖으로 튀어나가는 것이다. 벙커 정리를 위한 고무래 등에 맞고 튀는 것은 상관없지만 골퍼 자신의 휴대품에 볼이 맞아 튈 경우엔 2벌타가 부과된다.

그리고 몇 개의 예비 클럽을 벙커에 놔 둔 뒤 그 중 한 클럽을 선택하였다가 마음을 바꿔 다른 클럽을 들어 샷을 하였다면 1벌타를 받아야 한다. 이는 벙커 내에 예비 클럽을 놓아두는 자체는 문제가 되지 않지만 해저드 내에서는 클럽을 지면에 대서는 안 되게 규정되어 있으므로 한번 지면에 놓았던 클럽을 다시 바꾸어 사용한다면 분명히 클럽 솔(sole)을 지면에 접촉하였던 것으로 인정하기 때문이다. 따라서 사용하지 않는 클럽은 캐디에게 건네주든지 아니면 미스 샷을 해도 볼이 맞지 않을 만한 장소에 놓고 다음 샷을 하여야 한다.

벙커 내에 동반 경기자의 볼이 함께 들어가 있는 경우가 있다. 볼이 나란히 좁은 간격으로 놓여 있을 때 누가 먼저 샷을 해야 하는가. 경기자들끼리 서로 먼저 샷을 권하는 수가 있다. 그러나 여기에 겸양지덕은 통하지 않는다. 그린을 향하여 왼쪽에 공이 놓여 있는 플레이어가 먼저 샷을 하게 규정되어 있다. 이때 볼이 너무 가까이 놓여 있으면 다음 경기자는 자신의 볼을 잠깐 주웠다가 샷을 하면 된다.

그러나 당초에 평평하게 정비되어 있었던 벙커 라이가 처음에 들어간 동반자의 발자국과 샷을 하였던 자국 때문에 엉망으로 흐트러져 버렸을 때 어떻게 처리할 것인가. 먼저 벙커 아웃을 하고 기분 좋게 나가버린 동반자는 모르는 척 자신의 볼만 신경 쓸 뿐 다음 경기자의 엉망이 된 벙커 라이는 아랑곳하지 않고 있다. 그러나 조금도 염려할 필요는 없다. 처음 놓여있던 꼭 그 자리가 아니더라도 1클럽 내의 좋은 라이에 드롭하여 플레이를 하여도 벌타는 없다. 동반 경기자가 고의로 발자국을 크게 남기는 것이 아니므로 먼저 공을 주워 올린 플레이어는 벙커 내의 라이가 바뀐다 하더라도 더 좋은 곳에 드롭을 하는 경우가 많으므로 손해는 없다.

동반 경기자가 벙커샷을 하면서 모래를 날려 내 볼 위에 모래가 덮였을 때도 마찬가지다. 벙커 안에서는 클럽이나 손으로 모래에 접촉하면 2벌 타를 받지만 이 경우는 다르다. 동반자의 샷으로 인해 덮인 모래는 라이의 변경에 해당되고 벙커 내에서는 원래의 라이와 비슷한 상태로 복원하고 그 라이에 플레이스하도록 규정하고 있다. 따라서 벌타 없이 볼을 집어 올려 원래의 라이를 복원한 후 그 라이에 플레이스하면 된다.

벙커에 들어갈 때에는 벙커의 가장자리에서 볼과 가장 가까운 곳으로 들어가고 나올 때도 벙커를 정리하면서 같은 방향으로 나오는 것이 골프 매너의 ABC이다.

탈출 불가능, 언플레이어블 볼

언플레이어블 볼(Ball Unplayable)은 볼이 떨어진 지점이나 놓여있는 상태가 플레이하기에 불가능하다고 판단 될 경우 그 볼의 소유자인 플레이어가 결정하는 선언이다.(규칙 28)

플레이어는 자기 볼이 언플레이어블 볼인가 아닌가를 결정할 수 있는 유일한 사람이다. 해저드 내에 볼이 있는 경우를 제외한 코스 위 어느 곳에서나 선언할 수 있다. 같은 규정에 의하면 1벌타를 스스로 부과받고 다음과 같은 처리 중 하나를 선택하여야한다. 첫째, 볼을 앞서 플레이 한 곳과 되도록 가까운 장소에서 다음 스트로크를 한다. 둘째, 볼이 있는 곳에서 2클럽 길이 이내로 홀에 접근하지 않는 지점에 드롭한다. 셋째, 홀과 볼이 있었던 지점을 연결하는 직선을 그어 볼 위치보다 뒤쪽으로 거리에 제한 없이 드롭한다. 만일 언플레이어블 볼이 벙커 내에 있을 때에도 위 세 가지 경우 중 선택적으로 처리할 수 있다. 다만 두 번째와 세 번째 항을 선택할 경우 볼은 벙커 내에서만 드롭하여야 한다.

이 지역 어느 골프장의 한 홀인데 왼쪽으로 휘어 돌아가야 그린이 보이는 전형적인 히든 코스가 있다. 티샷 때 드로를 걸어 치든지 왼쪽 산언덕을 직접 가로질러 티샷을 하여야 두 번째 샷을 하기에 용이한 코스이다. 그런데 드로 샷은 기술적으로 상당한 고참 골퍼가 돼야 날릴 수 있으므로 많은 골퍼들은 산자락을 바로 넘기려 시도한다. 그러다 보니 그만 숲 속으로 백구를 날려보낼 때가 많다. 숲 속을 더듬어 어렵사리 볼을 찾아 겨우 OB는 면하였다 하더라도 사방에 잡초가 엉클어져 탈출이 불가능한 경우가 있다.

결국 언플레이어블 볼을 선언해야 되는데 앞에 설명한 둘째 경우처럼 '2클럽 길이 드롭'은 숲 속이어서 의미가 없다. 첫 번째 경우처럼 처음 샷을 날렸던 티잉 그라운드로 돌아가 다시 샷을 하자니 후속 팀이 와 있다. 또한 '거리'의 손해가 있어 1벌타와 합해 2타가 부과되는 결과가 된다. 다행히 옆을 보니 다른 홀의 페어웨이가 있었다. 볼이 있는 곳에서 볼과 10m정도 벗어나 있다. 이때 골퍼는 재치 있는 판단으로 세 번째 방법 즉 볼을 연결하는 직선상의 후방 어느 곳이든지 드롭할 수 있는 처리 방법을 선택하였다. 즉 홀과 볼이 있었던 지점의 직선 상으로 계속 나와 다른 홀 페어웨이에 볼을 드롭한 것이다. 정상적 플레이때보다 거리는 약 20m 손해를 보았으나 라이가 좋았기 때문에 플레이어는 아이언 샷으로 온 그린에 성공하였다. 1벌타를 먹었지만 3온이 되고 다시 1퍼팅으로 성공 시켜 파(par)를 잡을 수 있었다. 언플레이어블 볼을 선언하고 1벌타를 부과받았지만 재치 있는 판단으로 '파'가 가능했던 것이다.

그렇다면 이런 경우는 어떨까. 나무의 뿌리 사이에 볼이 있어서 언플레이어블 볼을 선언해야 할 상황인데 다행히 지주목이 버티고 있다. 1벌타를 먹을 필요 없이 지주목을 핑계로 구제 받을 수 있을 법도 하다. 지주목은 분명 장애물이기 때문이다. 그러나 이 경우 스윙에 방해를 받는 것은 지주목이 아니라 나무 뿌리다. 따라서 벌타 없이 구제 받을 수 없으며 언플레이어블 볼을 선언하는 것이 최선이다.

집 나간 볼, 5분 안에 돌아와야

　골퍼의 염원을 저버리고 숲 속으로 날아가 버린 백구를 그래도 찾아 헤매는 마음을 누가 알아주랴! 동반 골퍼들은 속으론 시원해(?) 하면서도 안타까운 척 동료의 분실구를 찾아 헤맨다. 그러나 5분 이내에 공을 찾지 못하거나, 자기 볼을 확인 할 수 없을 때는 분실구로 처리된다. 5분이 지난 후에 다시 공을 찾았다 하더라도 그 공으로 경기를 계속하면 오구(誤球)로 경기를 하는 것이 된다.

　나무 위에 얹혀 있는 볼이 자신이 날린 것 같지만 높은 곳에 있어 확인 할 수 없을 때에는 분실구로 처리해야 한다는 것이 심술궂은 골프 규칙이다.

티에서 잘못 친 볼을 2~3분간 찾다가 발견할 수 없어 티에 돌아가 다른 공을 치거나, 티까지 거리가 멀어 되돌아 갈 수 없어 티 이외의 곳에서 드롭 후에 다음 샷을 날리는 상황이 더러 있다. 이 경우 캐디가 뒤늦게 5분 이내에 집나갔던(?) 볼을 찾았을 때, 골퍼는 기쁨을 감출 길 없이 그 볼로 황급히 다음 샷을 한다. 그러나 그 기쁨도 잠시일 뿐 골프 규칙은 오구 플레이로 규정하고 벌타를 부과한다.

다시 말하면 시간과 관계없이 다른 볼을 쳐버린다면 이미 그 볼이 인플레이 볼이 되고 원구(原球)는 무조건 분실구로 처리하도록 되어있다(용어정의 28, b).

2~3분 볼을 찾아 헤매다 분실구라 선언하고 원구를 친 곳으로 돌아가는 중에 동료 또는 캐디가 5분 이내에 그 볼을 찾았을 때에는 비록 분실구라고 본인이 선언하였더라도 분실구는 아니다. 선언이 중요한 것이 아니고 5분 이내에 볼을 찾았다는 것과 경기자가 다음 샷을 하지 않았다는 사실이 또한 중요한 것이다.

경기를 하다 보면 착각하여 동반자의 볼을 자신의 볼로 오인하고 치는 경우가 종종 발생한다. 동반자와 같은 방향으로 볼이 날아간 경우도 자주 일어난다. A골퍼가 자신의 볼일 것으로 여기고 B의 볼을 쳐버리고 말았을 때 이 또한 오구(誤球)플레이로 인정 2벌타를 부과받고 자기 볼을 찾아 다시 샷을 하여야 한다.

한편 B는 자기 볼을 찾기 시작해서 A의 볼을 발견하는 동안 5분이 지나지 않았다면 A가 자신의 볼을 쳤던 장소에서 벌점 없이 다른 볼을 놓고 샷을 할 수 있다. 그러나 찾는 시간이 5분이 경과하면 B의 볼 역시 분실구가 되어 A가 샷하였던 자리에 가서 한 타의 벌을 받고 다시 쳐야 하는 신세가 된다. 가혹하기 짝이 없는 골프 규칙이라 하겠다.

OB가 났을 것으로 여겨 잠정구를 치고 원구가 놓여 있을 것으로 생각되는 200m 지점 러프에서 자신의 볼을 찾았으나 찾지 못했다. 어쩔 수 없

이 210m 지점에서 잠정구를 치고 앞으로 가다가 230m 지점 쯤에서 원구
를 반갑게 찾았다. 이때는 5분 이내에 원구를 찾았다 하더라도 그 볼을
다시 칠 수 없다. 그 이유는 원구가 있을 것으로 생각되는 곳으로부터 홀
에 가까운 지점에서 잠정구를 쳤다면 원구는 무조건 분실구로 간주되기
때문이다. 따라서 원구로 경기를 계속하면 오구를 치는 것이 된다(용어
의 정의 28, c) 경기자는 잃어버린 볼을 찾아야 할 권리는 있지만 의무는
없다. 5분 정도 볼을 찾을 수 있도록 돼 있으나 자신의 볼을 찾기 위해 무
한정 시간을 허비하는 골퍼도 있다. 골프는 혼자만의 운동이 아니라는
점을 늘 생각해야 할 것이다.

두 쪽 난 볼, 깨진 볼

플레이 도중 볼이 깨졌거나 변형되었음이 분명한 경우 그 볼은 경기에 부적합한 볼이다. 그러나 단순히 흙 또는 기타 물건이 부착되었거나 볼 표면이 다소 긁혀져 스친 자국이 있을 경우, 또는 볼 표면 페인트가 벗겨졌다거나 색깔이 퇴색한 것만으로는 플레이에 부적합한 볼이라 할 수 없다.

플레이어는 경기 중 플레이에 적합하지 않다고 믿을 때에는 자신의 볼이 적합한지의 여부를 확인하기 위해서 벌타 없이 자신의 볼을 집어 올릴 수 있다. 다만 볼을 집어 올리기 전에 매치플레이의 경우 동반 경기자에게, 스트로크 플레이에서는 마커(Marker) 또는 동반 경기자에게 자신의 의사를 알려야 한다.

클럽으로 백구를 후려쳐 볼이 두 쪽으로 쪼개져 떨어져 나간 경우도 있다. 이때 그 스트로크는 취소되어야 하며 경기자는 원구를 쳤던 곳에서 되도록 가까운 지점에서 벌타 없이 다시 플레이 할 수 있다. 마커나 상대방은 볼이 괜찮다고 하는데 경기자가 깨졌다고 우겨대고 다른 볼로 볼을 쳤을 때 마커는 경기위원회에 판정을 요청하게 된다. 이후 위원회에서 볼이 괜찮다는 판단이 내려지면 경기자는 2벌타를 감수해야 한다.

요즈음 골프 볼은 외국 제품을 비롯하여 국내 제품도 다양하게 판매되고 있다. 경기자가 '크로스 아웃 볼' (X-out Ball)을 사용하였을 때 골프 규칙상 어떻게 할 것인가? '크로스 아웃 볼' 이란 페인팅이나 프린트가 잘못된 미관상의 이유만으로 판매에서 제외된 볼을 일컫는다. 따라서 규칙에 부적합하다는 것을 나타내는 유력한 증거가 없으면 그러한 볼을 사용

할 수 있다. 그러나 위원회가 플레이 적격 골프 볼 리스트에 등재된 볼을
(규칙 5-1) 사용해야 한다는 조건을 채택한 경기에서는 '크로스 아웃 볼'
을 사용해서는 안 된다.

플레이에 부적합하다고 선언한 볼을 다음 홀에서 재사용 하였을 때는
벌타 규정은 없으나 경기자는 그 볼을 플레이 부적합한 볼로 다시 선언
할 수는 없다.

플레이어가 어프로치 샷을 잘못 하였으나 용케도 볼은 그린 위에 올라
가더니 정지했다. 이때 그 볼의 위치에 마크를 하고 집어 올려 검사해본
결과 볼이 깨어져 있지 않은가. 이때 플레이어는 그의 상대편 또는 마커
나 동반 경기자에게 부적합한 볼이어서 다른 볼로 교체하겠다고 통보하
고 볼을 집어 올릴 수 있다. 만일 경기자가 깨어진 볼을 연못으로 던져버
렸을 경우 그는 상대편이 반론을 제기할 기회를 박탈하였기 때문에 플레
이어는 매치플레이 경우 그 홀의 패(敗), 스트로크플레이 경우 2벌타를
받아야 한다.

요즘 골프장은 대부분 전동카 도로를 시멘트로 포장하여 골퍼들이 샷
을 하였을 경우 창공을 비상하던 백구가 시멘트 길에 떨어지는 경우가
있다. 이때 골퍼들은 우스갯소리로 'SOC'(도로 등 사회간접자본 시설)
를 이용하여 장타를 칠 수 있는 것도 아무나 할 수 없다고들 한다. 그러
나 백구가 길에 맞고 그 충격으로 여러 조각으로 박살이 났을 때는 어떻
게 처리할 것인가. 도로에 떨어져 여러 조각이 났더라도 '스트로크의 결
과'로 보며 벌타 없이 다시 플레이할 수 있다.

드롭할 때 무슨 채로 거리 재나

경기를 하다 보면 볼을 드롭할 경우가 자주 있다. 대부분 아마추어 골퍼들은 볼을 적당한 곳에 던지거나 샷하기 좋은 곳에 놓는다. 어떤 골퍼들은 발로 툭툭 차서 볼을 옮겨 놓고 샷을 하기도 한다. 골프 규칙은 당연히 그렇게 해서는 안 된다고 규정하고 있다.

볼 드롭은 캐디가 아닌 경기자 자신이 하여야 하며 똑바로 서서 볼을 어깨 위까지 올리고 팔을 완전히 편 다음 떨어뜨려야 한다. 다른 방법으로 하면 벌점이 하나 붙는다. 또한 드롭한 볼이 필드에 떨어지기 전이나 후에 경기자나 그의 캐디 혹은 휴대품에 닿으면 벌타 없이 닿지 않을 때까지 드롭해야 한다. 재드롭을 해야 하는데도 그대로 경기를 진행하면 1벌타가 부과되며 드롭을 계속하여 고의로 경기 진행을 지연시키면 2벌타가 첨가된다.

볼을 드롭하거나 놓을 때는 볼이 있었던 곳보다 홀에서 가깝지 않은 곳에 드롭하거나 놓는 것이 원칙이다. 재드롭하는 경우는 ●해저드 밖에서 드롭한 볼이 해저드에 굴러들어 갔을 때 ●해저드에서 드롭한 볼이 해저드 밖으로 굴러 나왔을 때 ●퍼팅 그린 밖에서 드롭한 볼이 그린으로 올라갔을 때 ●OB 선 밖으로 굴러 들어갔을 때 ●움직일 수 없는 인공 장애물이나 고인 물, 수리지 또는 두더지 구멍 같은 데서 구제를 받고 드롭하였는데 다시 그곳으로 굴러 들어갔을 때 ●드롭했으나 땅에 떨어진 곳으로부터 2클럽 길이 이상 굴렀을 때 ●볼이 있었던 곳보다 홀에 가깝게 가서 멎었을 때 ●앞에서와 같은 상황에서 다시 드롭하였으나 또 같은 곳에 볼이 굴러갔을 때이다. 재드롭하였을 때는 볼이 땅에 떨어진 곳에 놓아야 한다.

그러면 드롭할 때 '한 클럽 길이', '두 클럽 길이' 이내라 하는데 어느 채로 재야 하는가? 아무 채나 사용하여도 된다. 가령 수리지 같은 데서 구제를 받을 경우 한 클럽 길이를 잴 때에는 드라이버가 유리하므로 긴 채로 재면 된다. 드롭한 볼이 라이가 나쁜 곳에 멈췄는데 처음 떨어진 곳으로부터 드라이버 두 개 길이보다는 짧고 퍼터 두 개 길이보다 길 때를 가정해보자. 경기자는 퍼터로 두 클럽 길이 이상 굴렀으니 재드롭하겠다고 주장할 수 있을까. 그러나 이 경우에 처음 드라이버로 쟀다면 안 된다. 퍼터로 재면 분명 두 클럽 길이 이상 굴렀다 해도 처음 사용하였던 드라이버 길이로 잣대를 삼았으니 그 기준치를 적용해야 하는 것이다.

볼을 놓는 것(Placing)과 제자리에 놓는 것(Replacing)은 그 의미가 다르다. 플레이싱은 ●집어 올린 볼을 다른 곳에 놓거나 ●교체된 볼을 먼저 있던 볼 위치에 놓는 것을 말하고, 리플레이싱은 움직였던 볼을 그 볼이 놓였던 곳에 놓는 것을 의미한다. 볼을 놓을 수 있는 사람은 경기자뿐이고 제자리에 놓을 수 있는 사람은 경기자와 공을 집어 올렸거나(경기자가 집어 올리라고 지시한 캐디 등) 움직인 사람이다. 경기 도중 어떤 이유에서든 볼을 집어 올릴 때 볼이 놓였던 자리에 마크를 해야 한다. 마크하지 않고 볼을 집으면 1벌타, 제자리에 놓지 않으면 벌점이 두개이다. 다만 제자리에 놓지 않아 벌점 두 개를 받게 되면 마크를 하지 않아 받게 된 벌점은 면제된다.

음료수 병 위에 놓인 볼

필드에 놓여 있는 돌멩이, 나뭇잎, 나뭇가지, 솔방울, 동물의 배설물이나 벌레 등 곤충 같은 자연 장애물(Loose Impediments)이 샷하는데 방해가 되면 벌타 없이 치울 수 있다. 그러나 이런 것들을 옮기다 볼이 움직이면 1벌타를 받고 볼은 제자리에 놓아야 한다.

볼이 해저드에 들어갔을 때는 다른 곳으로 옮길 수도 없다. 자연물 중에서도 고정돼 있거나 자라고 있는 나무나 풀, 땅바닥에 단단히 박힌 돌, 또는 붙어있는 잘린 잔디 같은 것은 자연 장애물로 간주하지 않는다. 따라서 흙 속에 단단히 박힌 돌 등을 무리해서 뽑아서는 안 된다.

간혹 필드에 담배꽁초나 음료수 병이 놓인 경우도 있다. 몰지각한 골퍼들 때문이다. 만일 담배꽁초나 비닐 봉지, 음료수 병 같은 장애물의 위나 안에 볼이 놓여 있다면 어떻게 할까. 벌타 없이 볼을 집어 올린 다음 장애물을 치우고 볼이 있던 곳의 바로 위에서 드롭하면 된다.

공교롭게도 벙커 언덕에 놓여있는 고무래에 볼이 걸려 있을 때는 고무래를 먼저 치우다가 볼이 움직였다면 벌타 없이 제자리에 볼을 놓아야 한다. 그러나 볼이 움직일 것을 염려하여 먼저 집어들고 벙커 고무래를 치웠다면 볼을 먼저 집어 올린 데 대한 벌점 하나가 붙게 된다.

스프링쿨러, 배수로, 캐디 보호망, 나무의 지주, 길에 놓인 고무판, 포장된 도로 같은 움직일 수 없는 인공 장애물(Immovable Obstructions)의 위에나 안으로 볼이 굴러가 있을 때는 벌타 없이 구제 받을 수 있다는 규칙을 웬만한 골퍼라면 알고 있을 것이다. 움직일 수 없는 인공 장애물의 방해에서 구제를 받을 때 볼을 드롭해야 할 장소를 결정하는 방법은 다음

과 같다. ● 볼이 있는 곳보다 홀에서 가깝지 않은 곳이어야 하며 ● 장애
물이 방해가 안 되는 곳이어야 하며 ● 해저드도 아니고 퍼팅 그린도 아
닌 곳이어야 한다.

이상 세 가지 조건에 맞는 곳이 많이 있는데 그 중에서도 당초 볼이 놓
여 있었던 장소에서 가장 가까운 지점을 결정하여야 한다. 러프(Rough)
에 있던 볼을 위와 같은 절차에 따라 구제 받고 드롭한 볼이 페어웨이에
떨어져도 좋다.

그러나 골퍼가 스탠스를 취하거나 스윙하는 데 방해가 되더라도 OB
말뚝이나, 울타리 등의 경우엔 위와 같은 구제를 받을 수가 없다. 모든 인
공적 물건을 장애물로 간주하나 ● OB 경계를 표시하는 물건 ● OB에 있
는 움직일 수 없는 인공 물건 ● 위원회가 코스의 일부라고 지정한 구축
물만은 인공 장애물로 간주하지 않는다. 코스 내의 보호망이나 철망 옆
에 떨어진 볼은 벌타 없이 구제가 가능하지만 이러한 철망 등이 OB 경계
선일 경우에는 구제 받을 수 없는 것도 마찬가지다.

아스팔트나 시멘트 자갈 등으로 포장된 길 위에 볼이 놓여 있거나 그러
한 길이 스탠스나 스윙에 방해가 될 때는 앞에서 설명하였듯이 벌타 없
이 구제 받을 수 있지만 포장이 안된 길에서는 구제 받을 수 없다. 오솔길
같은 곳에 볼이 떨어졌을 경우 맨땅이더라도 인공이 전혀 가미되지 않았
기 때문에 장애물로 보지 않는 것이다.

해저드의 볼 드롭 위치는?

해저드(Hazard)란 골프 코스 안에 있는 워터 해저드, 병행 워터해저드(래터럴 해저드) 및 벙커를 말한다. 골프의 자유가 가장 많이 제한되며 벌이 엄한 지역이다. 스루 더 그린에서 가능한 행위도 해저드에서 하면 벌을 받도록 규제되어 있다.

워터 해저드는 보통 노란 말뚝이나 선으로 표시하고 병행 워터해저드는 빨간 말뚝이나 선으로 표시한다. 워터 해저드의 후방에서 볼을 드롭하는 것이 불가능하다고 경기 위원회에서 판단할 때에는 그 워터 해저드를 병행 워터해저드로 정한다.

OB의 경우 OB 선에 볼이 일부라도 걸리면 OB 볼이 아니라고 하지만 해저드에서는 볼의 일부가 해저드 선상에 걸려 있더라도 해저드에 들어간 것으로 간주한다. 볼이 워터 해저드에 들어갔을 때 골퍼가 취할 수 있는 방법은 다음과 같다.

●벌타 없이 해저드 안에 놓여 있는 볼을 그대로 샷하든가 ●워터 해저드 내에서 샷이 불가능하여 벌타 한 점 받고 처음 샷을 날렸던 지점에서 다시 치든가 ●1벌타 후 볼이 처음 워터 해저드에 들어가는 지점 후방에(뒤로 가는 거리에는 제한이 없음) 볼을 드롭하고 샷을 하는 것 등이다.

그러나 대부분의 골퍼들은 워터해저드에 볼이 들어가면 처음 해저드에 들어간 후방에 드롭하지 않고 해저드 앞쪽 깃대에 가까운 곳이나, 그 옆에 드롭하여 샷을 하는 경향이 있다. 이는 중대한 오소(誤所) 플레이로 또 다른 벌타를 받아야만 한다.

또 이런 경우도 있다. 골퍼가 해저드 건너편에 자리잡고 있는 그린을 향해 샷한 볼이 다행히 해저드를 건넜으나 불행하게도 때구루루 굴러 그만 해저드로 빠져버린 것이다. 이때 그린 앞에서 해저드에 빠졌기 때문에 바로 그린 앞에 드롭해 샷하면 되지 않느냐고 주장할 수도 있을 것이다. 그러나 골프 규칙은 야속스럽게도 처음 해저드를 넘어들었던 후방에 드롭하고 샷을 하도록 규정하고 있다.

워터 해저드(병행 워터해저드 포함)쪽으로 샷한 볼이 물 속에 빠졌는지 그렇지 않으면 물 밖 어느 곳에 숨어버렸는지 누가 본 사람도 없고 알 수가 없을 때가 있다. 물에 풍덩 들어갔다는 증거도 없으므로 물에 빠졌을 때의 방법을 택할 수도 없다. 이때는 분실구로 처리하도록 규정하고 있다.

볼이 연못 속으로 들어간 것으로 여기고 잠깐 찾아보다가 볼을 찾을 수 없어 연못 후방에 볼을 드롭한 후 샷을 하고 그린 쪽으로 걸어가다가(처음 볼을 찾기 시작한 때부터 5분 이내에) 없어졌던 원구를 찾았을 때는 어떻게 처리할 것인가? 앞에서 설명한 바와 같이 연못에 볼이 들어갔다는 증거가 없는데도 들어간 것으로 간주했으므로 이 볼은 인플레이 볼이 아니다. 인플레이 볼이 아닌 볼은 오구(誤球)다. 경기자는 오구를 샷하였으므로 벌점 두 개를 받고 5분 이내에 찾은 인플레이 상태의 원구로 경기를 계속해야 한다.

워터 해저드(병행 워터해저드 포함)에 볼이 놓여 있을 때 해저드에 들어가 샷을 할 수도 있을 것이다. 이때 돌, 나뭇잎, 나뭇가지 또는 솔방울 같은 자연 장애물은 방해가 되더라도 건드리거나 치울 수 없다. 위반하면 벌점 두 개다. 노란 말뚝이나 빨간 말뚝은 쉽게 뺄 수 있으면 빼고 샷을 하여도 좋다.

벙커 안의 돌 제거는?

골퍼가 플레이 선상의 벙커 안에 발자국을 낸 뒤 이를 평평하게 고른 후에 샷을 하여도 되는가? 가령 이런 상황이 될 것이다. 컵에 가까이 어프로치하기 위하여 경기자는 플레이 선상에 놓여 있는 고무래 등을 제거하기 위해 자신의 볼과 홀 사이에 자리잡고 있는 벙커 안으로 들어간다. 홀까지의 거리를 어림으로 측정하거나 혹은 다른 이유로 벙커에 들어갈 수도 있다. 벙커를 바로 가로 질러갔다가 발자국을 고른 뒤 다시 볼이 있는 곳으로 되돌아왔다. 벙커 안에 볼이 있었던 것이 아니므로 발자국을 고른 것은 위반이 아닐 듯도 싶다. 그러나 위반이다. 플레이 선을 최초의 상태로 개선시켜 놓았기 때문이다. 만일 플레이어가 그의 플레이 선을 전보다 악화시켰다 해도 그는 그 플레이 선을 최초 상태로 회복시켜 놓을 수 없다. 위반 시에는 2벌타다.

이 사장과 박 사장의 볼이 모두 벙커에 있는데 박 사장의 볼이 홀에서 더 멀었다. 따라서 박 사장이 먼저 벙커 아웃을 시켰다. 이어 이 사장이 샷을 했는데 그만 벙커 밖으로 쳐 올리는 데 실패하였다. 그의 볼이 벙커 턱을 맞고 또르르 굴러 처음 벙커샷을 하고 나갔던 박 사장의 발자국 속으로 들어가고 만 것. 이때에 볼을 꺼내고 발자국을 고른 후에 리플레이스하여 샷을 할 수 있는가? 이는 불가능하다. 다만 이 사장은 샷을 하기 위하여 벙커에 들어가기 전에 박 사장으로 하여금 자신의 발자국을 고르도록 요구할 수 있다.

소나무 숲으로 우거진 필드를 많이 만날 수 있다. 플레이어가 운동하는 과정에서 우연히 솔방울 등을 벙커 안으로 차 넣었다. 경기자는 벙커에 굴러 들어온 솔방울이 그의 스탠스와 의도하는 스윙 구역을 방해하지 않았지만 그 솔방울을 주워 올렸다면 규정에 위반되는 것일까? 솔방울은 루스 임페디먼트이며 루스 임페디먼트와 볼이 모두 해저드 안에 있을 때 이를 움직여서는 안 된다고 규칙 제13조 제4항에 규정되어 있다. 따라서 이를 위반했을 때는 매치 플레이에서는 그 홀의 패(敗), 스트로크 플레이에서는 2벌타를 먹어야 한다.

플레이어의 볼이 벙커 후방에 있는데 그는 퍼팅으로 벙커를 통과하기로 결정하였다. 그런데 그 벙커 안에는 그의 플레이 선상에 작은 돌멩이가 하나 놓여 있었다. 이때 플레이어는 그 돌멩이를 모래 속으로 밟아 눌러 버리거나 제거할 수 있는가? 모래를 밟아 누르는 행위가 플레이 선을 개선시킨다면 그러한 행위를 하여서는 안 된다. 그러나 규칙 제23조 제1항에서 볼이 해저드 안에 정지하고 있지 않는 경우에는 해저드 안에 있는 루스 임페디먼트를 제거할 수 있다.

골퍼가 스탠스를 수평으로 잡기 위하여 벙커 측면을 무너뜨려서는 안 된다. 플레이어는 스탠스를 취할 때에 스탠스의 장소를 특별히 만들어서는 안 되는 것이다. 이상스럽게도 볼이 벙커 바로 밖에 놓여 있어 플레이어가 벙커 안에서 스탠스를 취하였다. 이때 그의 클럽을 벙커 안의 모래 위에 놓거나 백스윙 하는 사이 모래에 접촉해도 되는가? 이 경우 포인트는 볼이 벙커 안에 있거나 접촉이 되어 있느냐가 문제이다. 따라서 이 경우 규칙 제13조 제4항이 적용되지 않는다.

클럽으로 모래에 화풀이?

플레이어가 벙커 안에서 볼을 쳐내기 위하여 백스윙을 할 때 클럽 스페이스를 모래에 닿아서는 안 된다는 규정을 모르는 사람은 별로 없을 것이다. 그러나 플레이어가 워터 해저드 안에서 경기자의 클럽을 지면에 접촉하지 않고 연습 스윙을 하였으나, 몇 포기의 긴 풀에 스쳤다면 클럽으로 모래에 닿았을 때처럼 벌타를 먹어야 하는가? 이 경우 플레이어가 그의 라이를 개선하거나 해저드의 상태를 테스트하지 않았다면 규칙 제13조 제4항의 주(註)규정에 의하여 벌이 없다.

그렇다면 경기자가 벙커 안에서 백스윙 하면서 두더지 등이 파놓은 흙무더기에 클럽이 접촉하였을 경우는 어찌 되는가. 규칙 제13조 4항은 경기자가 스트로크하기 전에, 다시 말하면 클럽을 전방으로 움직이기 전에 해저드 안의 지면에 접촉하는 것을 금지하고 있다. 따라서 위반이 된다 하겠다.

다음으로 플레이어가 자신의 볼을 찾기 위해 벙커 안에 들어가 다수의 발자국을 냈다. 결국 볼을 발견하였는데 이러한 경우 플레이하기 전에 그 발자국을 골라도 될까? 골라서는 안 된다. 그러나 만일 플레이어의 캐디가 자진하여 그 발자국을 골랐는데 그로 인하여 볼의 라이가 개선되지 않았거나 그 홀의 계속되는 플레이에서 플레이어를 조력하지 않았다면 위반이 되지 않는다.

벙커에 들어간 백구를 홧김에 내려치면 순진한 백구는 비명을 지르며 건너편 벙커로 뛰어 들어가는 일이 종종 발생한다. 이런 샷을 소위 '냉온탕 샷' 이라고 부르는데 첫 번째 벙커에서 샷한 골퍼, 그래도 매너 있게 고무래를 집어들고 자신의 발자국을 잘 정리하고 나왔다. 다시 두 번째 벙커에 들어가 샷을 날렸으나, 이게 어찌된 일인가. 이번에도 백구가 심술을 부리는 것인지 첫 번째 벙커로 또다시 굴러 들어가는 희한한 일이 벌어졌다. 만일 그 백구가 하필이면 처음 골퍼가 샷을 하고 고무래로 골랐던 지점으로 찾아가 능청스럽게 앉아 있다면 화가 나있는 골퍼에게 제13조 제4항의 벌점을 매길 수 있을까? 동 규정 예외2를 살피건대 벌을 부과할 수 없다 하겠다.

대부분의 골퍼들은 한 번의 샷으로 벙커 탈출에 성공한다. 그러나 초심자들은 성공보다 실패율이 많다. 벙커에서 몇 번 찍다보면 화가 치밀어 오른 골퍼님, 그만 죄 없는 클럽을 휘둘러 벙커를 내려치는 경우가 종종 발생한다. 이때 그러한 경기자의 행위가 벙커 안의 새로운 라이에 영향을 미치지 않았다 해도 경기자가 게임을 포기하지 않는 한 또 한 번 스트로크를 해야되기 때문에 규칙 위반이 된다.

벙커에서 샷한 볼이 벙커 가장자리의 잔디 위에 떨어져 역시 화를 참지 못한 경기자가 자신의 클럽으로 모래를 후려쳤을 때 놀란 백구가 다시 벙커 속으로 굴러들어 가는 경우도 있다. 이때 규칙 제13조 제4항 b의 예외 규정인 볼이 해저드 안에 있을 때 클럽으로 벙커 지면을 접촉하는 것을 금지하고 있는 바, 클럽으로 모래를 내려친 시점에서는 볼이 벙커 밖에 있었으므로 벌점을 먹지 않는다고 주장할 수 있다. 그러나 볼이 굴러서 벙커 안으로 되돌아 왔을 때까지도 아직 클럽을 벙커 지면에 접촉하고 있었다면 규칙 제13조 제4항의 위반이 된다.

스윙 도중 부러진 샤프트

골프 규칙에는 볼을 치는 법이 규정돼 있다. 볼은 클럽 헤드로 바로 쳐야 하며 밀어내거나 끌어당기거나 또는 떠올려서는 안 된다는 것이다.

볼이 OB 울타리에 바짝 붙어 정지하고 있어 다음 샷을 소신껏 날리기가 어려울 경우가 있다. 다행히 볼이 자리하고 있는 뒤편으로 클럽을 넣을 수 있는 공간이 있기는 한데 백스윙을 제대로 하기가 어렵다. 이때는 볼을 밀어내거나 끌어당기는 샷을 할 수밖에 다른 방도가 없을 것이다. 이럴 때 당연히 규칙 위반이 된다. 볼은 클럽 헤드로 바로 쳐야 하는 것이다.

스트로크란 플레이어가 볼을 올바르게 쳐서 움직일 의사를 가지고 행하는 클럽의 전방향으로의 동작을 말한다. 이 경우 만일 클럽 헤드가 볼에 도달하기 전에 골퍼가 느닷없이 다운 스윙을 자발적으로 중지하였다면 플레이어는 스트로크를 하지 않은 것으로 규칙 제14조에 규정돼 있다. 예컨대 플레이어가 볼을 치려는 생각으로 다운 스윙을 시작하였으나 도중에 마음을 바꾸어 중지하기로 결심했다. 그러나 그의 클럽을 볼 위에 도달하기 전에 중지시킬 수는 없어서 궤도 수정을 하여 볼 바로 위로 지나가도록 스윙을 했다. 이 경우 스트로크 한 것으로 치지 않는다.

다운 스윙을 하는 도중에 클럽 샤프트가 부러졌는데 경기자는 스윙을 중지하였으나, 떨어져 나간 클럽 헤드가 볼을 움직였다면 어떻게 될까. 플레이어는 스트로크한 것은 아니지만 만일 그 볼이 인 플레이 된 볼이 아닐 경우(즉 티샷 시에 일어난 경우) 벌은 없으며 그 볼은 티에서 플레이하여야 한다. 그러나 그 볼이 인플레이 된 볼이었다면 플레이어는 규칙

제18조(정지된 볼을 움직인 경우)에 의거 1벌타를 받게 되며 그 볼은 리플레이스(replace)하여야 한다.

그 반대로 다운 스윙 도중 클럽은 부러졌으나 스윙은 끝까지 하여 볼은 맞히지 못하였는데도 떨어진 클럽 헤드가 볼을 움직인 경우도 있다. 이때 스트로크는 카운트되고 플레이어에게 벌은 없다. 단 볼은 있는 그대로의 상태로 플레이되어야 한다.

플레이어가 그린을 향하여 샷을 날렸으나 그린을 가리고 서있는 커다란 종려나무에 탁 맞는 소리와 함께 백구는 간 곳이 없다. 종려나무 위아래를 유심히 찾았더니 어처구니없게도 백구는 골퍼와 숨바꼭질이라도 하듯이 종려나무 잎 위에 올라앉아 있지 않는가. 약이 오른 플레이어는 종려나무 몸통을 클럽으로 탕탕 쳐서 백구를 나무 위에서 필드로 굴러 떨어뜨렸다. 이 경우 경기자는 스트로크(stroke)를 한 것인가?

당연히 플레이어가 볼을 치지 않았기 때문에 스트로크한 것이 되지 않는다. 다만 플레이어가 규칙 18조의 정지된 볼을 움직였기 때문에 1벌타를 받게 되며 그 볼은 리플레이스(replace)하여야 한다. 그런데 이 경우 볼이 걸려 있었던 종려나무 잎 속에서 리플레이스 할 수는 없지 않는가. 따라서 경기자는 추가로 1벌타를 더 먹고 언플레이어블 볼의 규칙에 의하여 처리하여야 한다. 결국 설상가상으로 2점의 벌타를 먹을 수밖에 없는 골프 규칙이 원망스러울 뿐이다.

해저드에선 남의 볼을 쳐도

　파3홀에서 조 박사의 볼이 온 그린에 실패하여 벙커 안에 들어가고 말았다. 조 박사의 온 그린 실패를 속으로 흐뭇해하면서 박 사장이 샷을 날렸다. 그런데 웬걸 박사장의 볼 역시 친구 따라 강남 간다고 벙커에 들어가고 말았다.

　벙커 가까이 가서 살펴보니 조 박사의 볼과 박사장의 볼이 나란히 놓여 있지 않는가. 성미 급한 조 박사, 먼저 벙커에 들어가 자신의 볼을 탈출시키기 위해 샌드 웨지로 내려 갈겼다. 아뿔싸! 조 박사의 볼은 벙커 턱에 맞고 탈출에 실패하고 말았다. 화가 치민 조 박사, 자신의 백구를 노려보았더니 어찌된 일인가? 그 볼은 자신의 볼이 아니라 박 사장의 볼임을 발견 한 것이다. 조 박사는 불행 중 다행이라고 생각하고 자신의 볼을 이번엔 신중하게 벙커 밖으로 쳐 그린에 올렸다. 박 사장 또한 조 박사에 의하여 옮겨진 자신의 볼을 벙커 아웃 시켰다. 이런 경우에 골프 규칙에서는 어떻게 처리하고 있는가?

　우선 박 사장의 경우, 규칙 제 18조 제 4항을 살펴보면 스트로크 플레이에서 동반 경기자나 캐디 또는 휴대품에 의하여 움직여진 볼은 벌 없이 리플레이스 하여야 한다고 규정하고 있다. 따라서 박 사장은 조 박사가 자신의 볼로 오인하고 플레이 한 시점에 그 볼을 리플레이스 하여 스트로크 했어야 한다. 한데 그 같은 사정을 알면서도 자신의 볼을 리플레이스 하지 않고 조 박사가 당초에 오구 플레이하였던 상태로 벙커아웃 했기 때문에 2벌타를 받아야 한다. 다음은 조 박사의 경우, 해저드(벙커) 안에서는 몇 번이고 오구 플레이를 해도 상관없다. 따라서 조 박사에게는 아무런 벌점이 없다.

　이런 경우도 있다. 조 박사와 박 사장의 볼이 의리 있게 거의 나란히 워터 해저드에 들어가고 말았다. 다행히 볼은 건질 수 있어 캐디가 두 개의 볼을 건져 올려 두 사람에게 볼을 건네 주는 순간 볼이 서로 바뀌게 됐다. 두 사람은 해저드 후방에 드롭하여 그린을 향하여 어프로치 하여 온 그린 시켰다. 그린에 도착한 동반자들은 그들의 볼이 서로 바뀐 사실을 알게 되었다. 이러한 경우 어떻게 되는가. 그들은 벌을 받지 않아도 된다. 해저드 안에서의 오구 플레이에는 벌타가 없다.

　또 다음과 같은 경우도 한 번 살펴보자. 조 박사가 샷 한 볼이 온 그린되었는데 박 사장이 어프로치 샷을 하면서 조 박사 볼 밑에 마크를 한 후 그 볼을 옆으로 비켜 놓았다. 아무래도 부딪칠 것 같았기 때문이다. 이러한 사실을 박 사장이 미처 얘기 하지 못하는 바람에 조 박사는 볼이 옮겨진 줄도 모른 채 퍼팅을 끝낸 후 홀 아웃 하였다. 이러한 경우 박 사장이 볼을 집어 올린 순간 그 볼은 이미 인 플레이 볼이 아니다. 따라서 조 박사가 인 플레이 볼이 아닌 자신의 볼을 스트로크 하였을 때 오구를 친 것이다. 그러나 조 박사는 자기의 볼을 박 사장이 옮겨 놓은 사실을 몰랐기 때문에 오구 플레이에 의한 벌은 받지 않는다. 다만 조 박사는 다음 티에서 플레이하기 전에 잘못을 알았다면 다시 그린으로 돌아가 올바른 위치에 자신의 볼을 리플레이스 하고 그 홀의 플레이를 끝마쳐야 한다. 다음 티에서도 몰랐다면 오구로 퍼팅한 스코어는 그대로 인정되며 벌타는 없다.

OB난 볼 그 자리서 쳤다면

박 사장이 샷한 백구가 왼쪽으로 사라졌다. 박 사장은 볼의 낙하 지점에서 백구를 찾아 헤매다가 OB 구역에서 볼 하나를 발견했다. 그 볼이 자신의 볼이라 생각하고 애초에 볼을 쳤던 지점에 가지고 와서 플레이를 하였다. 그런데 뒤에 알고 보니 처음 친 볼이 페어웨이에서 발견되었다. 이러한 경우는 어떻게 처리하여야 할 것인가? 페어웨이에 있는 볼은 억울하더라도 분실구가 되며 OB구역에서 발견된 볼은 인 플레이볼이 된다. 용어의 정의에 보면 교체가 허용되거나 안되거나 간에 다른 볼로 교체된 경우 그 교체된 볼이 인플레이의 볼로 규정되어 있다. OB난 볼을 그 자리에서 쳤을 경우도 마찬가지다. 오구 2벌타, OB 1벌타를 받고 돌아와서 다시 쳐야 한다.

플레이어들은 종종 이런 경험을 하게 된다. 러프 지역으로 날아간 자신의 볼을 찾아 헤매다가 철쭉 밭 속에 숨어있는 백구를 발견하자마자 자신의 볼이라고 생각하고 그 볼을 언플레이어블 볼(Unplayable Ball)로 선언하고 2클럽 길이 이내에서 드롭하였다. 그러나 후에 그 볼은 자신의 볼이 아니고 오구라는 것을 알았다. 이 경우 오구이지만 드롭하기 위해 집어 올린 것에 대하여는 벌점이 없다. 다만 오구를 스트로크한 경우에 한하여 규칙 15조에 규정한 벌타가 적용된다.

박 사장은 그린 위에 있는 자신의 볼 위치를 마크하고 볼을 집어 올려 깨끗이 닦아 달라고 캐디에게 던졌다. 캐디가 그 볼을 잡는데 그만 실패하여 볼이 연못 속으로 굴러 빠지고 말았다. 박 사장은 어쩔 수 없이 다른 볼을 꺼내 퍼팅을 끝내고 홀 아웃 하였다. 이러한 경우에도 벌을 받아야 하는가. 퍼팅 그린 위의 볼은 집어 올릴 수 있고 닦을 수 있지만 다른 볼로 교체하는 것은 허용되지 않는다. 따라서 실수하여 볼이 연못으로 굴러갔더라도 볼의 교체로 인한 벌점은 박 사장이 먹을 수밖에 없다.

김 사장과 박 사장이 티잉 그라운드에서 샷을 한 뒤 그들이 동일한 제조회사, 동일한 번호의 볼로 플레이를 하고 있다는 것을 알게 되었다. 마침 김 사장이 자신의 볼이 슬라이스가 나서 페어웨이 오른쪽으로 떨어진 것을 확인하였는지라, 두 사람이 다음 샷에서부터 혼동이 일어날까 염려되어 자신의 볼을 집어 올린 뒤 새 볼로 교체하여 그 홀의 경기를 끝마쳤는데 이러한 행위는 허용되는가? 김 사장은 규칙을 위반한 것이다. 경기자는 규칙에서 다른 볼과 교체가 허용되는 경우를 제외하고 티잉 그라운드에서 플레이 한 볼로 홀 아웃 하여야 한다고 규정돼 있다.

또한 박 사장의 두 번째 샷이 OB 지역으로 날아가는 것 같아 걱정스러운 마음으로 볼이 낙하하였음직한 지역에서 여기 저기 볼을 찾아보았더니, 천만다행으로 OB 지역으로 들어가지 않고 러프 속에 놓여 있었다. 그러나 사실은 앞 팀 경기자가 자기들의 필드로 날아와 있는 백구를 주워 던져 주었다면 어떻게 처리할 것인가? 박 사장의 볼은 OB 지역을 넘어 정지했던 시점에 더 이상 인 플레이 볼이 아니다. 그러므로 그 볼은 오구가 되며 오구를 스트로크 한 박 사장은 규칙 15조에 규정한 벌점을 받아야 한다.

내가 친 볼에 내가 맞으면

　푸르른 페어웨이, 회심의 1타가 예상하지 못한 곳으로 튀어나가는 수가 있다. 너무 장타가 돼 앞 팀 플레이어를 위협(?)하는 경우도 있으나 뜻하지 않게 자기가 친 볼에 자신이 맞을 때가 있다. 있을 수 없는 일 같지만 경험자는 가능한 일이라고 고개를 끄덕일 것이다. 즉 자신의 볼이 불행하게 숲 속으로 들어가 있을 때 안전하게 나무와 나무 사이로 쳐내야겠다고 생각한다. 그러나 스윙을 한 순간 볼은 앞의 나무에 정통으로 맞고 튀어 골퍼 자신을 맞히는 경우가 있다.

　실로 아찔한 순간이다. 자신의 몸에 맞은 볼은 다시 숲 속으로 떨어질 수밖에 없을 것이다. 이때 규정은 냉정하게도 2벌타를 부과하도록 되어 있다. 설상가상이라 하겠다. 2벌타를 부과받고 볼이 멈춘 바로 그곳에서 다시 치지 않으면 안 된다. 이는 인플레이 상태에서 움직이고 있는 볼은 어떠한 경우에서도 움직임을 멈추게 해서는 안되기 때문이다. 고의는 아니지만 자신의 몸 때문에 볼이 멈춰 섰으므로 벌타를 먹을 수밖에 없다. 그렇지 않으면 굴러가는 볼이 OB 선을 넘으려는 순간 정지시키거나, 홀을 크게 지나가는 볼을 정지시켜도 된다는 이론이 성립하게 된다.

　또 사람이 맞지 않고 캐디의 백에 맞아 공이 멈출 수도 있다. 이 또한 캐디의 백이 자신의 것이므로 자신에게 맞는 볼과 같이 처리된다. 그런데 본인의 백이 아니라면 어떻게 할 것인가. 만일 1인 1백이라면 동반경기자가 각각이므로 동반자의 백은 '국외자'이므로 벌타 없이 볼이 멈춘 곳에서 속행하면 끝난다. 그러나 2백 또는 4백인 경우 캐디 한사람이 백을 운반하는 경우가 대부분이다. 이 경우 플레이어는 서로 각기 국외자로 취급되지만 캐디가 운행하는 백들은 공통적으로 자신에게 부수되는 것으로 판단하는 수밖에 없다. 따라서 공이 타인의 백에 맞더라도 자기 캐디의 휴대품에 맞는 것이므로 2벌타를 면할 수는 없다 하겠다.

흔히 이런 일이 발생하기도 한다. 그린 주변에서 어프로치 할 때 먼저 온 그린시킨 동반자의 공을 맞춰 서로의 공을 움직여 놓는 경우이다. 그러나 타인의 볼은 국외자다. 국외자의 볼에 맞아 방향이 바뀌거나 자신의 볼이 멈추어서도 어쩔 수 없이 볼이 멈춘 곳에서 벌타 없이 경기를 속행할 수밖에 없고 다만 기존에 온그린 된 동반자의 볼은 원위치에 리플레이스 한다. 따라서 먼저 온그린 된 동반자의 볼이 어프로치하는 데 방해가 될 것 같으면 샷 하기 전에 마크를 해 달라는 요청을 하여야 한다.

페어웨이에서의 두 번째 샷이 OB가 되었다. 그런데 동반자의 공을 쳤고 자신의 볼은 바로 그 앞에 있다면 어떻게 될까. 이때 '규칙15조 3'에 의거 2벌타를 받고 자신의 볼로 다시 플레이를 계속해야 한다. 오구플레이에 대한 벌타(2벌타)가 부과되기 때문에 OB가 발생한 스트로크는 OB 벌타가 따로 부과되지 않는다. 새로운 자신의 볼을 제 4타째로 쳐서 플레이를 계속한다.

또 처음 친 볼이 OB 가능성이 있어 잠정구를 쳤으나 다행히 처음 친 볼이 OB는 아니고 나무 숲 속에서 발견되었다. OB는 아니므로 잠정구로 플레이를 계속할 수 있을까. 안 된다. 이 경우에도 2벌타가 부과된다.

어드레스 후에 움직인 볼

플레이어가 어드레스 후에 볼이 움직이면 1벌타를 받도록 규정하고 있다.(규칙 18-2 a · b) 예를 들면 경사진 페어웨이 디보트 가장자리에서 어드레스를 취했는데 원망스럽게도 볼이 디보트 자국으로 굴러 들어가고 말았다.

이런 경우 규정에 의거 1벌타를 받고 볼을 원위치로 되돌려 놓은 후 플레이를 계속할 수밖에 없다. 만일 리플레이를 하지 않고 볼을 칠 경우 오소 플레이로 간주해 2벌타가 부과된다.

여름이 되면 러프 속의 풀이 무성하게 자라나는데 볼이 그 위에 살짝 얹혀 있는 경우가 있다. 이때 볼 뒤에서 어드레스를 취하자마자 볼이 움직여 깊은 러프 속으로 가라앉고 말았다. 원망스럽게도 볼은 전후좌우만이 아니라 상하로도 움직이고 있는 것이다. 이때 어드레스 이후에 인플레이 볼이 움직였으므로 1벌타를 더하고 리플레이스해 플레이를 계속 하여야 한다. 또 샷을 하기 전 연습 스윙을 했는데도 클럽 헤드에 스쳐 볼이 움직일 경우가 있다. 이때 정지되어 있는 볼이 움직였으므로 1벌타를 받아야 한다. 볼을 원 위치에 다시 놓고 플레이를 계속하여야 한다.

OB인줄 알았던 볼이 OB 경계선 안 깊은 러프 속에 떠 있는 경우가 있다. 플레이어는 OB를 면하여 다행으로 생각하고 볼을 휘둘렀는데 깊은 러프 때문에 살짝 떠오른 볼이 다시 클럽 헤드에 맞고 말았다.

한 번의 샷으로 두 번 이상 클럽에 공이 맞을 때에는 룰 위반으로 1벌타를 받고, 그 스트로크 또한 1타로 계산하기 때문에 합계 2타가 되고 볼은 정지된 곳에서 플레이를 계속하여야 한다(규칙 14-4).

볼이 수리지(修理地) 안에 있는 것을 모르고 경기자가 볼을 있는 그대로의 상태로 플레이를 하였으나, 조금 후에서야 자신의 볼이 수리지 안에 놓여 있었다는 사실을 알고 볼을 집어 올려 규칙 제 25조 제1항 b(비정상적인 코스상태에서의 구제)에 따라 그 볼을 드롭한 후에 경기를 끝마쳤다면 어떻게 처리하여야 할 것인가?

일반적인 상황에서는 플레이어가 수리지에서 구제 받을 수 있으나, 일단 수리지에서 플레이를 하고 난 뒤라면 구제받을 수 없으며 그 볼은 정지해 있는 곳에서 인플레이(In play)의 볼이 된다. 따라서 인플레이 볼을 집어 올리면 1벌타를 받게 되고, 이 경우에 플레이어는 볼을 리플레이스하지 않고 홀아웃 하였기 때문에 매치플레이의 경우 그 홀의 패(敗), 스트로크 플레이라면 합계 2벌타를 받게 된다.(규칙 18)

러프 속으로 숨어버린 볼은 빼내기가 여간해서는 쉽지 않다. 때문에 많은 골퍼들은 놓여있는 공을 터치하여 다음 샷을 하기 좋게 옮겨 놓든지 아니면 잡초를 클럽으로 제거 또는 갈라놓거나 골프화로 살짝 밟은 후 다음 샷을 날리곤 한다. 이 경우 공을 터치하지 않았다 하더라도 '규칙 13조 2' 에 의거, 라이의 개선이 되므로 2벌타를 부과받아야 한다. 볼은 '있는 그대로 친다' 는 것이 원칙이므로 당연히 벌타가 주어져야 마땅하다.

도저히 샷을 할 수 없는 경우, 언플레이어블 볼을 선언하고 1타를 받더라도 2클럽 길이 내에 칠 수 있는 위치로 나와 깨끗하게 다음 샷을 날려야 한다.

바람에 의해 볼이 움직였다면

벙커의 가장자리에 아슬아슬하게 멈춰 있던 볼이 플레이어가 동반자들과 함께 가까이 다가가자 벙커 안으로 스르르 굴러 떨어지고 말았다. 이러한 경우 경기자는 규칙 제 18조 1항 규정(국외자에 의하여 움직여진 경우)에 의하여 볼을 리플레이스 할 수 있는지, 아니면 벙커 안에서 플레이하여야 하는지 다툼의 여지가 있다. 이 경우 벙커 가장자리에 있던 볼이 움직이게 된 동기가 문제가 된다. 만일 경기자나, 동반 플레이어가 볼의 움직임에 원인을 제공하지 않았다면 어느 누구에게도 책임을 물을 수 없으며 볼은 벙커 안에서 있는 그대로 플레이하여야 한다.

그러나 볼이 움직이는 데 영향을 미쳤다면 그 볼은 리플레이스하여야 하며 플레이어는 1벌타를 받아야 한다. 상대 동반자의 원인에 의하여 볼이 굴러 들어갔다면 규칙 제 18조 제 3항, 제 4항(상대방, 동반 경기자, 캐디 또는 휴대품에 의하여 볼이 움직여진 경우)에 의하여 벌은 없으며 경기자는 그 볼을 리플레이스 하여야 한다.

벙커의 가장자리에 앉아 있던 볼이 움직여 벙커로 들어가게 된 원인에 대하여는 모든 상황 등을 감안해야 될 사실에 관한 문제라 할 수 있다. 플레이어와 동반 경기자를 비롯해서 볼의 거리 및 지면의 상태가 포함된다 하겠다. 볼의 움직임에 대한 증거가 없는 경우에는 그 볼이 움직인 것을 바람 등 우연의 일치에서 일어난 일로 결론을 내릴 수밖에 없다.

이런 경우도 있다. 플레이어가 샷 하였던 볼이 갑자기 불어온 바람이나 캐주얼 워터에 의하여 볼이 움직였다고 가정하자. 이때 바람이나 물은 국외자가 아니기 때문에 볼이 움직인 새로운 위치에서 그 볼을 플레이하여야 하는가? 그렇지 않다. 플레이어가 중단된 사이에 바람이나 물의 영향에 의해 볼이 움직였을 경우 최초의 볼이 움직인 지점에 플레이스하여 경기를 진행하여야 한다. 이를 위반하였을 때 매치 플레이에서는 그 홀의 패(敗), 스트로크 플레이에서는 벌점 두 개를 먹어야 한다. 그러나 최초의 지점을 확정할 수 없을 경우는 다음과 같이 적용한다.

● 스루 더 그린에서는 원위치에 되도록 가깝고 해저드 또는 퍼팅 그린 위가 아닌 장소에 드롭해야 한다.

● 해저드 내에서는, 해저드 내로서 원위치에 가까운 장소에 드롭 하여야 한다.

● 퍼팅 그린 위에서는 해저드 아닌 장소로 원 위치에 가장 가까운 장소에 플레이스 하여야 한다. 그런데 리플레이스(Replace)하여 정지하였던 볼이 다시 바람에 움직였다면 어떻게 처리 할 것인가? 플레이어가 그린 위에 그의 볼을 리플레이스하고 볼이 정지하였는데 그가 그 볼에 어드레스(address) 하기 전에 갑자기 바람이 세게 불어서 볼이 홀에서 더 멀리 굴러갔다면 이때 플레이어는 볼이 굴러가 놓여 있는 새로운 그 자리에서 퍼팅을 하여야 한다. 바람은 '국외자' 가 아니다. 따라서 규정 제 18조 제 1항은 적용되지 않는다. 경기자의 볼이 바람에 움직인 상황에서 플레이어는 그 볼이 정지했던 곳에서 플레이를 했어야 하는데 그만 볼을 집어 올려 리플레이스하였다면 벌타는 없는가? 경기자는 규칙 제 18조 제 2항 a에 의한 1벌타와 리플레이스를 하지 않은 1벌타 등 합계 2벌타를 받아야 한다.

인부가 집어 던져준 볼

　요즘 신설 골프장엔 티잉 그라운드에서 그린이 보이지 않고 숨어 있는 이른바 '히든 그린' 코스가 많다. 파3홀, 티잉 그라운드에서는 보이지 않았으나 그린 근처에 벙커나 워터 해저드가 입을 벌리고 백구가 날아오기를 기다리고 있다.

　플레이어가 샷을 한 뒤 그린에 가까이 다가가 자신의 볼을 찾고 있는데 그린 건너편에서 잡초를 매던 아주머니가 볼 하나를 던져주고 사라졌다. 볼을 받아든 경기자는 그 볼이 자신의 것이라고 확인하였지만 다음 스트로크를 어느 지점에서 할 것인가를 결정할 수가 없었다. 그 볼이 그린 위에 있었는지, 페어웨이에 있었는지 혹은 벙커 안에 있었는지 몰랐기 때문이다.

　정지하고 있는 볼이 국외자에 의하여 움직였을 때 플레이어는 벌 없이 다음 스트로크를 하기 전에 리플레이스 할 수 있다.(규칙 18-1) 그러나 이 경우 리플레이스하여야 할 지점을 알기란 불가능하기 때문에 경기자는 형평의 이념(규칙 1-4)에 따라 최초의 볼이 놓여 있었을 가능성이 있는 동일한 여러 지점 중에서 가장 유리한 지점도 아니고 가장 불리한 지점도 아닌 지점에서 볼을 드롭하여야 한다.

　골프 경기에서는 예측하기 어려운 경우가 종종 발생한다. 플레이어가 샷한 볼이 어이없게도 페어웨이 주변에 서 있는 나무 위에 놓여 있을 때가 있다. 지면에서 상당한 높이의 나뭇가지 사이에 숨어 있는데 관객이나, 지나던 작업 인부가 나무 몸통을 흔들어 볼을 떨어뜨렸다. 볼이 놓여 있었던 곳에서 국외자 등에 의하여 움직여졌다면 벌타 없이 다음 스트로크 하기 전에 리플레이스(Replace)하도록 규정되어 있다. 그러나 이 경우에도 나무 위에 볼이 걸려 있었던 지점을 알 수 없을 뿐만 아니라, 손에 닿을 수 없는 지점 또한 아니므로 동 규정에 의한 리플레이스가 불가능한 일이다. 이러한 경우 어떻게 처리하여야 할 것인가?

규칙 제 20조 제 3항 c 및 제 3항 d는 볼이 플레이스(place)되거나 리플레이스 될 지점을 확정할 수 없는 경우와 플레이스 된 지점에 볼이 정지하지 않는 경우의 규정이다. 그러나 이러한 규칙들은 이같은 상황을 예상하고 규정한 것은 아닐 것이다. 그러므로 형평의 이념에 따라 나무 위에 올라가 놓인 볼의 위치로 보아 플레이어가 그곳에서 스트로크를 할 수 있는 지점에 벌타 없이 리플레이스하여야 하지만 이는 불가능하다. 때문에 플레이어는 언플레이어블(Unplayable) 볼의 규칙에 의하여 처리하여야 한다.

그린 위에 안착한 백구가 때마침 세차게 불어오는 바람에 흔들거리며 움직이자, 경기자가 퍼터 등으로 볼을 가만히 눌러 그린 면에 약간 들어가게 하였다면 플레이어는 규칙을 위반하였다고 할 수 있는 것인가? 그렇다. 플레이어는 볼을 눌러줌으로써 그 볼을 수직(垂直)으로 움직이게 했기 때문에 규칙 제 18조 2항 a에 의하여 1벌타를 받게 된다. 볼을 눌러주면 그 볼의 최초 라이는 당연히 변경되기 때문에 플레이어는 규칙 제 20조 3항 a(플레이스 또는 리플레이스를 요하는 볼의 라이가 변경되었을 때)에 따라 처리하여야 한다.

셋:
퍼팅 그린에서

그린에서의 일반 원칙

퍼팅 그린의 정의는 다음과 같이 규정돼 있다.(규칙 16) 현재 플레이를 하고 있는 홀의 퍼팅을 위하여 특별히 정비한 전 구역 또는 위원회가 퍼팅 그린이라고 지정한 모든 구역을 말한다. 볼의 일부가 그린에 접촉하고 있으면 퍼팅 그린 위의 볼이다. 또 퍼트의 선(線)이라 함은 퍼팅 그린에서 플레이어가 스트로크 후에 볼이 가기를 원하는 선을 말한다. 퍼트의 선은 홀을 넘어서는 연장되지 않는다.

규정엔 그리 딱딱하게 정의돼 있지만 그린이란 골퍼들이 가고자 하는 최종 목적지이기도 하거니와 산 넘고 물 건너 꼭 가야만 하는 골퍼의 고향이기도 하다. 또한 신랑을 오매불망 기다리는 신부처럼 몸과 마음을 단장하고 백구를 기다리고 있는 것이 퍼팅 그린이라 할 수 있다 하겠다.

제 16조 1항 통칙을 보면 다음의 경우를 제외하고는 그린 위 퍼트 선에 접촉하여서는 안 된다는 엄격한 제재를 규정해 놓고 있다.

● 경기자는 손 또는 클럽으로 그린 위 모래나 흩어진 흙 또는 '루스 임페디먼트'를 집어 올리거나 옆으로 쓸어 낼 수는 있으나 이때 어떤 것도 눌러서는 안 된다.

● 볼에 어드레스 할 때 플레이어는 클럽을 볼 전방에 놓을 수 있으나 아무것도 누르지 않아야 한다.

● 홀에서 어느 쪽 볼이 먼가를 결정하기 위하여 측정하는 도중 볼이 움직인 경우에는 벌이 없으며 그 볼은 리플레이스 되어야 한다.

● 그린 위의 볼은 집어 올릴 수도 있고 닦을 수 있다. 집어 올린 볼은 원 위치에 리플레이스 하여야 한다.

● 그린 위에서 볼을 집어 올리거나 움직이기 전에 볼 마크를 눌러 꽂아야 한다.

● 이미 사용하던 홀 자국과 백구의 낙하 충격으로 인한 퍼팅 그린 위의 생채기를 수리 할 수 있다.

● 그린 위에 놓인 움직일 수 있는 장애물도 구제 받을 수 있다.

● 플레이어는 퍼팅 그린 위에서 볼을 굴리거나, 그린의 면(面)을 문지르거나, 긁어서 그린 면을 테스트하지 못한다.

● 경기자는 퍼트의 선을 걸쳐 서거나 밟고 서서는 안되다.

● 플레이어는 그린 위에서 스트로크 한 다음 다른 동반자의 볼이 움직이고 있는 동안은 스트로크 해서는 안 된다. 단 그때가 그 플레이어가 퍼팅 할 순서일 경우는 예외이며 벌은 부과되지 않는다. 이상 규정을 위반했을 때는 매치플레이에서는 그 홀의 패, 스트로크 플레이에서는 2벌타를 받는다. 여기서 특히 제16조 2항을 살펴보자. 볼의 일부가 홀의 가장자리에 걸려있는 상태일 때 경기자는 볼의 정지 여부를 확인하기 위하여 부당한 지연 없이 홀까지 가기 위한 충분한 시간을 추가하여 다시 10초의 시간이 허용된다. 만일 그래도 볼이 떨어져 홀에 들어가지 않을 때에는 안타깝지만 정지한 볼로 간주한다. 10초의 시간이 지난 후에 볼이 홀 밑으로 떨어졌을 경우 플레이어는 '최후의 스트로크를 하고 홀 아웃' 한 것으로 간주해 그 홀의 스코어에 1벌타를 계산한다.

그린에 밤새 솟아난 버섯

플레이어가 그린 위에서 그의 볼에 어드레스 한 뒤 볼 위에 곤충 하나가 날아와 내려앉았을 때 경기자가 허리를 굽혀 볼 위의 곤충을 날려보내려 하다가 볼을 그만 움직였을 때 벌타를 받아야 하는가? 곤충은 루스 임페디먼트에 속하므로 이를 제거하다 볼을 움직였다면 페널티가 없다.

그린 위에서 경기자들이 퍼트 선에 접촉하여서는 안 된다는 제한 규정(규칙 16-1 통칙)이 있다. 그러나 예외도 있다. 플레이어가 퍼트 선에 놓인 모래나 흩어진 흙 또는 루스 임페디먼트를 집어 올리거나 옆으로 쓸어낼 수 있다는 것이 그것이다. 이때 어떤 것으로도 그린을 눌러서는 안 된다. 그런데 플레이어가 쓰고 있던 모자나 수건으로 모래 등을 옆으로 쓸어내면서 퍼트 선을 접촉하는 것은 허용되지 않는다.

그렇다면 경기자가 루스 임페디먼트 등을 옆으로 쓸어내지 않고 우연히 퍼트 선을 따라 쓸어냈다면 규칙을 위반했다고 주장할 수도 있을 것이다. 그러나 고의가 아니고 우연히 퍼트 선을 따라서 퍼터(Putter)를 움직였다손 치더라도 경기자가 어떤 조치를 취하면서 일부러 볼 움직임에 영향을 미치는 행위를 하지 않는 한 위반된다고 주장할 수는 없다.

그린을 잘 관리하지 않는 골프장에서 종종 벌어지는 일이다. 플레이어가 그의 퍼트 선 상에 놓여있는 풀잎 몇 가닥이 땅에서 떨어져 있는 것인지 혹은 그린 위에 뿌리를 내리고 살아있는 풀잎인지를 확인할 수가 없어 그의 손으로 살짝 쓸어 보았다. 한데 그것이 잘려진 풀잎이 아니고 뿌리에 붙어있는 잔디임을 알게 되었다. 경기자가 손으로 풀잎을 옆으로 약간 쓸어 보면서 그 풀의 위치가 약간 변경되었다면 이러한 경우에도 규칙 제16조 1항에 위반된다고 할 수 있는가? 경기자가 다음 스트로크를 하기 전에 원래 위치로 그 풀잎을 쓸어 놓으면 위반이 아니다. 만일 그러한 물체가 땅에 떨어져 있지 않는 경우, 그 물체를 잘라내서는 안 된다. 또 확인과정에서 그 위치가 변경되었으면 다음 스트로크를 하기 전에 원위치로 회복시켜 놓아야 한다.

잘 깎아 다듬어 놓은 골프장 그린에서는 이런 일이 발생하지 않지만, 그렇지 못한 골프장 그린에서는 밤사이 버섯이 솟아 퍼팅을 방해할 경우가 있다. 이때 구제를 받을 수 있겠는가? 플레이어는 경기를 중단하고 경기 위원회에 그 버섯을 제거하도록 요구할 수 있으며 위원회는 이에 응하여야 한다. 이와 같이 비정상적인 상황이 코스상의 문제로 반복되어 나올 경우 경기 위원회는 그린 위의 버섯은 수리지로 한다는 취지의 로컬 룰을 제정하여야 한다.

경기자가 긴 퍼팅을 성공시켜 이글이나 버디를 실현시키자 그의 동반 캐디가 그린 위에서 팔짝 뛰다가 그만 동반자의 퍼팅 라인에 깊은 발자국을 남기고 말았다. 이때 경기자는 그의 볼이 정지했을 당시의 라이와 퍼트선을 그대로 회복 받을 권리가 있다. 퍼트선은 본인이든 상대방 캐디이든 간에 누가 원상 회복시켜도 상관없다. 손상된 곳을 수리하기에 시간이 걸려야 할 정도라면 수리지로 선언할 수도 있다.

스파이크 자국 수리는 언제?

윤 사장과 김 사장이 파3홀에서 두 사람 모두 티샷을 하여 그린 위에 백구를 온 시켰다. 윤 사장의 볼은 컵에서 5피트 떨어져 정지하였고 김 사장의 볼은 약 10피트 정도 떨어져 정지하였다. 그린에 도착한 윤 사장이 매너 있게 자신의 볼 마크를 수리하고자 했다. 그러나 김 사장은 그의 퍼팅선 상에 있는 윤 사장의 볼 마크에 자신이 퍼팅 할 볼이 맞고 방향이 휘어질 수 있기 때문에 자기가 퍼팅 할 때까지 윤 사장의 볼 마크를 수리하지 말도록 요구하였다. 윤 사장은 그린 보호를 위해 볼 마크를 수리하여야 한다면서 끝까지 김 사장의 요구를 거부하였다. 골프 규칙 제 1조 2항을 보면 플레이어와 캐디는 볼의 위치 또는 그의 움직임에 영향을 주는 어떠한 행위도 해서는 안 된다고 규정되어 있다. 따라서 윤 사장이 김 사장의 요구를 거절 한 채 볼 마크를 수리하였다면 그 홀의 패(敗)가 된다.

플레이어는 그의 볼이 그린 위에 있거나, 그린 가까이 있는데 그가 다음 스트로크를 하기 전에 홀 주변에 있는 스파이크 자국을 수리할 수 있는가? 허용할 수 없다. 스파이크 자국의 수리가 그 홀에서 경기자의 계속되는 플레이에 도움이 될지 모르기 때문이다. 컵이 있던 자리나 볼 마크 및 다른 손상의 수리는 볼의 위치에 상관없이 수리할 수 있으나, 퍼팅 그린의 다른 어떠한 손상도 그 홀에서의 계속되는 플레이에 도움이 될 수 있는 경우에는 수리되어서는 안 된다.(규칙 16-1, c)

그린 위에서 경기자들은 조심조심 행동을 하여야 한다. 그런데 이미 사용했던 홀을 메운 자국(hole plug)이 경기자의 퍼팅 선상에 약간 올라와 있어서 플레이어가 그린 면과 수평이 되도록 이를 발로 밟아 평평하게 눌러줄 수 있다. 이때 홀 자국에 있는 스파이크 자국도 같이 밟아 눌렀다면 위 규정에 위반된다 할 것인가. 이는 위반한 것이 아니다. 규칙에 보면 '오래된 홀 자국을 수리할 때' 엔 퍼팅선의 접촉을 허용하고 있다. (규칙 16-1, a)

김 사장의 볼이 컵에서 한 클럽 이내에 정지했다. 윤 사장은 컨시드(concede)를 허락하면서 그 볼을 퍼터로 툭 쳐 김 사장 편으로 보냈다. 그러자 김 사장은 '윤 사장이 그린 테스트를 하였으므로 규칙(16-1, d)을 위반했다' 고 주장하였다. 윤 사장의 행동에 고의가 있었는지 아니면 단순히 볼을 돌려주기 위함이었는지는 하나님만이 알 일이다. 하지만 윤 사장 자신이 고의가 없었다고 주장한다면 그의 행동은 규칙에 위반된다고 할 수 없다. 규칙을 보면 경기자가 그린 면을 테스트할 목적으로 그의 볼을 그린 위에서 굴려 보거나, 그린 면을 긁어보거나, 문지르는 것에 한하여 금지하고 있다. 따라서 이 경우 규칙 위반이 아니며 퍼팅 선에도 접촉하지 않았기 때문에 문제가 없다.

경기자는 퍼팅 그린 위의 볼을 집어 올릴 수 있고 닦을 수도 있으며 집어 올린 볼은 원위치에 리플레이스 하여야 한다. 그런데 경기자가 리플레이스하고 막 스트로크를 하려는 순간 볼이 움직일 것 같은 기미가 있어 다시 볼을 집어 올렸다가 리플레이스 하였다면 어떻게 할 것인가? 플레이어가 두 차례 모두 볼 위치를 마크하였다면 벌을 받지 않는다.

동반자 퍼트 라인을 밟았다면

퍼팅이야말로 돈이니 금이니 하는 얘기를 모르는 사람은 없을 것이다. 모든 샷이 다 중요하지만 마지막 그린 위에서 컵을 향하여 쏘는 퍼팅은 참으로 중요하다. 300m 우드 샷이나, 5cm 퍼팅이나 다같이 1타이기 때문이다. 마지막 1타로 프로 선수들의 우승 향방이 좌우되고 몇 십만 불의 상금이 왔다갔다하기 때문에 그린 위에서의 1타의 중요성은 아무리 강조하여도 지나치지 않을 것이다.

프로 선수뿐만 아니라 아마추어 골퍼들도 내기를 하든 안 하든 간에 퍼팅을 하기 전에 라인(line)을 읽는답시고 앞이나 뒤 또는 옆으로 지나가는 등 그린을 빙빙 돌아다니는 경우가 많다. 이는 시간 낭비일 뿐이다. 동반 골퍼들의 신경을 곤두세우게 만들고, 뒤에서 기다리는 또 다른 팀들에게 막대한 지장을 준다. 프로 선수들이 짧은 시간에 자신의 라인을 읽고 잠시 움직이는 것은 집중력을 높이고 마음을 진정시키기 위해서이다. 그러한 프로의 움직임을 아마추어도 흉내내 컵 주위를 돌아다니며 골프화 스파이크로 그린을 상하게 한다거나 동반자의 라인을 밟는 실수를 저지르게 마련이다. 이렇게 꾸물거리다가 우연한 실수(?)로 컵에 볼이 홀인되면 너무 좋아 소리치며 껑충껑충 뛰다가 그만 그린에 심한 상처를 내는 골퍼들이 많다. 아무리 초심자라도 이러한 행동은 그린이 용납하지 않는다.

타인의 볼과 컵을 연결하는 직선을 퍼트 라인이라고 하는데 이 선을 밟는 것은 분명히 상대방의 라인을 변화시키는 행위로서 2벌타가 부과된다. 그러나 고의로 그렇게 하지 않았다면 벌을 부과할 수는 없다. 다만 벌타 문제보다는 매너에 관련된 일일 것이다.

긴 퍼트 라인을 돌아갈 수 없어 퍼트 라인을 밟지는 않는다 해도 대신 훌쩍 뛰어 건너는 골퍼도 더러 있다. 남의 길을 뛰어 넘는 것도 동반자에게 불쾌감을 주기 때문에 반드시 컵을 돌아가 퍼트 라인을 검토하는 것이 에티켓이라 하겠다.

또한 동반 골퍼가 퍼팅 자세를 취하고 있을 때 대기하고 있는 다른 골퍼들의 위치도 문제된다. 퍼팅은 다른 샷보다 유난히 신경을 집중시켜야 한다. 따라서 다른 플레이어가 퍼팅 시야에 들어오면 신경이 날카로워져 퍼팅에 장애가 된다. 다만 자신의 시계에 들어오더라도 어드레스한 정면 부근에서 멀리 떨어져 있다면 별 문제는 없다. 그러나 정신을 집중하여 컵과 볼을 보며 거리와 방향을 재고 있을 때 라인 연장선 상의 앞뒷 면에 서 있어 시야에 들어와서는 안 된다. 더군다나 같은 방향에 볼이 놓여 있는 동반자의 볼이 흘러가는 라인을 살펴본다며 컵 건너편 바로 앞에서 관찰하고 있다면 문제가 된다.

그리고 무엇보다도 퍼팅을 하고 있는 골퍼에게 가장 방해가 되는 것은 설령 동반자가 등뒤에 있더라도 그의 그림자가 컵이나 볼 또는 퍼트 라인에 드리워질 때이다. 때문에 퍼팅이 끝날 때까지 동반자들은 멀찍이 비켜서서 조용히 볼을 지켜보는 것이 에티켓이다.

자신의 퍼트 라인 밟았어도

  그린에서 동반자의 라인을 밟아 스파이크로 흠집을 냈을 때 2벌타가 부과된다는 것쯤을 모르는 골퍼는 없을 것이다. 그러나 '설마 자기 자신의 퍼트 라인을 밟았을 때야 괜찮지 않겠느냐' 라고 생각하는 골퍼들이 많을 것이다. 천만의 말씀이다. 타인의 라인을 밟은 것은 반칙이고 자신의 라인을 밟는 것을 허용한다면 라인을 걸치고 서서 칠 때와 같은 방법으로 퍼팅이 가능하기 때문에 상당한 효과를 거둘 수도 있다. 때문에 라인을 걸치고 서서 치는 것을 금지하는 것처럼 완전히 걸치고 서지 않더라도 이미 지나온 자신의 연장선상의 라인을 밟는 것도 허용하지 않는다.

  예를 들면 아주 긴 거리의 퍼팅을 하였으나 컵에 약간 미치지 못하자 동반자에게 홀아웃 하겠다고 선언하고 이미 지나온 자신의 퍼트 라인을 밟고 서서 퍼팅을 하는 경우가 있다. 이는 아직 퍼팅을 하지 않는 동반자 퍼트 라인을 피해 자기의 라인을 밟고 칠 수밖에 없지만 '규칙 16조 1항 e' 규정에 위배되며 2벌타가 부과되니 주의하여야 한다.

  그러나 자신의 볼과 홀 사이의 라인이 슬라이스 라인이어서 그 방향에 맞추어 어드레스를 하다보면 홀과 볼을 연결하는 후방 연장선상의 라인을 밟은 상태에서 퍼팅을 할 수밖에 없는 경우가 있다. 사실 퍼팅 선이란 플레이어가 실제로 볼을 치려는 라인을 말하는 것이므로 홀과 볼을 연결하는 직선은 아니다. 따라서 슬라이스 라인의 경우는 홀과의 연장선인 후방 라인을 밟고 퍼팅을 하더라도 벌타는 없다.

  퍼팅을 시도하려고 긴장된 마음으로 볼과 홀을 살피고 있는데 퍼트 선상에 조금 길게 자란 잔디가 솟아 있는 것이 신경 쓰여 퍼터로 살짝 눌러 다듬은 다음 퍼팅을 하였다. 그러나 '규칙 16조 1항'에 퍼트 라인을 개선하는 것이 금지되어 있다. 따라서 높은 잔디결을 퍼터로 눌러서 다듬었다면 2벌타가 부과된다. 그러나 다음의 경우에는 예외적으로 퍼트 라인에 접촉할 수 있다.

●플레이어 손 또는 클럽으로 모래나 흙을 집어 올리거나 옆으로 쓸어 내는 행위 ●어드레스 할 때 클럽을 볼 전방으로 놓는 행위 ●어느 쪽 볼이 먼 거리에 있나를 측정할 때 ●볼을 집어 올릴 때 ●볼 마크를 눌러 꽂을 때 ●볼 자국을 리페어(repair)할 때 ●움직일 수 있는 장애물을 제거할 때.

볼을 마크하면서 다소 홀 쪽으로 볼을 놓고 잔디를 문지르듯이 볼 마커 바로 뒤까지 되돌려 볼을 리플레이스 하였다면 어떻게 될까. 그렇게 바람직한 행위는 아니지만 볼을 놓을 때에 퍼트 라인에 접촉하는 것은 허락되기 때문에 무벌타이다. 그러나 리플레이스 한 후에 잔디 위를 볼로 밀거나 하여 수정하는 경우에는 볼의 움직임에 영향을 주는 행위가 되기 때문에 2벌타가 주어진다.

퍼트 라인 위에 물이 고여 있어 퍼팅에 지장을 초래할 가능성이 있을 경우도 있다. 이때는 ●그 상태를 피해서 ●홀에 가깝지 않고 ●볼이 정지된 위치에서 가장 가까운 곳에서 플레이스 하고 벌타 없이 플레이를 계속하면 된다.

퍼팅하기 전에 홀 가장자리의 울퉁불퉁한 곳을 평탄하게 골랐다면 이는 괜찮을까. 아니다. 퍼트 선에 접촉하는 것이므로 2벌타를 받고 플레이를 계속해야 한다.

기브 받은 볼을 쳤다면

　주말에 모처럼 필드에 나와 친구들과 골프를 즐기는데 까다로운 골프 룰에 얽매여 분위기가 경직되는 경우가 종종 발생한다. 특히 그린 위에서 퍼팅을 하는데 홀 가까이 붙여놓은 자신의 볼이 OK가 되느니 안 되느니 신경전을 벌이는 경우가 있다. 원래 스트로크 플레이에서는 OK 없이 반드시 홀인 시켜야 한다. 만일 상대방이 OK 하였다 해서 플레이어가 볼을 집어 올렸다면 '규칙 20조 1'의 규정에 따라 1벌타를 부과하여야 하고 원래의 위치에 리플레이스하여 플레이를 계속 하여야 한다. 정확하게 홀 아웃 하지 않고 그린을 떠나 다음 티샷을 하면 경기는 실격이 된다. 그러나 아마추어 게임에 있어서 관행상으로 퍼팅을 생략하는 소위 OK 퍼팅이 인정되고 있다. 물론 시합 경기에서는 있을 수 없는 일이지만.

　OK 퍼트란 대체로 우선 컵을 빗나가지 않을 거리인 30cm 전후 정도일 것이다. 그런데 거리가 30cm 이내 일지라도 어려운 옆 라인이나 내리막 라이일 때에는 OK 처리에 신중을 기해야 한다. 그러나 동료 간의 친선 경기에서는 라인의 난이도와 관계없이 한 클럽 이내의 거리는 OK를 주는 경우가 많다. 그때가 문제다. 동반자들이 OK를 주었을 때 고맙다는 표현과 동시에 볼을 주워 올려야 하는데 OK를 받았음에도 퍼팅을 계속 하는 골퍼들이 많다. 퍼팅을 하여 홀인 된다면 별문제가 없겠으나 경솔하게 툭 쳤던 볼이 홀인 되지 않고 옆으로 굴러가 버린 경우가 종종 발생한다. 이때 플레이어는 "OK 주었던 공이므로 연습한 거야." 하고 변명하면서 공을 집어 올리지만 반칙 페널티가 부과된다는 것을 명심하여야 한다. 즉, 그린 위에서 플레이 중에 연습 스트로크는 2벌타가 부과된다.

퍼팅은 홀 쪽으로 가볍게 친다는 의미이다. 당연한 의미인데 그린에서 이 퍼팅을 제대로 하지 않는 골퍼가 상당히 많다. 골프 '규칙 14조 1항'에 보면 볼은 클럽 헤드로 바로 쳐야 하며 밀어내거나 끌어당기거나 또는 떠올려서는 안 된다고 규정하고 있다. 그런데 1m 정도 거리에서 퍼팅을 한 볼이 라인을 빗나가 컵을 약간 스쳐 2~3cm 구른 후 멈췄다. 이때 골퍼는 "예끼순!" 아쉬운 비명을 지르며 퍼트 라인 건너편 컵 옆에 놓여 있는 공을 퍼터로 끌어 당겨 컵에 넣었다. 마치 벙커의 발자국을 고무래로 정리하듯이. 이는 반칙임이 분명하다. 따라서 2벌타가 부과된다.(규칙14조) 그러나 볼은 밀어내거나 당기거나 떠올려서는 안되지만 꼭 퍼터의 페이스로만 쳐야 한다는 규칙은 없으며 헤드의 어느 부분으로 쳐도 상관없다.

모래나 흩어진 흙이 그린 위에 있을 때는 이를 치워도 될까. 스루 더 그린에 있을 때는 치울 수 없으나 그린에서는 가능하다. 루스 임페디먼트로 취급하기 때문이다. 그러나 이때도 주의할 것이 있다. 반드시 손이나 클럽으로 모래, 흙 또는 다른 루스 임페디먼트를 집어 올리거나 쓸어내야 한다는 것이다. 모자나 수건으로 쓸어내면서 퍼팅 선에 접촉하면 2벌타를 받게 된다.

퍼트 라인의 볼 마크를 수리하면서 스파이크 자국도 함께 수리할 수 있을까. 스파이크 자국은 수리할 수 없다. 위반하면 2벌타. 규칙에는 볼의 낙하 충격으로 생긴 손상과 컵을 메운 자국 이외의 다른 손상은 수리할 수 없도록 돼 있다.

캐디에게 우산을 받쳐 달라고?

비 오는 날 우산을 받고서 필드를 누비는 재미 또한 골프에서 맛볼 수 있는 재미이자 낭만(?)이기도 하다.

그러나 페어웨이에서 샷을 하면서는 우산을 받칠 수 없다. 동반 캐디가 옆에서 우산을 받쳐 주는 것 또한 가능한 것이 아니다. 그러나 그린에서는 퍼팅 스윙이 크지 않기 때문에 비 맞고 퍼팅 하는 골퍼를 위하여 우산을 받쳐 줄 수 있을 것 같기도 하다. 한데 프로 선수들의 경기 장면이 생중계 되는 TV에서 그런 모습은 아무리 눈을 씻고 보아도 볼 수 없다. 왜 그럴까.

우산을 캐디에게 받치도록 하는 행위는 2벌타가 부과된다. 우산뿐만 아니라 코스의 급한 경사면에서 선수를 뒤에서 떠받치게 하거나 특수한 도구로 스윙의 나쁜 버릇을 교정하게 하는 행위 등은 모두 반칙 행위이다. 다시 말하면 스트로크를 할 때마다 물리적으로 타인에게 도움을 받아서는 안 된다는 룰에 저촉되는 것이다.

골프는 다른 스포츠와 달리 조력자(caddie)를 대동하고 운동을 진행한다. 캐디는 골프규칙 제2장 용어의 정의에 따르면 `클럽을 운반 또는 취급하거나 골프 규칙에 따라 플레이를 원조하는 사람'을 말한다. 미국의 PGA나 박세리 선수가 출전하곤 했던 LPGA경기의 캐디들은 남성들이 대부분이다. 그러나 우리나라를 포함하여 일반적으로 골프장의 캐디들은 여성들이다.

이러한 우스개가 있다. 티잉 그라운드에 서기만 하면 곧바로 샷을 하곤 하는 골퍼가 캐디를 잘 만나 성공한(?) 이야기다. 이 캐디는 골퍼가 샷을 하기 직전에 "빨리 치기만 하면 이 골프백을 놓고 그냥 돌아가 버릴 겁니다!" 라고 협박(?)을 했다는 것이다. 덕분에 힘을 빼고, 헤드업도 하지 않게 됐으며, 폴로우 스루도 일품이 됐다는 것이다. 그만큼 캐디의 역할이 중요하다는 뜻이리라.

캐디는 한 사람만 데리고 다닐 수 있다. 두 사람을 데리고 나가면 실격이 된다. 캐디가 규칙을 위반하면 그의 경기자가 대신 벌을 받게 된다. 종전에는 골퍼 한 사람, 혹은 두 사람에 한 명의 캐디가 봉사를 하였다. 그러나 요즈음 캐디가 부족, 대부분의 골프장에서는 캐디 한 사람이 골퍼 네 사람을 조력하고 있다. 따라서 1명의 캐디는 4명의 공용이라 할 수 있다.

캐디가 플레이 중에 할 수 있는 일도 엄격히 규정하고 있다.

● 플레이어의 볼이 러프나 OB지역으로 날아갔을 때 그 볼을 찾는 행위.

● 플레이어의 클럽을 해저드(Hazard)안에 두는 행위.

● 오래된 홀(컵)자국 및 볼 마크(Ball mark)의 수리.

● 퍼팅(Putting) 선 위에서 혹은 딴 장소에서 루스 임페디먼트(Loose impediment)의 제거.

● 볼 위치의 마크(Mark), 단 볼을 집어 올리는 행위는 제외.

● 플레이어의 볼을 닦는 행위.

● 움직일 수 있는 장애물 제거.

이상 캐디가 플레이 중에 할 수 있는 일은 경기자들도 잘 알고 있어야 한다.

깃대 뽑아주고 살신성인이라!

　퍼팅한 볼이 그린 위 깃대를 맞히면 2벌타를 받고 볼이 정지한 곳에서 계속 플레이를 해야 한다. 따라서 퍼팅을 할 때는 반드시 사전에 깃대를 뽑도록 해야 한다. (물론 그린 밖에서 샷한 볼이 그린 위에 있는 깃대에 맞으면 볼이 멈춘 곳에서 플레이를 계속하는 것은 같지만 벌타는 없다.)

　흔히 있는 일이지만 깃대와 멀리 떨어져 있는 골퍼가 롱 퍼팅을 할 때가 있다. 미처 깃대를 뽑아 놓지 않는 상태에서 컵을 향해 백구가 미끄러져 온다. 마침 깃대 가까이 서 있던 동반 플레이어가 달려가 깃대를 황급히 뽑아준다. 볼은 그림처럼 그대로 홀인되었다. 동반자는 "내가 깃대를 뽑지 않았으면 당신 볼이 깃대를 맞혀 2벌타가 부과되었을 텐데…."하며 생색을 내는 수가 있다. 이때 홀인된 볼은 인정되나 문제는 퍼팅을 조력해주는 골퍼에게 발생한다. 친구를 위해 깃대를 뽑아준 것은 좋은 일이다. 그러나 그 조력의 대가는 너무 크다. 백구가 움직이고 있는 동안에 깃대를 뽑거나 다른 도움 등을 주면 2벌타가 부과되도록 규정하고 있는 룰이 있기 때문이다. 야속하더라도 할 수 없다. 벌타는 롱 퍼트를 시도한 골퍼가 아니고 그의 퍼팅을 도와준 골퍼에게 부과하는 것이다. 그러고 보면 동반자는 살신성인(殺身成仁)을 보여준 셈이다.(규칙 17-1 · 2).

　한데 똑같은 상황에서 동반자가 깃대를 뽑아주지 않았는데 볼이 깃대를 맞고 홀인됐다면 어떻게 될까. "나이스 인! 나이스 인!" 동반자들은 박수로 축하해주는가 하면 큰 내기가 걸려있는 경우 "저런, 저런, 저럴 수가!" 하고 발을 동동 구르거나 "소 뒷발로 쥐 잡았구만" 하면서 비아냥거릴 수도 있을 것이다. 하지만 아쉬워할 것도 기뻐할 것도 없다. 이때의 홀인은 무효이며 오히려 2벌타를 먹게 된다.

그러면 같은 상황에서 볼이 깃대에 맞았는데 홀인은 되지 않고 다른 방향으로 튀어나갔다면 어떻게 처리할 것인가? 이때도 퍼팅하는 골퍼 자신에게 2벌타를 부과하도록 규정하고 있다. 왜냐면 상대는 어디까지나 '국외자'이며 움직이고 있는 볼에 맞았기 때문에 볼이 '정지된' 장소에서 속행하지 않으면 안 된다.

무더운 여름철이면 골퍼들이 우산이나 양산 등을 받쳐들고 운동을 하는 경우가 많다. 특히 비 오는 날이면 자신이 가지고 다니던 우산을 그린 위에 놓고 퍼팅 어드레스에 열중하는 플레이어가 종종 있다. 그러나 자칫 잘못하여 퍼팅한 볼이 자신이 놓아둔 우산 등에 맞았다면 역시 2벌타를 먹게 된다.

규칙 제 17조 3항에는 볼이 깃대 또는 깃대에 붙어 서 있는 사람에 맞은 경우를 규제하고 있다. 플레이어는 다음의 것에 볼을 맞혀서는 안 된다. ①플레이어, 파트너, 그들의 캐디, 또는 플레이어가 승인 또는 인지한 사람이 붙어서 있는 때 또는 제거하거나 들어올린 깃대. ②깃대에 붙어 서있는 플레이어의 캐디, 파트너와 그의 캐디 또는 깃대에 붙어 시중들고 있는 그 이외의 사람으로 플레이어가 승인 또는 인지한 사람 및 위의 사람들이 그때 휴대하고 있는 모든 물건. ③퍼팅 그린 위에서 볼이 플레이된 경우, 사람이 붙어 서있지 아니한 홀에 꽂힌 깃대. ①~③항의 위반 시 2타의 벌을 부과하고 볼은 정지한 곳에서 플레이를 계속하여야 한다.

한 손엔 퍼터 또 한 손엔 깃대?

많은 골퍼들이 대수롭지 않게 생각하는 깃대에 관한 규칙(제 17조)에 대하여 앞서 설명했다. 그린의 홀에 꽂혀 있는 깃대(The Flagstick)란 '홀의 위치를 표시하기 위하여 기(旗) 또는 이와 유사한 물건을 달거나 또는 달지 않은 채 홀의 중심에 꼿꼿이 세운 움직일 수 있는 표지(標識)'라고 정의되고 있다.

경기자가 경솔하게 한 손으로 깃대를 뽑아 들고 다른 한 손으로 퍼터를 쥔 채 짧은 퍼팅을 하여 홀 아웃을 하였다. 이러한 경우는 허용되는가. 깃대가 홀에서 뽑혀 있고 따라서 볼이 깃대에 맞지 않았다면 허용된다. 그러나 만일 볼이 깃대에 맞았다면 규칙 제 17조 제 3항에 위반되므로 매치 플레이에서는 그 홀의 패(敗), 스트로크 플레이에서는 2개의 벌타를 먹어야 한다.

한편 같은 규칙 4항에서는 '플레이어의 볼이 홀에 꽂힌 깃대에 기대어 정지해 있을 때에는 경기자 또는 경기자가 승인한 사람이 깃대를 움직이거나 빼낼 수 있다'라고 돼 있다. 이때에 볼이 홀에 들어가면 경기자의 마지막 스트로크로서 홀 아웃 한 것으로 하며, 불행하게 볼이 깃대와 함께 위로 튀어 올라 그린 위에 떨어졌다면 벌타 없이 볼을 컵 가장자리에 리플레이스 하여 플레이를 계속하여야 한다.

깃대에 시중드는 사람이 깃대가 잘 뽑혀지지 않자 양손으로 힘을 모아 힘껏 잡아 뽑아 올리자 컵이 송두리째 뽑혀 버렸다. 그러나 볼은 원통이 없는 홀 안으로 굴러 들어가고 말았다. 이때 동반자가 컵이 없는 맨 통에 볼이 들어갔으므로 홀인이 아니라고 주장하였다. '홀(Hole)'이란 직경

4.25인치, 깊이 4.0인치이어야 한다고 규정하고 있어 홀 안에 반드시 원통이 들어가 있어야 할 필요는 없다. 따라서 경기자에게 벌은 없으며 볼은 홀에 들어간 것이 된다.

또 깃대가 뽑혀 있는 상태에서 동반자가 퍼터(putter) 그립(grip)의 끝을 홀 안으로 넣어서 홀이 표시 되도록 하는 것은 괜찮을까. 이러한 경우는 허용된다. 다만 홀의 위치를 표시하는데 사용한 퍼터는 규칙의 적용 목적 상 깃대로 취급돼야 한다.

플레이어의 볼이 깃대에 기대어 있으나 볼의 전부가 홀 가장자리의 수평면보다 아래에 있지 않아 홀에 들어간 것은 아니었다. 그러나 플레이어는 볼이 홀에 들어간 것으로 생각하고 집어 올렸다. 이러한 경우에는 플레이어가 볼 위치를 마크하지 않고 집어 올렸기 때문에 규칙 제 20조 제 1항에 의하여 1벌타를 받게 된다. 플레이어는 볼을 깃대에 기댄 상태로 리플레이스하여야 하며 그 다음은 규칙 제 17조 제 4항(깃대에 기대어 있는 볼)을 적용할 수 있다.

퍼트한 볼이 컵을 스치고 돌아 나와 동반자의 볼을 맞힐 때도 있다. 쌍방의 볼이 그린 위에 있는 경우 정지하고 있는 다른 인플레이 볼에 맞으면 볼을 친 본인에게는 2벌타가 부과된다. 이 경우 볼이 정지한 곳에서 플레이를 계속하고 동반자의 볼은 원 위치에 갖다 놓는다. (규칙 18-5)

퍼트하여 움직인 볼이 그린에 서있던 동반자의 발꿈치에 맞고 홀인되었다면 어떻게 해야 되나? 이땐 그 퍼트를 취소하고 볼을 원위치에 리플레이스 하여 다시 친다. 다만 그린 밖에서 어프로치한 볼이 맞아 홀인 됐다면 이는 그대로 인정된다.

볼과 볼이 서로 충돌하면

속담에 '바쁘거든 돌아가라' 는 말이 있다. 필드의 어디에서나 마찬가지지만 특히 그린 위에서 플레이어는 마음을 차분히 가라앉히고 퍼팅을 준비하여야 한다. 모든 플레이어의 볼이 온 그린 됐으면 컵에서 먼 곳에 있는 볼의 플레이어부터 퍼팅을 시작하여야 한다. 그 볼이 홀인 되든 아니면 어느 지점에 멈추든 볼의 움직임이 완전히 끝난 후에야 다음 순서의 플레이어가 퍼팅을 하여야 한다.

성미 급한 골퍼들 중에는 그동안을 참지 못하고 먼저 굴러가는 볼이 멈추기도 전에 퍼팅을 하는 경우가 있다. 그러나 상대방의 볼이 정지하기 전에 퍼팅을 하는 행위는 반칙이며 매너에도 손상이 된다. 상대방의 볼이 움직이고 있는 사이에 자신의 볼을 줍거나 놓거나 하여 '접촉' 하는 것도 반칙이므로 2벌타를 부과하게 된다. 따라서 타인의 퍼팅 중에는 움직이는 것조차도 주의하여야 한다.

또 나중에 출발한 볼이 먼저 컵을 향해 굴러가는 볼을 그만 맞혀 버리는 경우가 종종 발생하기도 한다. 이때 앞의 볼을 맞힌 행위는 이미 반칙 플레이를 한 것이므로 2벌타 부과하는 것은 물론이다. 먼저 출발한 볼은 국외자에 의하여 정지되었으므로 다시 처음의 위치에서 플레이를 하면 된다. 성미대로 급하게 해서 퍼팅에 도움되는 일은 거의 없다.

홀에서 거의 같은 거리에 2개의 볼이 있을 때 서로 사인이 맞지 않아 동시에 퍼팅을 하는 경우도 있다. 이때 거의 같은 거리에 있었고 굴러오는 속도 또한 비슷해서 2개의 볼이 충돌하고 말았다. 이때문에 두 사람 모두에게 벌타를 부과하여야 한다고 또 다른 플레이어들이 주장한다. 그러나 홀에서 같은 거리에 있던 볼을 실수로 동시에 퍼팅하여 충돌한 것이므로 둘 다 벌타 없이 그 스트로크를 취소하고 볼이 원래 놓여 있던 위치에서 리플레이하면 된다. (규칙 19-1 b · 19-5 b)

골프 규칙에는 퍼팅을 하기 전 퍼트 라인 상에 조금 길게 자란 잔디나 리페어 자국이 있어도 퍼터로 눌러서 다듬지 못하도록 엄격히 금지되어 있다. 이를 위반하면 2벌타가 부과된다. 그러나 홀아웃 한 후에 홀 가장자리 손상된 곳을 동반 경기자가 퍼트하기 전에 퍼터로 잔디를 토닥거려 평평하게 바로 잡았을 경우 어떻게 처리할 것인가. 플레이어가 다음 플레이어에 대한 선의의 행위로 컵 가장자리의 손상을 수리하는 경우는 용인이 된다. 그러나 동반 경기자가 홀인하기 쉽도록 하기 위해 또는 볼의 움직임에 영향을 주는 행위라면 2벌타가 된다.

컵에 빨려들 듯 라인을 타고 미끄러져 가던 볼이 컵 1센티미터 앞에서 브레이크가 걸려 그만 서버리고 말았다. 안타까운 마음으로 홀에 다가가 보았더니 한바퀴만 더 굴렀으면 홀인 하였을 볼이 아슬아슬하게 컵 가장자리에 걸려 있는 경우가 있다. 더러는 바람이 불어 땡그랑 소리를 내며 컵 안으로 볼이 들어가 골퍼에게 기쁨을 안겨주는 경우도 있지만 대부분 그대로 멈춰선 볼은 움직이지 않는다. 애가 탄 골퍼는 고개를 숙여 입으로 불어보지만 볼은 요지부동이다. 동반 경기자들이 안타까운 마음에 한동안 기다려 주기도 하나 10초를 넘길 수는 없다. 뒤에서 다음 팀이 또 다가오고 있기 때문에 퍼터로 밀어 넣는 길 외에는 다른 방법이 없다.

찬물도 순서가 있다는데

골프 규칙에는 '볼이 인플레이 상태일 때 홀에서 먼 곳에 있는 볼이 먼저 플레이 돼야 한다. 2개 이상의 볼이 홀로부터 같은 거리에 있는 경우는 제비뽑기로 순서를 결정한다' 고 규정되어 있다. (규칙 10-2)

공식 대회에서 선수들이 합의하여 고의로 플레이 순서를 바꾸면 이 룰에 따라 전원 실격을 받게 된다. 아마추어 골퍼들의 플레이에서는 이같은 가혹한 게임 몰수야 있을 수 없겠지만 플레이 순서 때문에 서로 오해가 생기지 않도록 하는 것이 중요하다.

"그린에 볼을 올리지도 못한 주제에 샷은 먼저 한다."라거나 "그린에 있으면서 왜 먼저 퍼팅을 하지 않느냐."는 식의 오해를 하지 않도록 홀에서 먼 플레이어가 "제가 멀리 있으니 먼저 하겠습니다."라며 플레이 순서를 정리하는 것이 바람직하다. 겸양지덕이 있는 한국 골퍼들은 상대방에게 차례를 양보하는 습관이 배어 있어 플레이 순서에 혼란을 주기도 한다. 그러나 규정은 제대로 지켜야 할 것이다.

자신의 볼이 그린 근처에 머물러 온 그린 되지는 않았지만 거리 상으로는 그린에 있는 동반자의 볼보다 홀에 더 가까운 경우 플레이 순서는 어떻게 될까. 온 그린 상태에 있더라도 홀에서 거리가 먼 상대방이 먼저 플레이를 하여야 한다.

그러나 그린 주변에서는 이러한 규칙도 다소 탄력적으로 운용될 필요도 있겠다. 만일 동반자가 그린 사이드 벙커에서나 깊은 러프에서 어렵사리 탈출하였으나 그린 에지에 걸려 있다면 이제 갓 나온 동반자에게 한숨 돌릴 여유를 주는 게 좋을 것이다. 홀에서의 거리가 더 가깝다 하더라도 온 그린 된 자신이 먼저 양해를 구하고 퍼팅하는 것이 매너라는 얘기다.

그린에 올라선 동반자가 캐디로부터 퍼터를 건네 받는 것을 보자마자 얼른 퍼팅을 하라는 듯이 "깃대를 뽑아도 되죠?" 라고 한다면 어떻게 되겠는가. 자신의 퍼팅 라인은 충분히 살폈으니 상대에게는 퍼팅 라인을 살필 겨를도 주지 않고 퍼팅을 강요한 셈이 되는 것이다. 숨이 턱까지 차 올라 있는데도 골프 규정에 따라 홀에서 멀리 있는 플레이어부터 먼저 퍼팅을 하여야 한다는 압박감, 때문에 동반자가 퍼팅한 볼은 컵을 훨씬 지나쳐버리거나 홀에 미치지 못하게 되는 일도 있게 될 것이다.

이리 되면 동반자를 재촉해 퍼팅에 실패하게 만든 골퍼에게 "뭐 저런 사람이 다 있나." 하는 원망이 생기게 되고 본인 또한 섭섭함 때문에 다음 홀에서 더욱 드라이버 샷을 제대로 날릴 수 없을 것이다. 따라서 동반자가 숨을 고를 시간이 필요하다고 판단되면 "제가 먼저 할 테니 퍼팅 라인을 좀 살피시죠." 하는 식으로 상대에게 여유를 주면서 가벼운 마음으로 퍼팅을 하는 것이 매너이다.

옛 규정에는 그린에 온을 시키지 못한 플레이어가 있을 때 그 플레이어가 온 그린 시킬 때까지 기다렸다가 모든 동반자 중에 컵에서 가장 멀리 떨어져 있는 플레이어부터 퍼팅을 시작하도록 되어 있었다. 요즈음은 게임의 진행을 위해서 컵 가까운 그린 에지에 볼이 놓여 있어도 저 멀리 떨어진 온 그린 된 플레이어의 볼부터 퍼팅을 하도록 규정이 변경되었다.

'온 대우' 볼 집어 올리면

경기를 하다 보면 다음과 같은 일들이 비일비재하게 발생한다. 즉 플레이어가 티잉 그라운드에서 샷을 날렸는데, 너무 어깨에 힘을 주었던 탓인지 티 위에 놓인 볼을 정확히 맞추지 못하고 살짝 스쳐 지나가고 말았다. 이때 볼이 티에서 굴러 떨어지는 경우가 왕왕 발생한다. 경기자는 스스럼없이 볼을 집어 올려 다시 티업(Tee up)을 하였다면 규칙에 위반되지 않는가?

이 경우 플레이어가 스트로크한 시점에서 그 볼은 인플레이 볼이 된다. 플레이어가 인플레이 볼을 집어 올렸다면 규칙 제 18조 2항 a를 위반하여 1벌타를 받게 된다. 또한 티에서 굴러 떨어진 볼을 집어 올린 뒤 볼이 정지한 지점에 리플레이스하지 않았을 때 경기자는 매치 플레이에서는 그 홀의 패(敗), 스트로크 플레이에서는 2벌타를 받게 된다.

그린을 향하여 샷한 백구가 그린의 에이프런(Apron)에 가까스로 정지하여 멈추고 말았다면 캐디나 동반 골퍼들이 '온 대우'로 불러주어 안타까운 골퍼의 마음을 위로하여 주곤 한다. 그런데 이때 그린 에이프런에 걸려 있는 볼을 그린 위에 온 된 것으로 착각하고 경기자가 그 볼의 위치에 마크하고 볼을 집어 올려 닦았다면 어떻게 될까. 비록 '온 대우'이지만, 경기자는 규칙에 의한 허락 없이 볼을 집어 올렸기 때문에 제 18조 제 2항 a에 의하여 1벌타를 먹어야 한다. 이때에 경기자는 볼을 닦을 수는 있다.

피칭 샷으로 가볍게 온 그린 시킬 수 있는 거리에서 부담 없이 샷을 하였으나, 백구가 그린을 외면한 채 연못 가까운 둔덕에 떨어지고 말았다.

이때 화가 치민 플레이어가 백구를 집어 올려 연못 쪽으로 던져 버리고 새로운 볼을 꺼내 플레이스하고 그 새 볼로 홀 아웃 하였다면 어떻게 처리하여야 하는가?

규칙 제 18조 5항 주(註) 1에 '본 규칙에 의하여 리플레이스해야 할 볼을 곧 회수할 수 없는 경우에는 다른 볼로 교체할 수 있다.'라고 규정되어 있지만 이 경우는 다르다. 플레이어가 규칙 제 18조 제 2항 a(플레이어, 파트너, 캐디 또는 휴대품에 의하여 움직여진 경우)를 위반하고 난 후 이어서 볼을 연못 안으로 던져버려 그 볼을 회수할 수 없게 되었으므로 규칙 제 18조 5항 주(註) 1은 적용할 수 없게 된다. 따라서 플레이어는 매치 플레이에서는 그 홀의 패(규칙 15-1), 스트로크 플레이에서는 3벌타를 먹어야 한다.

다시 말하면 규칙에서 허용되지 않는데 볼을 집어 올린 것에 대하여 규칙 제 18조 2항 a에 의한 1벌타, 그리고 규칙에서 허용되지 않는 교체로 인한 2벌타를 먹게 되어 합계 3벌타가 되는 것이다.

캐디가 볼을 확인하기 위하여 아무 통보 없이 볼을 집어 올리는 것도 벌타를 받게 된다. 경기자가 러프로 숨어버린 자신의 볼을 캐디와 함께 찾던 중 그녀가 볼을 먼저 발견하고 경기자의 허락 없이 볼을 확인하기 위하여 집어 올려 확인했다. 경기자는 동반 캐디의 실수로 1벌타를 먹어야 한다. 해도 해도 너무한 골프 규칙이라 할 수 있겠다. 그러나 규칙은 규칙인 것을 어찌 하랴!

마크하면서 '동전치기' 까지?

"정말 그린은 멀고도 먼 곳이네요." 어느 초보 골퍼의 한숨 섞인 하소연이다. 야생마처럼 제멋대로 날아가는 백구를 따라 천신만고 끝에 비단처럼 깎아놓은 그린 위에 백구를 올려 놓았지만 아직도 할 일이 많다. 타령만 하고 있을 일이 아닌 것이다. 융단처럼 부드러운 그린 위를 조심스럽게 올라가 재빨리 마크를 하고 볼을 집어드는 것이 에티켓이다.

그러기 위해서 플레이어는 티 오프 하기 전 스스로가 운동에 필요한 보조 도구인 볼, 티, 리페어기, 볼마크 등을 챙겨야 한다. 아직도 캐디에게 "드라이버를 빼오너라" "가방에서 공을 꺼내오너라" "롱티를 찾아오너라" 등 민망할 정도로 많은 주문을 하는 신사(?)들이 있다. 특히 캐디에게 "마크를 좀 해주소." 라고 당연한 듯 지시를 한다. 캐디에게 부탁하는 것이 룰에 위반되는 것은 아니지만 특수한 사정이 없는 한 볼 마크 정도는 플레이어 스스로 하는 것이 골퍼의 최소한 매너라 할 수 있다.

더러 캐디에게 지시하지 않고 자신의 주머니에서 마크를 찾다가 없어서 그린 주변의 나뭇잎이나 잔디 등으로 표시한 후 볼을 집어 올리는 경우가 있다. 상대 동반자의 퍼팅이 끝난 후 자신의 볼을 놓으려는데 마크했던 낙엽이나 표시물이 바람에 날아 가버렸다. 이때 적당한 곳에 자신의 볼을 놓고 퍼팅을 하였다면 어떻게 될까. 이런 경우는 잘못된 불확실한 곳에서의 스트로크가 되어 벌칙 규정에 의해 2벌타가 부과된다.

또 마크할 때 주의할 것이 있다. 초심자든 프로든 간에 그린에 올라간 볼이 조금이라도 홀에 가깝게 놓여 있기를 바라는 마음은 한결같다. 단 1cm라도 컵에 가깝게 다가간다면 한 번에 간단히 홀인시킬 수 있지 않겠느냐는 안타까운 마음을 누구나 한번쯤 경험했을 것이다. 친구들과 내기가 크게 걸려 있을수록 홀에 더 가깝게 볼이 붙어있기를 염원하기 마련이다.

이때 순간적인 결정으로 ‘동전치기’를 하는 골퍼들이 많다. 마크할 때에 볼이 놓여 있던 자리보다 훨씬 앞쪽에 마크를 하는 것을 말한다. 퍼팅을 하려고 집어 올렸던 볼을 다시 놓을 때 마크보다 앞쪽에 볼을 놓고 퍼팅을 하는 두 번째 실수를 저지르고 마는 것이다. 이러한 눈속임은 당연히 매너가 없는 행위이며 규정에도 위반되는 것이다.

마크란 자신의 볼의 위치를 표시하였다가 상대방의 퍼팅이 끝나거나, 자신의 볼에 묻은 흙들을 깨끗이 닦아 원위치에 정확히 놓은 후 퍼팅을 하기 위한 것으로 반드시 컵을 향해 볼의 바로 뒤에 하는 것이 깨끗한 매너다. 그것도 볼이 마크나 자신의 손에 닿지 않아야 한다. 볼을 집어 올리기 전에 마크를 하지 않을 경우나, 마크한 바로 그 지점에 리플레이스를 하지 않을 경우엔 1벌타를 부과하도록 규정되어 있다. 그러나 볼을 원 위치와 다른 곳에 놓고 플레이한 오소(誤所) 플레이의 경우 2벌타를 받게 된다. 눈속임으로 ‘동전 플레이’를 하는 경우 오소 플레이 규정이 적용돼 벌타가 중과되는 것이다.

그린에서 연습 퍼팅 해도 되나

200~300m의 드라이버 샷이나 2~3m의 퍼팅이나 다같이 1타로 계산되는 것이 골프다. 차라리 드라이버 샷이 짧더라도 1m 거리의 퍼팅이 홀인된다면 그 기쁨은 배가 될 것이다.

골프 연습은 일정한 규모의 시설이 갖추어진 연습장에서만 가능하지만 퍼팅 연습은 집에서도 가능하다. 운동 약속을 하고 전날 밤 날이 새는 줄도 모르고 퍼팅 연습을 하였는데도 막상 실전에서 퍼팅이 순조롭지 못할 때가 많다. 퍼팅은 감(感)으로 한다고들 하지만 유난히도 볼이 컵을 비껴나간다면 몇 번이고 퍼터를 던져버리고 싶을 때가 있다. 웬만한 골퍼 치고 이 같은 상황을 경험하지 않은 사람은 없을 것이다.

골프황제 타이거우즈도 50cm 퍼팅에 실수한 뒤 퍼터를 던져버리는 장면을 수많은 갤러리 앞에 보여준 적이 있다. 골퍼라면 그 심정을 능히 짐작할 만하다. 그러나 퍼터를 던지거나 그린을 쳐서 손상을 입힌다면 골퍼로서의 매너는 영점이라고 할 수밖에 없다. 골프는 자기와의 싸움이며, 아무리 억울하고 분하더라도 그 순간을 참고 이겨내야 한다.

하도 퍼팅이 난조를 보이자 플레이어 중 더러는 이상하다고 고개를 갸우뚱거리며 동료 골퍼들이 퍼팅을 하고 있는데도 그린 위에서 퍼팅 연습을 하는 경우가 있다. 그러나 스트로크 플레이 중에는 연습은 금지되어 있다.

아슬아슬하게 홀의 입술을 맴돌아 나온 백구가 안타까워 다시 퍼팅을 해보는 골퍼도 많다. 가까운 곳에서 컵을 빗나간 어떤 골퍼는 한 번 더 퍼팅을 시도하여 홀인되면 '바로 그거야!' 하면서 캐디에게 들어간 것으로 기록하도록 지시하기도 한다. 얼마나 억울하고 아쉬우면 그런 말을 하는지 이해는 되지만 골프에서 이런 인정은 한치도 용납되지 않는다.

'규칙 7조 2항'의 규정 중 연습 규제를 살펴보면 플레이어는 한 홀의 플레이 도중에는 물론 홀과 홀 사이에서의 연습 스트로크를 해서는 안된다고 돼 있다. 그러나 홀과 홀 사이 방금 끝낸 퍼팅 그린 또는 연습 그린 위에나 그 근처 혹은 다음 홀의 티잉 그라운드 위나 그 근처에서 퍼팅 또는 치핑 연습은 허용된다. 다만 해저드에서의 연습 스트로크나 부당한 플레이의 지연(규칙 6조 7항 참조)이 되어서는 안 된다. 이 경우 매치플레이 경우 그 홀의 패(敗), 스트로크플레이는 2타의 페널티를 부과한다.

몇 년 전 PGA 경기에서 세계적으로 유명한 프로 선수가 최종 홀 최후의 퍼팅이 애석하게도 빗나가 준우승에 머무르게 되자 "이렇게 하면 들어갔을 텐데…." 하면서 손으로 볼을 주워 컵에 굴렸었다. 구름처럼 모여든 갤러리들에게 그의 또 다른 묘기를 서비스한 셈이다. 갤러리들은 우레와 같은 박수를 보내주었다. 하지만 이런 쇼 같은 행위 때문에 그는 2벌타가 부과되어 준우승을 할 수 있었는데도 5위권으로 추락하고 말았다. 비록 프로 시합에서뿐만 아니라 아마추어 경기에 있어서도 이러한 실수는 하지 말아야 할 것이다.

퍼터를 빌려 달라고?

퍼팅은 골프의 기본이자 핵심이라 말할 수 있다. 또한 퍼팅은 타고난 기능이자 예술이라고 말하는 이도 있다. 골프의 기술을 예술로까지 격상시키는 것이 무리일는지 모르지만 골프 코스에서 클라이맥스가 퍼팅임은 부인할 수 없다. 그러나 그린 위에서 거리에 관계없이 '한 번의 퍼트로 홀인 되는 것은 우연이고, 2퍼트에 끝내는 것은 최선(最善)이며, 3퍼트까지 가는 것은 실패(失敗)' 라는 금언(金言)은 골프의 기본을 적절히 설파한 표현이라 하겠다.

아마추어들의 퍼팅은 대체로 마음과는 달리 거친 편이다. 백스윙을 아주 느리게 해야 하는데도 너무 빠르다. 그리고 터치 자체가 불규칙적이다. 머리로는 가만히 '밀어 넣어야 한다' 고 생각하면서도 손은 어느새 볼을 '때리고' 있는 것을 볼 수 있다.

그런데 어떤 날은 신들린 것처럼 퍼팅이 잘 돼 샷마다 홀인되는 경우가 있는가 하면 또 어떤 날은 3퍼팅을 밥먹듯 하여 기분을 잡칠 때도 있다. 아무리 드라이버 샷이 잘 맞고 필드에서 온 그린을 환상적으로 하였다 손치더라도 퍼팅에 난조가 발생하면 찜찜한 기분에 젖기 마련이다. 이럴 때 자신의 집중력이 흐트러져 퍼팅이 빗나가는 것임에도 행여 퍼팅 클럽에 이상이 있어 그렇지 않은가 의심해보기도 한다. 그리하여 동반자의 퍼터를 빌려 사용해 보는 극성스러운 골퍼도 종종 볼 수 있다. 그러나 같은 코스에서 플레이를 하고 있는 다른 동반자의 클럽을 빌려 퍼팅을 하였다면 2벌타가 부과된다. 그리고 타인의 퍼터를 빌려 사용한 플레이어는 앞으로 동반 경기자의 퍼터를 사용하지 않겠다는 선언을 하지 않으면

경기 실격이 된다. 따라서 플레이어는 다음 홀부터 본인의 퍼터를 사용하여야 한다. (규칙 4조-4, a)

스코틀랜드의 골프 속담에 이런 말이 있다. "퍼팅에는 법과 스타일이 따로 있을 수 없다. 볼이 컵에 들어가기 좋은 자세로 치면 되는 것이다."

값비싼 퍼터 보다는 골퍼의 집중력이 문제가 된다. 그린 위에서 볼을 컵에 넣겠다는 집중력, 그것 밖에 다른 것은 있을 수 없다. 그러므로 상대방이 퍼팅을 위하여 어드레스 자세를 취할 때 동반 골퍼들은 숨을 죽이고 조용히 해주어야 한다. 퍼팅 시야 안에서 왔다갔다하거나 다른 동반자와 잡담을 나눈다거나 골프 클럽을 휘두르는 소리가 들리게 한다든가 하는 행위는 금물이다.

어떤 골퍼는 너무 부지런하여 동반자들의 볼이 떨어져 생긴 그린의 상처를 봉합하느라고 상대방이 퍼팅하는 선 앞뒤에서 사각사각 그린을 손질하는 소리를 낼 때가 있다. 리페어하는 행위 그 자체는 존경받을 만한 골프 매너이지만 퍼팅 하는 데 방해가 되어서는 안 된다. 퍼팅의 마지막 순간은 정숙 또 정숙이 요청된다.

브레이크(brake)가 심한 그린에서 상대방의 긴 퍼팅이 스르르 그림처럼 미끄러져 홀인되면 아낌없는 박수와 축하를 해주는 것이 골프의 아름다운 매너이다. 그런데도 내기가 크게 걸린 경기에서는 백구가 컵을 향해 빨려 들어오는 순간 "저런, 저런, 실수하면 안 돼." 하면서 홀인하는 것을 실수로 매도하는 웃지 못할 해프닝을 연출하는 골퍼들도 더러는 있다.

홀인, 접촉설과 삽입설

골프 황제 보비 존스는 골프라는 불가사의한 게임 중에서 가장 불가사의한 게 퍼팅이라고 했다. 백구가 컵에 들어가면서 땡그랑 소리를 내고 홀 아웃하여야 골퍼의 발걸음이 가벼워진다. 3퍼팅이나 4퍼팅 하다가 동반자에게 컨시드(concede)를 받아 볼을 집어 올린다면 다음 홀의 경기 역시 잘 풀릴 수 없을 것이다.

그런데 골프를 하다 보면 퍼팅을 할 필요가 없는 상황을 맞을 때도 있다. 홀의 깃대를 향하여 어프로치한 볼이 기막히게도 컵 가운데 꽂혀 있는 깃대의 몸과 컵 사이에 끼여 멈추는 경우가 있는 것이다. 이때 흔히 홀인이 아니냐 시비가 있을 수 있다. 골프에서 홀인은 과연 접촉설(接觸說)과 삽입설(挿入說)중 어느 게 적용될까.

접촉설의 잣대로 한다면 홀인으로 인정하여야 하겠으나, 골프 규칙은 삽입설이 통설이다. 삽입설도 구체적으로 백구 전체가 컵 가장자리 수평면(水平面)보다 낮게 삽입되었느냐, 그렇지 않느냐에 따라 홀인 인정 여부를 예시하고 있다.

용어의 정의 22 '홀에 들어가다'를 살피건대, 볼 전체가 홀의 원주(圓周)안에 있지 않더라도 볼의 중심이 홀의 가장자리 수평면보다 밑에 있다면 홀에 들어간 것으로 본다. 수평면보다 위쪽에 볼이 있을 경우는 홀에 들어간 것이 아니다.

볼이 홀에 꽂힌 깃대에 얹혀 있으면 깃대를 빼내도 벌타는 없다. 이때 깃대를 뽑는 과정에서 볼이 홀에 들어가면 플레이어의 마지막 스트로크로서 홀아웃한 것이 된다. 그러나 볼이 튀어나온다면 벌타 없이 홀 가장

자리에 플레이스하고 플레이해야한다. 플레이스 하지 않고 튀어나온 볼
이 멈춘 상태에서 그대로 퍼팅을 한다면 2벌타를 받게 된다.

어프로치한 볼이 바운드 없이 그대로 컵 속으로 들어가는 경우도 있
다. 이때 볼이 원통 속에 얌전히 있어준다면 문제는 생기지 않는다. 한데
볼이 너무 셌던지 원통 바닥을 맞고 순간 그대로 튀어나오는 기이한 일
이 발생했다면 어떻게 될까. 삽입설이 통설이라면 그 볼은 홀에 이미 들
어갔다 다시 나왔기에 홀인한 것으로 쳐주어야 한다고 주장할 수 있는
건 아닐까.

용어의 정의 22를 다시 살펴보자. '홀에 들어간 볼(Holed)이란 볼이 홀
의 원통 내에 정지했을 때, 그리고 볼의 전부가 컵의 수평면보다 아래에
있을 때 그 볼은 홀에 들어간 볼이다'라고 규정하고 있다. 따라서 순간 홀
을 튀어 나가버린 그 볼은 원망스럽겠지만 들어간 것이 아니다.

　반대로 백구가 홀에서 튀어나온 것이 아니고 플레이어가 짧은 퍼팅으로 볼을 홀에 넣고 난 후 그 볼을 꺼내려 할 때 백구가 손에서 미끄러져 땡그랑 소리를 내고 홀 원통 바닥으로 떨어지는 경우도 있다. 같이 라운딩하던 상대방은 볼이 홀 안에 정지해 있지 않았다는 이유로 홀에 들어간 볼이 아니라고 주장할 수도 있을 것이다.

　그러나 두말할 것도 없이 그것은 홀에 들어간 볼이다. '홀에 들어가다'에서 '정지해 있을 때'라는 용어를 사용한 것은 볼이 홀 가장자리에 보다 밑으로 떨어진 후에 다시 튀어나온 경우 그 볼은 홀에 들어간 볼이 아니라는 것을 명확히 하기 위한 것으로, 홀 중간에 끼여 있다가 밑으로 떨어졌다 해도 그 볼은 홀인된 것이다.

넷:
골퍼라면 이 정도는 알아야

왜 컨트리 클럽인가

　클럽(Club)은 같은 목적을 가진 사람들의 모임체를 뜻한다. 요즈음 대학에서 유행되고 있는 동아리와 같은 의미다. 클럽의 기원은 고대 로마와 그리스의 대중 목욕탕에서 찾을 수 있다. 각 개인의 유희를 위한 만남, 사교나 정치적 성격의 모임에 이르기까지 모임의 합리적인 진행을 위해 지배인격의 사람들에 의해 운영됐다는 점에서 그렇다.

　클럽의 어원은 'cleofan'이다. '출자한다'와 '지출한다'는 뜻을 포함하고 있는 단어다. 출자와 지출은 어떻게 보면 반대의 뜻이다. 그런데 클럽은 회원들이 출자하는 돈을 자금으로 삼고, 그 클럽의 운영은 바로 이 자금의 지출에 의하도록 되어 있다. 그래서 이 복합어가 이런 모임을 뜻하는 말로 사용된 것 같다. 클럽의 지출은 회원들이 회비를 내어 부담하므로 클럽의 운영도 회원들이 자주적으로 하게 되어 있다. 골프(golf)란 말 자체도 클럽이란 뜻을 가지고 있다 한다. 골프의 어원이 게르만어의 'kolf'인데, 바로 그런 뜻을 가지고 있다는 것이다.

　컨트리 클럽(Country Club, 약자 CC)이라고 하면 본래 도회를 벗어나 전원에서 함께 즐기고자 하는 사람들의 모임을 뜻하는 말이다. 골프를 애호하는 사람들의 모임인 골프 클럽 말고도 이런 모임이 많이 있겠지만, 골프 클럽이 이 이름을 특히 애용하여 일찍이 골프 클럽의 별명이 되었다. 그리고 사람들이 이 별명을 본명보다 더 애용하여 이제는 별명인 CC가 바로 골프장이란 뜻으로 쓰이기에 이르렀다.

　CC가 골프 클럽의 별칭이 됐지만 CC와 골프 클럽과는 차이가 있다. 골프 코스만 갖추고 있을 경우 그냥 골프 클럽이라 해야 된다. 따라서 요즘 다른 부대시설을 갖춘 골프장은 이를 구분하기 위해 'ㅇㅇ Golf & Country Club'라고 부른다.

컨트리 클럽은 도시 외곽의 넓은 땅을 이용한 정규 18홀 골프장을 갖추고, 부대시설인 클럽 하우스, 테니스 코트, 하나의 수영장과 다른 종류의 옥외 스포츠 활동이 가능한 클럽을 말하는 것이다. 그러나 요즘 국내의 회원제 골프장은 여러 가지 부대 시설을 갖추지 못하고 있다. 한때 사업자가 사업계획의 승인을 신청할 때 수영장, 테니스 코트, 청소년 야영장, 자연 학습림, 심신 수련장 가운데 3개를 설치하도록 하였으나, 지금은 그러한 조항이 삭제돼 △△골프 클럽이라는 이름의 골프장들이 속속 건설되고 있는 실정이다.

오늘날 클럽의 범위는 사업적 모임, 사교적 모임, 휴양 개념의 모임 등 크게 3가지로 분류된다. 또 클럽은 지역적으로는 크게 타운(town)과 컨트리 클럽(country club)으로도 나뉘어진다. 클럽을 구분하는 핵심은 그 클럽들이 지닌 그들만의 기본적 시설들의 차이와 모임의 성격에서 비롯된다. 예컨대 스포츠 클럽은 그 스포츠를 할 수 있는 시설물이, 그리고 사교 클럽이라면 연회를 열 수 있는 연회실 등을 갖추어야 된다.

시티 클럽이라는 것도 있다. 대도시를 중심으로 사회적으로 혹은 사업상의 만남을 위해 모이는 단체다. 우리나라에선 보편화 돼 있지 않지만 비슷한 개념으로 라이온스 클럽과 국제 로타리 클럽 등이 이 범주에 속한다.

여러 가지 경기 방식

골프에는 참으로 다양한 경기 방식이 있다. 예를 들어 초보자에게 좋은 게임은 스크램블이다. 보통 네 명의 구성원 모두가 티 오프를 한 뒤 네 개의 샷 중에서 가장 좋은 샷을 고르고 그 자리에서 모두가 다음 샷을 한다. 모든 샷을 잘 쳐야 한다는 부담이 없어 좋다. '스크램블' (Scramble)이란 단어는 '뒤섞다' 라는 뜻을 가지고 있다. 우유와 버터를 뒤섞어 익힌 달걀을 '스크램블 에그' (Scrambled egg)라 하는 데서 그 용례를 볼 수 있다. 골프에서의 여러 가지 경기 방식을 알아보자.

● 스트로크 플레이(Stroke Play)

일반적인 것으로 18홀이나 36홀 타수의 합계로 승부를 가린다. 이를테면 18홀에서 A선수가 80타, B선수가 90타를 치면 A선수가 B선수를 10타 차이로 이긴 것이다. 아마추어 공식 경기나 프로 대회 대부분 이 방식을 사용한다.

● 매치 플레이(Match Play)

경기자 두 사람이 1대 1로 대결하여 매 홀마다 승자를 결정하고, 18홀이 끝난 후 이긴 홀이 많은 자가 승리한다. 한 홀 이기면 업(Up), 지면 다운(Down), 비기면 하프(Half), 이긴 홀과 진 홀이 동수인 경우를 올 스퀘어(All Square)라 한다.

● 어겐스트 파(Against Par)

각 홀에서 파에 도전하는 경기. 홀마다 파를 잡지 못하면 다운(-), 잡으면 0, 버디가 나오면 업(+)으로 각 홀에서 승부를 가린다. 18홀이 끝나고 업(+)이 많은 자가 승리한다.

● 툼 스톤(Tomb Stone)

일명 기 세우기 게임으로 코스의 파 합계와 자신의 핸디캡을 더한 수가 자기 점수다. 파72 코스에서 핸디캡이 10인 사람은 82가 자기점수, 이 점수와 같은 스트로크가 났을 때 경기를 종료하고 볼이 최후 종료한 지점이 기록이 되며 가장 멀리 간 사람이 이긴다. 예전에는 그 자리에 돌을 놓아서 툼 스톤(묘비)이라는 이름이 붙게 되었다.

● 포섬 스크램블(Foursome Scramble)

2인 1조로 1개의 볼로 서로 쳐가는 방법. A가 티샷을 하고 다음은 B가 치는 순서로 홀아웃한다. '포섬'(Foursome)이라는 단어는 '4인조' 등의 뜻을 갖고 있다.

● 베스트 볼(Best Ball)

1명이 다른 2명 또는 3명과 대결하는 게임. 복수조는 파트너 중 가장 잘 친 스코어를 적용한다. 높은 핸디캡을 가진 이들이 낮은 핸디캡의 상대방과 대항하는 게임으로 상수에게 승부를 거는 재미가 있다.

● 스킨스 매치(Skins Match)

각 홀마다 상금을 걸고 한 홀에서 승부가 나지 않을 경우 다음 홀로 승부를 가지고 가서 그 홀에서 이긴 자가 상금을 다 갖게 된다. 인디언이 게임을 할 때 사냥한 동물의 가죽(스킨)을 걸고 도박을 한 것에서 유래된 명칭이다. 이밖에 포인트를 사용하는 스코어링 방법으로 스테이블포드(stableford)라는 경기 방식도 있다. 매 홀마다 보기 1점, 파 2점, 버디 3점하는 식이다.

18홀이 된 까닭은?

골프 코스는 골프 링크스(links)라고도 한다. '링크스'란 원래 '해안의 모래펄'을 말하는데 해안가 골프장의 뜻으로 쓰이다가 지금은 일반적으로 골프장을 의미하는 단어가 됐다. 그래서 골퍼를 링크스맨이라고도 한다.

골프가 재미있는 것은 골프 코스에 세 종류가 있기 때문이라고 말하는 골퍼들도 있다. 세 종류란 쉬운 코스와 어려운 코스 그리고 불가능한 코스 등이다. 파3홀은 대부분 주변에 해저드나 벙커 등이 한두 개 버티고 있기 마련이다. 이들 해저드와 벙커는 날아드는 백구를 삼키려는(?) 듯이 노리고 있다.

그런가 하면 도그레그(dogleg) 또는 호그레그(hogleg)라 부르는 홀도 있다. 개 뒷다리나 돼지 뒷다리처럼 페어웨이가 크게 굽은 홀을 말한다. 큰 나무가 있는 곳에서 왼쪽 또는 오른쪽으로 방향을 크게 틀거나 언덕에 가려 티잉 그라운드에서 보면 그린이 보이지 않는 홀이다. 오른쪽으로 돌면 도그레그 라이트, 왼쪽이면 도그레그 레프트라고 부른다.

골프 코스는 대부분 18홀이다. 물론 처음부터 골프 코스의 홀수가 9홀짜리 두 개의 18홀이었던 것은 아니다. 가장 오래된 에딘버그 골프장은 지금도 여전히 6홀이고 1870년대 윔블던은 7홀 짜리를 세 번 돌아 21홀을 쳤으며 지금은 12홀 짜리를 세 번 돌아 36홀로 토너먼트를 한다. 세인트 앤드루스의 경우 9홀을 나갔다가 같은 그린을 이용하여 9홀을 들어오는데 이것이 유명해져 요즈음의 골프장은 18홀을 도는 것이 정형화됐다.

더러는 골프 코스 18홀을 술과 연관시켜 말하는 이들도 있다. 스코틀랜드는 스카치 위스키로 유명하다. 스코틀랜드의 바닷가 골프 코스는 바람이 몹시 불어 춥다. 따라서 스카치 위스키는 스코틀랜드 골퍼들에게는 필수품이 되다시피 한 술이다. 골프백에 스카치 위스키 한 병을 넣고 다니며 티에 설 때마다 한 잔씩 마시다 보니 18잔으로 스카치 위스키가 바닥이 났다. (소주는 한 병에 여섯 잔이나 일곱 잔 정도 나온다는데 위스키는 열 여덟 잔이 나온다는 건가?) 따라서 골프도 18홀로 끝내고 클럽 하우스로 돌아와 술을 계속 마시곤 했다는 것이다.

골프 코스에서 페어웨이는 티에서 그린까지 풀을 깎아 놓은 곳을 말한다. 본래 골프장은 전체를 녹색 초원이라 하여 그린이라 불렀다. 그러나 요즈음엔 퍼트하는 곳만 그린이라고 부른다. 제 1타 지역부터 그린까지

는 스루 더 그린(through the green), 페어 그린 (fair green)으로 불렀었다
가 요즈음엔 페어웨이(fairway)라 한다. 골프는 페어웨이 한가운데로 치
는 것이 목표다. 그러나 그것이 그토록 어려운 것이다. 흔히 야구 선수 출
신 골퍼들은 한 마디씩 하기 일쑤다. "야구는 야구장 왼쪽이든 오른쪽이
든 담장만 넘기면 홈런인데 골프는 항상 2루 쪽으로만 쳐야 되니 죽을 맛
이다."

18홀 코스에서 1번 홀부터 9번 홀까지는 프론트 나인(front nine) 혹은
아웃 코스 (out course)라 하고 10번 홀부터 18번 홀까지는 백 나인 (back
nine) 혹은 인코스(in course)라 부른다.

술값서 유래된 '핸디캡'

핸디캡(handicap)은 우열(優劣)을 고르게 하기 위해 우세한 사람에게 지우는 부담으로, 불리한 조건이라고도 한다. 골프에서는 흔히 줄여서 핸디라고 부른다.

핸디캡은 본디 스카치 위스키를 좋아하는 사람들에게서 비롯됐다. 스코틀랜드 사람들은 친구들 두셋만 모여도 아침부터 술집으로 갈 정도로 술을 좋아하는 모양이다. 술을 다 마시고 계산을 할 때쯤 한 사람이 "그만 마시고 술값을 내자."고 하면 누군가가 "핸드 인 어 캡(hand in a cap)"이라고 한다. 그러면 한 사람이 일어서서 모자를 벗어 들고 모두들 그 모자에 자신이 지니고 있는 돈을 집어넣는다. 누가 얼마를 냈는지 모르면서도 모두들 자신이 낼 수 있는 만큼 냈다는 공평하고 편안한 마음을 갖게 된다는 것이다.

운동을 하기 전에 기도를 드리는 '골프 기도문' 이라는 것이 있다. "하나님 아버지시여! 드라이버는 기본으로 잘 치도록 하시옵고, 아이언으로 스코어를 잘 내게 하옵시며, 퍼트를 잘해 내기에 이기도록 하시옵소서. 아멘" 누군가 장난으로 지어낸 것이겠지만 친지들과 골프를 한다 해도 내기에 이기거나 계속해서 '오너' 가 되는 것은 유쾌한 일임에 틀림없다.

비록 보기 플레이를 하는 수준이지만 싱글 핸디캡 수준의 동반자들과의 경기에서도 그처럼 계속 1위 자리를 지켜 나갈 수 있는 것도 핸디캡이란 제도가 있기에 가능하다. 골프가 신사 숙녀들의 정당한 게임으로 붐을 일으키게 된 것도 남녀노소, 실력 차이를 불문하고 누구든지 대등한 조건에서 플레이를 할 수 있는 핸디캡 덕이라 해도 과언은 아니다.

19세기에는 기량이 낮은 골퍼가 훨씬 앞에서 티 오프를 하거나 잘 치는 골퍼가 클럽의 개수를 줄이는 방법으로 핸디캡을 정하기도 했다. 장기를 둘 때 고수가 차나 포를 떼고 두는 것과 비슷한 것이다. 이 같은 핸디캡은 잘 치는 사람과 못 치는 사람이 함께 공평한 경기가 되도록 하는 데 목적이 있다. 따라서 코스 레이팅과 골퍼의 평소 타수를 연관시켜 산정한다. 예를 들어보자. 박 사장이 최근 20번 골프를 친 경우 제일 잘 친 10번의 평균이 90이고 코스 레이팅이 70이라면 90에서 70을 빼고 남은 20의 85%인 17이 핸디캡이다.

코스 레이팅이란 핸디캡이 0인 골퍼가 한 코스를 몇 점으로 끝낼 수 있느냐 하는 예상치다. 대부분의 골프장 코스 레이팅은 72 이하이다. 그러나 코스가 길고 그린을 향해 공략하기 어렵게 설계된 코스는 72가 넘기도 한다. 코스 레이팅이 72인 곳에서 73을 치면 1점 오버가 된다.

핸디캡은 술 때문에 유래됐다지만 술자리에선 핸디캡 이야기를 하지 않는 것이 유리하다. 특히 골프를 치기 전날 술자리에서 핸디캡을 선언하게 되면 자신을 과대 평가하는 대신 핸디캡을 낮게 매기기 쉽다. 그러다 보면 이튿날 골프 경기에서 후회하기 마련이다. 자존심은 있어 한번 선언한 핸디캡을 다시 고쳐 주장하기도 쑥스러워 전날 저녁에 말한 대로 운동을 하다 보면 내기에서 지는 경우가 많기 때문이다.

알고 보면 간단한 골프 규칙

골프 규칙을 어렵게 생각할 필요는 없다. 규칙은 세 가지 기본 정신을 근간으로 작성되어 있다.

첫째, 코스가 있는 그대로 플레이를 한다는 것이다. 골프장은 인공물을 최대한 배제하고 가능한 자연 그대로를 유지하며 이를 소재로 만들어지고 있다. 그러므로 골퍼는 코스의 나뭇가지 하나도 훼손하지 말아야 한다. 이러한 규정을 어겼을 경우에는 페널티를 받도록 규제하였다.

둘째, 볼은 놓여진 상태 그대로 플레이하라는 것이다. 인 플레이가 된 후부터 홀인 될 때까지 볼에 터치하지 않는 것이 원칙이다.

셋째, 철두철미 페어플레이 정신을 가지라는 것이다.

이상 세 가지 기본 정신은 별 것 아닌 것 같으면서도 잘 지켜지지 않는 기본적인 정신이다.

모든 운동은 그 운동 나름대로의 경기 규칙이 제정되어 있다. 골프 역시 골프경기에 국한된 세계 공통 규칙이 있다. 골프 규칙은 제1장 에티켓(Etiquette)과 제2장 용어의 정의(Definitions), 제 3장 플레이 규칙(The rules of play)으로 구성되어 있으며 플레이 규칙은 28조로 되어있다. 기타 플레이 방식(Other forms of play)이 29조~32조, 운용관리(Administration)가 33조와 34조, 부칙 규칙이 Ⅰ~Ⅲ으로 구성되어 있다.

현재 세계 각국에서 통용되고 있는 골프규칙(The rules of Golf)은 영국 세인트 앤드루스 골프클럽(The Royal and Ancient Golf club of St. Andrews)과 미국 골프협회(United States Golf Association)가 공동으로 제정한 것이며, 매 4년마다(올림픽이 개최되는 해) 그 일부가 개정되는 것이 지금까지의 관례이다. 1744년 처음으로 골프규칙 13개 조항이 제정되었다가 요즈음은 조항이 배가되어 34조 규칙이 근간을 이루고 있다.

골프규칙은 34조에 불과하지만 저마다 다른 자연 환경을 토대로 조성된 광활한 구역의 골프장에서 적용되기 때문에 수백 가지의 다른 상황이 일어나고 있다. 그러다 보니 일반 골퍼가 이 많은 것을 어떻게 다 습득하고 이해하여 골프 룰을 지키면서 골프를 즐길 수 있겠느냐고 반문할 수도 있을 것이다. 그러나 기본적인 중요 규칙을 이해하면 다른 문제는 어렵잖게 풀어나갈 수 있다.

OB가 난 플레이어 자신이 멀리건을 선언하고 몇 번이고 드라이버 샷을 휘두른다거나, 러프에서의 볼을 옮겨놓고 친다거나, 아무 곳에서나 치던 볼을 적당히 바꾼다거나, OK도 받지 않은 볼을 그린에서 집어 올린다거나, 내기 골프에 너무 빠져 종국에는 같이 라운딩을 하던 동료와 얼굴을 붉히며 싸운다거나, 이런 것들은 골프 규칙을 지키지 않기 때문에 발생하는 것이다. 골프 규칙을 지키지 않고는 경기가 즐겁게 진행되지 않는다. 골프는 자신과 싸움이며 자신과의 대화라고 한다. 골퍼 서로가 스스로 룰을 지킬 때 기량은 더욱 성숙해질 것이며 18홀이 어느새 끝나고 말았는가 할 정도로 아쉽고 섭섭한 기쁨을 만끽할 수 있을 것이다.

일반적인 원칙 몇 가지

골프에는 매치 플레이와 스트로크 플레이가 있다는 사실을 '여러 가지 경기 방식'에서 설명한 바 있다. 매치 플레이는 골프가 시작된 후 약 570년 동안 계속돼 온 경기 방식이지만 우승자를 결정하는 데 많은 시일이 걸리는 단점이 있다. 이러한 단점을 보완하기 위하여 약 200년 전에 생긴 방식이 스트로크 플레이다. 최근에는 대부분의 골퍼들이 스트로크 플레이를 즐기고 있다. 매치 플레이에 적용되는 규칙과 스트로크 플레이에 적용되는 규칙은 서로 상치되는 것도 있지만 스트로크 플레이 규칙을 모두 익히면 매치 플레이 룰은 쉽게 이해할 수 있을 것이다.

골프 경기 전반에 관한 일반적인 원칙을 설명하면 다음과 같다.

● 골프는 규칙에 따라 볼을 티에서 그린의 홀에 '땡그랑' 소리를 울리며 들어갈 때까지 한 번, 또는 연속적으로 치는 경기이다.

● 플레이어나 캐디는 볼의 위치나 움직임에 대하여 영향을 주는 행동을 해서는 안 된다. 이를 어겼을 때 2벌타가 부과된다.

● 플레이어가 서로 타협하여 규칙을 적용하지 않기로 하거나, 받아야 할 벌타를 서로 면제하기로 합의해서도 안 된다.

● 규칙 지킬 것을 거부하여 다른 경기자에 영향을 줄 때 그 경기자는 실격이다.

● 스트로크 플레이에서 반칙의 벌은 1벌타, 2벌타 및 실격의 세 가지가 있는데 우연한 실수를 하였을 때는 1벌타이고 부주의로 인한 위반이나 금지사항을 위반하였을 때는 2벌타이며 골프경기의 기본원칙을 위반하였을 때는 실격이다. 반칙의 경우, 대부분 매치 플레이에서는 그 홀의

패(敗)이고 스트로크 플레이에서는 2벌타이다.

● 경기자는 부당하게 경기를 지연시켜서는 안 된다. 부당하게 지연시키면 2벌타를 부과하고 반복해서 지연시킬 때는 실격이다. 각 경기자는 쳐야 할 순간에서부터 45초 이내에 쳐야하며 4인조는 18홀을 4시간 30분에 끝내야 한다.

● 경기자는 경기를 중단해서는 안 된다. 그러나 다음의 경우는 괜찮다. ⓐ위원회가 경기를 중단시켰을 때 ⓑ번개가 위험하다고 생각될 때 ⓒ급한 병과 같이 특수한 사정이 발생하였을 때. 그러나 비바람이 심하게 부는 것 자체는 경기를 중단할 이유가 되지 않는다.

● 시합 당일 시합이 있는 코스에서 연습을 하여서는 안 된다. 연습하면 실격이다.

● 홀이 끝날 때마다 마커는 경기자와 스코어를 확인하고 스코어 카드에 기록해야 한다. 라운드가 끝나면 카드에 서명해서 경기자에게 줘야 한다.

● 라운드가 끝나면 경기자는 각 홀의 스코어를 확인하고 의문점이 생길 때는 마커가 없더라도 자기 멋대로 고쳐선 안되고 반드시 위원회와 상의하여 고쳐야 한다.

● 일단 제출한 카드는 고칠 수 없다.

● 스코어는 마커가 기록하지만 잘못 기록한 스코어에 대한 책임은 전적으로 경기자가 진다. 그러므로 경기자는 카드를 제출하기 전에 세밀히 대조하여야 한다. 어떤 홀의 스코어가 실제보다 적게 기록되었을 때는 실격이고 실제보다 많을 때는 그대로 채택된다.

벌타의 세 가지 유형

신문에 '골프 여행'을 연재하면서 독자들의 전화를 많이 받았다. 특히 "무슨 벌타가 그렇게도 많으냐." "골프 공포증을 불러일으키게 하지 않느냐."는 등의 애교 섞인 항의도 없지 않았다. 우리 사회 생활에서도 갖가지 규제와 법질서가 존재하듯이 골프에서도 어차피 질서라는 것이 있고 이를 위반하면 벌타가 있기 마련이다.

골프의 벌타에는 세 가지 유형이 있다. 1벌타, 2벌타 그리고 실격이 그것이다. ('주저하지 말고 잠정구를' 편 참조)

1벌타는 비교적 가벼운 벌이다. 예컨대 볼을 터치하거나, 드롭을 잘못하거나, 볼을 움직이거나 로스트 볼, 해저드 등 골퍼의 실수로 인하여 먹어야 하는 페널티다.

2벌타는 골프 규칙을 위반하는 모든 행위에 부과된다. 실격은 골퍼로서 중대한 위반 행위에 대하여 부과되는 벌로 고의, 악성, 오해, 무지, 경기정신 무시 등이 이에 해당된다. 실격의 벌은 골프 시합 등 공식경기에 주로 해당된다.

1벌타의 경우는 단순한 골퍼의 실수에 부과된다. 불가항력적인 트러블에서 구제를 받을 경우 가볍게 그 실수에 대한 용서를 받는 대신 1벌타를 먹어야 한다. 다시 말하면 OB, 로스트 볼, 워터 해저드, 언플레이어블 볼 등의 어쩔 수 없는 타구와 누구에게나 가능성이 있는 트러블 샷에 대하여 부과되는 가벼운 벌타라 할 수 있다.

2벌타의 경우는 무거운 벌이라 할 수 있다. 즉 골프 정신에 위배되는 기초적인 위반을 비롯, 태만, 오해, 무지 등으로 발생한 규칙 위반이 그것이다. 오구(誤球) 플레이, 볼 위치의 변경, 라이의 개선, 퍼팅선의 개선 등 소위 더티 플레이 등에는 모두 2벌타가 부과된다.

이밖에 3벌타, 4벌타의 처벌이 있긴 하지만 이는 반칙이 중복될 때, 가중 처벌되는 경우이다. 예를 들면 벙커에서 나뭇가지를 집어내어 2벌타, 볼을 움직여 1벌타 등 3벌타가 된 뒤 움직였던 볼을 리플레이스하지 않고 샷을 하면 추가 1벌타로 합계 4벌타로 증가될 수 있다. 그런데 샷 한 그 볼이 자신의 골프백에 맞았다면 다시 1벌타를 추가하여 결국 5벌타가 된다는 얘기다.

실격(失格) 판정은 골프 운동에서 기본 원칙을 위반하면 가해지는 가장 무거운 벌이다. 그러나 이러한 가혹한 처벌은 일반적인 친선경기에서는 하지 않는 것이 관행이며 시합 경기에서만 엄격히 적용되고 있다.

어쩔 수 없는 상황에서 구제를 받아야 할 경우 1벌타와 무벌타가 있는 바, 드롭 거리가 차이가 나며 이렇게 구분한다. 1벌타의 경우 2클럽 이내에 드롭이 가능하고 (이는 벌타 먹는 대신 2클럽만큼 넓은 공간을 이용할 수 있고), 반대로 무벌타는 1클럽 이내 좁은 공간이 허용되는 것으로 인식하면 된다.

인플레이 볼은 원칙적으로 집어 올릴 수 없으나 벌타 없이 볼을 집어 올릴 수 있는 경우도 있다. 플레이에 부적합한 볼(Ball Unfit for Play)인지 확인할 때다. 찢어졌거나 깨졌거나 변경되었음이 분명한 볼을 플레이에 부적합한 볼이라 한다. 규칙 제 12조 2에 규정한 자신의 볼을 식별(Identifying Ball)해야 할 경우에도 해저드 내를 제외하고 벌 없이 자기의 볼이라고 믿어지는 볼을 집어 올릴 수 있다.

벌타는 캐디의 실수에도

　주말 동료들과 함께 짙푸른 필드에서 한 주간의 복잡했던 일상 업무야 다 잊고 마음껏 골프 기량을 펼칠 수 있다면 얼마나 좋을까. 다행히 날씨 좋고 마음에 맞는 동반자, 그리고 캐디까지 잘 만나 주말 경기가 잘 풀리면 좋겠으나, 골프가 그렇게 뜻대로 되는 것은 아니다. 게임이 잘 풀리지 않을 때면 클럽이나 캐디 탓을 하는 경기자가 많다. 이는 신사의 마음가짐이 아니다. 그렇지만 명문 골프장일수록 경기 도우미들이 상냥하고 친절해서 문제가 발생할 때마다 슬기롭게 대처해준다.

　물론 골퍼 자신의 마음이 안정되어야 볼이 깃대를 향하여 정확하게 날아갈 것이다. 경기 보조자는 플레이어의 굿 샷에 찬사를 보내고 플레이어는 캐디의 봉사에 항상 감사하는 마음으로 운동에 임하면 그날의 골프는 잘 풀려 나갈 것이다.

　자신의 캐디가 러프에 들어간 볼을 찾아 헤매다 실수로 그만 동반 경기자의 볼을 본의 아니게 발로 차버린 경우가 있다. 이때 볼 주인의 캐디가 아니라면 국외자가 되기 때문에 벌타는 없고 움직인 볼은 원위치로 리플레이스 해서 플레이를 계속하면 된다. 그러나 캐디를 공동으로 쓸 때에는 그 동반 경기자에게 1벌타를 부과하여야 한다.(규칙 18-2)

　러프에서 볼을 찾던 공용의 캐디(자신의 캐디)가 로스트 볼이라고 생각해서 주워버린 공이 자신의 볼일 때 '규칙 18조 2항 a'에 보면 1벌타가 주어진다.

　어떠한 경우에도 인플레이 볼은 규칙에서 허용하는 경우를 제외하고는 그것이 고의든 우연이든 주우면 1벌타를 부과하도록 돼 있다. 공을 집어 올린 캐디를 원망할 수밖에 없다. 그리고 캐디가 행방이 묘연한 볼을 찾고 있기 때문에, 공용 카트를 조작하여 움직이다가 그만 자신의 볼을 건드리고 말았다. 공용 카트는 모든 플레이어의 휴대품으로 보지만 자신이 조작했다면 그 경기자의 휴대품이다. 자신의 휴대품으로 볼을 움직였다면 1벌타를 받고 볼을 원위치에 리플레이스 하여 경기를 계속하여야 한다.(규칙 18-2, a)

첫 홀 티샷을 하기 전에 티잉 그라운드에서 자신의 볼메이커나 볼 넘버를 동반 경기자에게 알려야 한다. 이를 소홀히 하다 보면 필드에서 동반 경기자와 같은 번호의 볼을 사용하는 경우가 있다. 친절하게도 캐디가 다른 볼로 바꿔 주어 다음 샷을 기분 좋게 날렸다. 캐디와 동반자들은 굿 샷을 외쳤지만 이런 경우 미숙한 캐디의 도움 때문에 '규칙 15조 1항 · 18조 2항 a'에 의하여 3벌타를 부과받고 플레이를 계속하여야 한다. 인플레이 볼을 집어 올렸기에 1벌타, 골프 규칙상 바꿀 수 없는데도 볼을 바꿔 샷하였으므로 2벌타, 모두 3벌타가 부과되는 것이다.

물론 노련한 캐디들은 이런 실수를 하지 않는다. 교육을 철저히 받고 그만큼 실전에서 경험을 많이 쌓았기 때문이다. 그러나 필드에 나갈 때마다 이런 노숙한 캐디를 만난다는 보장은 없다. 만의 하나 경험이 일천한 캐디를 만나 이렇듯 실수로 인한 벌타로 골프를 망친다면 기분이 좋을 리는 없을 것이다. 때문에 캐디를 탓하기 이전에 플레이어가 골프의 룰 등을 잘 알고 경기에 임하여야겠다. 결국 모든 책임은 자신이 져야 하기 때문이다.

연습만큼 중요한 건 없다

1413년 스코틀랜드 세인트 앤드루스에서 시작된 골프는 반세기가 채 되지 않았는데도 크게 붐을 일으켰다. 특히 스코틀랜드의 경우 너도나도 골프를 치고 술을 마셔 일할 사람이 부족할 정도였다. 이때문에 이 나라 왕 제임스 IV세는 1457년에 골프 금지령을 내리기도 했다. 대신 양궁을 권장했다. 그러나 1503년 왕 자신부터 다시 골프를 치기 시작해 붐이 되살아났다.

이처럼 골프는 한번 시작하면 좀처럼 손을 떼기가 어려운 운동이다. 오죽했으면 '골프 중독' 이라는 용어가 탄생했을까? 요즈음엔 그렇지 않지만 한때 일본에서는 회사원의 골프 핸디캡이 한자리 숫자가 되면 퇴직을 시켰다 한다. 그 정도 기량을 얻기 위해서는 직장 일을 팽개치고 골프에만 매달려야 가능하다는 판단 때문이었다.

우리나라에도 요즈음 골프 인구가 기하급수적으로 늘어나는 추세다. 연습장은 항상 초만원 상태를 이루고 있다. 목 좋은 곳의 연습장에서는 몇 시간을 기다렸다가 연습을 할 만큼 붐빈다. 막 골프를 배우기 시작한 초보자들 뿐만 아니라 잘 치는 골퍼들도 부지런히 연습장을 찾는다. 필드에서 제대로 볼을 치지 못했거나 동반자에 비해 실력이 뒤진다고 여기는 골퍼들이 많은 까닭이다.

골퍼들이 연습장을 자주 찾아도 필드에서 잘 친다는 보장은 없다. 필드와 연습장은 여건이 다르기 때문이다. 따라서 필드에서 잘 치려면 연습할 때 몇 가지 주의 할 점이 있다.

● 먼저 올바른 자세가 돼 있는지 체크를 하고 연습해야 한다.

- 그립은 제대로 잡았는지 체크하자.
- 볼은 제 위치에 놓여 있는지 점검하라
- 백 스윙은 똑바로 올라가는지 살펴보자.
- 테이크 백과 코킹이 올바로 되는지도 점검해야 된다.
- 몸의 회전을 충분히 하라.
- 스윙할 때 축을 무너뜨리지 말아라.
- 피니시 때 중심이 무너지면 안 된다.
- 스윙이 너무 빠르거나 느린 것인지 연습하면서 체크해야 된다.
- 한 가지 채로 반복해 연습하라.
- 채의 헤드 무게를 느낄 때까지 연습하라
- 스윙 타임이 항상 똑같도록 되풀이하며 연습해야 된다.
- 골프 실력은 연습한 만큼 향상된다.

이 같은 체크 포인트를 새기며 날마다 연습을 하게 되면 분명 좋은 결과를 얻을 수 있다. 골프는 이 세상에서 가장 어려운 게임이다. 완전히 정복하기란 불가능한 것이다. 골프 신동인 타이거우즈, 아니카 소렌스탐, 박세리 같은 세계적인 선수도 출전한 모든 대회에서 우승을 차지한 것은 아니다. 더러는 10위권을 벗어나기도 했고 심지어는 컷 오프 되는 경우도 있었다. 때문에 그들도 피나는 연습을 한다. 연습만큼 중요한 것은 없다.

오구(誤球)와 교체된 볼

어떤 골퍼들은 페어웨이에서 샷하였던 볼을 그린 위에서 바꾸어 퍼팅을 하기도 하는데 이는 규칙 위반이다. 그러나 그린 위에서 볼을 바꿔 놓았다가 잘못을 깨닫고 다시 원래의 볼로 퍼팅했다면 벌타는 없다. 만일 볼을 바꾸어 다른 볼로 퍼팅하였다면 2벌타가 부과된다.

그린에 올라와 보니 동반 경기자의 볼과 자신의 볼이 바뀌어 있는 사실을 아는 경우가 있다. 각 홀의 티잉 그라운드에서 티샷을 했을 때에는 분명히 바뀌지 않았을 것이다. 중간에 자신의 볼을 확인하지 않은 채 플레이를 하였기 때문에 오구 플레이를 한 셈이다. 이 경우 '규칙 15조 3항'의 규정에 의거 2벌타가 부과되고 모두 오구 플레이를 한 장소에 돌아가 본인의 볼로 플레이를 계속하여야 한다.

오구라 함은 인플레이 볼과 잠정구 등을 제외한 모든 볼을 말한다. 경기자는 다른 볼과 교체하는 것이 규칙에 허용되지 않는 한 티잉 그라운드에서 플레이한 볼로 홀아웃 하여야 한다. 따라서 교체가 허용되지 않음에도 경기자가 다른 볼로 바꾸었을 경우 이는 교체된 오구(誤球)가 아니다. 즉 그 볼은 인플레이 볼이 되며 플레이어가 규칙 제 20조 6항의 규정(부정확하게 볼을 교체한 경우)에 따라 그 잘못을 정정하지 않았을 때는 벌점 2점을 받게 된다.

골프라는 운동을 하다 보면 오구 플레이를 한번쯤은 경험하게 된다. 그러나 태평스럽고 무신경한 골퍼라면 몰라도 대개는 자신이 오구 플레이를 한 사실을 안다. 그런데도 자신의 볼이 아닌 타인의 볼로 홀아웃 하였을 때 어떻게 처리할 것인가. 이때 플레이어는 2벌타를 받고 자신의 볼을 찾지 않으면 안 된다. 그러나 도대체 어디서부터 오구 플레이를 했는지 알 수 없을 때도 있다. 다행히 자신의 볼을 쉽게 발견하였다면 리플레이하면 된다. 이 경우 2벌타를 부과받았기 때문이 오구 플레이의 타수는 더하지 않는다. 오구 장소와 볼이 발견되지 않으면 우선 티샷에서는 오구일 수 없으므로 두 번째 샷부터 오구로 간주되어 그 장소에서부터 재 플레이를 할 수밖에 없다. 볼이 발견되지 않았으므로 분실구로 벌타를 부과해야 한다고 주장할 수 있지만 결국 오구 플레이 2벌타만 받으면 된다.

경기자가 해저드 내에서는 오구를 몇 번 치더라도 벌은 없다. 경기자는 정구(正球)를 플레이함으로써 잘못을 정정하면 된다. 그렇지만 경기자가 다음 티잉 그라운드로부터 스트로크를 하기 전에 잘못을 바로잡지 않았거나 또는 그라운드의 최종 홀에서의 경우 그 퍼팅 그린을 떠나기 전에 잘못을 시정할 의사를 선언하지 않으면 경기 실격이 된다.

이런 실수도 종종 발생한다. 플레이어가 그린 위에서 볼의 위치를 마크하고 볼을 집어 올려서 옆에 잠깐 놓았다. 동반자와 이야기를 나누다 보니 깜빡해 잠깐 옆에 놓아둔 볼을 그대로 퍼팅하고 말았다. 이런 경우 경기자가 볼을 집어 올린 시점에 그 볼은 인플레이 볼이 아니다. 경기자가 인플레이 볼이 아닌 볼을 스트로크하는 경우 그는 오구를 플레이하는 것이 된다. 따라서 매치 플레이에서는 그 홀의 패, 스트로크플레이에서는 2벌타를 받게 된다.

국외자와 휴대품

움직이고 있는 볼이 국외자나 휴대품 등에 맞고 그 방향이 변경되거나 정지된 경우에 대한 설명이 골프 규칙 제19조에 나와 있다. 여기서 '국외자' 란 매치 플레이에서는 매치에 관계없는 사람과 사물(事物)을 말하며, 스트로크 플레이에서는 그 경기자의 사이드에 속하지 않는 사람과 사물을 말한다. 심판원, 마커, 업저버 또는 포어 캐디는 국외자이며 바람과 물은 국외자가 아니다. '휴대품' 이란 플레이어가 사용, 착용 혹은 휴대하는 물건을 말하며 플레이어가 경기 중 볼의 위치나 볼을 드롭할 구역을 표시하는 데 사용되는 주화나 티 같은 작은 물건은 휴대품이 아니다. 휴대품 중에는 수동, 자동의 골프 카트도 포함된다.

플레이 중에 국외자(Outside Agency)에 의하여 볼이 정지되거나 그 방향을 바꿀 때에는 럽 오브 그린(Rub of the green)이며, 벌타 없이 그 볼은 있는 상태 그대로 플레이되어야 한다. 다만 다음의 경우는 제외된다.

● 퍼팅 그린 위 이외에서 스트로크 되어 움직이고 있는 볼이 움직이거나 살아 있는 국외자의 안이나 위에 멎었을 경우는 그때 국외자가 있었던 위치에 가능한 한 가까운 곳에 볼을 드롭하고 퍼팅 그린 위에서는 플레이스 하여야 한다.

● 퍼팅 그린 위에서 스트로크 한 후에 움직이고 있는 볼이 살아 움직이고 있는 국외자(벌레나, 곤충제외)에 의하여 방향이 변경되거나, 정지되거나 또는 국외자의 안이나 위에 멎었을 경우에는 그 스트로크를 취소하고 그 볼을 리플레이스 해서 다시 스트로크 하여야한다.

플레이어가 친 볼이 그 자신, 그의 파트너, 그들의 캐디나 휴대품에 의

하여 우연히 정지되거나, 방향을 바꾼 때에는 매치플레이 경우 경기자는
그 홀에서 패(敗), 스트로크 플레이에서는 벌점 2개를 먹고 볼은 있는 그
대로의 상태에서 플레이 되어야 한다.

　매치 플레이에서 경기자가 친 볼이 상대방, 그의 캐디 또는 휴대품에
의하여 우연히 정지되거나, 방향을 바꾼 때에는 벌이 없다. 플레이어는
볼을 있는 라이 그대로 플레이 하든가 어느 편이 다음 스트로크 하기 전
에 그 스트로크를 취소하고 벌타 없이 앞서 플레이된 볼의 지점과 되도
록 가까운 곳에서 다시 플레이 할 수 있다. 스트로크 플레이에서 동반 경
기자, 캐디 또는 휴대품에 볼이 맞을 경우 역시 벌 없이 그 볼은 있는 상
태 그대로 플레이되어야 한다.

　스트로크 후에 움직이는 경기자의 볼이 '정지한 다른 인플레이 볼'에
의하여 방향을 바꾸거나, 정지하였을 때에는 경기자는 볼을 있는 그대로
의 상태에서 플레이하여야 한다.

　매치 플레이에서는 벌은 없지만 스트로크 플레이에서는 스트로크를

하기 전에 만일 쌍방의 볼이 퍼팅 그린 위에 있었을 경우는 그 플레이어에게 2벌타가 부과되며 기타의 경우에는 벌이 없다. 그러나, 스트로크 후 움직이는 플레이어의 볼이 '움직이는 다른 볼'에 의하여 방향을 바꾸거나 정지되었을 경우 그 플레이어는 벌 없이 자기 볼을 있는 그대로의 상태에서 플레이하여야 한다.

떨어뜨린 수건에 움직인 볼

'볼이 정지하고 있는 위치에서 다른 위치로 옮겨가서 정지한 때 그 볼은 움직인 것으로 간주한다'. (규칙 18)

그렇다면 러프 숲 속에 숨어들었던 백구가 바람결에 미끄러져 아래로 내려가거나, 경기자의 발에 우연히 밟혀 눌려서 풀숲이나 땅속으로 들어간 경우에도 '움직인 볼' 이라 할 수 있을까? 볼이 원위치로 돌아오지 않는 한 움직인 것이 된다. 수직이든 수평이든 볼의 움직인 방향은 중요치 않다. 플레이어가 샷을 하기 위하여 어드레스 할 때 우연히 볼을 흔들리게 하였으나, 잠시 후 흔들림이 멈추고 최초의 위치로 정지하였다면 볼이 움직였다고 주장할 수 없다.

플레이어가 스탠스를 취하고 볼 앞 지면을 눌러 평평하게 하는 일 없이 그의 클럽 헤드를 가볍게 놓은 다음 다시 그 클럽을 볼 뒤로 가져와 지면에 대려고 하자마자 볼이 움직였다면 '볼에 어드레스' 한 것으로 되어 규칙 제18조 제2항 b에 규정한 휴대품에 의한 움직여진 볼로 인정, 1벌타를 받게 된다.

그린 위에서 퍼팅하기 전에 많은 골퍼들은 두 발을 한 쪽으로 모은 자세(Side-Saddle)로 퍼팅 준비를 한다. 이때 플레이어가 습관적으로 볼 바로 뒤에 서서 클럽 헤드를 볼 뒤 지면에 대고 중심을 맞춘 다음 퍼트 선에 걸터 서거나 밟고 서지 않도록 옆으로 옮겨서 스트로크를 하였다.

이러한 경우 플레이어가 옆으로 옮겨선 시점에 볼에 어드레스 한 것으로 본다. 플레이어가 옆으로 옮겨 설 때까지는 그의 양쪽 발을 스트로크를 하기 위한 위치에 두지 않았으며 따라서 그는 스탠스를 취하지 않는 것으로 된다. 그리고 플레이어가 스탠스를 취할 때까지는 볼에 어드레스한 것이 아니다.

그린 위에서 종종 벌어지는 일로 경기자 자신의 퍼팅을 끝내고 집어 올렸던 볼을 실수로 다시 그린에 떨어뜨렸는데 그 볼이 굴러가 아직 인플레이 볼로 정지돼 있는 동반자의 볼을 맞혀 이를 움직였다면 어떻게 처리할 것인가? 집어 올린 볼은 휴대품이므로 1벌타를 먹게 된다.

플레이어가 그린 위에서 자신의 볼을 닦았던 수건을 실수로 떨어뜨려 볼을 움직이게 했을 때도 마찬가지다. 플레이어의 휴대품인 수건에 의하여 볼이 움직이게 되었으므로 경기자는 1벌타를 먹어야 하며 볼은 리플레이스(Replace)하여야 한다. 플레이를 끝내고 집어 올린 볼은 휴대품이다.

용어의 정의 15 '휴대품' 에는 동력식인가 아닌가에 관계없이 골프 카트(Golf Cart)가 포함된다. 플레이어 두 사람이 한 대의 카트를 공용(共用)하고 있을 때 볼과 관련된 문제가 일어났을 경우 그 카트와 그 안에 실려있는 모든 것은 그 볼의 소유주인 플레이어의 휴대품으로 간주한다. 다만 그 카트를 공용하고 있는 플레이어 중의 한 사람이 운전하고 있을 때에 그 카트와 거기에 실린 모든 것은 운전하고 있는 플레이어의 휴대품으로 간주한다. 따라서 싱글 매치에서 A와 B가 공용하고 있는 카트가 정지하고 있는 A의 볼을 움직인 경우 A가 운전하고 있거나 끌고 있다면 그는 1벌타를 받게 된다.

거리측정기 사용해도 되나

들뜬 마음으로 날밤을 새다시피 했건만 친구들과 모처럼 골프 약속을 한 주말, 하늘도 무심하게 비가 내리기 시작한다. 가랑비 정도야 하며 스타트 홀을 출발하여 그린에 이르렀는데도 비는 그치지 않는다. 플레이어는 한 손으로 우산을 받고, 또 한 손으로 퍼터를 잡아 짧은 퍼팅을 끝낸 다음 홀아웃 하였을 경우 행여 규칙 위반이 되지 않는가?

규칙 제14조 2항 a를 보면 플레이어가 스트로크할 때 자기 이외의 누구에게도 풍우(風雨) 등 자연 현상으로부터 보호를 받는 것을 금지하고 있다. 그러나 위의 경우는 타인이 아닌 자기 스스로 조력하는 스타일이다. 따라서 비를 맞지 않기 위하여 자신이 우산을 받고 퍼팅을 하였을 경우는 허용된다 하겠다.

또한 플레이어가 퍼팅 그린 위에서 스트로크할 때에 그의 캐디가 우연히 볼 뒤 퍼트선의 연장선에 서 있었으나 경기자는 캐디가 그렇게 서 있는 것을 몰랐으며 캐디 자신도 몰랐을 경우에 규칙 14조 2항 b(캐디를 퍼트 선에 세워서는 안 됨)는 어떻게 적용되는가? 이때는 규칙 위반이라고 볼 수 없다. 이 같은 규정의 목적은 캐디가 목표와 일직선에 서서 경기자에게 어드바이스를 하거나 도움을 주는 것을 금지하는 데 있기 때문이다.

요즈음 골프를 보다 잘 치기 위해 각종 기기가 제조 판매되고 있다. 플레이어가 골프 카트에 거리 측정기를 달고 다니며 거리를 측정해도 되는가? 규칙 제14조 3항 b를 보면 경기에 영향을 줄 수 있는 거리와 상황을 측정 또는 계량하는 물건을 이용할 수 없도록 규정하고 있다. 그러므로 현재로서는 규정 위반이 된다. 하지만 이러한 규정은 정확한 거리 측정을 함으로써 골프를 잘 치기 위함이라면 사용할 수 있도록 개정됨이 바람직하다 하겠다.

많은 골퍼들은 풍향(風向)에 따라 클럽을 선택하기 위하여 종종 필드에서 잔디 등을 뜯어 공중에 날려 보는 경우가 있다. 이러한 경우에도 규정에 배치된다고 주장할 수 있는가? 경기자가 라운드 도중 바람의 방향이나 잔디결의 방향을 판단하는 데 도움을 얻기 위해 나침반 등을 이용하는 등 인공(人工) 기기를 사용하는 것만 금지돼 있으므로 잔디를 날리는 것은 허용된다. ·

처음 가는 골프장이나 자주 가보지 않았던 골프장에서 경기를 하면서 코스 내에 있는 나무나 벙커 또는 코스 등이 세세하게 기재되어 있는 소책자를 구입하여 그 책자를 보면서 경기를 한다면 제14조 제3항에 위반된다 주장할 수 있는가? 책자는 경기자가 라운드 도중 도움을 주는 인공(人工)의 장치나 비정상적인 용구(用具)로 보지 않는다.

초심자들이 연습장에서 골프 기량을 향상시키기 위하여 연습을 하다보면 손가락 사이에 물집이 생기는 경우가 많이 발생한다. 때문에 골퍼들은 손가락 사이의 피부가 벗겨지는 일이 없도록 하기 위하여 일회용 반창고 등을 붙이고 플레이를 하는데 이는 규칙 위반이 아니다. 그러나 플레이어가 클럽을 쥐는데 이를 돕기 위한 이유만으로 손가락 몇 개를 한꺼번에 동여매는 경우에는 제14조 3항에 위반된다.

그린까지 거리, 묻지를 마라

어드바이스란 플레이어에게 플레이의 결단, 클럽의 선택 또는 스트로크의 방법에 영향을 주는 조언이나 어떤 시사를 하는 것을 말한다.(용어의 정의 3) 다만 규칙이나 공지사항, 예를 들면 해저드, 퍼팅 그린상의 깃대의 위치와 같은 것을 알리는 것은 어드바이스가 아니다.

그리고 정규 라운드 중에 플레이어는 그의 파트너를 제외하고는 경기에 참여한 어느 누구에게도 어드바이스를 해서는 안되고 자기의 캐디와 파트너 및 그 파트너의 캐디에게서만 어드바이스를 구할 수 있다고 재차 강조하고 있다.(규칙 8-1)

플레이 선의 지시(Indicating Line of Play)도 금하고 있다. 퍼팅 그린 위에 있는 경우를 제외하고 플레이어는 다른 사람으로부터 플레이의 선에 대하여 지시를 받을 수 있으나 스트로크 진행 중에는 그 선상 또는 그 선 가까이 또는 홀을 넘어 그 선의 연장선상에 어느 누구도 세워두지 못한다. 다만 사람이 붙어 있거나 들어올린 깃대는 예외다.

퍼팅 그린 위에서는 플레이어의 캐디, 파트너 또는 그의 캐디는 스트로크 전에 한하여 퍼팅 선을 시사할 수 있으며 그때도 퍼팅 그린 면에 접촉해서는 안 된다. 퍼팅 그린 위 어느 장소에서도 퍼팅 선을 가리키는 마크를 놓아서는 안 된다.(규칙8-2, a · b).

이 규정을 위반할 때 스트로크 플레이에서 2벌타를 부과하고 매치 플레이는 그 홀의 패를 선언하게 된다. 만일 플레이 중에 한 경기자가 샷을 한 후 그린에 미치지 못해 혼잣말로 "역시 5번 아이언을 사용했어야 했는데"라고 중얼거려 거의 같은 거리에 있는 동반 경기자의 클럽 선택에 혼란을 주었다면 이 또한 2벌타의 벌칙을 부과하여야 한다. 혼잣말은 벌칙이 없지만 볼이 비슷한 위치에 있는 동반 경기자가 확실히 알아들을 수 있도록 말했다면 어드바이스한 경우가 되어 룰 위반이 된다.

그러나 그린 중앙까지 남아있는 거리를 표시하고 있는 말뚝이 150야드인지 미터인지를 동반 경기자에게 물었을 때는 벌타는 없다. 정해놓은 곳에 있는 공식거리 표시물, 즉 그린까지의 거리와 그 표시물들 사이의 거리 등은 '공지의 정보'가 되어 어드바이스라 볼 수 없다.

그러나 자신의 볼에서 그린까지 남아있는 거리를 물으면 어드바이스가 된다. 특히 파3홀에서 종종 일어나는 현상이다. 거리가 160미터 정도 되는 홀이라 가정하자. 샷하기 전에 자신의 캐디와 의논을 한 끝에 6번을 사용할지 7번을 사용할지 망설이고 있는 터에 앞선 동반 경기자가 깃대 옆에 볼을 척 붙여 놓는다. 이때 상대방이 몇 번 클럽을 사용하였는지 알고 싶어지는 게 골퍼의 마음이다.

아마추어의 경우 나이스 샷을 외치며 "지금 몇 번으로 쳤지?"라고 태연스럽게 묻는 경우가 많다. 상대도 무심코 "응, 7번이야" 하고 대답을 할 수가 있다. 그러나 이런 경우 '연습' 라운드에서는 괜찮지만 시합에서는 묻는 사람도 대답한 경기자도 2벌타를 받게 된다.

1968년 마스터스 대회 때의 일이다. 로버트 드 비센조라는 골퍼가 있었다. 그가 마지막 라운드 17번 홀에서 버디를 잡는 것을 수많은 구경꾼들과 TV 시청자들이 보았다. 그러나 그의 카드를 작성했던 토미 아론이 그만 4타로 잘못 적어 넣었다. 라운드 후에 스코어를 체크하면서 드 비센조는 이런 실수를 알아채지 못한 채 자신의 카드에 서명하고 말았다.

그 실수로 인해서 그는 밥 고알비라는 골퍼와의 플레이 오프에서 승리할 수 있는 기회를 놓쳐버렸다. 그 한 타 때문에 지고 만 것이다. 규칙에 따르면 매 홀마다 자기 이름 아래 적혀 있는 스코어의 정확성 여부는 자기에게 책임이 있다. 동료에겐 전혀 책임이 없는 것이다. 어떤 실수든 동료가 아니라 자신이 저지른 것으로 간주된다.

골프 스코어 기록의 자기 책임과 오기(誤記) 또는 허위 기재에 관한 이야기를 이미 한 바 있다. 한데 해외나 국내 명문 골프장을 간다면 모를까 일반 플레이어에게는 스코어 카드를 자신이 직접 기록하는 기회가 적을 것이다. 그럼에도 클럽 선수권 대회나 큰 대회에 나갈 경우 다음과 같은 내용을 알고 있지 않으면 큰 낭패를 면치 못할 것이다.

첫 홀에서 출발하기 전에 예비용과 제출용 등 두 장의 카드를 챙겨야 한다. 제출용은 따로 보관하고, 예비 카드에 자신의 스코어와 자기가 마커로서 기입해야 할 플레이어의 스코어를 기입하여 놓는다. 마커(Marker)란 4인의 선수가 "A가 B를, B가 C를, C가 D를, D가 A를" 과 같은 식으로 다른 플레이어의 스코어를 기입하는 자를 말한다. 이렇게 자신의 기록과 상대 플레이어의 타수를 기입하여 마지막 18홀을 끝낸 후에 제출용 카드에 마크한 상대방의 이름과 스코어를 기입하고 자신이 증명(어테스트, Attest)한다.

이 카드를 플레이어 본인에게 보여주고 사인을 하도록 한다. 상대가 자신의 기록을 확인한 뒤 사인까지 마친 카드가 정식 카드가 되는 것이다. 따라서 사인하기 전 플레이어는 자신이 기록한 자신의 기록과 상대가 기록한 자신의 스코어를 확인하여 일치하면 사인을 하여야 하는 것이다. "잘 적으셨겠지요?" 하고 상대방을 믿는다는 투로 자신의 기록을 확인하지도 않고 대충대충 본 후 사인하여 카드를 제출하였다가 만일 상대방이 오기(誤記)하였다면 모든 책임은 사인을 한 자신에게 돌아올 것이다.

이미 설명한 바 있지만 타수를 낮게 적었다면 그 게임에 실격이 되고, 많이 적었다면 그것이 스코어로 인정되므로 불이익을 감수할 수밖에 없다. 사실 아마추어 골퍼의 대부분은 골프 규칙의 상세한 내용을 모르더라도 단편적으로 귀동냥한 규칙의 일부만 알고 필드에 나가 골프를 즐기는 게 현실이라 하겠다. 그러나 클럽챔피언 대회나 프로암(Pro-Am)대회 때 자세한 규칙을 모르면 망신을 당하기 십상이다. 앞서 말한 대로 프로라 할지라도 성적 카드를 확인하고 서명을 하지 않은 카드를 제출하여 불이익을 당하거나 실격을 당하는 일이 가끔 발생한다.

메이저 대회란?

　골프의 대중화가 이뤄지면서 수많은 남녀 골퍼들이 TV 중계나 신문의 골프 관련 기사에 관심을 갖게 됐다. 골프에 대한 기사나 화면이 나오면 눈을 번쩍 뜨고 골라 보기 마련이다. TV 중계나 신문기사에는 '메이저 대회' 라는 말이 자주 나오는데 골프의 메이저대회란 어떤 대회를 말하는 것일까?

　PGA에서 메이저 대회란 세계에서 가장 권위 있는 4개 대회를 가리킨다. 마스터스 , US 오픈, 브리티시 오픈, 그리고 PGA 선수권 대회가 그것이다.

　마스터스는 1935년 미국의 전설적인 아마추어 골퍼인 보비 존스가 창설한 대회로 대회 장소가 매년 바뀌는 다른 메이저 대회와는 다르게 미국 조지아 주의 오거스타 내셔널 GC 한 군데서 열린다. 철쭉꽃이 화창하게 피어나는 매년 4월 둘째 주에 개최되어 그 해 메이저 대회의 출발을 알리는 이 대회는 입장권도 지정 관중에만 팔고(관람자가 모두 후원자가 되는 제도), 대회 기간 모든 광고 행위를 금지시키는 독특한 방식을 지켜오는 것으로 유명하다.

　매년 6월에 열리는 US 오픈은 미국 내에서의 내셔널 타이틀 대회이며, 매년 7월에 열리는 브리티시 오픈은 골프의 종주국인 영국에서 열리는 메이저 대회이다. 브리티시 오픈은 1860년 대회를 시작하였으며 역사를 자랑하는 대회로서 프로 선수들만 참가하는 수준 높은 경연장이 되고 있다.

　이 4개의 대회의 우승은 세계 모든 프로 골퍼들의 꿈이다. 메이저에 한

번 우승하면 프로로서 평생 소원을 이루었다는 평가를 받는데 이로써 세계 최정상급 선수로 대우를 받는다. 세계의 수많은 스타급 골퍼들 중 4개의 메이저대회를 모두 석권한 선수는 단 5명뿐이다. 잭 니클라우스, 게리 플레이어, 벤호건, 진 사라센, 타이거 우즈가 바로 그들이다. 천하의 아놀드 파머, 톰 왓슨도 PGA 챔피언십만은 우승을 못해 평생 한이 됐다. 물론 이들이 모두 한 해에 4개 대회에서 우승한 기록은 없다. 한 해에 4개의 메이저 대회를 연속 제패하는 그랜드슬램은 거의 불가능한 것으로 보이는 '꿈의 기록'이라 하겠다.

여성 골퍼들의 잔치인 LPGA 메이저 대회는 US 오픈, 브리티시 오픈, 나비스코 챔피언십, LPGA 챔피언십 대회를 말한다. 이 메이저 대회를 석권한 선수는 팻 브레들리, 루이스 석스, 미키 라이트, 줄리 잉스터, 캐리 웹 그리고 지난번 브리티시 오픈에서 우승한 소렌스탐 등이다. 이들이 커리어 그랜드슬램을 달성한 선택된 선수들이다. 그러나 이들도 4대 메이저 대회를 한 해에 모두 우승하는 '진정한 그랜드 슬램'은 이루지 못했다. 1950년 베이브 자하리아스, 1974년 산드라 헤이니가 미국 투어에서 시즌 그랜드 슬램을 달성하긴 했었으나 이때 메이저 대회는 각각 3개와 2개였다.

지난 8월 브리티시 오픈에서 아쉽게도 준우승에 머문 박세리 선수는 98년에 맥도널드 LPGA 챔피언십, US 오픈, 2001년 브리티시 오픈에 각각 우승하였으며 마지막으로 나비스코 챔피언십만 남겨 놓고있다. 그랜드 슬램을 달성할 날이 하루 빨리 다가오기를 기원 할 뿐이다.

천재지변과 그린피 환불

　금년 장마는 유난히 지루하게 심술을 부렸다. 하루 가득 부킹을 받아 놓고 골퍼들을 기다리고 있는 골프장 영업도 비 때문에 공치는 날이 많았다. 이제 장마는 끝나고 가을이 깊어가는데, 제발 푸른 하늘에 솜털 같은 흰 구름이 우리네 인생에도 가까이 다가왔으면 하는 바람이다. 골프는 비가 와도 중단하지 않는 운동이라고들 한다. 골프의 발원지인 영국은 비가 많은 나라이기에 웬만큼 비가 내려도 골프를 즐기는 데서 그런 이야기가 나왔을까? 스타트 홀을 출발한 후 심한 빗줄기가 아니라면 라운딩을 계속하고 싶은 것이 골퍼들의 마음인데 분명 골프에 어떤 마력이 있기 때문일 것이다. 필자의 경우 폭우나, 강한 바람만 불지 않는다면 설사 백구가 빗물에 떠내려가도 우중 플레이를 하였었다.

　경기를 중단하는 것은 플레이어의 권리와 자유에 속하는 것이나, 중단하였을 때 그린피(Green fee)는 어떻게 처리할 것인가? 대부분 골프장의 이용약관(利用約款)을 살피건대, '그린피는 로커를 이용하거나, 경기 보조원(캐디)을 배치 받고 티 오프한 후에는 환불하지 않는다.' 라는 가혹한 규정을 일방적으로 두고 있다. 그린피에 포함되어 있는 각종 세금(특별소비세 등)은 통과세(通過稅)의 성격으로 스타트 홀을 통과하므로 성립되는 것이라는 주장들을 하고 있다. 그러나 한번쯤 이 문제를 다시 생각해 볼 필요가 있다.

　그린피란 골퍼가 하루 4~5시간 동안 그린 필드(Green field)를 이용하는 대가이며 세금 또한 이러한 골프장 이용에 관한 일종의 소비세일 것이다. 몇 홀 정도 남겨 놓고 비 때문에 퇴장하는 골퍼들은 덜 억울하겠지만, 출발한 지 얼마 되지 않아 돌아오는 골퍼들에게는 너무 가혹한 골프 약관이라 할 수 있겠다. 옛날에는 이런 억울함을 호소하지 못하였다. 그러나 요즈음 골프가 대중화되면서 골프장 측의 부당한 횡포에 대하여 시정 요구 사항이 많아지게 되었다.

지난해 공정거래 위원회에서는 골프장 이용 표준약관 제 10033호(2002. 3. 30)를 통해 골프장 사업자와 골프장 시설물을 이용하는 모든 내장객 간의 이용 약관을 수정하도록 권장하였다. 강설, 폭우, 안개 기타 천재지변 등의 불가항력적인 사유로 입장에 관한 절차를 마친 이용자 팀이 ① 전원이 스타트 홀을 마치지 못한 경우에는 제세공과금만 받고, ② 9번째 홀까지 경기를 마치지 못한 경우 제세공과금 100%, 입장료 50%를 받아야 하며, 9홀 이상 넘어갔을 경우 전액 18홀 요금을 적용한다. 그리고 이용자의 사정에 따라 18홀 경기를 마치지 못한 경우에는 18홀 요금을 받도록 규정하고 있다. ③ 입장 절차를 마친 이용자가 경기 전 임의로 이용 계약을 취소한 경우 이용 요금의 50%를 적용토록 하고 있다.

여러 가지 있을 수 있는 경우를 예시하였으나, 세금만은 받아야 한다는 결론이다. 아무리 나라와 민족을 위한(?) 세금이라 할지라도 그린피와 같은 수준으로 감면하여야 형평에 맞는 규정이라 할 수 있겠다. 필자가 관리를 맡고 있는 900 CC의 경우 위 ①~②항 경우를 적용하지만 ③항의 경우와 같이 스타트 홀에서 출발하기 전 천재지변과 개인의 사정으로 라운딩을 할 수 없을 경우에는 요금을 받지 않고 있다.

초원에서 사색하기

인쇄일 초판 1쇄　2003년 10월 10일
　　　　2쇄　2017년 06월 15일
발행일 초판 1쇄　2003년 10월 20일
　　　　2쇄　2017년 06월 25일

지은이 임 원 식
발행인 정 진 이
발행처 새미
등록일 2005.03.15.　제17-423호

서울시 강동구 성내동 447-11 현영빌딩 2층
Tel : 442-4623,4,6 Fax : 442-4625
인터넷　www. kookhak. co. kr
E- mail　kookhak2001@hanmail. net
ISBN 978-89-5626-437-8 *03800
가 격 18,000원

* 새미는 국학자료원 의 자매회사입니다.
*저자와의 협의하에 인지는 생략합니다.